Dans le lit du play-boy

Sous le charme de Spencer

KATHERINE GARBERA

Dans le lit du play-boy

Traduction française de
MARIE MOREAU

PASSIONS

HARLEQUIN

Collection : PASSIONS

Titre original :
THE ONE FROM THE WEDDING

HARPERCOLLINS FRANCE
83-85, boulevard Vincent-Auriol, 75646 PARIS CEDEX 13
Service Lectrices — Tél. : 01 45 82 47 47 - www.harlequin.fr
ISBN 978-2-2804-8062-8 — ISSN 1950-2761

Composé et édité par HarperCollins France.
Imprimé en janvier 2023 par CPI Black Print (Barcelone)
en utilisant 100% d'électricité renouvelable.
Dépôt légal : février 2023.

FSC
www.fsc.org
MIXTE
Papier issu de sources responsables
FSC® C159065

Pour limiter l'empreinte environnementale de ses livres, HarperCollins France s'engage à n'utiliser que du papier fabriqué à partir de bois provenant de forêts gérées durablement et de manière responsable.

- 1 -

— Je n'en reviens pas que vous ayez dit à ce magazine que ma marque essayait seulement de vous copier.

C'était un beau vendredi du mois de juin, sur l'île de Nantucket, où était célébré ce week-end le mariage d'Adler Osborn et Nick Williams. L'événement allait être filmé et diffusé à la télévision, et Leo, en tant que cousin de la mariée, était arrivé avec sa famille deux jours plus tôt. Deux jours au cours desquels une révélation concernant le père de Leo et la mère du marié avait éclaté, manquant de faire complètement chavirer la noce.

Tout le monde était réuni ce matin pour une partie de golf et s'efforçait de faire bonne figure. Mais la mère de Leo semblait avoir pris dix ans en une nuit ; quant à Adler, sa cousine d'ordinaire si pétillante, Leo devinait ses traits tirés derrière son sourire de façade. Il avait espéré que ce parcours serait l'occasion pour tous de relâcher la pression subie ces dernières heures.

Pour lui, cela risquait d'être difficile. C'est ce qu'il comprit en découvrant qu'il allait jouer avec Danni Eldridge, une jeune entrepreneuse qu'un journaliste lui avait présentée comme une concurrente lors d'une interview un mois plus tôt, et qu'il avait rabaissée en une phrase. Il savait qu'Adler avait chargé Danni, qu'elle connaissait depuis l'école, de créer les bijoux des demoiselles d'honneur, en jugeant que les accessoires en cuir faits main que proposait Leo conviendraient mieux comme cadeaux du marié.

C'était la première fois que Leo voyait Danni. Sur les réseaux sociaux, elle avait choisi comme photo de profil une machine à coudre ancienne de la marque Singer, si bien qu'il découvrait même son visage. Il n'y aurait peut-être pas prêté attention sur un écran mais, en se trouvant face à elle, il remarqua tout de suite son allure à part et sa beauté qui n'avait rien de classique. Et comme elle avait été désignée pour être la quatrième joueuse de leur équipe, il tenait à arranger tout de suite les choses avec elle.

Leo savait charmer les gens qu'il rencontrait. Il mit la main sur son cœur et offrit à Danni un regard plein d'humilité.

— Je vous prie d'accepter mes plus plates excuses, dit-il. Quand les journalistes me bombardent de questions, il m'arrive d'être agacé et de répondre de façon trop impulsive. Je n'aurais jamais fait cette remarque si nous avions eu l'occasion de nous rencontrer avant. Vous voulez bien que nous reprenions à zéro ?

Elle fixa sur lui ses grands yeux brun foncé, lui donnant l'impression que ses excuses n'avaient pas le moins du monde apaisé sa colère. Il la comprenait. Si quelqu'un avait dit la même chose de lui, il ne lui aurait jamais pardonné.

— Je pense que cela vaudrait mieux, répondit-elle finalement. Autrement notre quatuor risque de virer à la cacophonie.

Elle sourit et se présenta :

— Danni Eldridge. Je suis une amie d'Adler, qui m'a fait l'honneur de me commander les bijoux pour les demoiselles d'honneur.

— Leo Bisset, un cousin d'Adler. Enchanté, Danni, répliqua-t-il en lui serrant la main.

Il ne put s'empêcher d'admirer la finesse de ses doigts et ses ongles parfaitement manucurés. La teinte subtile de son vernis contrastait avec les couleurs éclatantes portées par les influenceuses que Leo voyait à longueur de journée sur Internet. Le parfum frais et délicat de Danni évoquait la douceur d'une journée passée à la plage. Elle ôta sa main de celle de Leo, et se tourna vers la voiturette dans laquelle la mère et le frère de ce dernier avaient déjà pris place.

— Si je comprends bien, déclara-t-elle, je serai la seule de ce groupe à ne pas connaître tout le monde. Dites-moi ce que j'ai besoin de savoir.

— Que puis-je vous dire ? Mon frère Logan a un très fort esprit de compétition, mais je joue un peu mieux que lui, et ma mère est la femme la plus sympathique du monde. Elle remettra Logan à sa place s'il se tient mal.

— Et vous ? répliqua Danni en souriant. Qui vous remettra à votre place ?

Il lui fit un clin d'œil.

— Personne n'a ce pouvoir, hélas. Mais vous pouvez compter sur moi, je ferai tout mon possible pour avoir un comportement exemplaire afin de vous faire oublier cette chose affreuse que j'ai déclarée dans la presse.

— Vous pensez que cela suffira ? demanda-t-elle.

— Pas vraiment, mais j'espère que vous tiendrez compte de mes efforts et que vous finirez par passer l'éponge.

Il avait appris que l'honnêteté était toujours le meilleur moyen de se réconcilier avec les gens qu'il avait offensés. Il devait reconnaître que ce n'était pas la première fois qu'il émettait une remarque qui contrariait une femme qui lui plaisait mais, en l'occurrence, il y avait une explication. Il ne se souciait pas vraiment des petites entreprises qui cherchaient à le concurrencer en fabriquant des accessoires à la fois classiques et luxueux. Il était leader sur ce marché, et la clientèle qu'il visait savait faire la différence entre l'original et les pâles copies qui essayaient de l'imiter pour profiter de son succès.

— Vous fabriquez seulement des bijoux ? demanda-t-il à Danni. Je me demande pourquoi ce journaliste a mentionné votre nom au cours de l'interview.

— Je crée des bracelets de toutes sortes, y compris des bracelets de montres, sur le thème de la mer. Certaines personnes disent que mes produits sont d'une qualité comparable aux vôtres.

Ça, il en doutait. Il était entouré depuis ses débuts d'une équipe d'artisans très qualifiés, dont le savoir-faire était d'une précision absolue. Il avait toujours su qu'il ne serait jamais placé à la tête de Bisset Industries, la multinationale familiale dont les activités concernaient aussi bien les produits pétroliers que le papier, la finance ou même l'élevage. Cette position revenant à son frère Logan, Leo avait décidé de voler de ses propres ailes en bâtissant son entreprise pierre par pierre. Il avait pris le temps d'apprendre le travail traditionnel du cuir, et quand il avait eu ses premiers produits en main, il avait commencé par les vendre dans des salons d'artisanat. Puis les ventes en ligne s'étaient rapidement développées, si bien qu'il avait pu ouvrir son propre magasin, situé dans les Hampton. Aujourd'hui, sa marque était mondialement connue et séduisait des clients sur tous les continents. Il avait travaillé dur pour en arriver là, et malgré ce que prétendait Danni, elle ne proposait certainement pas une collection cent pour cent confectionnée à la main. En général, les sociétés comme la sienne optaient pour des coûts de production inférieurs, quand ce n'était pas carrément des importations.

— C'est vous qui l'avez fait ? lança-t-il en regardant son poignet.

Elle portait un bracelet alliant gros-grain et métal, dont le pendentif était un D entremêlé avec une ancre.

— Oui, répondit-elle en levant la main pour le lui montrer.

Il remarqua d'abord la finesse de ses articulations, puis s'efforça de se concentrer sur l'excellente facture du bijou.

— Je peux ? demanda-t-il.

Elle défit l'attache de son bracelet et le tendit à Leo. En l'examinant, il dut reconnaître qu'il égalait, voire surpassait, certains bijoux qu'il vendait dans sa boutique. Mais réaliser un bel accessoire était une chose. Proposer une collection entière d'objets de grande qualité, voilà qui représentait un tout autre défi.

— J'aime beaucoup, dit-il en lui rendant son bracelet. Si je l'avais vu plus tôt, je n'aurais sûrement pas fait cette réponse au journaliste qui m'interrogeait. J'espère pouvoir profiter de cette partie de golf pour vous montrer que je ne suis pas aussi arrogant que vous devez l'imaginer.

— Cela reste à voir, rétorqua-t-elle. Je vous ai entendu provoquer votre frère de manière assez arrogante, tout à l'heure.

— Ce n'est pas juste. Je me contentais de renvoyer la balle à Logan qui était… égal à lui-même. Vous avez des frères et sœurs ?

— Un frère et une sœur, tous les deux plus âgés que moi.

— Alors vous me comprenez. Vous savez comme ils peuvent être agaçants.

— Là, je ne suis pas en mesure de vous contredire, concéda-t-elle en riant. Et c'est assez amusant d'imaginer Logan Bisset en affreux grand frère.

— Croyez-moi, il est très… affreux. Contrairement à moi, qui suis un homme charmant.

— Un homme charmant ? On parle de moi ? dit Logan en se joignant à eux.

— Certainement pas, répliqua Leo en adressant à son frère un sourire féroce. Danni, vous êtes prête pour commencer à jouer ?

— Allons-y, répondit-elle en marchant vers la voiturette.

Il la regarda et songea, pour la première fois depuis son arrivée à Nantucket, qu'il avait bien fait de venir.

Danni s'était délibérément inscrite dans l'équipe de Leo pour la partie de golf, mais elle était un peu surprise et intimidée de voir qu'elle allait aussi jouer avec sa mère et son frère. La famille Bisset appartenait à une sorte d'aristocratie, une élite américaine qui avait de quoi impressionner quelqu'un qui, comme Danni, n'avait jamais fréquenté ce milieu. Mais puisque c'était précisément dans cette haute société qu'elle aspirait à se faire une place, c'était le moment pour elle de saisir sa chance.

Le parcours de golf se trouvait près de la plage, et la plupart des trous offraient une vue splendide sur l'océan. Le soleil brillait, c'était une parfaite journée d'été. Danni savait qu'Adler et Nick avaient craint des orages, fréquents en cette saison, mais visiblement les éléments étaient de leur côté.

Les seuls nuages qui menaçaient étaient ceux qui s'amoncelaient entre les familles des mariés. Nick était le P-DG du groupe Williams, le principal concurrent de Bisset Industries. La rivalité entre les deux firmes, qui se disputaient les mêmes contrats, était célèbre et faisait régulièrement la une de la presse. Au club-house du golf, Danni avait entendu des rumeurs au sujet d'un scandale qui venait d'éclater et qui concernait directement le marié. Elle avait cru comprendre que le père biologique de Nick n'était autre qu'August Bisset, celui-ci ayant eu une liaison secrète avec Cora Williams à l'époque de sa naissance.

Cela paraissait incroyable ! Même si August était seulement l'oncle d'Adler par alliance, la découverte de cette filiation entre lui et Nick avait dû faire au couple l'effet d'un tremblement de terre. Danni n'espérait qu'une chose : que les futurs mariés parviennent à surmonter cette crise et à profiter du week-end malgré les événements.

S'efforçant de se concentrer sur le jeu, elle saisit la boucle rebelle qui s'était échappée de sa queue-de-cheval et la mit derrière son oreille, puis elle plaça la balle sur le tee. Tout ce qu'elle savait du golf, elle l'avait appris de son père, sur le parcours qui se trouvait près de chez ses parents. Il avait toujours su faire preuve de patience et exploiter chaque occasion pour enseigner quelque chose à ses enfants. Mais Danni n'avait pas été aussi attentive qu'elle l'aurait dû, et à présent, elle luttait pour essayer de se rappeler ses conseils. Lui avait-il dit d'accompagner son swing avec ses hanches ? Ou au contraire de ne bouger que le haut du corps ?

Elle s'estimerait déjà heureuse si elle parvenait à toucher la balle avec son club. Ensuite, elle pourrait se soucier d'atteindre le green.

Elle prit une profonde inspiration et la retint aussi longtemps que possible. Puis elle leva son club, exécuta son mouvement… et manqua la balle.

Décidément, elle n'était pas douée pour le sport.

— Vous voulez de l'aide ? demanda Leo en s'approchant d'elle. J'ai progressé à force de jouer, mais au début, moi non plus, je n'y arrivais pas.

Elle avait du mal à le croire, lui qui semblait tout

maîtriser à la perfection ; mais elle appréciait l'effort qu'il faisait pour la mettre à l'aise.

— J'ai bien besoin de quelques conseils, répondit-elle. J'essaie de me remémorer les leçons de mon père, mais tout se mélange dans ma tête, et plus je me concentre, moins j'y parviens.

— Je connais ça, dit-il en souriant. Pour commencer, nous sommes là juste pour nous amuser, alors détendez-vous. Je suis loin d'être un professionnel, mais voici ce que je peux vous dire…

Sur ces mots, il se plaça derrière Danni et mit les bras autour d'elle pour l'aider à trouver la bonne position.

— Tendez les bras, comme ça. Soulevez votre club, et quand vous frappez, tournez-vous vers l'endroit où vous voulez envoyer la balle.

Elle essayait de se concentrer mais, honnêtement, c'était difficile de garder les idées claires alors qu'elle sentait son corps puissant contre elle et ses mains sur les siennes. Et son odeur était si agréable…

Comme elle fermait les yeux, elle eut la sensation qu'il l'enlaçait tendrement, et non qu'il lui donnait un cours de golf.

— Vous avez compris ? demanda-t-il.

Elle le remercia en souriant et secoua légèrement la tête pour s'éclaircir l'esprit. Elle était là pour recueillir des renseignements sur un concurrent et éventuellement lui soutirer quelques conseils, non pour se laisser charmer par ses beaux yeux bleus et sa carrure athlétique. Mais le fait est qu'il se montrait beaucoup plus sympathique et généreux avec elle que prévu. Il l'avait accueillie comme une amie de longue date, et au lieu de se braquer face à la remarque qu'elle lui avait adressée, il lui avait présenté ses excuses. Des excuses qu'il lui devait, cela ne faisait aucun doute. Mais il avait eu l'air sincère, et elle appréciait la gentillesse dont il faisait preuve malgré leur mauvais départ.

— Si j'échoue encore, déclara-t-elle, ce ne sera pas à cause de vous. Je ne pourrai m'en prendre qu'à moi-même.

— Vous allez y arriver. Cette fois, votre club va toucher la balle et l'envoyer dans les airs. Je n'en doute pas.

Elle aurait aimé être aussi confiante que lui.

Et pourquoi pas ? Comme l'avait toujours dit sa grand-mère, si elle ne croyait pas en elle, elle ne risquait pas d'atteindre son objectif.

Danni ajusta sa position en essayant d'imiter celle de Leo sur son dernier putt. Puis elle inspira profondément, et cette fois, au lieu de retenir son souffle, elle le libéra au moment de jouer son coup. Son club frappa la balle. Emportée par son enthousiasme, elle se tourna vers Leo en poussant un cri de joie, sans même regarder où partait sa balle.

— Je l'ai touchée ! s'exclama-t-elle.

— Eh oui, bravo. D'ici peu, vous serez meilleure que moi.

— Ne nous emballons pas. Il faudrait que je m'entraîne tous les jours pendant des années ne serait-ce que pour espérer égaler votre niveau. Je serai déjà contente si j'arrive à mettre la balle dans le trou.

— Je pense que vous en serez capable. Dites-moi, demanda-t-il, vous êtes aussi déterminée dans tous les aspects de votre vie ?

— Oui. Déterminée, et même ridiculement têtue.

— J'ai bien vu que vous n'étiez pas du genre à vous laisser faire. Vous vous en seriez prise physiquement à cette balle si elle vous avait échappé, non ?

La façon qu'il avait de la taquiner plaisait à Danni. Il avait de l'humour, et elle ne s'était pas attendue à cela venant de lui. Elle avait plutôt imaginé un homme arrogant, voire méprisant, et certainement pas quelqu'un d'aussi… humain.

— J'aurais eu envie de la détruire, avoua-t-elle en riant.

Comme il s'esclaffait, elle oublia un instant qu'elle s'était donné pour mission de se servir de lui pour améliorer sa stratégie commerciale et étendre son réseau. Elle appréciait sa compagnie et, à vrai dire, elle aurait volontiers prolongé ce moment avec lui.

Mais elle savait que cela n'arriverait pas. Leo et elle n'étaient pas du même monde, et ce week-end représentait seulement pour elle l'occasion d'opérer une brève incursion dans un milieu autrement inaccessible.

Il était bon de se rappeler qui elle était et ce qu'elle faisait là. Les hommes tels que Leo n'étaient pas attirés par des femmes comme elle, et de surcroît, elle n'était pas venue à ce mariage pour faire une rencontre sentimentale. Elle était là pour les affaires.

Leo était loin de jouer à son meilleur niveau. Il n'était même pas le leader de l'équipe, car il avait un coup de retard sur Logan à chaque trou. Danni, quant à elle, forte des conseils qu'il lui avait forunis, progressait à vue d'œil. Il était grand temps qu'il se ressaisisse s'il voulait tenir son rang !

Mais voilà : Danni le déconcentrait.

Profitant d'un moment où Logan parlait à leur mère, Leo attira légèrement à l'écart sa ravissante coéquipière. Il voulait dépasser cette gêne qui subsistait entre eux, et dont il était l'unique responsable. D'ordinaire, c'était sa mère qui endossait le rôle de diplomate et mettait tout le monde à l'aise mais, aujourd'hui, elle prêtait à peine attention au jeu et à ce qui se passait autour d'elle.

— Vous jouez de mieux en mieux, dit Leo à Danni.

Toutefois, je sens toujours une certaine froideur entre nous. Que puis-je faire pour y remédier ?

Danni inclina légèrement la tête et l'examina un instant avant de répondre en plissant les yeux :

— Donnez-moi des conseils professionnels.

Il ne put cacher sa surprise. D'après ce qu'il avait lu et entendu dire, elle s'y prenait très bien toute seule pour développer son entreprise.

— Je ne suis pas sûr que vous en ayez besoin, fit-il observer.

— Mon père m'a souvent répété qu'on ne devait jamais cesser d'apprendre. Vous feriez un excellent professeur.

— Très drôle.

— Laissez tomber, tant pis. J'avais oublié que je parlais à Leo Bisset, la vedette de tous les classements de fortune et d'influence.

Sur ces mots, elle tourna les talons et s'éloigna.

Parce qu'elle était sérieuse ? Apparemment, oui. Et c'était compréhensible, après tout. N'avait-il pas lui-même cherché des conseils et des exemples à suivre à ses débuts ? Seulement, il avait pu s'inspirer de son père et de Logan pour apprendre à être un bon chef d'entreprise.

— Je vois que ton charme n'opère pas, railla son frère en s'approchant de lui. Comme d'habitude.

Leo voulut l'écarter d'un coup de coude, mais Logan l'esquiva.

— Danni ne cherche pas à être charmée, rétorqua Leo.

— Oh ! Alors tu vas devoir faire encore plus d'efforts pour lui plaire. Allez, ce n'est pas impossible. Même pour toi.

Logan ne cessa de le taquiner à ce sujet pendant tout le reste de la partie. À chaque fois qu'ils se trouvaient seuls tous les deux, le frère de Leo lui faisait remarquer qu'il n'arrivait pas du tout à attirer l'attention de Danni.

Leo aurait voulu l'ignorer et faire comme si cela n'avait aucune importance, mais il avait tellement l'habitude d'être en compétition avec Logan et avec leur père… Or ils avaient tous les deux un succès fou auprès des femmes – et le fait d'être marié n'empêchait pas August Bisset de jouer les séducteurs.

Quoi qu'il en soit, Leo ne pouvait nier qu'il recherchait constamment l'approbation de son père, tout en sachant qu'il attachait beaucoup trop d'importance à son jugement. Il était pourtant conscient que c'était loin d'être un homme irréprochable, car August avait eu plusieurs liaisons au cours de sa vie. Toutefois, Leo avait cru que ces histoires appartenaient au passé, que ses parents étaient réconciliés et que leurs problèmes de couple étaient derrière eux.

Mais voilà que cet équilibre était ébranlé par une nouvelle révélation. Juliette, la mère de Leo, était sous le choc depuis qu'elle avait appris que Nick Williams était le fils biologique d'August, et à vrai dire, c'était le cas de toute la famille. Qui aurait pu imaginer que la mère du marié avait été la maîtresse du père de Leo des années plus tôt, qu'ils avaient eu un enfant ensemble et que ce fils était maintenant sur le point d'épouser la nièce de Juliette ? C'était surréaliste. La presse à scandale était déchaînée, et sur Internet, des rumeurs couraient déjà sur d'autres secrets sur le point d'éclater. Comme si cela ne suffisait pas !

Logan et Nick se détestaient encore plus qu'avant, mais Leo, pour sa part, était seulement déçu de découvrir la vraie nature de l'homme à qui il avait toujours voulu ressembler. Et il s'inquiétait d'avoir hérité de ses défauts.

— Alors, comment comptes-tu t'y prendre ? demanda Logan en faisant un signe de tête en direction de Danni.

Leo regarda son grand frère. Il ressemblait plus à

leur mère qu'à leur père, avec ses cheveux blonds et ses pommettes saillantes. En revanche, Leo pouvait se vanter d'avoir le même regard bleu perçant que lui. Il s'entendait beaucoup mieux avec Logan depuis qu'il avait quitté Bisset Industries pour monter sa propre société. À l'époque où ils travaillaient tous les deux pour leur père, leur relation avait souffert du fait que Leo se sente constamment en compétition avec Logan.

— Je ne sais pas encore, répondit Leo.

Il n'avait aucune intention de parler de cela avec Logan, mais Danni lui avait déjà ouvert une porte en lui demandant des conseils. Il allait les lui donner bien volontiers, et ce serait une excellente occasion de faire plus ample connaissance avec elle.

— Il est parfois nécessaire d'établir une stratégie, souligna Logan.

— Parle pour toi, rétorqua Leo. En ce qui me concerne, c'est dans l'improvisation que j'excelle.

— Tu en es bien sûr ?

Leo envoya promener son frère avant de prendre son club et de s'éloigner du tee. Quand tout le monde prit la direction du trou suivant, il s'approcha de Danni pour marcher à côté d'elle.

— Vous étiez sérieuse en me demandant de vous donner des conseils ? la questionna-t-il.

— Oui, répondit-elle. Mais puisque nous sommes concurrents…

— Je ne crois pas que vous jouiez dans ma catégorie.

— Pas encore, rectifia-t-elle avec un sourire impertinent.

— Pas encore. Je veux bien vous aider ce week-end, ajouta-t-il. À condition que vous me rendiez un service.

Elle haussa les épaules et regarda la mer. Au bout de quelques instants, elle se retourna vers lui et releva ses lunettes de soleil sur le haut de sa tête. Elle paraissait si jeune et si sérieuse… De toute évidence, elle attachait une grande importance à ce qu'elle allait dire. Et il eut peur pour elle. Il n'avait jamais été aussi sérieux, même à ses débuts.

— Quel service ? demanda-t-elle.

— J'aimerais que vous soyez ma cavalière pour ce week-end. Ma famille traverse un moment compliqué, et je serais heureux d'avoir quelqu'un avec qui passer du temps à l'écart de ce chaos.

— Vous pensez que c'est une bonne idée ? Nous sommes censés avoir des rapports strictement professionnels, vous et moi.

— C'est seulement pour la durée du week-end. Nous saurons très bien faire la part des choses entre les affaires et la vie privée.

— D'accord, répondit-elle.

Il perçut pourtant dans le ton de sa voix une pointe d'hésitation. Mais cela ne faisait rien. Il saurait rapidement chasser ses doutes.

- 2 -

Danni entra dans le club-house, où allait se tenir le déjeuner, et chercha sa table. Le nom du vainqueur n'avait pas encore été proclamé, mais elle était prête à parier que Logan avait obtenu le meilleur résultat. Il avait en tout cas été le plus performant de leur équipe, même si Leo s'était très bien défendu.

Leo, qui avait finalement accepté de lui donner des conseils à condition qu'elle soit sa cavalière. Elle allait pouvoir lui rendre ce petit service en échange de sa requête, voilà qui soulageait sa conscience. Cependant, elle se sentait toujours un peu coupable de s'être servie de cette invitation au mariage de son ancienne camarade de classe pour développer son entreprise. Mais c'était l'occasion rêvée de se faire connaître, d'étendre son réseau et de faire des rencontres dans un milieu qui lui était d'habitude inaccessible.

Avait-elle réellement des raisons de se sentir coupable vis-à-vis de Leo ? Il avait affirmé qu'il savait faire la part des choses entre les affaires et la vie privée. En outre, elle lui avait parlé en toute franchise. Il n'ignorait pas qu'elle comptait sur lui pour lui faire profiter de ses connaissances et de son expérience de chef d'entreprise.

Elle ne prenait personne en traître et n'avait pas de scrupules à avoir. Point final.

Comme elle se dirigeait vers sa table, située au centre de

la salle, elle croisa le regard de la mariée, Adler Osborn, qui lui fit signe de la rejoindre.

Adler était radieuse. Toutefois, Danni crut lire une pointe de lassitude dans son regard.

— Alors ? lui demanda Danni après l'avoir saluée chaleureusement. Comment te sens-tu ? Ma mère m'a raconté qu'elle avait failli s'enfuir au moins trois fois à l'approche de son mariage, et plus encore le jour J.

Adler s'esclaffa avant de répondre :

— Non, je vais bien. Il s'est produit des choses inattendues depuis notre arrivée, mais j'imagine que c'est toujours le risque lors des grandes réunions de famille. Et toi, comment s'est passée ta partie de golf ? J'ai vu que tu avais fait équipe avec ma tante et mes cousins. Les garçons ont été bons ? Ces deux-là adorent se bagarrer.

— Je les ai trouvés plutôt amusants à observer. C'est vrai qu'ils étaient en compétition pendant toute la matinée, mais leur gentillesse envers leur mère faisait plaisir à voir. J'ai bien peur d'avoir fait gravement chuter le score de notre équipe.

— Oh ! Ne t'inquiète pas pour ça. C'est juste pour s'amuser. Je voulais te dire, ta collaboratrice m'a envoyé les bracelets à offrir à nos proches. Je te remercie infiniment. Je ne m'y attendais pas et je trouve que c'est une excellente idée.

— Je suis heureuse que tu approuves notre initiative. Nous souhaitions donner à chacun un objet unique en souvenir de cet événement. Je voulais t'en parler avant, mais apparemment Essie m'a devancée.

— C'était une belle surprise. Je suis enchantée. Le bracelet que tu as créé pour mon père est très réussi, je pense qu'il va l'adorer.

Le père d'Adler n'était autre que la rock star Toby Osborn.

Il comptait beaucoup pour elle, d'autant que son amie avait perdu sa mère, Musette, alors qu'elle était encore bébé.

— Le morceau qui lui a offert son premier succès tient une place particulière dans son cœur, poursuivit Adler. Tu as vu très juste en gravant les paroles de cette chanson dans le cuir de son bracelet.

— Ce texte parle de toi, c'est bien ça ? demanda Danni.

— Exactement. Si bien que, moi aussi, je suis très attachée à cette chanson. Comme j'ai eu raison de faire appel à toi pour les demoiselles d'honneur ! ajouta gaiement Adler. Je voulais m'assurer que leurs bijoux aient une touche féminine. Ce n'est pas que je n'apprécie pas le travail de Leo, bien au contraire. Mais ta contribution est vraiment très précieuse. Sache que j'apprécie énormément tout ce que tu as fait.

— Merci beaucoup, Adler. C'était un plaisir de travailler pour toi. J'aimerais que toutes les clientes soient aussi détendues que tu l'es !

— Oui, il paraît que les futures mariées sont parfois un peu tyranniques. Quinn, qui a l'habitude des grands mariages, m'a raconté des histoires incroyables. Et à vrai dire, je comprends qu'on puisse se laisser dépasser par la nervosité. On veut que tout soit parfait, jusque dans les moindres détails. Mais le fait est qu'on ne peut pas tout contrôler.

— Qui est Quinn ?

— C'est la productrice du show télévisé *Destination Weddings*, dont notre mariage va faire partie. Elle se charge elle-même du tournage ce week-end. Tu ne l'as sans doute pas connue à l'école, mais elle et moi, nous partagions la même chambre.

— Non, je ne crois pas l'avoir rencontrée à l'époque. Mais tu sais, je pense que personne ne serait choqué si tu jouais un peu les divas à l'occasion de ton mariage. C'est le moment ou jamais !

— Oh ! répondit Adler en riant. Mon père tient beaucoup à avoir cette exclusivité ! Mais tu as raison. J'ai la chance d'être entourée par une famille très compréhensive. Tu es à quelle table pour le déjeuner ?

— Numéro 12. D'après le plan, elle se trouve quelque part au centre.

— Tu es venue accompagnée ?

— Non. Je pensais amener ma collaboratrice, mais finalement elle n'a pas pu venir.

En réalité, la charge de travail avait été trop importante pour qu'Essie et Danni s'absentent du bureau toutes les deux en même temps.

— Je te placerai à l'une des tables de la famille pour le dîner de répétition de demain, déclara Adler. Ma tante est une merveilleuse hôtesse, et puisque tu prétends que les garçons ne sont pas si terribles que ça…

Danni ne put s'empêcher de rire en entendant son amie dire à nouveau « les garçons » pour parler de Leo et Logan. C'étaient des hommes adultes, plus âgés qu'Adler, et qui n'avaient en rien l'air de deux adolescents.

— Pourquoi les appelles-tu « les garçons » ? demanda Danni, sans cacher son amusement.

— Pour les remettre à leur place. Ils ont tendance à avoir la grosse tête. Ils réussissent professionnellement, ils sont beaux, charmants, riches… et un peu trop habitués à ce que tout le mondes soit en admiration devant eux.

— J'imagine. Eh bien, en fait, il se trouve que Leo m'a demandé d'être sa cavalière pour les prochains événements du week-end. J'espère que ça ne pose pas de problème ?

— Bien sûr que non. Je suis contente que vous vous entendiez bien, tous les deux.

Sur ces mots, Adler fit signe à l'organisatrice du mariage de les rejoindre. Elle indiqua à cette dernière le changement de place de Danni pour les repas suivants, après quoi chacune regagna sa table.

En arrivant face au siège indiqué comme étant le sien sur le plan, Danni eut la surprise de voir qu'il n'y avait pas de carton portant son nom. À la place, elle trouva un mot qui lui disait d'aller à la table numéro 9. Le papier à la main, elle promena les yeux autour d'elle et rencontra le regard de Leo. D'un geste, il lui demanda de venir à sa table.

Elle respira profondément. Manifestement, Leo était du genre à agir sans traîner. Et si Danni voulait être honnête avec elle-même, elle devait reconnaître qu'il avait bien d'autres attraits que son sens aigu des affaires. Elle sentait qu'il se passait quelque chose entre eux, et la perspective de bénéficier de plus de temps avec lui la faisait malgré elle frissonner de plaisir.

Pourtant, elle allait devoir faire un choix. Soit les affaires, soit le plaisir.

Une chose était sûre : elle ne voulait pas manquer cette occasion unique de profiter des lumières de Leo Bisset et de rencontrer des gens susceptibles de l'aider à développer son entreprise. Par le passé, elle était trop souvent tombée sous le charme d'hommes qui ne lui correspondaient pas et avaient fini par la faire souffrir. À n'en pas douter, Leo appartenait à cette catégorie. Le choix était donc évident : les affaires.

Leo avait placé la carte portant le nom de Danni à sa table après avoir eu la confirmation que Logan ne resterait pas pour le déjeuner. Logan essayait de renouer avec Quinn Murray, son ex-petite amie, ce que Leo ne pouvait qu'approuver. Tout ce qui permettrait à son frère de marquer une pause au milieu du tumulte dans lequel il se trouvait ne pourrait lui faire que du bien. Si l'un des membres de la famille était particulièrement sous le choc depuis l'annonce qui concernait August Bisset et Nick Williams, c'était bien Logan. Les relations entre Logan et Nick étaient si mauvaises que c'était encore plus difficile pour eux de découvrir qu'ils étaient demi-frères.

Mais Leo avait confiance en son frère. Logan aurait la force de s'en remettre, cela ne faisait aucun doute.

Il observa Nick qui, debout près de la porte, discutait avec ses parents et deux de ses frères. C'est vrai qu'il y avait une ressemblance physique entre August et lui. Comme le père de Leo, Nick avait les cheveux bruns et les yeux marron foncé. Il avait aussi une taille imposante, mais après tout Tad Williams, l'homme qui l'avait élevé, était grand lui aussi. Apparemment, les membres de la famille Williams avaient toujours su que Nick n'était pas le fils de Tad. En revanche, ils avaient ignoré jusque-là que son père n'était autre qu'August Bisset. Cette information avait été révélée seulement hier, lorsque la mère de Nick et August s'étaient revus pour la première fois depuis plusieurs dizaines d'années.

Le fait que Nick soit en réalité le fils d'August avait sidéré tout le monde. La pauvre Adler, qui avait espéré un mariage exempt de tout esclandre, avait de quoi être affectée. Mais pour une fois, le coup d'éclat ne venait pas de son père, la sulfureuse rock star Toby Osborn, dont les aventures avec des jeunes filles avaient souvent fait les gros titres de la presse à scandale.

Heureusement, Adler pouvait compter sur le soutien de sa famille, et notamment de sa tante Juliette, la mère de Leo, qui l'avait élevée comme sa fille. Mais Nick, comment supportait-il la situation ? Allait-il essayer de s'intégrer à la famille Bisset, de se rapprocher de ses demi-frères et de sa demi-sœur ? À première vue, il ne semblait pas en avoir envie. Il dirigeait l'entreprise de sa famille et marchait depuis toujours dans les pas de Tad Williams. Tout laissait à penser qu'il ne chercherait pas à changer de trajectoire. À trente-six ans, il s'épanouissait pleinement dans sa vie professionnelle, familiale et sentimentale. Pourquoi aurait-il laissé cette nouvelle bouleverser son existence ?

Leo s'assura que la carte portant le nom de Danni était bien posée à côté de sa place à lui, puis il se dirigea vers Nick qui était toujours entouré de ses frères. Il ne connaissait que l'un des deux, Asher.

— Noah Williams, dit le second en lui tendant la main. Vous êtes Leo, c'est bien ça ?

— En effet, répondit Leo en lui serrant la main. Nick, Asher, je suis ravi de vous revoir, ajouta-t-il. Alors, vous avez bien joué ce matin ?

Ils parlèrent un moment de la partie de golf, mais Leo sentit qu'aucun d'eux n'arrivait à être vraiment naturel. Finalement, un silence gêné s'installa.

— Cette situation est étrange pour tout le monde, déclara Leo pour crever l'abcès. Mais je me suis dit que nous pouvions au moins essayer d'être aimables les uns avec les autres.

— Je suis d'accord, répliqua Noah. Vous vivez à Long Island, c'est bien cela ?

— En effet, confirma Leo.

— Moi aussi. Je suis acteur à temps partiel, mais je serai chez moi tout l'été. Début août, j'organise un grand bal masqué qui promet d'être mémorable. Ça me ferait plaisir que vous veniez. Adler et Nick seront rentrés de leur voyage de noces, donc ils pourront se joindre à la fête.

— C'est très tentant, dit Leo. Vous avez mes coordonnées ?

Ils échangèrent leurs numéros de téléphone, puis l'organisatrice du mariage demanda à tous les convives de regagner leur place à table. Leo quitta les frères Williams avec un sentiment… mitigé. Son père avait porté un coup dur à la famille, des décennies plus tôt, en s'autorisant cette liaison avec Cora Williams, qui s'était appelée Bonnie Smith à l'époque. Bonnie s'était aperçue qu'elle était enceinte au moment où leur aventure prenait fin, et elle avait fait le choix de ne pas parler de sa grossesse à August. Ensuite, quand elle avait épousé Tad Williams, elle lui avait caché le nom du père de son bébé en raison de la rivalité qu'entretenaient les Williams avec Bisset Industries. À présent, ils cherchaient tous un moyen de s'accommoder de ce lien dont personne ne voulait mais qu'il était impossible d'ignorer.

En rejoignant sa table, Leo constata que le siège de sa mère était vide. Il espérait qu'elle tenait le coup. Malgré l'admiration qu'il avait envers son père pour l'empire qu'il avait bâti, il lui en voulait profondément d'avoir fait tant de mal à Juliette. Elle devait désormais se demander combien de maîtresses August avait bien pu avoir. Comment supportait-elle le fait qu'il l'ait trompée alors qu'elle était enceinte de Logan ?

Leo se concentra sur le moment présent en voyant l'un de ses oncles venir prendre place à table. Son devoir était d'afficher une mine joyeuse et de faire en sorte que tout le monde se souvienne du mariage d'Adler comme d'un événement heureux. Leo tenait énormément à sa cousine, qui n'avait déjà que trop souffert des erreurs passées d'August.

Justement, il remarqua que sa cousine était en grande

conversation avec Danni. De quoi pouvaient-elles être en train de parler ? Il n'en avait pas la moindre idée, et à vrai dire, cela ne le regardait pas.

Cette rencontre avec Danni avait été une belle surprise. D'autant qu'elle l'avait impressionné. Si tous ses bijoux étaient d'aussi bonne facture que le bracelet qu'elle portait, cela faisait d'elle une sérieuse concurrente !

Quelques instants plus tard, il vit qu'elle avait trouvé son mot et cherchait sa nouvelle table du regard. Il lui fit signe, et après avoir mis le papier dans sa poche, elle avança vers lui. Elle avait la démarche d'une femme décidée. Quant à son sourire, à la fois spontané et lumineux, il donnait aussitôt envie de parler avec elle. En un mot, elle avait tout pour se faire une place dans le monde des influenceurs.

Devait-il l'aider ? Lui donner quelques pistes pour lui permettre de faire décoller son entreprise ?

Il commença à y réfléchir mais fut bientôt distrait par la vue de son épaisse chevelure bouclée que faisait briller la lumière du soleil. Elle lui rappelait les princesses des contes de fées qu'il avait lus à Mari quand elle était petite. Danni avait un visage en forme de cœur, un adorable petit nez et une bouche qui appelait les baisers.

Bizarre.

Elle lui avait demandé de lui donner des conseils. Et il avait accepté de le faire, le temps de ce week-end. Ce qui voulait dire qu'il allait devoir prendre sur lui et contrôler ses pulsions. Car s'il avait souvent voulu prendre exemple sur son père, il y avait un domaine dans lequel il refusait catégoriquement de lui ressembler : son rapport avec les femmes.

Il avait été sincère en affirmant à Danni qu'il savait faire la part des choses entre travail et plaisir. Mais comment se préserver de la confusion alors qu'il lui avait demandé d'être sa cavalière tout en acceptant de la guider dans le domaine professionnel ?

L'essentiel était de demeurer lucide. Danni était une concurrente, et d'ici deux jours, chacun serait de retour chez soi, à la tête de son entreprise. Ce week-end était une parenthèse, rien de plus.

Leo réussit à entretenir la conversation tout au long du déjeuner, ce que Danni considéra comme une prouesse car il parvenait à inclure aussi bien les convives les plus âgés que Jen, sa cousine de dix ans, qui voulait qu'il l'emmène à sa prochaine séance photo aux Bermudes. Loin de se montrer prétentieux, Leo parlait avec naturel et humour de ses amis célèbres, de son style de vie hors du commun et de la jet-set dont il faisait partie. Cela le rendait encore plus charmant.

— Tu as des projets amusants pour cet été ? demanda Danni à Jen.

— Seulement ce mariage, et ensuite, je reste ici avec mes parents jusqu'à la fin du mois d'août. Puis ce sera la rentrée.

— Où se trouve ton école ? À Nantucket ?

— Je vais à l'école Saint-Francis de Boston, répondit Jen en replaçant une mèche brune derrière son oreille. À côté de chez moi. J'étais censée partir en pension l'année prochaine, mais je n'en avais pas envie, et ma mère a dit qu'il était temps d'instaurer de nouvelles traditions chez les Bisset.

— Bravo à elle, approuva Danni. Et bravo à toi d'avoir su défendre ta position. C'est difficile d'expliquer ses choix à ses parents, et surtout de les convaincre de changer d'avis.

— C'est vrai, rétorqua Jen. Ce doit être bien d'être adulte et de prendre ses propres décisions.

— Oui, c'est assez agréable en effet.

Danni se garda de dire à Jen que les parents pouvaient conserver une influence sur leurs enfants même une fois que ceux-ci étaient adultes. Ses propres parents, par exemple, continuaient à faire pression sur elle pour qu'elle réintègre leur cabinet d'avocats. Mais elle ne le souhaitait pas.

Dès son plus jeune âge, on lui avait mis dans la tête qu'elle ferait du droit, et elle avait suivi la voie qu'on avait tracée pour elle. Comme le reste de sa famille, elle avait suivi des études pour devenir avocate, puis elle avait travaillé avec ses parents, sa sœur et son frère. Mais elle avait exercé ce métier à contrecœur.

Un jour, prenant enfin son courage à deux mains, elle avait annoncé à ses parents qu'elle voulait monter sa propre entreprise. Cette conversation avait été difficile, mais au bout du compte ils lui avaient accordé leur soutien. Elle avait mis un certain temps à comprendre qu'ils n'espéraient en fait qu'une chose : qu'elle se lasse et revienne auprès d'eux au cabinet.

Danni rêvait de diriger sa société. Rien d'aussi gigantesque que Bisset Industries, mais une petite boutique à son image, qu'elle parviendrait à rendre prospère.

C'est pourquoi elle devait profiter de ce déjeuner pour apprendre tout ce qu'elle pouvait de Leo, plutôt que de faire la conversation avec son adorable cousine.

Danni savait qu'elle ne possédait pas l'agressivité propre aux ambitieux. Elle avait envie de croire que cela ne l'empêcherait pas de réussir, mais n'était-ce pas un peu naïf de sa part ?

— Leo, comment se porte ta mère avec tout ce qui…

— Oncle Joe, lança Leo en interrompant celui qui posait cette question, nous n'allons pas parler de ça pendant le mariage d'Adler.

Joe acquiesça aussitôt.

— Désolé d'avoir abordé ce sujet, répliqua-t-il. Ta mère est une grande dame.

— Exact, approuva Leo. D'ailleurs, on dit parfois que j'ai hérité de son charme. Qu'en penses-tu, Jen ? demanda-t-il à sa cousine, assise à côté de lui.

— Tu es bête, répondit-elle en riant.

— Ah… Ce n'est pas l'image que je veux donner en présence de Danni.

— Trop tard, plaisanta cette dernière.

Voyant que Leo multipliait les efforts pour donner un ton léger à la conversation, elle profita d'avoir la parole pour faire un commentaire sur le délicieux gâteau au citron vert qu'on leur avait servi. La discussion tourna un moment autour de la gastronomie, puis le repas prit fin et Danni resta bientôt seule à table avec Leo.

Finalement, elle n'avait pas trouvé le bon moment pour lui poser les questions qu'elle avait en tête. Les rumeurs et les sous-entendus concernant la famille Bisset lui donnaient envie d'en savoir plus, mais elle n'était pas là pour satisfaire sa curiosité. Elle devait se concentrer sur l'objectif qu'elle s'était fixé : obtenir des conseils de la part du célèbre Leo Bisset pour faire progresser ses ventes.

Mais comment passer naturellement de « Quel bon gâteau » à « Comment avez-vous fait pour trouver un fabricant compétent et fiable » ?

— C'était sympa, dit Leo. J'oublie toujours que mon oncle Luca est une sorte de version totalement décontractée de mon père. C'est tellement plus facile de parler avec lui.

— Je ne connais pas du tout votre père. Il est si rigide que cela ?

— Oh ! oui. Un peu comme Logan et moi, mais en

dix fois pire. Et il a un tempérament très autoritaire, quel que soit l'endroit ou le contexte dans lequel il se trouve.

— Ah bon ? s'étonna Danni. Pourtant je n'ai même pas remarqué sa présence aujourd'hui.

Tout le monde connaissait les Bisset. Ils étaient comparables aux Kennedy, la tragédie en moins. C'était une grande famille, très fortunée, qui avait des liens partout, dans tous les secteurs de la société. Les affaires, la politique, les arts. Toutefois, Danni ne savait pas grand-chose sur August Bisset. Dans ses recherches sur Internet, elle s'était concentrée sur Leo.

— C'est parce qu'il n'est pas là, répondit Leo avec humour. Je vous assure que, quand vous le rencontrerez, vous comprendrez.

— Je vous crois sur parole. Bien, ponctua-t-elle après une pause, il me semble que nous avons quartier libre cet après-midi. À moins que vous participiez à l'organisation du mariage ?

— Non. Je suis chargé de prendre des photos d'Adler pour l'album familial, mais rien de plus. Je pense qu'Adler préfère nous maintenir autant que possible à l'écart de la famille de Nick, pour éviter tout conflit entre les deux clans.

— C'est vrai ? J'ai entendu parler de la rivalité entre les Bisset et les Williams, mais j'ignorais que cela allait aussi loin.

Les médias se faisaient souvent l'écho de cette concurrence quand les deux firmes se battaient pour décrocher un gros contrat, mais de là à imaginer que leurs rapports étaient aussi exécrables dans la sphère privée…

— Oui, cela va vraiment très loin. Mon père a failli renoncer à venir au mariage, alors qu'Adler est la seule nièce de ma mère et qu'elles sont très proches. Et pour cause. Ma mère a contribué à élever Adler.

— Eh bien ! La situation a l'air plutôt compliquée.

— C'est de la folie, vous pouvez le dire. C'est la famille Bisset. Qu'est-ce que vous avez prévu, cet après-midi ?

Danni se rendit compte que c'était le moment de saisir sa chance.

— Je vais essayer de faire quelques clichés à publier sur les réseaux sociaux pour la promotion de ma marque. Vous avez des conseils à me donner ?

— Quel genre de conseils ?

— J'ai vu vos photos sur Instagram. Elles sont géniales. Je veux dire, ce n'est pas qu'une question de filtre ou de netteté, c'est votre façon de les mettre en scène. Je pourrais passer des heures à les regarder. J'ai essayé de les analyser, mais je n'arrive pas à comprendre ce qui les rend si particulières.

Elle se tut et attendit de voir s'il était irrité par sa demande ; mais, par chance, il n'en eut pas l'air. Il sortit son téléphone de sa poche et répondit :

— Je ne sais pas si je peux vous expliquer pourquoi vous aimez mes photos, mais voici comment je procède : j'essaie d'attirer l'attention non pas sur le produit que je cherche à vendre, mais plutôt sur le sentiment que je veux évoquer. Je ne vais donc pas faire le point sur votre bracelet, mais plutôt sur cette bouteille de veuve-clicquot et ce bouquet de fleurs en arrière-plan. Et j'inclurai dans le cadre votre main allant vers cette flûte à champagne. Essayez.

Danni s'exécuta et tendit légèrement le bras en direction du verre qu'il avait désigné.

— Attendez, lança Leo. Faites tourner votre bracelet de manière à ce que le pendentif se balance devant la bouteille.

Après avoir dit cela, il se pencha pour placer lui-même

le bracelet comme il le souhaitait sur le poignet de Danni. Puis il recula et prit sa photo.

— Qu'en pensez-vous ? demanda-t-il en lui montrant l'écran de son téléphone.

C'était évident. Il avait su saisir quelque chose de plus que le bijou en lui-même. Pour la première fois, en regardant l'un de ses accessoires, elle trouva qu'il donnait l'image d'un mode de vie d'exception.

— Ça me plaît beaucoup, déclara-t-elle en se tournant vers lui.

Leurs yeux se rencontrèrent.

— Moi aussi, répondit-il en observant non pas la photo, mais le visage de Danni.

Elle frissonna et se détourna précipitamment. Respirant profondément pour recouvrer ses esprits, elle attendit une seconde avant d'oser de nouveau affronter son regard. Il était si près qu'elle distinguait les paillettes dorées qui illuminaient ses pupilles. Jusque-là, elle avait évité de s'attarder sur le fait que Leo Bisset était un homme très séduisant.

À présent, elle ne voyait plus que cela.

Il dut s'en rendre compte, car il se permit d'attraper une boucle échappée de sa coiffure pour la faire glisser derrière son oreille.

Elle frissonna de nouveau et s'écarta de lui.

Concentre-toi, Danni.

Si elle perdait de vue son objectif, elle donnerait raison à ses parents et serait de retour au cabinet d'avocats d'ici la fin de l'été.

- 3 -

En lisant le message par lequel on le convoquait à une réunion de famille chez sa grand-mère, Leo fut tenté de l'ignorer pour rester avec Danni. Mais vu tout ce qui s'était passé ces derniers jours, il ne pouvait pas se permettre de faire faux bond à ses proches.

À contrecœur, il dit au revoir à la jeune femme et se dirigea vers la propriété familiale. Depuis son arrivée à Nantucket, à chaque fois que les Bisset s'étaient rassemblés, cela avait donné lieu à un nouveau scandale. À quoi devait-il s'attendre cette fois-ci ? Il n'osait l'imaginer.

Il fut accueilli par Michael, le majordome de sa grand-mère, qui le conduisit à l'arrière de la maison. Leo entra dans la véranda et y trouva Marielle, sa sœur, qui attendait seule, assise sur le canapé. Elle leva les yeux vers lui en souriant.

— Je parie que, en recevant le texto, tout le monde s'est souvenu des messages concernant « le problème M », lança-t-elle avec un clin d'œil malicieux.

M comme Marielle. En effet, ces dernières années, c'était elle qui s'était illustrée en tant que personnalité scandaleuse de la famille, en raison de sa liaison avec un homme marié, qui était en outre un célèbre pilote de formule 1. Cette aventure avait connu une fin dramatique, le jour où cet homme s'était tué dans un accident de voiture. Après cela, Marielle s'était tenue à l'écart des projecteurs dans le but de se reconstruire et d'entamer une nouvelle vie. Elle y était parvenue et, six mois plus tôt, elle était tombée amoureuse d'Inigo Velasquez, un autre pilote de formule 1. Mais contrairement à l'ex-amant de Marielle, Inigo l'aimait sincèrement.

— Je suis assez content que ce problème soit derrière nous, répondit Leo en s'approchant de sa sœur.

Il l'embrassa affectueusement et s'assit à côté d'elle.

— Et moi donc, répliqua-t-elle. Alors, comment vont les affaires ? Logan m'a rapporté qu'il y avait une créatrice de bijoux et influenceuse dans votre équipe, ce matin ?

De toute évidence, Marielle avait envie d'en savoir plus sur Danni.

— C'est tout ce qu'il t'a raconté ? demanda Leo.

— Il a aussi fait allusion au fait que tu avais dit du mal d'elle dans une interview et que maintenant tu te démenais pour te faire pardonner, déclara Marielle en riant. Qui est-elle exactement ?

— Elle s'appelle Danni Eldridge. Ce n'est pas une influenceuse ; enfin, pas vraiment. Elle est à la tête d'une petite société qui crée des bijoux et des bracelets de montre. C'est à elle qu'Adler a commandé les bijoux de ses demoiselles d'honneur. Et, oui, c'est vrai que son nom a été mentionné par un journaliste qui m'interrogeait il y a quelques semaines. J'ai déclaré qu'elle ne faisait qu'essayer de me copier.

— Ah, Leo, tu sais toujours choisir les mots. Il ne faut pas s'étonner que les gens trouvent les Bisset arrogants.

— Pour ma défense, il m'est arrivé souvent d'être confronté à des imitateurs. Des boutiques ont copié mon enseigne, et un site commercial a même été condamné par la justice pour avoir illégalement utilisé mon logo et mes photos afin de vendre ses produits bas de gamme.

— Je reconnais que tu marques un point. Et qu'en est-il de Danni ? Est-ce qu'elle a fait quelque chose de ce genre ?

— Non, elle est trop fière de son travail pour ça. Ce qu'il en est… c'est que je l'aime bien. Elle est charmante et drôle. Je ne savais pas qui elle était quand on m'a parlé d'elle lors de cet entretien. J'ai été pris de court et je l'ai mise dans le même sac que les autres.

— Tu regrettes tes paroles ?

— La concernant ? Peut-être. Mais d'une manière générale, je maintiens ce que j'ai dit de mes concurrents. Je ne suis pas arrivé là où je suis d'un coup de baguette magique. C'était un parcours difficile. La plupart des gens pensent que papa et Logan m'ont donné l'argent nécessaire pour monter mon entreprise et que je n'en suis que l'image, mais la vérité c'est que je travaille dur depuis des années.

— Je le sais bien, Leo.

Leur frère Zac entra alors dans la pièce.

— Salut tout le monde ! lança-t-il. Où sont les parents ? Je pensais être déjà en retard.

— Je me le demande, répondit Marielle. Michael m'a dit d'attendre ici. Grand-mère doit venir aussi, mais pas avant la fin de sa séance de Pilates.

Leo ne fut pas surpris d'apprendre que leur grand-mère maternelle allait se joindre à la réunion. En temps normal, elle se tenait à l'écart des histoires de la famille Bisset, mais c'était elle qui accueillait tout le monde chez elle ce week-end. De surcroît, Juliette était pour le moins maussade depuis qu'elle avait appris que son mari avait eu un enfant avec une autre femme. Malgré toute la force qu'elle possédait, une nouvelle comme celle-ci restait difficile à entendre. La grand-mère de Leo voulait à l'évidence être présente auprès de sa fille pour la soutenir dans ce moment délicat.

— Me voilà. Qu'est-ce que j'ai manqué ? demanda Logan en arrivant à son tour.

— Rien, répondit Leo. Il n'y a que nous pour l'instant.

— Que nous ? s'étonna Dare au moment où il passait la porte de la véranda.

— Dis donc ! s'exclama Leo. Ça faisait longtemps que nous n'avions pas été tous réunis. Trop longtemps, à mon avis. Zac, tu comptes rester un peu dans cette partie du monde ?

— Malheureusement, répondit Zac, ce ne sera pas pour cette fois. Je dois reprendre l'entraînement pour la Coupe de l'America. Mais j'espère revenir dans le coin plus souvent à l'avenir.

— Voilà qui fait plaisir à entendre, déclara leur mère qui les rejoignait à l'instant.

Leo constata avec tristesse qu'elle avait toujours les traits tirés et le regard sombre. D'un même élan, tous ses enfants s'approchèrent d'elle pour la prendre dans leurs bras. Ils formèrent bientôt tous les six un cercle resserré, et elle les embrassa comme lorsqu'ils étaient petits. Mais bien des choses avaient changé depuis cette époque, surtout ces derniers jours, et Juliette ne parvint pas à retenir ses pleurs.

— Mes chéris, énonça-t-elle d'une voix entrecoupée de sanglots. Tout ceci… C'est à cause de moi. Je ne sais pas comment vous expliquer…

— Ne dis rien pour l'instant, intervint August en faisant son entrée. Carlton arrive. Nous en parlerons quand il sera là.

Carlton était depuis toujours le responsable des relations publiques de la famille. C'est lui qui s'était chargé de restreindre autant que possible les répercussions des différents scandales. Il les rejoignit un instant plus tard, suivi de la grand-mère de Leo.

— Tout le monde est là ? demanda Carlton du ton vif qu'il employait quand il avait une affaire à prendre en main. Parce qu'il y a du nouveau.

Après avoir laissé à chacun le temps de prendre place dans la véranda, il se lança dans la lecture d'un article qui relatait le témoignage d'une infirmière travaillant dans un petit hôpital de campagne. Selon cette dernière, Nick n'était pas le seul bébé dont Bonnie Smith, alias Cora Williams, avait accouché au cours de cette fameuse nuit. En réalité, elle avait eu des jumeaux et en avait donné un à Juliette Bisset pour remplacer l'enfant mort-né que celle-ci venait d'avoir.

Leo se demanda s'il avait bien compris ce qu'il venait d'entendre. Comme il sentait Mari glacée d'effroi à côté de lui, il mit le bras autour des épaules de sa sœur tout en se tournant vers leur mère.

August se leva et prit la parole :

— Juliette, comment est-ce possible ? Nick et Logan ne se ressemblent pas. Est-ce que cette histoire est vraie ?

Juliette n'eut pas besoin de répondre pour confirmer que les choses s'étaient bien passées ainsi. L'expression de son visage parlait d'elle-même. Immobile, debout à côté de la grande bibliothèque, elle prit une profonde inspiration et croisa les bras en les serrant sur son ventre.

Elle commença à raconter sa version des faits, en partant de l'instant où elle avait senti les contractions annonçant le début du travail. Elle était alors seule, car August s'était absenté pour un voyage d'affaires.

Logan l'interrompit.

— Passe directement au moment où tu as échangé ton bébé mort contre moi, lui intima-t-il d'un ton sévère.

Choqué par sa réaction, Leo fit un mouvement vers lui, mais Marielle le retint. Alors Leo observa Logan et vit que celui-ci affichait soudain un masque de froideur.

— Ne sois pas aussi méchant, lui dit-il.

— Je suis méchant si je veux. Ce n'est pas ma mère. C'est vrai, non ?

August jura et se tourna vers Logan. Ils échangèrent un regard plein d'angoisse, mais quand August voulut s'approcher de lui, Logan refusa d'un signe dc tête, avant dc s'adresser à Juliette.

— Finis ton histoire, lança-t-il sèchement.

— Mon accouchement a été rapide et on m'a placée en salle de réveil, reprit Juliette. J'étais en train de pleurer quand Bonnie – ou Cora – a été amenée à son tour. Elle pleurait aussi. Elle s'était préparée à avoir un enfant mais se sentait incapable d'en élever deux en même temps. Elle avait obtenu une bourse partielle pour reprendre ses études. Avec un bébé, cela lui paraissait possible, mais avec deux, elle allait être contrainte de renoncer à l'université. Pour ma part, je lui ai confié que mon mari allait certainement me quitter en apprenant que notre bébé était mort-né. Cette grossesse nous avait rapprochés mais je savais que, sans cet enfant, August et moi aurions le plus grand mal à rester ensemble.

— Ce n'est pas…

— Tu sais bien que c'est la vérité, Auggie. Notre couple ne tenait plus qu'à un fil, et ce fil, c'était l'enfant que nous attendions ensemble. Bonnie m'a dit qu'elle allait devoir abandonner l'un de ses jumeaux, et elle commençait même à se demander s'il ne serait pas mieux de les confier tous les deux à d'autres parents.

— Alors tu lui as proposé d'en prendre un et de le faire passer pour notre fils, déduisit August.

— Oui. Je lui ai aussi donné de l'argent pour l'aider à mener de front ses études et sa maternité. Nous avons échangé les bracelets, et Logan est devenu mon fils. Je t'ai donné le sein, je me suis occupée de toi et je ne t'ai jamais considéré autrement que comme mon enfant.

— Alors comment l'infirmière a-t-elle su ? demanda Logan.

— Elle savait que j'avais accouché d'un bébé mort-né et s'était absentée pour préparer les papiers. Même si nous lui avons assuré, Bonnie et moi, qu'elle faisait erreur, elle connaissait la vérité. Je lui ai proposé de l'argent en échange de son silence. Au début, elle a manifesté des réticences ; mais Bonnie, alias Cora, a su la convaincre en lui promettant que personne ne découvrirait jamais notre secret, que toute cette histoire resterait entre nous trois. Ainsi, chacun des deux garçons serait élevé par une mère qui l'avait désiré et qui pouvait se rendre disponible pour lui. Le médecin avait déjà signé les documents, nous n'avions plus qu'à les remplir. C'est ce que nous avons fait. J'ai cru que c'était réglé.

— Tu aurais dû m'en parler, dit August. J'aurais très bien pu…

— Quoi ? Qu'est-ce que tu aurais fait ? demanda Juliette.

Sa question resta sans réponse.

Logan se leva et s'en alla d'un pas furieux. Leo voulut le suivre, mais Dare le retint.

— Laisse-le, lui dit son frère aîné. Je pense qu'il a besoin d'être seul.

Leo n'insista pas, mais il sentait que sa famille était en train de se disloquer. Il avait à la fois envie de réconforter sa mère et de se défouler sur quelque chose… ou sur quelqu'un.

— Alors, tu l'as rencontré ? Est-ce qu'il est aussi odieux que nous le pensions ? demanda Essie Palmer.

Assise sur la terrasse de sa petite maison de location, Danni ne put s'empêcher de sourire en voyant l'expression de son amie et associée sur l'écran de son téléphone. Essie n'y allait pas par quatre chemins !

— En fait, répondit Danni, je dois dire que Leo Bisset s'est montré très sympathique. Et Adler adore les bijoux que nous lui avons donnés.

— Est-elle d'accord pour que nous utilisions son nom pour notre communication ?

Danni n'avait pas eu le courage de poser cette question à Adler. Elle hocha la tête, mais son amie dut déceler son hésitation car elle haussa les sourcils et soupira en riant.

— Attends, j'ai deviné, dit Essie. Tu ne le lui as pas demandé parce que tu ne veux pas t'imposer, c'est ça ?

— Oui, c'est ça, reconnut Danni.

— Je sais combien cela te coûte de te servir de tes relations, mais si tu veux que ton entreprise te fasse vivre, tu vas devoir être plus impitoyable.

— Tu as raison. J'ai un mal fou à mélanger vie privée et vie professionnelle, alors que la plupart des gens trouvent sûrement normal de faire appel à leur entourage pour stimuler leur carrière. Mais j'ai quand même obtenu quelque chose ! ajouta-t-elle gaiement. Leo m'a aidée à mettre en scène une photo. Je te l'envoie tout de suite. Je voudrais la poster sur nos réseaux sociaux. Qu'en penses-tu ?

Alors qu'elle sélectionnait l'image, l'un des clichés récents enregistrés dans son téléphone attira son attention. C'était une photo de Leo, mal cadrée, qu'elle avait prise sans s'en rendre compte. Il était superbe dessus, et en le regardant, elle pensa à des choses qui n'avaient rien à voir avec le travail.

— Il est fort ! s'exclama Essie en découvrant la photographie montrant le bracelet. Et il a fait ça rien que pour toi ?

— Oui. Enfin, je lui ai demandé de me donner des conseils, et voilà. Cela fait beaucoup plus professionnel que mes photos habituelles, c'est évident. Je vais m'assurer que les liens vers notre boutique en ligne sont bien opérationnels, et ensuite je la publierai.

— Dès que nous aurons raccroché, répondit Essie, je vérifierai les liens et je t'enverrai un texto de confirmation pour que tu publies l'image. Bravo, Danni. Tu as osé lui demander conseil, je suis fière de toi.

— J'ai pensé que ça ne poserait pas de problème. Il sait que nous sommes dans le même secteur d'activité, et rien ne l'empêchait de refuser. Ce n'est pas comme si nous étions amis ou quoi que ce soit d'autre.

— Ou quoi que ce soit d'autre ? répéta Essie avec un sourire amusé.

Danni regretta aussitôt ses mots. Observatrice comme elle était, son amie avait forcément deviné que Danni était attirée par Leo. Elle avait beau savoir que ce n'était pas un homme pour elle, elle ne pouvait rester insensible à son charme, et elle n'arrêtait pas de repenser au frisson qu'elle avait ressenti quand ils s'étaient touchés.

— C'est une façon de parler, rétorqua Danni.

— D'accord. Il est mignon. Je te comprendrais s'il y avait « quoi que ce soit », dit Essie avec humour.

— Non, ce ne serait pas une bonne idée. Je tiens à garder mes distances avec lui. C'est un concurrent. Je veux qu'il me voie comme une entrepreneuse sérieuse et non comme la femme qu'il a rencontrée lors d'un mariage.

— Et pourquoi pas les deux ? Tu as tendance à enfermer trop rapidement les gens dans des cases.

— Je ne comprends pas pourquoi tu dis ça.

— Stan. Mark. Jesse.

— Ce sont des gens avec qui nous travaillons, Ess. Ils n'ont jamais été autre chose que cela, et d'ailleurs ils n'en demandent pas plus, prétendit Danni.

Mais au fond, elle savait que son amie disait vrai. Ces trois hommes avaient invité Danni à sortir avec eux et, à chaque fois, elle avait décliné. Stan était le directeur général d'une chaîne d'hôtels de luxe avec laquelle elle était en négociation pour placer ses produits en boutique, Mark gérait l'entrepôt qu'elles utilisaient pour leur stock, et Jesse… eh bien, c'était juste un garçon avec qui elle avait flirté.

— Leo n'est pas quelqu'un avec qui tu travailles, insista Essie, et tu pourrais très bien t'amuser avec lui ce week-end puis te servir de ce contact une fois rentrée. Toutes les relations ne doivent pas nécessairement être sérieuses.

— Je sais.

Pourtant, Danni avait du mal à s'imaginer vivre une aventure légère et sans lendemain alors qu'elle était concentrée sur son entreprise. Et puis, elle ne voulait pas donner à Leo l'impression qu'elle s'était servie de lui. Ni à lui, ni à qui que ce soit d'autre.

— Bon, j'arrête de t'embêter, conclut Essie. Juste un dernier conseil : essaie d'avoir d'autres photos comme celle que Leo a faite.

Elles discutèrent de leur plan de communication pour le week-end et réfléchirent ensemble aux produits à mettre en avant, puis elles raccrochèrent.

Danni étendit les jambes et fit défiler ses photos récentes sur son écran. Malgré elle, elle s'attarda sur celle de Leo qu'elle avait prise par mégarde. Il affichait un air sérieux et regardait quelque chose fixement, sans doute la bouteille de champagne qu'il avait choisie comme arrière-plan.

Elle se surprit à rêver qu'il la regarde, elle, avec une telle intensité. Avait-il senti le même frisson qu'elle ?

Non, c'était impossible. Jamais un homme comme lui ne pourrait s'intéresser à une femme comme elle. Elle ne cherchait pas à se dévaloriser, mais il fallait être réaliste. Bien sûr, elle aurait pu se forcer, afficher une plus grande assurance et renverser les barrières qui se dressaient sur son passage, mais elle n'était pas prête à changer à ce point de personnalité. Même son envie de réussir n'était pas une motivation suffisante.

C'était pourtant ce qu'Essie avait essayé de lui faire comprendre. Pour obtenir les succès qu'elle espérait, elle devait devenir une autre femme.

Le genre de femme qui aurait une aventure avec Leo Bisset ?

Inutile de se mentir : elle en mourait d'envie. Mais elle avait trop peur d'abîmer le lien qui avait commencé à se nouer entre eux. Elle sentait déjà que, avec son aide, elle pourrait donner à sa petite entreprise l'essor dont elle avait besoin. Cet espoir était trop précieux pour qu'elle prenne le risque de tout perdre.

Leo Bisset était un séducteur, et elle ne comptait pas jouer le rôle de sa nouvelle proie. Son avenir professionnel était plus important qu'une nuit de plaisir.

Leo était triste et en colère. C'était si difficile de croire à ce que leur mère venait de leur annoncer !

Logan n'était pas son fils.

Pour une fois, même Carlton restait sans voix. Comment se faisait-il que personne n'ait découvert la vérité plus tôt ? Il est vrai que Cora avait porté un autre nom à l'époque, et qu'elle avait épousé Tad Williams beaucoup plus tard. Par ailleurs, les Bisset ne l'avaient rencontrée que cette semaine, quand tout le monde était arrivé à Nantucket pour le mariage d'Adler et Nick. L'explication était simple : les deux familles étant ennemies, elles évitaient soigneusement de se fréquenter. C'était déjà un comble de voir la nièce de Juliette épouser le fils Williams !

Un autre élément avait de quoi surprendre. Nick et Logan n'avaient pas du tout le même physique. On disait même souvent à Logan qu'il ressemblait à Juliette Bisset, quand en réalité ils n'avaient aucun lien de sang…

Le frère de Leo venait de subir deux chocs consécutifs. D'abord en apprenant que la liaison de son père avec Cora faisait de Nick Williams son demi-frère, alors qu'ils étaient adversaires depuis toujours. Puis, pire encore, en découvrant qu'il était lui aussi le fils de Cora, et que Nick et lui étaient en fait des jumeaux !

Maintenant que Logan était parti, les autres membres de la famille restaient assis en silence, comme assommés par la nouvelle. Même si Leo se rendait compte que sa mère avait fait quelque chose de grave, il savait que le vrai responsable était bel et bien son père. August se contentait de prendre ce qu'il voulait, sans se soucier des autres.

— Papa, dit-il, tu ne réfléchis jamais aux conséquences de tes actes. Tu as eu une liaison, puis tu es passé à autre chose, et tu t'es absenté au moment où maman allait accoucher. J'ai toujours recherché ton approbation et je voulais te ressembler mais, aujourd'hui, je serais soulagé que ce ne soit pas le cas.

Un murmure parcourut la pièce.

— Là, fit Dare en s'adressant à Leo, tu vas un peu loin.

L'aîné de la fratrie avait l'habitude d'être la voix de la raison, à la fois au sein de la famille et dans son rôle d'homme politique. Mais Leo ne comptait pas retirer ses propos.

— Tu trouves aussi, papa ? demanda Leo à leur père.

Même Marielle fixait August avec insistance, attendant comme tout le monde de voir ce qu'il avait à dire pour sa défense. Leur père les avait regardés de haut toute leur vie, mais à présent des fissures commençaient à apparaître sur son armure rutilante. Ou plus exactement, elles avaient toujours été là, mais ses enfants avaient préféré les ignorer. Jusqu'à ce qu'il ne soit plus possible de fermer les yeux.

— Non, admit August. Je ne crois pas que tu ailles trop loin. Tu as des raisons de penser tout ça. J'étais bien décidé à faire de Bisset Industries un véritable empire. Votre oncle et votre tante n'avaient pas l'intention de reprendre la direction du groupe, et je savais que, si je voulais le faire perdurer sur plusieurs générations, j'allais avoir besoin d'héritiers pour assurer ma succession. Je voulais un autre fils, parce que Dare ne suffisait pas.

— Merci, papa, dit Dare en enfouissant la main dans sa poche.

Il en sortit un paquet de cigarettes tout abîmé, le même qu'il avait toujours sur lui depuis au moins dix ans. Il regarda le paquet, émit un juron, puis le remit dans sa poche.

— Au moins, poursuivit-il, on peut toujours compter sur toi pour parler franchement. Donc, tu aurais quitté maman si elle avait perdu le bébé ? Ou plutôt, si tu avais su qu'elle l'avait perdu ?

August passa les mains dans ses cheveux et fit quelques pas en leur tournant le dos. Il ne répondit pas à la question de Dare, mais c'était inutile. La vérité sautait aux yeux.

— Papa ? insista Marielle. Ce n'est pas vrai, hein ? Tu aimes maman.

August se tourna vers Marielle, qui s'était levée pour s'approcher de lui. Ils avaient toujours été proches tous les deux, mais à présent la sœur de Leo ne semblait plus regarder leur père comme avant.

— Oui, Mari, j'aime ta mère. Mais il m'a fallu toute une vie pour comprendre que je ne voulais pas la perdre. Je ne suis pas tout à fait sûr de ce que j'aurais fait si j'avais su que notre bébé n'avait pas survécu.

Leo secoua la tête et partit sans rien ajouter. Il ne voulait pas entendre un mot de plus de la part de son père. Leur relation avait toujours été très tendue, et d'après sa mère, c'était parce qu'ils se ressemblaient beaucoup. Leo s'était servi de cela pour nourrir son ambition et se mobiliser en vue d'avancer sans cesse vers un nouvel objectif. Jamais il ne se satisfaisait de ce qu'il avait déjà accompli.

Mais plus rien n'était aussi clair. Il avait tout fait pour ressembler à son père, et maintenant… Était-ce à cela qu'il était destiné ? À détruire un jour tout ce qu'il aurait construit parce qu'il serait incapable d'en apprécier la valeur ?

Il l'ignorait. Il n'était pas en état de réfléchir. Tout ce qu'il savait, c'était que le modèle qu'il avait suivi jusque-là venait de s'effondrer et que cela créait en lui un vide immense.

Une fois dehors, enveloppé dans la chaleur de l'été, il n'eut pas envie de monter dans sa voiture. Il préféra marcher en direction du centre-ville. Dans la rue, nombre de familles et de touristes profitaient de cette île paradisiaque, prenaient le chemin de la plage. Leo mit ses lunettes de soleil et avança au milieu d'eux en se rappelant les vacances insouciantes de son enfance.

Nantucket avait toujours été son refuge, comme celui de sa sœur et de ses frères. Peut-être parce qu'ils y avaient séjourné avec leur mère pendant que leur père restait en ville tout l'été pour travailler.

Le seul fait de penser à ses parents lui serra le cœur. Comment Logan supportait-il tout cela, lui que l'on considérait comme le fils qui rassemblait le meilleur de leur mère et de leur père ? Voilà qu'il apprenait que Juliette n'était pas sa mère biologique, et qu'il n'était pas celui qu'il croyait. Combien de temps allait-il lui falloir pour pardonner cela à ses parents ?

— Leo ?

En entendant qu'on l'appelait, il leva les yeux et vit Danni, assise sur la terrasse de l'une des petites maisons qui bordaient la rue. Elle se leva et lui fit un signe. Il lui répondit en agitant la main, tout en se demandant pourquoi cela lui faisait autant de bien de la voir.

La réponse était sans doute très simple. Il avait besoin de distraction, et elle apparaissait à point nommé pour la lui offrir.

- 4 -

Danni venait de se convaincre qu'elle devait persister à demander des conseils professionnels à Leo, et voilà que le destin semblait lui donner un coup de pouce.

D'un geste, elle l'invita à la rejoindre. Il poussa la petite porte blanche et monta les quelques marches qui menaient à la terrasse.

— Vous vous offrez un moment de détente ? demanda-t-il.

Malgré son sourire et le ton poli de sa voix, elle vit qu'il avait l'air tendu. Tout son corps paraissait exprimer à quel point il était à cran. Elle savait que les mariages pouvaient réveiller toutes sortes d'émotions chez les gens, mais manifestement il y avait autre chose.

— Oui, répondit-elle. Vous voulez vous joindre à moi ?

— Volontiers, mais je ne suis pas d'humeur à rester assis. Est-ce qu'une promenade à pied ou à vélo vous tenterait, par hasard ?

— Je suis toujours partante pour marcher. Je vous demande juste deux minutes, le temps d'attraper un chapeau, et j'arrive.

Elle rentra pour enfiler une paire de tennis et mettre son vieux chapeau de paille. Mais en se regardant dans la glace, elle vit qu'il tenait à peine sur son épaisse chevelure frisée. Elle se résolut donc à le reposer et prit une casquette dont l'attache arrière lui servit à faire passer sa queue-de-cheval.

Quand elle ressortit, Leo était occupé à taper un message sur son téléphone. Était-ce à propos du week-end ? Elle consulta son propre portable, mais il n'y avait aucune notification sur le groupe WhatsApp du mariage. Écrivait-il à une relation de travail ? Ou était-ce quelque chose de plus personnel ?

Elle se tança mentalement en se rendant compte qu'elle se posait des questions qui ne la regardaient absolument pas. Du reste, elle n'avait aucune raison de s'intéresser à sa vie privée, puisqu'elle s'était résolue à entretenir avec lui des rapports strictement professionnels.

— Êtes-vous déjà descendu vers la mer ? demanda-t-elle. Il y a un petit coin tranquille que j'affectionne particulièrement et où l'on trouve de jolis coquillages. C'est un peu à l'écart de la plage principale.

Elle se tut en s'apercevant qu'elle se mettait à parler comme une guide touristique. C'était un exercice difficile d'être aimable tout en restant concentrée sur l'objectif qu'elle s'était fixé. Si seulement elle avait eu l'audace d'Essie…

— Excellente idée, répondit Leo. Je n'ai aucune envie de me mêler à la foule aujourd'hui.

— Je comprends. Vous avez tellement d'abonnés que certains doivent vous reconnaître dans la rue quand ils vous croisent. J'imagine que c'est fatigant à la longue.

— À vrai dire, ce n'est pas une chose qui m'ennuie. J'aime bien échanger quelques mots avec eux et je me prête volontiers au jeu des photos. Sans mes abonnés, je ne serais qu'un héritier de plus qui essaie désespérément de se démarquer de son père.

Tandis qu'ils marchaient sur le trottoir, elle sentit qu'il avait quelque chose sur le cœur et se demanda s'il avait envie d'en parler. Danni avait remarqué que les gens se confiaient facilement à elle, alors si cela pouvait faire du bien à Leo…

— Tout va bien en ce qui concerne votre famille ? demanda-t-elle. J'ai été étonnée de ne plus voir votre mère après la partie de golf.

— Elle va bien. C'est le passé qui resurgit… Non, en réalité, elle ne va pas bien. On peut dire que notre famille traverse une crise sérieuse. Ce n'est pas vraiment ce que vous vouliez entendre, je me trompe ?

Danni s'arrêta et prit instinctivement la main de Leo. Un frisson lui parcourut le bras, mais elle s'efforça de ne pas y penser.

— Cela ne me fait pas plaisir de l'entendre, répondit-elle, mais seulement parce que je n'ai pas envie que vous ayez des ennuis, vous et votre famille. Si vous avez besoin de parler, je suis là. Vous pouvez me dire ce que vous voulez.

— Pourquoi ? demanda-t-il avec étonnement. Pourquoi tant de gentillesse ?

— Vous m'avez rendu un grand service tout à l'heure. Ce n'était peut-être pas grand-chose pour vous, mais pour moi c'était considérable. Je vous suis redevable.

— C'était professionnel, lança Leo avec un clin d'œil. Ce qui se passe chez nous, c'est tout autre chose. C'est tellement fou que je ne saurais même pas par où commencer.

— Alors dites juste ce que vous avez envie de dire. Pour être honnête, j'en sais peu sur votre famille. Votre père a l'air d'être un personnage hors du commun. Logan suit ses traces, apparemment, et d'après ce que j'ai lu, vous aussi…

— C'est une partie du problème, justement. J'ai toujours voulu dépasser mon père, mais maintenant… Je ne sais plus trop.

— Je vois très bien ce que vous voulez dire, assura-t-elle.

Bien sûr, votre famille et la mienne sont très différentes ; mais, chez moi, tout le monde est avocat. Mes parents, mon frère et ma sœur. Et moi, j'ai d'autres aspirations. Ce qui fait que les réunions de famille sont assez… tendues.

— Et vous avez déjà désiré ressembler à vos parents ? demanda-t-il en la regardant fixement.

— Pas vraiment. J'avais envie qu'ils soient contents de moi, alors j'ai fréquenté les écoles de leur choix et j'ai suivi des études de droit, comme ils le souhaitaient. J'ai même passé le concours du barreau et pratiqué le métier d'avocate pendant un an. Mais je ne me sentais pas à ma place.

— Pour ma part, j'ai toujours pensé que j'étais comme mon père. Que si j'avais été l'aîné, j'aurais très naturellement pris sa succession. Et je voulais qu'il voie tout cela en moi.

— Je pense que nous commençons tous par vouloir ressembler à nos parents. Ils sont un peu nos premiers héros.

— Vous croyez ?

Elle haussa les épaules. Si ce n'était pas le cas, pourquoi serait-elle allée en fac de droit ? Hélas, elle avait découvert une autre facette de ses parents le jour où elle leur avait fait part de sa volonté de prendre une nouvelle direction. Ils lui avaient répondu par un ultimatum et une bonne dose de condescendance.

— C'était le cas pour moi, répondit-elle. Mais on tombe de haut le jour où l'on découvre qu'ils ont des pieds d'argile.

— Oui, eh bien, aujourd'hui… J'ai appris sur mon père des choses qui remettent en question tout ce que j'imaginais savoir de lui et de moi, et je ne sais plus comment me situer ni quel chemin emprunter.

Elle n'avait pas de conseil à lui donner, et elle sentait au ton de sa voix combien il souffrait et à quel point sa situation familiale était compliquée.

— Commençons donc par celui qui mène à la plage, d'accord ? proposa-t-elle.

En découvrant combien Danni pouvait être douce et attentive, Leo ne put s'empêcher de penser qu'elle n'avait pas le cynisme nécessaire pour se tailler une place dans le monde impitoyable des influenceurs. Il n'appartenait pas réellement à ce milieu non plus, mais il le connaissait bien car il s'en servait pour faire la publicité de ses produits, et sa sœur était elle-même influenceuse. C'était particulièrement difficile de réussir dans ce domaine. Il n'arrivait pas à imaginer Danni, avec sa gentillesse et son regard plein de compassion, manœuvrer de façon assez féroce pour faire son trou dans la jungle des réseaux sociaux.

Il tendit la main vers elle pour remettre délicatement derrière son oreille la boucle qui lui barrait le visage, et dès qu'il la relâcha, cette mèche rebelle vint s'enrouler autour de son doigt. Il aimait les cheveux de Danni. Il aimait son visage, et sa bouche qui semblait avoir été dessinée pour donner et recevoir des baisers. C'était la première fois qu'il était à ce point fasciné par les lèvres d'une femme. Le seul fait de les regarder lui donnait envie de sourire.

Oui, en dépit de toute la tension, de la colère et de la douleur qui l'habitaient, Danni lui donnait envie de sourire. Cela en disait long sur elle et sur la force qu'elle possédait. N'était-ce pas cela qui avait plu à Leo quand il avait vu son bracelet ? Comme si le bijou qu'elle avait créé reflétait sa personnalité…

— Je me trompe ou vous êtes en train de me dévisager ? demanda-t-elle. Mes cheveux sont sortis de ma casquette ?

— Je ne vous dévisage pas, Danni, je vous regarde, corrigea-t-il en lui caressant la joue avec le pouce. Et je pensais vous embrasser. Que dites-vous de cela ?

— J'en dis… que ça ne me dérangerait pas. J'y ai pensé moi aussi.

— Ah oui ? C'est très bon signe, ça.

Il fit glisser ses mains le long de son cou, non sans remarquer la petite tache de naissance qu'elle avait derrière l'oreille, puis les posa sur ses épaules délicates et se pencha légèrement. Elle inclina la tête et inspira.

Alors qu'elle s'offrait à lui, il ressentit une étrange hésitation. Il n'était pas en état d'entamer quoi que ce soit maintenant. Il était en colère contre son père, incertain de l'homme qu'il voulait être. Embrasser Danni n'aurait été qu'une distraction, cela ne pouvait pas être plus que cela. Mais si, pour elle, un baiser signifiait davantage ?

— C'est juste un baiser, dit-elle d'un ton moqueur. Je vois bien ce que vous devez penser : que je vais tout de suite commencer à rédiger ma liste de mariage. Mais honnêtement, je ne vous connais pas. Oui, vous êtes séduisant, bien sûr, mais ça s'arrête là.

Il recula d'un pas et se mit à rire.

— Pardon, Danni, je suis désolé. J'ai la tête ailleurs aujourd'hui, à moins que ce soit vous qui me perturbiez. J'espère avoir droit à mon baiser un peu plus tard. Mais vous venez de soulever un point important : c'est vrai que nous ne nous connaissons pas du tout.

— Pour ma part, je m'étais fait de vous une idée qui s'est révélée totalement fausse. Vous êtes très différent de ce que j'avais imaginé.

Il lui prit la main et se remit à marcher.

— Dites-moi quelque chose sur vous, lui demanda-t-il. Pour que nous fassions connaissance.

Elle se mordilla la lèvre et il fut parcouru par un délicieux frisson de désir. Enfin, il ressentait quelque chose de nouveau et d'excitant.

— D'accord, répondit-elle. Mais je préfère vous prévenir, je tiens toujours à recevoir vos conseils pour mon entreprise.

Il s'arrêta et la regarda dans les yeux.

— Vous pourrez me poser toutes les questions que vous voudrez concernant le travail, déclara-t-il, je ne vous en voudrai pas. Je vous le promets.

— D'accord. C'est juste que je ne veux pas me servir de vous.

Voilà des mots qu'il n'avait jamais prononcés, ni entendus dans la bouche de son père. Pour l'un comme pour l'autre, chaque rencontre devait être utile. Ils ne perdaient pas leur temps avec des gens qui ne possédaient pas les atouts pour contribuer à leur réussite. Leo se rendait compte maintenant que, en suivant l'exemple de son père, il était sans doute passé à côté de belles amitiés. Pourquoi ne pas essayer la méthode de Danni, pour changer ?

— Apprendre des choses et utiliser ces nouvelles connaissances à votre avantage, ce n'est pas se servir de moi, assura-t-il. Je ne vous laisserai pas vous servir de moi si vous ne me laissez pas me servir de vous.

— Marché conclu.

— Si nous scellions ce marché par un baiser ? proposa-t-il.

L'hésitation qu'il avait eue un instant plus tôt était déjà partie en fumée.

— Pas encore, répondit Danni. Dites-moi d'abord quelque chose sur vous que vos fans ignorent. Qui est le vrai Leo Bisset ?

Jusqu'à la veille, il aurait répondu qu'il n'était pas bien différent de l'image qu'il donnait de lui sur les réseaux sociaux, mais ce n'était pas la vérité.

— Laissez-moi réfléchir… Eh bien, je peux vous dire que je déteste porter des chaussures bateau. J'ai un contrat de partenariat avec la marque Sperry, c'est pourquoi je porte ces chaussures à longueur de temps, mais si je pouvais je ne mettrais que les vieilles tennis en toile que je garde chez ma grand-mère.

— Je suis choquée, plaisanta Danni. Mais quel est le problème avec ces chaussures bateau ? Elles ne sont pas confortables ?

— Si, mais quand je les ai aux pieds, j'ai l'impression d'être en train de travailler. Les autres, je sais que je ne pourrais jamais les mettre pour me faire prendre en photo ou participer à un événement quelconque.

— J'aime l'idée que vous les ayez quand même.

— Pourquoi ?

— Cela vous rend plus vrai.

— Vous trouvez que j'ai l'air faux ?

— Euh…

Elle fronça le nez et émit un petit rire.

— Ça, comprit-il, ça veut dire oui. Pourquoi ?

— Eh bien, vous voyez, je vous ai demandé de me confier quelque chose sur vous, et vous me parlez de chaussures.

— Que puis-je faire de plus pour vous montrer que je suis vrai ?

Leo sentit qu'il avait envie de l'impressionner, ce qui ne lui ressemblait pas du tout. C'était étrange.

— Pourquoi avez-vous décidé de monter votre entreprise ? demanda-t-elle. Je vous préviens, je ne veux pas entendre votre réponse toute faite de tout à l'heure. Mais quelle est la raison qui, au fond de vous, vous a poussé à voler de vos propres ailes ?

— Voilà une question très personnelle.

— C'est vous qui avez voulu un baiser, se défendit-elle avec un petit haussement d'épaules. Or je n'embrasse pas les inconnus.

Avait-il déjà déployé autant d'efforts en vue d'obtenir un baiser ? Non. Et c'était peut-être pour cela qu'il en avait envie à ce point.

— Bon, d'accord.

Il respira profondément. C'était sans doute la première fois qu'il allait partager cette confidence avec quelqu'un.

— Je voulais voir si j'étais comme mes ancêtres, qui ont su bâtir une dynastie à partir de rien. J'aurais pu rester chez Bisset Industries et y occuper un poste élevé, pour faire mes preuves auprès de ma famille, mais j'avais autre chose à me prouver à moi-même. Alors ? demanda-t-il en haussant les sourcils. C'est assez personnel à votre goût ?

— Je m'en contenterai.

— Et maintenant, à votre tour. Qu'avez-vous à me dire sur vous ?

Qu'avait-elle à lui dire sur elle ?

Danni aurait voulu avoir une réponse facile à fournir à Leo, quelque chose qui lui donnerait l'air charmante et intelligente, mais elle n'était pas douée pour jouer un rôle, et elle eut envie de faire la liste de tout ce qu'on ne remarquait jamais chez elle. Elle se retint de justesse et essaya d'imaginer ce qu'Essie aurait dit à sa place.

— Je crois que la plupart des gens me sous-estiment, déclara-t-elle en laissant finalement parler son cœur. Ils prennent la gentillesse pour de la faiblesse et sont surpris quand ils découvrent qu'ils ont fait erreur. Car j'ai aussi un très fort esprit de compétition.

— Ah oui ? plaisanta Leo. Cela ne s'est pas vu, ce matin, sur le parcours de golf.

— Ce n'est pas contre les autres que j'aime gagner, mais plutôt contre moi-même. Si je me fixe un objectif, comme développer une petite entreprise florissante, je ne laisse rien ni personne se mettre en travers de mon chemin. Et j'ai aussi la réputation d'être très combative dans une salle d'audience.

— Vous avez l'intention de redevenir avocate ?

— Non.

Elle avait répondu si vite et d'un ton si ferme qu'il se mit à rire.

— Pourquoi ? demanda-t-il.

— Je faisais bien mon travail, mais ce n'était pas ma passion. Le droit, c'est la passion de mes parents, et ils ont du mal à comprendre que je ne sois pas comme eux. Ils m'ont accordé un congé pour que je me lance dans cette nouvelle activité, et si elle ne devient pas rentable d'ici la fin de l'année, je devrai retourner au cabinet d'avocats. Mais il n'est pas question que j'échoue.

— Je suis comme vous, répondit-il avec un amusement communicatif. Ce qui me stimule, ce n'est pas la comparaison avec mes concurrents, mais la prochaine montagne que je compte escalader. Je regarde devant moi, et non à droite ou à gauche.

Son discours séduisit Danni.

— En fait, comprit-elle, quand vous dites faire la part des choses entre vie privée et professionnelle, cela signifie que vous laissez vos émotions de côté quand il s'agit du travail. Vous pensez que c'est ce qui fait votre succès ?

— Peut-être. Ça, et la volonté que j'ai depuis longtemps de bâtir mon propre héritage, puisque celui de mon père ne m'est pas destiné.

— Votre remarque me paraît un peu…

— Exagérée ? dit-il en souriant. Oui, je sais. Mais c'est ce que je ressens. Étant le troisième fils de mes parents, je savais que la direction du groupe familial ne me reviendrait pas naturellement, et j'aimais trop mes deux grands frères pour faire ce qui aurait été nécessaire en vue de prendre leur place. C'est pourquoi j'ai décidé de créer mon entreprise.

Manifestement, les rapports de Leo avec sa famille étaient encore plus complexes que ceux de Danni avec la sienne. Mais ce qu'il venait de lui confier en disait long sur sa personnalité. Sans une telle motivation, il n'aurait jamais réussi à imposer sa marque de produits de première qualité, fabriqués localement, contre une concurrence qui tirait sans cesse les prix vers le bas. Mais c'était aussi la longue lignée dont il était issu qui lui avait donné le goût des belles choses et des objets qui duraient dans le temps, grâce à leur solidité et à leur élégance intemporelle.

— Je comprends, dit Danni. De mon côté, j'ai travaillé comme avocate avec les membres de ma famille, mais je ne serai jamais aussi bonne qu'eux car ce n'est pas ma passion. Ce que j'aime, c'est fabriquer des bijoux, mais je n'ai pas encore trouvé le mentor qui m'aidera à développer mon affaire.

— Je ne serai pas votre mentor au-delà de ce week-end, prévint-il. Je ne suis pas fait pour ça. Je vous donnerai quelques pistes et je répondrai à vos questions.

— C'est déjà très bien. Je pense même que, bientôt, c'est vous qui essaierez de me copier.

— Bon sang. Cette phrase me poursuivra éternellement, si je comprends bien ?

— Un certain temps, du moins, répondit-elle avec un sourire. En fait, je suis contente que vous l'ayez prononcée. Elle m'a poussée à me démener encore plus pour me faire un nom.

— Alors je ne regrette pas ce que j'ai dit. J'aime avoir de la concurrence, c'est très stimulant. Où est ce petit coin de paradis dont vous m'avez parlé ? demanda-t-il quand ils arrivèrent à la plage.

Elle le guida le long de la côte, et ils s'éloignèrent bientôt de la foule. Leo semblait se détendre à mesure que le nombre de gens diminuait autour d'eux. Elle apprit qu'il aimait la glace à la cerise, qu'il ne mettait jamais de débardeurs et qu'il lisait tous les *Harry Potter* une fois par an. Elle lui révéla qu'elle avait deux parfums de glace préférés : les noix de pécan au bord de la mer et le chocolat quand elle était chez elle. Elle lui dit aussi qu'elle aimait porter un short sous une jupe et qu'elle avait une énorme pile de livres qu'on lui avait recommandés, mais qu'elle revenait toujours à sa collection de romans d'amour.

Elle ôta ses chaussures pour marcher au bord de l'eau. En la voyant faire, Leo lui fit un clin d'œil et regarda autour de lui pour s'assurer qu'il n'y avait personne, puis il se mit à son tour pieds nus. Comme ils continuaient à discuter, il lui parla de son petit frère, qui connaissait plus d'histoires sur la mer que n'importe qui, et lui confia que, petit garçon, il avait rêvé d'être fils unique.

Elle lui avoua qu'elle avait pensé la même chose quand elle était enfant, mais que, dans son rêve, elle était une princesse qui avait été enlevée et que ses parents recherchaient désespérément. Cela les fit rire tous les deux.

Comme elle levait les yeux vers lui, elle vit son expression changer d'un coup, et il tendit la main vers elle pour lui enlever sa casquette. Le vent s'engouffra dans les cheveux de Danni et elle les sentit s'envoler tout autour de sa tête. Elle voulut s'en saisir pour les retenir, mais Leo empêcha son geste.

— Laissez-les, dit-il. Vous ressemblez à la créature éthérée que je commence à deviner en vous. Une sorte de nymphe aquatique qui a apaisé l'élan de violence que j'avais en moi.

— Ce n'est pas ce que je suis, répliqua-t-elle.

Et elle ne voyait pas de quelle violence il pouvait bien parler.

— Je suis juste une fille, ajouta-t-elle. Enfin, une femme.

— Vous êtes beaucoup plus que cela.

Sur ces mots, il lui prit la main et l'attira dans ses bras. Dès qu'elle sentit sa bouche sur la sienne, elle ferma les yeux et s'abandonna aux mouvements de ses lèvres. C'était un délice. Il n'y avait plus que lui et elle, ses cheveux bouclés qui dansaient autour d'eux et les bras de Leo qui l'enlaçaient.

- 5 -

En entamant cette promenade avec Danni, Leo n'avait pas du tout prévu de l'embrasser. Mais voilà, l'intimité était arrivée plus vite qu'il ne l'avait imaginé. Elle l'avait poussé à se mettre face à lui-même comme il ne l'avait pas fait depuis très longtemps. Toutefois, une part de lui préférait se méfier d'une femme qui l'avait amené à se livrer aussi rapidement. Elle n'était pas la personne qu'elle semblait être au premier abord. Mais c'était sans doute la même chose pour tout le monde, non ?

La mère de Leo, par exemple, ne correspondait plus à ce qu'il avait toujours cru d'elle. Ses mensonges représentaient une vraie trahison envers sa famille, qui en payait le prix à présent. À commencer par Leo, qui comprenait qu'il aurait pu prendre la direction de Bisset Industries si Logan n'était pas entré dans la famille.

Il se sentit coupable et chassa aussitôt cette idée de son esprit. Logan était sans doute celui qui souffrait le plus en ce moment, et Leo eut honte de cet éclair de jalousie et de mesquinerie. Du reste, il comprenait ce qui avait conduit leur mère à prendre une telle décision. Et il aimait son frère. Néanmoins, cela restait difficile à digérer.

Quant à son père… Mieux valait ne pas y penser.

Pour l'instant, il ne voulait songer qu'à Danni. La douce Danni, avec ses cheveux rebelles qui semblaient inciter Leo à se débarrasser de ses soucis et de ses inquiétudes.

La généreuse Danni qui arrivait à faire en sorte qu'il se sente bien dans ce moment si compliqué. La séduisante Danni qui répondait à son baiser avec une sensualité qui le rendait fou. Était-elle trop bien pour être vraie ? Pour l'instant, cela lui était égal.

Et voilà. C'était cela, l'héritage d'August Bisset. Cette habitude de prendre ce qu'il voulait sans se soucier des conséquences pour les autres. Leo souhaitait-il être cet homme ? Comment faire pour changer ?

Tout en l'attrapant par la taille, Danni se hissa sur la pointe des pieds et fit passer son autre main autour du cou de Leo. Leur baiser se fit encore plus intense. Il tenta de contrôler ses sens mais, quand elle plaqua ses seins contre son torse, il ne put s'empêcher de lui caresser les fesses et de l'attirer contre lui pour lui faire sentir son érection.

Elle cessa de l'embrasser et leva les yeux vers lui, sans s'écarter cependant. Il aurait voulu deviner ce qu'elle pensait, mais elle portait des lunettes de soleil qui masquaient son regard. Elle avait les lèvres rougies et son épaisse crinière dansait dans le vent.

Danni possédait un charme unique qui attirait Leo malgré lui. Ce n'était pas le genre de femme avec qui il pouvait imaginer un avenir, mais elle était comme un petit plaisir gourmand auquel il avait très envie de céder.

— Ça me plaît de t'embrasser, dit-il.

— Moi aussi.

Il sentit un coquillage sous son pied et se baissa pour le ramasser. Après l'avoir frotté sur sa chemise pour en ôter le sable, il l'offrit à Danni.

— Tiens, fit-il. Pour que tu ne m'oublies pas quand tu seras riche et célèbre.

Elle prit le coquillage et releva ses lunettes pour le contempler.

— Après ce que tu as osé raconter sur moi dans la presse, rétorqua-t-elle, je ne risque pas de t'oublier.

— J'essaie de me rattraper. De te donner une autre raison de te souvenir de moi. Danni, je me disais… Je sais que ce soir, c'est le dîner de répétition du mariage, mais je ne me sens pas d'humeur pour une grande fête. Tu serais d'accord pour qu'on sorte tous les deux au lieu d'y aller ?

— Tu penses à quel genre de sortie ? Cette soirée, c'est l'occasion pour moi de rencontrer Toby Osborn et de travailler un peu pour élargir mon réseau.

— Et si, ce soir, je prends une photo de toi que tu pourras ensuite utiliser sur les réseaux sociaux pour vendre tes produits ? proposa-t-il.

— Tu ne m'as pas encore dit quel genre de sortie ce serait, souligna-t-elle en remettant ses lunettes.

Elle regarda une dernière fois le coquillage avant de le glisser dans sa poche.

— Ma grand-mère possède un voilier des années 1930, entièrement rénové. Il est juste de la bonne taille pour qu'on puisse le manœuvrer à deux quand le temps est clément. Si tu en as envie, j'aimerais beaucoup t'emmener faire une tour et dîner avec toi en mer, en admirant le coucher de soleil.

Les femmes que Leo avait fréquentées au cours des dix dernières années lui avaient toujours reproché de ne pas être romantique, mais en réalité il n'avait pas pris le temps pour cela. Il avait souvent eu cette idée d'une sortie en bateau, mais cela voulait dire être injoignable pendant plusieurs heures et laisser ses collaborateurs face à une éventuelle urgence, ce qu'il n'avait jamais osé faire. Jusqu'aujourd'hui.

Avec Danni, il voulait oser. Non seulement parce que c'était une femme à part, mais aussi, et peut-être surtout, parce qu'il avait grand besoin de se distraire. Mais n'était-il pas en train de se laisser un peu trop distraire ? Elle n'avait même pas fait semblant de ne pas être intéressée par ce qu'il pouvait lui apporter sur le plan professionnel. Elle lui avait rappelé qu'ils étaient concurrents. Et pourtant… Rien de tout cela ne comptait à cet instant.

Il avait vu son père se consacrer entièrement à Bisset Industries pendant des décennies, et à présent, toute la famille devait en payer le prix. Leo avait besoin de croire qu'il était différent, qu'il ne reproduirait pas les mêmes erreurs qu'August. Alors une promenade en mer… Pourquoi pas ?

Cette journée avait tout changé. Il ignorait si c'était quelque chose qu'il allait apprécier ou non, mais il en avait assez de ne pas essayer. Ou de se demander, à chaque fois qu'un choix se présentait à lui, ce que son père aurait fait à sa place – pour un maximum de profit personnel – et non ce dont il avait vraiment envie.

Bon sang !

Il prenait conscience seulement maintenant du temps qu'il avait passé à se démener pour attirer l'attention de son père. Une attention qu'il n'obtiendrait jamais, puisqu'il n'était que le troisième fils et qu'il ne faisait plus partie de Bisset Industries.

— Qu'en dis-tu ? demanda-t-il. Je ne peux pas te promettre que tout sera parfait, mais ce devrait être amusant.

— Je préfère de loin ce qui est amusant à ce qui est parfait.

— Très bien.

Ils firent demi-tour et reprirent leur marche en sens inverse.

— Danni, ajouta-t-il, je te remercie. J'ai passé un très bon après-midi.

— Tout le plaisir était pour moi, répondit-elle. Tu as le temps de manger une glace ou tu dois rejoindre ta famille ?

Leo hésita et regarda son téléphone pour voir s'il y avait du nouveau. Il avait dix messages de ses collaborateurs restés à Long Island, mais il les parcourut rapidement et constata qu'il n'y avait pas d'urgence. Sa mère lui avait aussi envoyé un SMS pour lui demander s'il allait bien, mais il n'avait aucune envie de lui répondre pour l'instant. Il décida d'écrire à Adler pour prendre de ses nouvelles et lui demander si elle avait besoin qu'il soit présent lors de la répétition. Sa réponse le surprit et l'inquiéta à la fois : elle ne contenait qu'une émoticône souriante et une phrase lui disant de bien s'amuser.

Cette concision ne ressemblait pas à Adler. Sa cousine rédigeait toujours des messages interminables. Toujours.

— Je crois qu'il vaudrait mieux que j'aille voir Adler, annonça-t-il à Danni. Ces problèmes de famille tombent au plus mauvais moment pour elle et j'imagine que c'est difficile à vivre. Mais je passerai te prendre vers 18 heures, si ça te va ?

— Parfait, alors à tout à l'heure.

Quand ils se séparèrent, Leo regarda Danni s'éloigner et dut lutter contre l'envie de la suivre. Pourquoi avait-il tant besoin de sa présence, alors qu'il l'avait rencontrée ce matin seulement ? Cela n'avait pas de sens.

De toute évidence, c'était une simple question de désir. Un désir d'une telle intensité qu'il en était presque déstabilisé.

Arrivé à l'hôtel où séjournait Adler, Leo monta à l'étage où se trouvait sa suite et frappa à la porte. Sa cousine lui ouvrit et afficha un sourire surpris en le voyant.

— Leo ? Ça va ? demanda-t-elle.

— Moi, oui. C'est pour toi que je suis là. Ton message

très succinct m'a laissé penser que tu n'étais pas dans ton état normal.

La remarque de Leo eut le mérite de la faire rire.

— Je savais que j'aurais dû écrire une réponse plus longue, répliqua-t-elle avec humour, mais je suis à court de mots. Ou plutôt, j'en ai beaucoup qui me viennent à l'esprit, mais je me suis dit qu'une succession de jurons suivis d'un « Qu'est-ce que je vais devenir ? » n'apporteraient pas grand-chose.

Leo rit à son tour et la serra dans ses bras pour la réconforter. Après la mort de sa mère, victime d'une overdose, Adler avait passé son enfance entre les tournées de son père et la maison des Bisset, si bien qu'elle était devenue comme une sœur pour Leo.

— Alors ? lui demanda-t-il. Est-ce que Nick supporte tout ça un peu mieux que Logan ?

— Pas vraiment, répondit-elle en l'invitant à avancer dans le salon. Tu veux boire quelque chose ?

— Non, merci. J'ai rendez-vous un peu plus tard.

— Oh ! Avec qui ? C'est donc pour ça que tu voulais sauter le dîner. Je pensais que c'était peut-être à cause de toutes ces histoires de famille. En fait, c'est beaucoup mieux.

— Oui, c'est beaucoup mieux. C'est avec Danni Eldridge que je dois passer la soirée.

— J'apprécie beaucoup Danni, je te préviens. Ne fais pas d'elle une de tes conquêtes d'un soir.

— Elle est adulte et responsable. Moi aussi, je l'apprécie. Elle est différente.

— Elle a beaucoup de cœur. Nous étions à l'école ensemble, et son père est l'avocat du mien depuis des années. C'est l'un des avocats les plus redoutables que je connaisse. Mais Danni n'est pas du tout comme lui.

— Elle m'a dit en effet qu'elle venait d'une famille

d'avocats. Et elle voudrait que je lui donne des conseils pour développer son entreprise. Pourquoi as-tu choisi ses bijoux pour ton mariage ?

— Au début, j'ai simplement regardé ce qu'elle faisait parce que son père en avait parlé au mien. Mais en découvrant sa collection, j'ai été sous le charme. Je lui ai expliqué ce que je souhaitais, et elle m'a envoyé des croquis qui étaient encore meilleurs que ce à quoi je m'attendais.

Ils discutèrent encore un moment, et quand Leo partit, il eut l'impression que ce moment avait fait du bien à Adler. Elle avait retrouvé sa gaieté – au moins jusqu'à la prochaine crise familiale.

Danni publia sur les réseaux sociaux la photo prise par Leo à la fin du déjeuner, puis elle posa son téléphone et ouvrit son carnet à dessins. Elle voulait saisir tout de suite l'après-midi qu'elle avait passé avec Leo. Il avait le don d'éveiller en elle des émotions qu'elle ignorait d'habitude. Le temps lui était compté si elle voulait faire de son rêve une réalité et elle ne devait surtout pas se laisser déconcentrer ou perdre ne serait-ce qu'une journée.

Mais Leo…

Après la façon dont il l'avait embrassée, elle ne pouvait s'empêcher de penser à bien d'autres choses que sa production et ses canaux de distribution. Il lui donnait envie d'être cette créature éthérée qu'il avait évoquée tout à l'heure sur la plage. Quelqu'un qui vivait pour l'instant présent, la passion et le plaisir.

En réalité, elle n'avait jamais été cette personne. Mais sur les pages de son carnet à dessins, rien ne l'en empêchait. Elle se représenta comme elle le faisait toujours, mais cette fois, en dessinant ses cheveux, elle n'éprouva pas de colère contre eux. Les femmes qui lui enviaient son épaisse crinière ne se rendaient pas compte de la contrainte que c'était ! Mais Leo lui avait fait quelque peu changer de regard sur sa masse de boucles brunes. Au moins pour quelques heures, jusqu'à ce qu'elle doive de nouveau les coiffer. Quand elle voulut dessiner Leo, elle ne fut pas satisfaite du résultat et trouva qu'il avait une drôle de tête. Elle lui mit alors des lunettes de soleil, ce qui régla le problème. Elle sortit ensuite de sa poche le coquillage qu'il lui avait donné et prit une nouvelle page pour le dessiner sous tous les angles possibles. Puis elle mit son carnet de côté.

Elle devait se laver les cheveux avant son rendez-vous de ce soir avec Leo, et comme ceux-ci allaient mettre du temps à sécher, elle avait intérêt à le faire dès maintenant. Car mieux valait éviter le sèche-cheveux. C'était une préoccupation bien superficielle, mais sa vie était plus simple quand elle se concentrait sur des détails insignifiants comme celui-ci plutôt que des choses plus profondes, comme son attirance pour Leo par exemple.

Aujourd'hui, il avait été tour à tour tendu et complètement décontracté. Et même s'il lui avait fait certaines confidences, elle sentait qu'il gardait pour lui quelque chose d'important. Ce qui se passait au sein de sa famille l'avait visiblement touché, et elle avait découvert un homme vulnérable et habité par le doute, bien différent de l'image que les médias donnaient de lui.

En sortant de la douche, elle consulta son téléphone et vit qu'elle avait reçu soixante-quinze textos, apparemment tous d'Essie ! Prise d'inquiétude, elle en survola quelques-uns pour voir si son amie avait eu un accident ou un problème quelconque, mais apparemment tout allait bien. Ses SMS parlaient tous du travail.

Plutôt que de lire l'ensemble des messages dans le détail, Danni l'appela en visio pour pouvoir lui parler directement.

— Où étais-tu passée ? demanda Essie en décrochant. La photo que tu as postée fait un malheur. Nous avons déjà eu plus de cent commandes la première demi-heure, et ça n'a pas l'air de ralentir.

— Désolée, je ne pensais pas que nous aurions une telle réaction. Cent commandes ? C'est génial ! J'imagine que ça va rapidement se calmer. Où en est notre stock ?

Elles avaient quelques cartons à l'entrepôt mais, avec seulement trois artisans qui travaillaient à la fabrication de leurs bijoux, leur capacité de production était tout de même limitée.

— Je ne pense pas que nous puissions honorer plus de cinq cents commandes, répondit Essie. Mais il y a peu de chances que nous en recevions autant.

— Nous avons deux autres modèles de bracelets qui ressemblent beaucoup à celui de la photo, dit Danni. Attends, j'attrape mon ordinateur portable. Voilà. Je vais faire un petit changement sur la boutique en ligne, pour que l'image de ces modèles-là apparaisse comme proposition en cas de rupture de stock. Et nous devrions nous limiter à quatre cent quatre-vingts commandes, par précaution. D'accord ? Une fois ce nombre atteint, les clients seront automatiquement redirigés vers les deux autres bracelets. Je pense que nous en avons trois cents de chaque en réserve. Nous proposerons aussi aux acheteurs de les prévenir par e-mail quand le produit sera de nouveau disponible.

Ce succès la faisait exulter. C'était exactement pour cela qu'elle avait besoin des conseils de Leo : rien qu'en mettant en scène cette photo, il lui avait permis de vendre plus de bracelets en trente minutes qu'elle ne l'avait fait au cours du mois dernier.

— D'accord, dit Essie, je m'y mets tout de suite. Bon sang, Danni, c'est réjouissant ! Stressant, mais réjouissant.

Elles restèrent en ligne tout en travaillant sur leurs ordinateurs respectifs, et quand le site Internet fut mis à jour, elles vérifièrent une dernière fois tout ce qu'elles avaient fait avant de raccrocher. Danni téléphona ensuite à ses artisans pour leur demander de fabriquer d'autres bracelets. Elle rappela ensuite Essie pour s'assurer qu'elle n'aurait besoin de rien de plus d'ici demain, après quoi elle finit de se préparer pour son rendez-vous avec Leo, non sans se faire la leçon dans sa tête.

Oui, Leo était irrésistible, elle avait adoré l'embrasser et mourait d'envie d'aller plus loin, mais tout cela ne devait pas lui faire oublier ses objectifs professionnels. Comme lui, elle voulait signer des partenariats avec de grandes marques.

Des questions lui vinrent à l'esprit, et elle se hâta de les inscrire dans son téléphone pour penser à les lui poser. Elle trouverait bien un moment au cours de la soirée pour les amener l'air de rien dans la conversation.

Elle en était capable et n'avait aucune raison de se sentir coupable. Elle avait été franche avec lui, et il était d'accord pour lui donner quelques pistes de travail. Bien sûr, elle ne s'attendait pas à atteindre le niveau de Leo en un week-end. Elle savait qu'il lui faudrait du temps pour développer son réseau et trouver des partenaires de haut vol.

Il frappa à sa porte à 18 heures précises, et en lui ouvrant, elle faillit oublier tout le plan qu'elle avait élaboré dans sa tête. Il portait un short, un polo, et ses fameuses chaussures bateau. Ses cheveux étaient coiffés en arrière, et lorsqu'il lui sourit, elle se remémora aussitôt les sensations exquises qu'elle avait éprouvées dans ses bras.

Cela n'allait pas être évident de rester concentrée sur son travail. Vraiment pas évident du tout.

- 6 -

Leo était à l'aise sur un bateau. Dès qu'il eut effectué les manœuvres nécessaires pour sortir du port, il troqua ses chaussures contre la vieille paire de tennis dont il avait parlé à Danni cet après-midi. Fascinée par ses mouvements sûrs et naturels, elle prit son carnet et le dessina, debout à la barre.

Le voilier était restauré avec beaucoup de goût et dans le respect de son style d'origine. À son bord, Danni avait l'impression d'être l'héroïne de l'un de ces films en noir et blanc qu'elle avait regardés enfant avec sa mère, son frère et sa sœur. Elle y avait découvert des femmes de caractère, à la fois sophistiquées, intelligentes et pleines d'esprit. Grâce à leur répartie, elles avaient le don de remettre à sa place le personnage masculin, ce que Danni adorait.

Leo aurait parfaitement pu apparaître dans ces films. Son profil social et son charisme correspondaient à ceux des héros.

Quand ils furent loin de la côte, et à l'écart de la zone où les bateaux allaient et venaient, il jeta l'ancre et Danni admira l'océan qui s'étendait tout autour d'eux, à perte de vue. Elle avait soudain l'illusion d'être seule au monde avec Leo. Sans même se l'imaginer, il était en train de réaliser ses rêves de petite fille.

Évidemment, ces fantasmes désuets paraissaient idiots dans un monde moderne où chacun publiait tout ce qu'il faisait sur Internet. Ce monde-là, Leo le connaissait par cœur, lui qui avait bâti la renommée de sa marque en utilisant les réseaux sociaux. Il savait se mettre en scène pour que l'on associe ses produits à son mode de vie élitiste. Les gens avaient envie de lui ressembler, et donc de posséder les mêmes accessoires que lui. Il était doué pour vendre du rêve, voilà tout.

— Michael, le majordome de ma grand-mère, a eu la gentillesse de nous préparer un pique-nique. Il est aussi bon cuisinier que barman. Le Manhattan étant sa spécialité, je lui ai demandé d'en faire pour nous. Tu aimes ça ?

— Je ne suis pas sûre d'en avoir déjà bu, mais je veux bien goûter. Mon cocktail de prédilection, c'est le gin tonic.

— Il y a sûrement tout ce qu'il faut dans le bar du bateau pour que je te prépare ce que tu veux. Ne te sens pas obligée de boire ce que j'ai suggéré.

— Non, je ne me sens pas obligée. Mais je ne voudrais pas faire ma difficile dès notre premier rendez-vous, ajouta-t-elle en souriant.

C'était vrai. Même si elle avait prévu de poser des questions professionnelles à Leo, elle ne souhaitait pas que cette soirée tourne uniquement autour du travail et elle aspirait à passer un moment agréable avec lui. D'autant qu'il faisait naître en elle des émotions qu'elle découvrait et qu'elle avait envie d'explorer un peu plus.

— Notre premier rendez-vous, répéta-t-il, songeur. Voilà qui me plaît. Cela signifie qu'il y en aura d'autres.

En disant ces mots, il s'approcha d'elle et l'attira dans ses bras. Ils restèrent ainsi, debout sur le pont, caressés par le vent marin, et la sensation agréable de protection qu'elle éprouva la contraria un peu. Elle n'avait jamais eu besoin d'un homme pour la rassurer.

— Qu'est-ce que Michael a préparé d'autre ? demanda-t-elle en s'écartant un peu.

Sans faire d'observation sur son mouvement de recul, Leo ouvrit le panier de pique-nique qu'il avait apporté et sortit ce qu'il contenait.

— Des petits sandwichs au homard, de la salade de chou, des chips au sel de mer et une mousse de poisson.

— Tout cela a l'air délicieux. Le homard est mon péché mignon, chaque été j'en mange autant que je peux, dit-elle d'un ton léger pour dissiper la tension qui venait de s'installer.

Ils s'assirent à l'arrière du bateau, l'un en face de l'autre, de chaque côté du panier que Leo avait refermé pour s'en servir de table.

— Alors, veux-tu goûter un Manhattan ? demanda-t-il.

— Oui, s'il te plaît.

— Très bien, je te sers. Qu'est-ce que tu as fait après notre promenade ?

C'était l'introduction parfaite pour parler affaires.

— J'ai passé presque tout mon temps au téléphone avec Essie, mon associée, répondit Danni. La photo que tu as prise de mon bracelet a généré énormément de réactions et de commandes, merci beaucoup ! Comment as-tu fait pour augmenter la capacité de ta chaîne logistique ? J'ai du mal à trouver des artisans capables de travailler vite et bien.

— Ce n'est pas évident, répliqua-t-il en lui tendant son verre. Tomber sur les bonnes personnes relève souvent de la chance. Je suis membre de l'association des métiers de l'artisanat, ce qui est un bon moyen de rencontrer des gens compétents. Il vaut mieux prendre son temps et comparer les possibilités avant d'arrêter son choix. Tu peux te renseigner sur la production industrielle, mais personnellement je trouve que la qualité n'est pas la même.

— Je te remercie, dit-elle en buvant une gorgée de son cocktail. C'est bon. Le whisky est fort, mais j'aime son goût.

— Tant mieux. Et à part le homard, ajouta-t-il, qu'est-ce qui représente l'été pour toi ?

— La plage et les coups de soleil. Les vendredis après-midi à paresser sur la terrasse. Et de ton côté ?

— La mer et la maison de ma grand-mère. Quand j'étais petit, ma mère nous emmenait chaque été passer un mois ici avec elle. Nous pouvions traîner à la plage ou en ville, manger, faire du bateau… Il n'y avait plus de règles ni de couvre-feu. C'était bien.

— Le reste du temps, tes parents t'imposaient des règles strictes ? demanda-t-elle.

— Oui. Et toi ?

— Je ne le ressentais pas comme ça, mais je sais qu'il y avait des limites.

Elle devait néanmoins reconnaître que ses parents lui avaient laissé une grande liberté. Certes, ils avaient tenu à faire d'elle une avocate mais, jusqu'à cette année, c'était elle qui n'avait pas eu le courage de s'offrir d'autres possibilités.

— C'est une bonne chose de fixer des limites, commenta Leo. Par exemple, un seul baiser pour ce soir. Sinon, j'ignore ce qui pourrait arriver…

En quelques mots, il venait de lui faire comprendre pourquoi elle avait eu un mouvement de recul tout à l'heure, quand il l'avait prise dans ses bras. C'était parce qu'elle craignait qu'un baiser ne suffise pas.

Leo n'était pas connu pour son tact. Ce qu'il venait de dire à Danni était peut-être un peu trop direct, mais pourquoi lui cacher qu'il avait envie d'elle ? Jouer un rôle ne faisait pas partie de ses habitudes. Et avec tout ce qu'il vivait en ce moment, il s'en sentait encore moins capable.

— Pardon, lâcha-t-il, j'espère que je ne t'ai pas choquée. Mais tout à l'heure, j'ai eu l'impression que tu n'étais pas sûre de vouloir que je te touche et, franchement, je n'ai pas envie de passer la soirée à tourner autour du pot. Alors si tu n'es pas intéressée, si tu veux juste que nous soyons amis ou encore moins que ça, j'aimerais mieux que tu le dises tout de suite.

Elle prit une gorgée de son cocktail, puis croisa les jambes et se pencha légèrement en avant. Comme le soleil se couchait derrière elle, son visage était dans l'ombre et il ne voyait pas son expression. Il était curieux de voir comment elle allait réagir.

— C'est ce qui s'appelle être franc, déclara-t-elle.

— Exact. Ce n'est pas mon genre de parler à demi-mot.

— Apparemment pas. Eh bien, je vais essayer d'être honnête, moi aussi. Ma vie sentimentale est un peu entre parenthèses en ce moment parce que, si mon entreprise n'est pas rentable d'ici mon prochain anniversaire, je devrai honorer la promesse que j'ai faite à mes parents et tout abandonner pour redevenir avocate. Voilà la première chose. La deuxième, c'est que tu me plais. Quand tu m'as embrassée cet après-midi, c'était très excitant, et j'ai envie de recommencer, mais…

Leo était ravi de ce qu'il entendait. Il ne cherchait pas de relation sérieuse, et une aventure d'un week-end était exactement ce dont il avait besoin.

— Mais ? demanda-t-il.

Elle se mordilla la lèvre inférieure et se redressa.

— Tu es très compliqué, répondit-elle. Tu me parles de ce qui se passe dans ta famille, mais sans me donner aucune précision, et tu es le cousin de ma cliente, ce qui est un peu étrange. Surtout, j'ai l'impression que j'aurai du mal à considérer notre éventuelle liaison comme quelque chose de léger et sans importance. En fait, je ne suis pas sûre d'avoir de la place pour toi dans ma vie en ce moment.

Bon sang.

Leo croyait avoir obtenu la palme de la sincérité avec sa remarque, mais Danni venait de le surpasser. Et il la comprenait. Ce qu'elle avait dit était entièrement justifié. L'ambiance au sein de la famille Bisset était explosive et toutes ces révélations allaient probablement laisser des traces. Aucun d'eux ne pourrait plus être le même qu'avant, à commencer par Leo. Oui, pour lui, une brève aventure serait idéale, mais pas forcément pour Danni. Le scandale risquait de rejaillir sur elle, et c'était bien la dernière chose qu'il souhaitait.

— J'ai été trop franche ? demanda-t-elle.

— Non. C'est exactement ce que j'attendais de toi. Mais j'essaie de savoir si nous devrions oublier nos réserves et profiter pleinement de ce week-end, ou simplement finir de dîner, rentrer sagement au port et repartir chacun de notre côté.

Danni prit un moment pour regarder la mer en silence. Quoi qu'elle décide, il serait d'accord avec son choix. Elle lui plaisait. Elle était différente des femmes qu'il avait fréquentées, et certainement de celles qu'il fréquenterait à l'avenir. Mais il voulait aussi faire attention à elle. Comme l'avait souligné Adler, Danni avait un grand cœur, et il n'avait aucune intention de le briser – y compris par inadvertance.

— Voilà ce que je te propose, répondit-elle finalement. Dînons pour commencer, et nous verrons bien où cela nous mène. La décision s'imposera peut-être d'elle-même.

— Bonne idée. Cela me donnera l'occasion de mieux te connaître.

— Et réciproquement. Mais je ne te demande pas de me raconter ce qui se passe au sein de ta famille. Je veux du cent pour cent Leo.

— Du cent pour cent Leo ? répéta-t-il en riant. Qu'est-ce que tu entends par là ?

— Je ne sais pas exactement. Des choses dont tu ne parles pas en général, mais aussi ce qui te motive.

— L'ambition, le café et le besoin de prouver à mon père que je suis meilleur que lui.

Il n'avait pas eu besoin de réfléchir pour lui répondre. Ces trois éléments étaient essentiels dans sa vie depuis qu'il avait décidé, à vingt-trois ans, de lancer sa propre affaire.

Et aujourd'hui ? Tant de choses avaient changé ces dernières heures qu'il ne savait plus où il en était, surtout avec son père.

— C'est ce qui te motive ? s'exclama Danni. Et le plaisir du voyage en lui-même ? Et les bons moments entre amis ?

— Bien sûr, si c'est la version politiquement correcte que tu veux entendre, je peux te la donner. Mais tu as dit que tu souhaitais découvrir le vrai Leo.

— Tu as raison.

— Et toi, demanda-t-il, qu'est-ce qui te motive ?

— Je ne sais même pas. C'est triste, hein ? J'ai presque trente ans et je n'ai aucune idée de qui je suis vraiment, au fond de moi. Pas une avocate, en tout cas. Ça, je peux le dire avec certitude.

— C'est un bon début.

C'était exactement pour cela qu'il devait faire attention à Danni. Elle se cherchait encore, essayait de trouver sa place, et il ne voulait pas être celui qui la rendrait cynique et la pousserait à poursuivre des objectifs qui ne lui correspondaient pas. Il n'était même plus sûr de savoir ce qui lui correspondait, à lui !

— Tu trouves ? lança-t-elle.

— Oui. Savoir ce que tu ne veux pas faire, c'est un bon moyen de trouver ce que tu veux faire. Tu aimes créer des bracelets, non ? Quoi d'autre ?

Quoi d'autre ?

Danni n'était pas sûre de connaître la réponse à cette question. C'était l'un de ses problèmes. Elle n'avait pas envie d'être avocate et elle aspirait à diriger sa propre entreprise. Mais fabriquer des bracelets à la main n'était pas un projet qui garantissait un succès rapide, bien au contraire. Et était-ce réellement une activité qu'elle aimait ? Elle n'en était pas certaine non plus. Elle avait vu une démonstration en ligne et avait voulu essayer. Une femme qu'elle croisait à la salle de sport avait remarqué son bracelet et lui en avait demandé un pour elle, et peu à peu, son commerce s'était développé.

Mais les bracelets n'étaient pas sa passion.

— J'aime dessiner, répondit-elle, mais je ne pense pas que je pourrais en vivre.

— En vivre comment ? Tu dois savoir ce que tu veux pour être satisfaite quand tu y seras arrivée.

— Toi, tu sais ce que tu veux ? Parce que tu n'as pas l'air si satisfait que ça. Ou alors tu n'es pas encore arrivé là où tu le voulais.

Elle se rendit compte qu'elle était tendue et sur la défensive, mais surtout à cause d'elle-même. Elle ignorait ce qu'elle voulait. Elle aimait son appartement en ville, mais ce n'était pas la maison de ses rêves. Elle était contente de relever le défi qu'elle s'était lancé en créant sa société, mais était-ce son but ultime ? Il y avait tant d'autres choses qu'elle avait encore à accomplir.

— Je sais ce que je dois faire pour être satisfait, répliqua-t-il, mais dès que j'ai atteint un objectif, j'en vise un nouveau. Donc… Peut-être que je ne sais pas ce que je veux.

— Moi non plus. Désolée si j'ai été agressive. Je m'en veux de douter à ce point de ma vie.

— Oh ! je pense que c'est le cas de la plupart des gens. Moi-même, beaucoup me considèrent comme un symbole de réussite, et pourtant, il me manque encore quelque chose. Je sens encore un vide qui demande à être comblé.

— J'ai du mal à te croire, dit-elle. Tu as tout. Maison, voiture, bateau, tous les plaisirs sont à ta disposition.

— Je n'ai pas d'avion privé.

— C'est si important que ça ?

— Non. Autrement j'en aurais acheté un, répondit-il avec un clin d'œil. Je plaisante. Tu as raison, je possède tout ce qu'il faut et même plus. Mais je recherche encore autre chose.

— L'amour ?

— Oh ! non, lâcha-t-il en riant. Je ne crois pas aux contes de fées.

— Et Adler et Nick ?

— Je ne sais pas. La plupart des gens que je connais et qui s'aiment finissent à un moment ou un autre par se faire du mal. Ça ne me tente pas du tout.

Eh bien ! Danni n'avait jamais eu une vision aussi négative de l'amour. Ses parents étaient toujours amoureux l'un de l'autre. Il leur arrivait de se disputer mais, pour elle, le couple qu'ils formaient était un exemple à suivre. Et sa sœur, qui aimait la même femme depuis dix ans, vivait avec elle un mariage heureux depuis cinq ans.

— Ce n'est pas comme ça que je vois les choses, dit-elle. Nous ne sommes pas censés faire souffrir les gens que nous aimons.

— La douleur ne vient pas nécessairement de l'autre. C'est parfois celui qui aime qui souffre, sans qu'il y ait de mauvaise intention d'aucune part. L'amour est comme une tempête en pleine mer. Il est aussi imprévisible et ne laisse que des épaves sur son passage.

— Leo, ce que tu décris n'est pas de l'amour. Je ne prétends pas être experte en la matière mais, l'amour, c'est soutenir l'autre quelles que soient ses erreurs, c'est sourire par simple plaisir de se voir, c'est…

— Pour toi, peut-être. Acceptons qu'il y ait un désaccord entre nous, conclut-il en rangeant les restes de leur dîner dans le panier.

— Soit.

Elle ne pouvait s'empêcher de vouloir lui montrer les bons côtés de l'amour. Pourtant, il n'y avait rien entre eux. S'il devait se passer quelque chose, ce serait seulement physique et passager.

— Qu'y a-t-il au programme maintenant ? demanda-t-elle.

— Tu veux que nous restions encore un peu ? Quand le soleil sera couché, nous pourrons nager sous les étoiles. J'adore me baigner de nuit.

— Bonne idée. Heureusement, j'ai mon maillot de bain dans mon sac.

— Tu es prévoyante. Bravo. Désolé si j'ai été un peu…

— Non, ce n'est rien. Nous commençons juste à faire connaissance. Forcément, nous ignorons encore les sujets sensibles pour l'un et pour l'autre.

Leo mit les mains sur les hanches et regarda Danni avec attention.

— Je n'arrive pas à savoir si tu es un génie ou non, dit-il.

— Bien sûr que je suis un génie ! s'exclama-t-elle en riant. Je vais aller dans la cabine pour mettre mon maillot, d'accord ?

— Vas-y, et crie avant de remonter. Je vais me changer ici.

Elle prit son sac et descendit l'escalier tout en se moquant intérieurement d'elle-même. Si elle avait été aussi intelligente qu'elle le prétendait, elle lui aurait parlé affaires au lieu d'entamer un débat sur l'amour.

L'amour. Comme si elle y connaissait quelque chose ! Elle n'avait jamais aimé vraiment, en dehors des membres de sa famille. Cependant, cela la contrariait de savoir que Leo considérait l'amour comme une source de souffrance. Cela en disait long sur lui et sur les relations qu'il entretenait avec les autres en dehors du travail…

Mais en quoi était-elle concernée ? Elle n'avait qu'un week-end à passer avec Leo, et ce qu'elle voulait, c'était profiter de son instinct et de son expérience de chef d'entreprise. Pourquoi n'arrivait-elle pas à se servir froidement de lui au lieu de s'intéresser à ce qu'il avait au fond du cœur ?

Elle enfila son maillot de bain une pièce et évita de se regarder dans la glace. La tentation de guetter le moindre de ses défauts physiques était grande et elle ne préférait pas penser à cela pour l'instant. Après tout, son frère lui avait dit un jour que les hommes ne jugeaient pas les femmes comme elles le faisaient elles-mêmes, alors ce n'était pas la peine de se torturer.

Après avoir crié pour s'assurer que Leo était prêt, elle remonta sur le pont et eut le souffle coupé en le voyant torse nu, debout face à l'océan. C'était vrai qu'elle n'avait pas de place pour lui dans sa vie en ce moment mais, au fond d'elle, Danni savait qu'elle n'allait pas se détourner de lui pour autant.

Chaque nouvel élément qu'elle découvrait sur cet

homme lui donnait envie de mieux le connaître. Oui, elle avait encore beaucoup d'incertitudes sur elle et sur son existence, mais elle savait au moins une chose : elle avait très, très envie de Leo.

- 7 -

Danni fut surprise par la fraîcheur de l'eau. Après une baignade rapide, elle sortit et s'allongea sur sa serviette pour profiter des derniers rayons de soleil. Leo remonta à son tour et s'étendit à côté d'elle. Elle lutta pour ne pas garder les yeux fixés sur lui, mais son torse musclé attirait son regard comme un aimant. Il était bien entretenu sans avoir pour autant le corps sculpté d'une star hollywoodienne, ce qui ne faisait qu'ajouter à son charme.

Elle avait encore en tête toutes les questions professionnelles qu'elle voulait lui poser, mais comment se concentrer sur le travail alors qu'il était là, en maillot de bain, allongé tout près d'elle ? Dans cette lumière chaude et mystérieuse, il était sublime et ses yeux paraissaient plus bleus que jamais.

— Jusque-là, dit-il, si je devais noter ce rendez-vous, je ne m'accorderais même pas la moyenne. Un cocktail que tu n'aimes pas, un bain glacial et une critique acerbe de l'amour… Tu n'as pas droit à la meilleure version de Leo ce soir.

Elle sourit et secoua la tête.

— Cette version de Leo me plaît, assura-t-elle en toute sincérité. Il n'est pas parfait. Les médias et les réseaux sociaux donnent de toi l'image d'un homme qui contrôle tout, qui n'a aucune faille.

— À ce propos, j'ai regardé ton fil d'actualité tout à

l'heure. Je sais que tu ne m'as rien demandé, mais si je peux me permettre, tes publications vont dans tous les sens. Tu as des contenus et des images de qualité, mais il te faudrait une ligne directrice.

— Tu crois ? Je me demande toujours si je dois organiser mes publications avec soin ou rester authentique. Je ne veux pas avoir l'air d'essayer constamment de vendre mes produits.

— Si les gens s'abonnent à ta page, c'est parce qu'ils aiment tes produits. Tu dois donc t'appuyer là-dessus pour choisir ce que tu publies et comment tu le fais. Mais c'est juste un conseil. L'important, c'est que tu fasses les choses à ta façon.

Comme la nuit tombait, Danni se mit à frissonner.

— Tu as froid ? demanda Leo en lui frottant doucement le bras.

— Pas encore, mais ça ne va pas tarder. J'irai chercher mon sweat-shirt à ce moment-là.

— Tu as pensé à en prendre un ?

— Oui. Je sais que c'est idiot de transporter un si gros sac mais, quand je suis au bord de la mer, je me méfie toujours des changements de temps. Je n'aime pas être prise au dépourvu.

— Moi non plus, répondit-il. Nous pouvons aller à l'intérieur, si tu veux. Nous serons au chaud pour discuter et manger notre dessert.

Discuter et manger ? Voilà qui était loin de ce qu'elle avait en tête. Et ce n'était sûrement pas ce que Leo Bisset faisait en général quand il avait rendez-vous avec une femme. Mais Danni n'avait rien à voir avec ses conquêtes habituelles. Cela paraissait évident. Apparemment, il avait pris sa décision : les choses n'iraient pas plus loin entre eux.

Ignorant sa déception, elle s'efforça de se convaincre

que c'était mieux comme cela. Elle devait garder les pieds sur terre et se concentrer sur son entreprise.

— Que se passe-t-il ? lança Leo.

— Rien, pourquoi ?

— Tu n'as plus l'air aussi contente que tout à l'heure d'être ici.

Pendant quelques secondes, elle se demanda si elle avait intérêt ou non à lui dire ce qu'elle pensait. Mais elle n'était pas douée pour jouer la comédie, et de toute façon, qu'avait-elle à perdre ?

— Je ne sais pas si tu as changé d'avis à propos de ce rendez-vous, admit-elle. Je crois que je commençais à apprécier le vrai Leo, celui qui enfile ses vieilles tennis usées et ne cherche plus à correspondre aux codes de la jet-set qu'il fréquente d'habitude. Je ressens comme un privilège d'avoir accès à cet homme-là, et j'avoue que je n'ai pas envie qu'il se cache de nouveau.

En prononçant ces mots, elle se rendit compte qu'elle ne se laissait aucune porte de sortie, ce qui était à la fois angoissant et très excitant. Elle ne savait pas du tout comment il allait réagir, mais tant pis. Elle s'était jetée à l'eau et était prête à en assumer les conséquences.

— Je n'ai aucune intention de me cacher, répondit-il. Mais après mes ratés successifs, je me disais qu'il valait mieux mettre un terme à cette soirée et peut-être réessayer une autre fois.

— Je trouve que les ratés la rendent justement plus réelle.

— C'est vrai, approuva-t-il.

Il tendit la main vers elle et lui caressa le visage, puis le cou. C'était aussi délicieux que leur baiser sur la plage. À chaque fois qu'il la touchait, ou même qu'il la regardait, c'était comme s'il la réveillait d'un long sommeil. Instinctivement, elle s'approcha de lui et entrouvrit les lèvres. Elle ne voulait plus discuter, ni manger son dessert. Elle voulait Leo. Elle voulait ses bras forts autour d'elle, son torse nu contre ses seins et sa bouche sur la sienne.

Quand ils s'embrassèrent, elle se rendit compte que sa bouche lui avait manqué depuis leur premier baiser. Elle s'abandonna aux mouvements de sa langue et sentit avec délices qu'il l'enlaçait pour la serrer contre lui.

Danni avait le goût de la mer et de l'été, et en l'embrassant, Leo comprit que la vie qu'il menait le faisait passer à côté de beaucoup de choses sans même qu'il s'en aperçoive. Peut-être que ce drame familial était le signal d'alarme dont il avait besoin. Car il savait que, sans ces révélations en cascade, il ne serait pas sorti avec Danni ce soir.

En fait, il ne prenait jamais de temps pour lui. Ce qui ne lui était pas utile sur le plan professionnel n'avait pas d'intérêt à ses yeux.

Il serait passé à côté de ça. Le baiser avide qu'elle était en train de lui donner, la chaleur du corps qu'il tenait dans ses bras, la volupté des seins plaqués contre son torse.

Fou d'excitation, il la serra en l'embrassant de plus belle, tout en pensant qu'il aurait pu choisir un endroit plus confortable que le pont d'un bateau pour entamer cette étreinte. Cherchant une meilleure position, il s'assit en installant Danni sur ses genoux. À cheval sur ses cuisses, elle enfouit les doigts dans ses cheveux et lui tint la tête en le regardant dans les yeux. Il avait tellement envie d'elle qu'il en oubliait tout le reste, y compris le chaos de son existence.

Comme elle recommençait à l'embrasser tout en se mettant contre son érection, il sentit qu'il n'allait plus pouvoir attendre longtemps. Il voulait lui faire l'amour, ici et maintenant.

Il se figea et abandonna les lèvres de Danni.

— Il y a un problème ? demanda-t-elle en haussant les sourcils.

— Oui. Je n'ai pas emporté de préservatif.

Malgré son attirance pour Danni, il s'était demandé si c'était une si bonne idée que cela de coucher avec elle. Mais à présent, cette question était très loin de son esprit et il regrettait de ne pas avoir paré à toute éventualité.

— Ça ne fait rien, dit-elle. Je prends la pilule. Et je suis en bonne santé. Et toi ?

— Moi aussi. Je viens de faire un bilan complet, et tout va bien. Bon, je suis soulagé, ajouta-t-il en souriant.

— Et moi donc. Je suis étonnée que tu n'aies pas pris de préservatif.

— Je ne voulais pas trop m'avancer. Ni avoir l'air de te mettre la pression.

Elle se pencha pour susurrer au creux de son oreille :

— Et ça t'ennuie si, moi, je te mets un peu la pression ?

— Tu crois que je ne suis pas encore assez excité ?

Ils rirent en s'embrassant, et il glissa les mains sous son maillot de bain pour les refermer sur ses fesses nues. Ils continuèrent à se caresser en se dévorant de baisers, jusqu'au moment où il ne put résister à l'envie de la déshabiller. Il voulait voir ses seins et prendre leur pointe entre ses lèvres.

Comme il baissait une bretelle de son maillot, elle se leva en gardant ses jambes ouvertes, avec un pied de chaque côté des cuisses de Leo. Il leva les yeux et la vit faire glisser l'autre bretelle le long de son bras. Puis, lentement, elle baissa son maillot jusqu'à ses chevilles et l'enleva. Telle une déesse, elle était debout au-dessus de lui, entièrement nue, plus belle et plus sensuelle que dans ses rêves les plus fous.

Il se mit à genoux, posa les mains sur les cuisses de Danni et promena les lèvres sur ses jambes en allant du bas vers le haut. Puis, du bout des doigts, il ouvrit légèrement son sexe et passa la langue sur son clitoris. Encouragé par ses murmures d'excitation, il continua à lui donner du plaisir. Il saisit ses fesses et embrassa son sexe encore et encore, jusqu'au moment où il sentit qu'elle était tout près de l'orgasme. Alors il inséra un doigt en elle et l'entendit crier son prénom. Elle trembla de tout son corps, puis s'effondra dans les bras de Leo.

Danni frissonnait encore de tout son être quand Leo la porta jusqu'au banc matelassé sur lequel ils s'étaient assis pour dîner. Il se débarrassa de son maillot de bain et elle put enfin dévorer des yeux son corps nu, délicieusement viril et excitant. Elle commença par caresser son sexe du bout des doigts, puis elle le prit dans sa main en songeant au plaisir qu'il avait encore à lui offrir. Il lui avait déjà donné un orgasme plus intense que ce qu'elle aurait pu imaginer, et ils n'en étaient qu'au début.

Elle ne jouait pas davantage un rôle avec ses amants que le reste du temps. Elle n'avait même jamais simulé le plaisir, car elle n'aimait pas le mensonge et ne voyait pas l'intérêt de faire croire à un homme qu'il lui faisait du bien si ce n'était pas le cas.

Mais avec Leo, elle n'avait pas eu le temps de réfléchir. Elle n'avait même pas eu besoin de recourir aux petites astuces dont elle se servait d'habitude pour arriver à jouir. Chacun de ses gestes et de ses baisers était tellement érotique qu'elle avait été envahie comme jamais par le plaisir.

Il s'assit et la prit de nouveau sur ses genoux. Comme il mettait les mains sur ses seins, elle bougea au-dessus de lui et sentit la pointe de son érection entre ses cuisses. Elle voulut le faire entrer en elle mais il l'arrêta.

— Pas tout de suite, murmura-t-il dans un souffle. Je veux prendre le temps d'explorer chaque partie de ton corps, au cas où je ne serais pas à la hauteur ensuite.

Elle prit son visage entre ses mains et le regarda dans les yeux. Son expression était si sincère qu'elle ne put s'empêcher d'être émue.

— S'il te plaît, dit-elle, j'ai envie de toi. Et je sais que tu seras à la hauteur.

— Tu ne devrais pas en être aussi sûre. Je ne sais pas trop ce que je suis en train de faire. Tout ce que je sais, c'est que je veux te garder.

À peine avait-il prononcé ces mots qu'il sembla les regretter. Mais au lieu d'ajouter quelque chose, il attira Danni contre lui pour l'embrasser. Cette fois, elle alla au bout de son geste et fit entrer son sexe en elle.

— Maintenant tu peux prendre ton temps, susurra-t-elle au creux de son oreille. Je ne pouvais plus attendre.

Il saisit ses fesses et se mit à bouger.

— Non, répondit-il, maintenant je ne peux plus prendre mon temps.

Il l'entraîna avec lui en lui mordillant les mamelons, en la caressant et en la tenant par les hanches pour la faire aller et venir sur lui. Ils bougèrent de plus en plus vite, de plus en plus fort, jusqu'au moment où il enfouit le visage dans son cou en poussant un soupir rauque. Elle le sentit jouir et le suivit aussitôt après.

Le corps tremblant, elle se laissa aller contre lui et posa la tête sur son épaule tandis qu'il lui caressait le dos. Ils restèrent ainsi un long moment, sans rien dire, à peine éclairés par la lueur du soleil qui avait déjà disparu derrière l'horizon.

Finalement, elle le sentit bouger et se leva doucement. Une fois debout, elle rencontra son regard et vit que l'amant passionné avait disparu pour faire place à l'homme d'affaires plein de maîtrise.

— Si tu as besoin de la salle de bains, dit-il, je te laisse y aller en premier.

Elle n'en crut pas ses oreilles. Il venait de la congédier, ni plus ni moins. Comme s'il s'était lassé d'elle et avait besoin d'air.

— Quelque chose ne va pas ? demanda-t-elle.

Elle regretta aussitôt d'avoir posé la question. Pourquoi ne s'était-elle pas contentée de descendre pour se changer au lieu de chercher à savoir ce qu'il avait dans la tête ?

La réponse était évidente. Elle ne prenait pas à la légère ses relations avec les hommes. Elle avait beau savoir que cette aventure ne durerait pas au-delà du week-end, elle n'allait pas se laisser traiter comme si elle ne comptait pas. Comme si elle n'était qu'un objet jetable.

— Rien ne va, Danni. Nous ne nous connaissons pas, et pourtant ce moment était plus fort, plus intense, plus… Bon sang, je ne sais même pas quoi en dire. J'ignore totalement ce qui se passe, et depuis tout à l'heure, à chaque fois que j'essaie de parler, c'est pour proférer des bêtises. J'ai pensé que tu avais besoin d'un moment pour toi.

Elle se pencha vers lui, le prit dans ses bras et le serra contre elle.

— C'est pareil pour moi, confia-t-elle. Les émotions que tu fais naître en moi me font peur. Je sais que, quoi que nous disions, ce qui se passe entre nous cessera quand nous quitterons Nantucket, mais en même temps cela ressemble au début de quelque chose qui pourrait durer.

Il la regarda dans les yeux.

— C'est impossible, asséna-t-il. Je ne suis pas l'homme qu'il faut pour une relation à long terme.

— Et tu ne crois pas en l'amour. Moi si. Et c'est une chose à laquelle je ne renoncerai pas.

- 8 -

De retour dans la maison de sa grand-mère et privé de la présence de Danni, Leo se rendit compte à quel point il avait les nerfs tendus.

Il trouva Dare assis dans le jardin, une cigarette éteinte entre les doigts, comme à son habitude. Dare était sénateur et s'était préparé toute sa vie à entrer au service de l'État. Leur père était enchanté d'« avoir quelqu'un au congrès », comme il disait, mais la réalité c'était que Dare votait rarement dans l'intérêt des grandes multinationales. En général, il préférait défendre les petites entreprises, ce qui avait provoqué de nombreux conflits entre August et lui.

— Alors ? demanda Leo. J'ai manqué beaucoup de choses ce soir ?

— Pas mal, répondit Dare. Voyons voir. Zac a chanté pour Iris, et il a réussi à se réconcilier avec elle grâce à des paroles pleines de sincérité et l'aide de Toby.

— Bonne nouvelle.

Zac avait accepté d'être le cavalier de la demoiselle d'honneur le temps de ce week-end de mariage, en échange d'un soutien financier. Après avoir conclu cet arrangement avec elle, ils avaient fait plus ample connaissance, et il était tombé amoureux. Mais à cause de lui, tout le monde avait fini par savoir qu'elle l'avait payé pour qu'il soit son cavalier, ce qui avait fortement nui à Iris, qui était influenceuse, et animait une émission sur les relations amoureuses et les mariages. Depuis, Zac faisait tout son possible pour se racheter et la reconquérir.

— Adler s'est mise en colère, poursuivit Dare, et je me demande comment Nick va faire pour résoudre leur différend cette fois-ci. Papa n'est pas venu. Il est enfermé dans le bureau avec Carlton. Et maman est allée parler à Adler pour la calmer et la convaincre de rester à Nantucket.

Leo s'assit à côté de son frère, face à l'océan.

— Je ne vois pas comment un événement familial pourrait se dérouler calmement désormais, répondit-il. Si j'étais à la place d'Adler et de Nick, je crois que je m'enfuirais pour aller me marier en cachette, loin de toute cette agitation.

— Oui, mais tous les invités ont fait le déplacement, alors… Au fait, où étais-tu pendant ce temps-là ?

Leo hésita un instant à lui parler de Danni. Mais c'était Dare, le plus sensé de la famille, et celui qui avait une façon toujours constructive d'aborder les problèmes.

— J'avais rendez-vous avec une femme, dit Leo. Après mon altercation avec papa, j'avais vraiment besoin de changer d'air. Je suis passé voir Adler pour m'assurer qu'elle ne m'en voudrait pas de manquer le dîner.

— Je ne vais pas te gronder parce que tu as séché la répétition, tu sais.

— Pardon si j'ai l'air d'être sur la défensive, dit Leo.

Il devait reconnaître que, quand toute la famille était réunie, chacun avait tendance à rejouer son rôle de toujours, à commencer par lui. Zac, Mari et lui étaient souvent les fauteurs de troubles, tandis que Dare et Logan devaient intervenir et se montrer raisonnables. Seulement, Logan était tellement perturbé qu'il ne restait que Dare pour tenir la barre.

— Je ne t'en veux pas. C'est vrai que je n'ai pas beaucoup apprécié la façon dont tu as parlé à papa tout à l'heure, mais au fond ton message était juste. Il a passé trop d'années à faire de nous ce qu'il avait décidé, y compris maman, sans se soucier le moins du monde des conséquences pour nous.

— Je reconnais que j'y suis allé un peu fort, déclara Leo, mais, franchement, tout cela m'a fait réfléchir. Tu sais que j'ai toujours cherché à imiter papa et à gagner son estime, mais aujourd'hui j'ai commencé à me dire que j'étais peut-être comme Don Quichotte. Que je me battais contre des moulins à vent au lieu de lutter pour quelque chose de réel.

— Je comprends. Il me semble que Mari a eu la même révélation, récemment. Quant à moi, j'ai toujours eu une relation complexe avec notre père, c'est pourquoi je préfère garder mes distances autant que possible. Mais je crois qu'il commence enfin à prendre conscience des effets de son obsession à vouloir toujours être le meilleur.

— C'est vrai qu'il se croit meilleur que tout le monde, renchérit Leo. Il pense qu'il peut faire tout ce qu'il veut sans que personne n'ait le moindre reproche à lui faire. Cette fois, il est obligé de se remettre en question.

— C'est le cas pour nous tous, souligna Dare. Moi le premier.

— Ah bon ? Qu'as-tu bien pu faire de discutable ?

— Peu importe, éluda Dare en détournant les yeux. Alors, et ton rendez-vous ? C'était comment ?

Il était difficile de répondre à cette question. Leo avait déposé Danni chez elle, et elle avait été adorable quand ils s'étaient dit bonsoir. Il avait été tenté de passer la nuit avec elle mais, après la discussion qu'ils avaient eue sur le bateau, il avait su que ce ne serait pas une bonne idée.

Ils avaient reconnu tous les deux qu'ils n'étaient pas prêts à s'engager dans une relation, et s'il était resté…

Vraiment, il avait bien fait de partir.

— Si nul que ça ? plaisanta Dare. Ou si bien que ça ? Tu en mets du temps à répondre !

Leo secoua la tête en riant.

— Les deux, rétorqua-t-il. C'est possible, à ton avis ? Ah ! Dare, c'est une femme compliquée. Elle fait ressortir l'homme que je suis vraiment, et qui n'est pas aussi raffiné que je m'efforce de l'être au quotidien. J'ai l'impression de n'avoir aucune carte à jouer quand je suis avec elle. Puis il se passe quelque chose d'inattendu, et nous sommes parfaitement en phase l'un avec l'autre.

— C'est bien, Leo. Ça signifie que tu es probablement avec une femme qui va changer ta vie. Dis-m'en plus sur elle. Que fait-elle dans la vie ?

— Elle fabrique des bijoux et des accessoires en cuir qu'elle vend sur son site Internet. J'avais fait une remarque désagréable à son sujet lors d'une interview et, bien sûr, nous nous sommes retrouvés dans la même équipe pour la partie de golf. Mais c'était l'occasion de faire connaissance et… Je ne sais pas, elle a quelque chose.

— Je n'ai pas l'habitude de t'entendre parler comme ça. À mon avis, c'est bon signe.

— À moins que je sois juste perturbé par nos parents, répondit Leo. Je me sens vraiment perdu. Les masques tombent, je découvre ce que des gens en qui j'avais confiance ont été capables de faire, et pour la première fois de ma vie, je n'ai plus de respect pour notre père. Certes, il a toujours été dur ct arrogant, mais avant je croyais comprendre pourquoi. Aujourd'hui, en écoutant maman nous raconter comment il s'était comporté quand elle était enceinte… Franchement, je n'ai aucune envie d'être un tyran comme lui.

Dare mit sa cigarette éteinte dans la poche de sa chemise et se tourna vers Leo.

— Tu ne seras jamais un tyran comme lui, assura son frère aîné. Papa serait incapable de se remettre en question comme tu le fais. Et je pense que la femme avec qui tu as passé la soirée est plus importante que tu veux bien l'admettre.

— Peut-être.

Sans rien ajouter, Dare posa la main sur l'épaule de Leo, avant de rentrer dans la maison. Leo resta là, à penser à Danni et à se demander s'il devait essayer de la revoir ou se contenter d'une soirée avec elle.

Danni prit une douche et se mit au lit avec son carnet à dessins. Une foule d'images se bousculaient dans son esprit après cette soirée avec Leo. Quand il l'avait raccompagnée jusqu'à sa porte, elle avait été très tentée de l'inviter à entrer, mais cette fois elle avait résisté à son impulsivité et lui avait simplement souhaité une bonne nuit. Elle devait rester concentrée sur son unique priorité du moment : son entreprise.

Pourtant, elle ne pouvait nier que la présence de Leo lui manquait déjà. Laissant courir son crayon sur le papier, elle le dessina encore et encore en se remémorant chaque instant passé avec lui. Elle avait découvert un côté brut de lui, sans filtre, bien différent de l'image sophistiquée qu'il offrait le reste du temps. C'était peut-être cette facette un peu sauvage de sa personnalité qui lui permettait d'avoir autant de succès dans les affaires.

Il possédait l'agressivité qui manquait à Danni pour réussir. Toutes les vidéos qu'elle avait regardées et les séminaires auxquels elle avait participé insistaient sur ce point. Même son père l'avait incitée à développer sa pugnacité pour être une bonne avocate, mais cela n'était pas dans sa nature. Elle n'y arrivait pas, en tout cas pas autant que nécessaire.

Elle ferma son carnet et regarda sur son téléphone la liste des questions qu'elle avait prévu de poser à Leo. Il lui avait donné quelques conseils utiles, ce dont elle lui était reconnaissante, mais elle avait encore tant de choses à apprendre de lui…

Elle aurait encore l'occasion de le faire demain lors du mariage, mais comment aborder le sujet en pleine réception ? De toute évidence, elle ne savait pas comment s'y prendre pour amener la conversation là où elle le souhaitait. Elle était incapable de refouler ses émotions pour aller chercher les informations dont elle avait besoin. Elle devait changer cela. Mais comment ?

Se passant la main sur la nuque, elle se rendit compte avec un certain plaisir que son corps était un peu endolori. C'était la première fois qu'elle s'était autant donnée physiquement dans les bras d'un homme. Elle repensa aux caresses de Leo, aux mouvements de sa bouche sur ses seins et sur son sexe, et elle regretta de ne pas l'avoir invité.

Il aurait sûrement eu l'énergie de continuer ce qu'ils avaient commencé, et elle avait terriblement envie de lui.

Depuis quand avait-elle autant de désir en elle ? Depuis quand son corps réclamait-il encore du plaisir alors qu'elle venait de faire l'amour ? Jusque-là, les hommes lui avaient procuré de la satisfaction, mais Leo lui avait fait découvrir une facette d'elle-même qui lui était étrangère, et qu'elle était tentée de mieux apprendre à connaître.

Elle se leva et alla s'asseoir dans le salon, devant son

ordinateur. Elle était à Nantucket pour développer sa société, et non une obsession pour Leo Bisset.

En constatant que les commandes avaient atteint le maximum qu'elle avait fixé avec Essie, elle se demanda si elle devait sauter de joie ou commencer à s'inquiéter. Il devenait urgent d'augmenter ses capacités de production. Elle respira profondément pour s'efforcer de réfléchir avec calme, mais elle fut interrompue par une sonnerie provenant de son téléphone. C'était sans doute un SMS d'Essie.

Elle regarda son écran. Le message venait de Leo.

Tu es sûrement en train de dormir, mais moi je n'y arrive pas. Tu me manques.

Elle voulut d'abord l'ignorer… puis changea d'avis.

Je ne dors pas non plus. J'essaie de travailler pour arrêter de penser à toi. C'est fou. Nous nous connaissons à peine.

Elle ferma son ordinateur portable et fixa son téléphone en attendant la réponse de Leo, qui ne tarda pas à arriver :

C'est fou, mais c'est agréable. Chez moi tout le monde dort, je suis le seul à ne pas avoir trouvé le sommeil et je ne sais pas si je vais y arriver.

Pourquoi ?

Parce que je pense à toi et…

Et ?

Et aux choses odieuses que j'ai dites à mes parents aujourd'hui. J'appréhende de les revoir demain matin.

Le mieux serait peut-être de t'excuser. Tu penses que tu devrais le faire ?

Oui. Mais comme je suis toujours en colère contre eux, j'ai peur de proférer encore des réflexions blessantes. Je ne voudrais pas aggraver la situation alors que ce sera le jour du mariage.

Je peux faire quelque chose pour t'aider ?

T'enfuir avec moi. Si seulement ! Mais je ne peux pas, et toi tu ne voudrais pas.

Comme réponse, Danni lui envoya un symbole de relaxation, alors qu'une part d'elle-même regrettait qu'il ne lui ait pas sincèrement demandé de s'enfuir avec lui. Mais elle commençait à penser que ce n'était pas elle, Danni Eldridge, qui occupait les pensées de Leo en ce moment. N'importe quelle femme aurait fait l'affaire. Il avait juste besoin d'une distraction, or elle s'était trouvée au bon endroit au bon moment. Elle devait sérieusement prendre garde à ne pas faire de Leo l'homme qu'il n'était pas mais qu'elle se plaisait à imaginer.

Elle tapa à contrecœur un message dicté par la sagesse :

Je dois te laisser. On se voit demain pour la cérémonie.

D'accord. Bonne nuit.

Bonne nuit.

Elle posa son téléphone, certaine d'avoir fait le bon choix. Même s'il se passait quelque chose de fort entre Leo et elle, elle n'était pas assez naïve pour imaginer qu'un homme qui ne croyait pas en l'amour pouvait tomber amoureux d'elle.

- 9 -

Le samedi matin, Danni arriva au Nantucket Hotel sous un soleil éclatant. Les bras chargés d'une boîte de beignets et d'une thermos de café, elle entra dans le hall et se fraya un chemin au milieu des paparazzis pour rejoindre l'ascenseur et monter dans la suite d'Adler.

En toute honnêteté, elle était surprise d'avoir été conviée et n'était pas sûre que la mariée ait vraiment besoin d'elle, mais elle tenait à ce qu'Adler soit aussi satisfaite des services rendus que des bijoux que Danni lui avait fournis. C'est pourquoi, quand elle avait reçu ce texto lui demandant si elle accepterait de passer à la boulangerie puis de rejoindre la mariée et les demoiselles d'honneur au grand hôtel de l'île, elle n'avait pas hésité à envoyer une réponse positive et enthousiaste.

Elle était là pour le travail. D'ailleurs, hier soir, elle aurait dû profiter du dîner pour rencontrer du monde au lieu de sortir en tête à tête avec Leo. Ce petit déjeuner était l'occasion de se rattraper.

Elle frappa à la porte de la suite, et une jeune femme qu'elle ne connaissait pas vint lui ouvrir. Cette dernière était en train de s'agacer au téléphone et fit simplement signe à Danni d'avancer au fond de la pièce. C'est là que celle-ci trouva Adler, qui bavardait avec l'une de ses demoiselles d'honneur.

— Bonjour ! lança-t-elle en posant le café et les beignets sur une table.

— Salut, Danni, répliqua Adler en se levant pour l'accueillir. Tu me sauves la vie. Je te présente Iris. Mais vous vous êtes peut-être déjà rencontrées ?

— Pas officiellement, déclara Iris. Mais j'adore le bracelet que tu as créé pour moi, Danni. Tu veux bien qu'on se tutoie ?

— Bien sûr, répondit Danni. Et merci pour le compliment. Pour ma part, j'ai presque l'impression de te connaître parce que je suis fan de ton émission. Enfin, excuse-moi, ce n'est pas très subtil de dire ça comme ça… En tout cas, c'est un plaisir de te rencontrer.

— Ne t'excuse pas ! J'ai dit la même chose à d'autres des dizaines de fois. Parle-moi un peu de ton entreprise, ça m'intéresse.

— Eh bien, j'ai conçu seule une collection de bijoux, que je vends en ligne ; mais, ce que je préfère, c'est la fabrication de modèles personnalisés. C'est dans cette voie que j'aimerais me spécialiser. Et j'espère avoir un jour ma propre boutique.

— Je pense que tu as tout ce qu'il faut pour cela, affirma Iris. Tes bijoux sont à la fois originaux, élégants et d'excellente qualité. Quand tu seras prête à ouvrir ton magasin, fais-moi signe. J'investis volontiers dans des sociétés dirigées par des femmes. Je vais te donner ma carte.

Médusée, Danni la regarda prendre son sac à main et en sortir une carte de visite.

— Tiens, fit Iris. Je suis impatiente de recevoir ton coup de fil.

— Merci beaucoup, lui retourna Danni en s'efforçant de tempérer son excitation.

Iris se montrait seulement sympathique, il n'y avait pas

de raison de s'emballer. Mais Danni avait tout de même envie de crier de joie !

— Alors, demanda Iris, quels beignets as-tu apportés ?

— Je n'ai fait que récupérer la commande d'Adler qui était déjà prête, donc je ne sais pas ce que contient la boîte.

Iris ouvrit le carton et les autres demoiselles d'honneur s'approchèrent, y compris la jeune femme qui avait ouvert la porte à Danni.

— Désolée pour tout à l'heure, dit-elle, j'ai dû te paraître très grossière. Je devais régler un problème avec le traiteur. Je me présente, Olivia Williams.

— Danni Eldridge.

— Demoiselle d'honneur ?

— Créatrice de bijoux. Et toi ?

— Future belle-sœur, demoiselle d'honneur et femme d'exception, répondit Olivia avec un clin d'œil malicieux. En fait, j'essaie surtout de maintenir un semblant de calme. Chaque jour amène une nouvelle révélation dans la famille. C'est une pagaille sans nom.

— Je ne suis pas au courant de tout, répliqua Danni. Je me suis dit qu'il valait mieux rester en dehors de ces histoires.

— C'est plus prudent, en effet. Ma mère a eu une liaison avec August Bisset. Ça, tu le savais, non ?

— Oui, j'en ai vaguement entendu parler. J'ai aussi entendu… Cela paraît invraisemblable, mais j'ai entendu que Logan Bisset était en fait le frère jumeau de Nick.

— C'est pourtant vrai, confirma Olivia. Adler a déclaré que, s'il y avait une nouvelle révélation aujourd'hui, elle se sauverait. Et si tu veux tout savoir, je partirai avec elle !

— Je peux comprendre. Mais je ne pense pas qu'il y ait encore d'autres secrets, si ?

— J'espère que non. J'ai rêvé toute ma vie d'avoir une

sœur, alors maintenant qu'Adler est là, je ne compte pas la laisser s'envoler. Je suis prête à tout pour la retenir.

Danni était déjà séduite par Olivia, tant pour sa bonne humeur communicative que pour l'affection touchante qu'elle portait à Adler.

— Moi aussi, je voulais une sœur, affirma Adler en les rejoignant. Alors je ne vais pas te lâcher non plus ! Danni, merci d'être passée à la boulangerie. J'avais peur d'y aller moi-même à cause des paparazzis qui veulent absolument une photo de moi pour essayer d'interpréter mon expression.

— Je suis contente d'avoir pu rendre service. Je n'imagine pas dans quel état je serais à ta place.

— C'est vrai que ce n'est pas exactement le mariage que j'avais prévu, dit-elle avec humour.

Elles se mirent toutes à rire et s'attablèrent pour prendre leur petit déjeuner. Ensuite, Danni resta un peu pour les aider à se coiffer et se maquiller, puis elle partit pour aller se préparer elle-même.

En descendant pour prendre son petit déjeuner, Leo ne savait pas à quoi s'attendre. Dare s'était montré compréhensif hier soir, mais qu'en serait-il du reste de la famille ?

Logan semblait avoir trop bu et pas assez dormi. Les yeux cachés derrière ses lunettes de soleil, il était assis à table avec un verre de Bloody Mary posé devant lui.

En général, Leo se sentait en compétition permanente avec Logan. Leur grand-mère leur avait dit un jour que c'était naturel entre frères, mais maintenant Leo se demandait s'il n'avait pas simplement senti que Logan était différent.

Non, cette idée était absurde. Logan était son grand frère, celui que Leo admirait et à qui il avait toujours voulu ressembler.

— Ça va ? demanda Leo en s'asseyant à côté de lui.

— Non. Je n'ai pas échangé un mot avec maman, et papa est furieux contre moi. J'ai conclu un marché qui va faire très mal à Nick et au groupe Williams, et je sais que toute la famille va m'en vouloir à cause de ça. Et je dois assister à un mariage et afficher une mine réjouie.

— C'est quoi, ce marché ?

— J'ai acheté un brevet que Nick essayait d'obtenir depuis dix-huit mois et dont il a besoin pour avancer sur un projet que sa société a déjà lancé. Je suis vraiment un salaud parfois.

— Tu n'es pas un salaud. Tu as juste besoin de gagner à tout prix. Si ça peut te rassurer, papa est furieux contre moi aussi. Maman comprendra, même si elle souffre beaucoup. Elle t'aime, Logan. Quand tu seras prêt, elle sera là pour toi, je n'en doute pas une seule seconde. Les affaires sont les affaires, et Nick le sait mieux que personne. Cela n'a rien de personnel.

Logan haussa les épaules et but une gorgée de son cocktail avant de relever ses lunettes sur le haut de sa tête.

— Dis donc, lança-t-il à Leo, quelle sagesse… Qu'est-ce qui t'arrive tout à coup ?

— Ce n'est pas nouveau, seulement tu ne l'avais pas encore remarqué. Non, sérieusement, dis-toi que tu ne seras pas au centre de l'attention aujourd'hui. Essaie de te réjouir pour Adler si tu en as la force. C'est sa journée, et tous les regards seront braqués sur elle.

— Il faudrait que ce soit effectivement le cas, et que son mariage ne se trouve pas pollué par tous ces scandales. C'est aussi ça qui me rend fou. Ce n'est un secret pour personne que je ne porte pas Nick dans mon cœur, mais de là à vouloir que son mariage avec notre cousine se passe comme ça…

— Ah ? Et le brevet ?

— Ce sont les affaires.

— Certes. Contrairement aux histoires de famille, qui sont bel et bien personnelles. Pauvre Adler. J'espère qu'elle tient le coup.

— Tu as raison, c'est elle qui est en train de payer les pots cassés. Je ne devrais pas me plaindre, j'ai honte.

— Elle serait la première à te dire que tu n'as pas de reproches à te faire, souligna Leo.

— Tu en sais des choses !

— Il se trouve que j'ai passé un long moment avec elle hier après-midi. Nous avons parlé. Elle ne t'en veut pas du tout, au contraire, elle s'inquiète pour toi. Elle est bien placée pour connaître, et comprendre, la rivalité qui vous oppose Nick et toi.

— Oui, malheureusement. J'aimerais pouvoir changer les choses.

— Tu n'es sûrement pas le seul. Papa doit être l'unique personne à penser qu'il n'a rien fait de mal.

— Ou peut-être qu'il sait qu'on ne peut pas changer le passé et qu'il faut aller de l'avant, déclara August en apparaissant dans l'encadrement de la porte.

Il portait un polo et un pantalon en toile. Ses cheveux poivre et sel étaient soigneusement coiffés, et il était fraîchement rasé. Leo regarda son père et se sentit un peu coupable, mais il n'avait dit que la vérité. August Bisset n'avait jamais l'air de regretter quoi que ce soit.

— Tu devrais quand même demander pardon, fit Leo.

— À qui ? lança August.

— À maman, Logan, Nick, Adler… Tu veux que je continue ? Dare, Zac, Mari, moi… Ta famille n'a jamais été ta priorité, poursuivit Leo avec colère. Je comprends ça. Je sais ce que c'est que de tout donner pour son entreprise et d'être obsédé par le succès. Mais jusqu'à ce week-end, je ne m'étais pas rendu compte que tu tenais si peu à nous.

— Tout ne tourne pas autour de toi, Leo. Je n'ai pas de comptes à te rendre.

— Non, c'est vrai. De toute façon, ça n'a plus aucune importance. Il fut un temps où je croyais que tu étais capable de décrocher la lune. Je voulais suivre tes traces et entendre les gens déclarer que j'étais comme toi. Mais plus maintenant.

Il repoussa sa chaise et se leva.

— Leo, ça suffit, intervint Logan.

— Non, je n'ai pas fini. Le problème, c'est que personne n'a jamais dit à notre père qu'il se comportait comme un salaud, alors il s'est cru autorisé à continuer. Désolé si ça ne te plaît pas de l'entendre, mais c'est la vérité.

Sur ces mots, Leo quitta la maison sans se retourner. Il n'avait pas prévu de vider son sac comme il venait de le faire, mais il n'avait pas pu s'en empêcher. Il avait toujours été convaincu que, même si August n'exprimait pas facilement ses sentiments, il aimait sincèrement ses enfants. À présent, il doutait aussi de cela. Car comment pouvait-on aimer sa famille tout en ayant des maîtresses, et même des enfants dont on ignorait l'existence ?

Le pire, pour Leo, c'était de sentir qu'il voulait encore ressembler à son père malgré tout cela. Quand allait-il enfin se libérer de cette obsession ? Il espérait au moins que cela arriverait un jour.

Danni se présenta au mariage avec près de trois quarts d'heure d'avance. Elle avait eu le temps de repenser à la proposition d'Iris, qui lui donnait l'espoir de nouer des relations professionnelles en restant simplement elle-même.

Cette journée était l'occasion de le faire. Étant de la famille de la mariée, Leo serait sûrement occupé de son côté.

Maintenant qu'Olivia lui avait expliqué ce qui se passait chez les Bisset et les Williams, Danni comprenait mieux pourquoi Leo avait eu besoin de se distraire. Mais les moments qu'ils avaient passés ensemble hier n'avaient pas chassé ses problèmes, et il ne pensait sûrement plus à elle ce matin. Il avait bien d'autres préoccupations.

Elle se figea en l'apercevant. Sanglé dans son smoking, il se tenait un peu à l'écart de ses frères, l'air pensif. En l'observant, elle éprouva à la fois un élan de désir et un besoin de le réconforter.

Mais ce n'était pas son rôle. Elle n'était pas sa petite amie. Malgré son envie de donner une suite à leur aventure de la veille au soir, elle savait que c'était impossible. D'abord parce que Leo et elle n'étaient pas du même monde, et ensuite parce qu'il n'avait aucune intention de se mettre en couple. En tout cas pas avec une femme comme elle, c'était certain.

À quelques pas d'elle, elle reconnut des acheteurs qui travaillaient pour une grande chaîne de magasins. Adler l'avait prévenue qu'ils seraient présents, et Essie avait envoyé leur photo à Danni afin qu'elle puisse les repérer.

Elle hésita.

Elle avait encore le temps, avant le début de la cérémonie, d'aller voir ces gens pour se présenter à eux. C'était ce qu'elle s'apprêtait à faire, quand elle vit que Leo s'éloignait de la pelouse où étaient rassemblés les invités et que personne ne l'accompagnait. Elle n'avait aucune raison de le suivre. Ce n'était pas pour cela qu'elle était ici.

Pourtant, en quelques heures, il était devenu aussi important que les objectifs qu'elle s'était fixés pour le week-end.

Sans réfléchir plus avant, elle se dirigea vers l'endroit où Leo avait disparu et le trouva debout face à l'océan, les mains dans les poches et les yeux derrière ses lunettes de soleil. Elle resta un moment à le regarder et eut l'impression de voir un homme seul, perdu. Son attitude lui rappelait l'état dans lequel elle avait été avant de se décider à changer de métier. Au demeurant, si elle tenait à sa nouvelle carrière, elle avait tout intérêt à aller parler à ces acheteurs au lieu de perdre son temps.

Mais elle était ici et ne bougeait pas. Parce que, sans qu'elle comprenne pourquoi, cet homme faisait naître en elle des émotions plus fortes que tout le reste. Elle n'avait pas envie de se tenir là à l'observer, à se consumer de désir pour lui, à se faire spectatrice de sa douleur d'avoir été trahi par son père.

— Tu veux un peu de compagnie ? demanda-t-elle finalement.

— Je ne sais pas si ce sera très agréable pour toi mais, oui, je veux bien. Tu es très en beauté, ajouta-t-il en se tournant vers elle.

— Merci. J'ai dû lutter pour dompter mes cheveux. Je n'allais pas venir en les laissant voler dans tous les sens.

— Ça m'aurait plu. Tu te donnes trop de mal pour être cette version bien rangée de toi-même. J'aime quand tu es libre et sauvage.

Elle était venue pour l'aider, pour le convaincre de revenir se mêler à la fête, mais voilà qu'il lisait au fond d'elle et lui assénait des vérités qu'elle n'était pas préparée à entendre. C'était vrai qu'elle faisait des efforts pour donner une certaine image d'elle-même, mais qui voulait-elle être vraiment ? Cela, elle n'était pas sûre de le savoir.

— Moi, répondit-elle, j'aime quand tu souris. Mais il semblerait que tu n'en aies pas envie aujourd'hui.

— En effet. Je n'arrête pas de dire des choses que je devrais taire. Je suis toujours autant en colère contre ma famille. Je t'avais prévenue, je ne suis pas de bonne compagnie.

— Peut-être, énonça-t-elle en s'approchant de lui. Mais au moins, tu as eu l'intelligence de prendre un moment pour te mettre à l'écart. C'est en rapport avec ton frère ?

— Logan ?

— Oui. Vous aviez l'air très complices hier pendant la partie de golf. J'espère que c'est toujours le cas.

— Oui, oui. Je n'ai rien contre Logan. C'est à mes parents que j'en veux, alors qu'une partie de moi sait que j'ai tort. De tous leurs enfants, ce n'est pas moi qui suis le plus affecté par ce qu'ils ont fait. Et pourtant leurs mensonges me font souffrir. C'est comme ça, je n'y peux rien. Je veux qu'ils comprennent tous les deux qu'ils ont brisé notre famille, et je ne sais pas si je pourrai redevenir le fils loyal que j'étais avant.

Elle n'avait aucun moyen de l'aider. Aucune parole à lui offrir pour soulager sa conscience ou lui permettre d'aller mieux. Alors elle fit ce que lui dictait son instinct. Elle passa un bras autour de sa taille. Pendant un court instant, il resta immobile, puis il la prit doucement par les épaules et l'attira contre lui.

Ils restèrent ainsi sans rien dire, jusqu'au moment où l'on sonna le rassemblement pour le début de la cérémonie.

- 10 -

Leo ne fut pas surpris lorsque sa mère le prit à part à l'issue de la cérémonie. Une longue séance de photos était en cours, et dès que Juliette eut fini de poser avec Adler, elle attrapa Leo par le bras et l'entraîna dans un coin tranquille.

— Maman, lui lança-t-il, ce n'est pas le moment.

Il savait déjà qu'il allait avoir droit à une discussion à cœur ouvert car, depuis toujours, c'était la méthode d'éducation de sa mère.

— Au contraire, Leo, c'est le moment idéal. Nous avons une bonne demi-heure devant nous avant le début de la réception, et je crois que tu as besoin de parler à quelqu'un.

— Pas à toi, maman. Je n'ai pas envie de te dire ce que j'ai dans la tête en ce moment.

Quand ils arrivèrent à l'endroit où avait eu lieu la cérémonie, elle s'arrêta et lui fit signe de s'asseoir. Il obéit et elle prit place sur le siège d'à côté, en se tournant vers lui. Il l'imita, si bien qu'ils se trouvèrent face à face et qu'il put la regarder dans les yeux. Il était si souvent allé chercher du réconfort et des conseils auprès d'elle… Mais cette fois-ci, il ne vit pas seulement de l'amour maternel dans son regard. Il y lut aussi de la douleur.

C'était précisément ce qu'il avait souhaité éviter. Pour rien au monde il ne voulait en arriver à dire des horreurs à sa mère. Elle était suffisamment déchirée par son sentiment de culpabilité et les reproches qui fusaient de toutes parts. Elle n'avait pas besoin qu'il en rajoute. Elle devait déjà se demander comment elle allait arranger les choses avec Logan.

— Leo, si tu refuses de me parler, nous ne pourrons pas tourner la page. Je sais que j'ai eu tort et que mes actes ont aujourd'hui des conséquences graves sur notre famille. J'ai aussi entendu ce que tu avais dit à ton père. Je te remercie d'avoir pris ma défense, mais je suis la seule responsable de mon mensonge. Tu me connais, tu sais que je considère que chacun doit assumer ses choix.

En effet, il le savait. Enfant, il avait parfois essayé de justifier ses bêtises en accusant Logan ou Dare d'avoir fait quelque chose de pire. Cet argument n'avait jamais marché avec elle.

— Oui, c'est vrai, répondit-il. Mais qui était toujours là, à la maison, pour s'occuper de nous et nous aimer ? C'est toi. Je n'ai aucune envie de diriger ma colère contre toi. Le fait est que ça me rend malade de savoir que nous avons vécu toutes ces années dans le mensonge. J'étais si fier de notre famille. Même de notre arrogance. Je pensais que nous y avions droit parce que nous étions du bon côté.

Comme elle ne répliquait pas, il se demanda s'il était allé trop loin. Mais c'était elle qui avait voulu cette conversation et qui l'avait incité à parler ! Il aurait mieux fait de s'échapper de la séance photo pour rejoindre Danni. Elle était l'excuse dont il avait besoin pour fuir le reste.

— Nous faisons tous des choses bien et des choses mal, dit finalement Juliette. Personne n'est parfait, tout le monde commet des erreurs. À l'époque, j'ai voulu agir pour le mieux, et une fois que j'avais conclu ce pacte avec Bonnie, j'ai été obligée d'entretenir mon mensonge. Ton père et moi, ajouta-t-elle après un silence, nous avons une relation compliquée, mais nous vous avons toujours aimés tous les cinq. Ça, je t'interdis d'en douter.

— Je te crois. Et c'est justement pour ça que je ne voulais pas te parler. Je ne suis pas encore prêt à affronter cette situation en adulte. Pour l'instant, j'ai l'impression que toute m'a vie n'a été qu'une tromperie, et je ne sais pas comment passer à autre chose. C'est trop tôt. Je t'aime, maman, mais j'ai besoin de temps pour faire retomber ma colère contre papa et, dans une moindre mesure, contre toi.

Sur ces mots, il se leva et elle en fit autant.

— Je comprends, répondit-elle.

Elle se tenait droite, fière, comme elle l'avait toujours fait. Elle avait l'habitude de surmonter les épreuves.

Leo la serra dans ses bras en lui répétant qu'il l'aimait. Enveloppé de sa tendresse, il eut la brève impression que tout allait s'arranger comme par magie. Mais cette illusion se dissipa aussitôt.

— À plus tard, lui dit-il.

— À plus tard.

Il s'éloigna en ayant conscience que toute la famille était sans doute en train de le regarder. Il s'efforça de dissimuler son émotion, mais sa souffrance n'en était pas moins forte. Pour la première fois, il était face à un mur et ne savait absolument pas comment le contourner.

Au cours des deux derniers jours, Danni avait été sa seule bouffée d'air frais. Sa seule source de réconfort. Mais il ne savait pas où il allait avec elle, ni même s'ils allaient quelque part. Elle-même ne recherchait rien de particulier avec lui, et il fuyait sa famille pour courir se réfugier auprès d'elle. Cela voulait-il dire qu'elle comptait réellement pour lui ? Ou représentait-elle un simple prétexte pour s'échapper ?

Il ne voulait pas se servir d'elle et s'en voudrait terriblement s'il le faisait. Mais en même temps, il refusait de laisser cette crise familiale le terrasser, et il était prêt à utiliser tous les moyens à sa disposition pour retrouver son panache.

Danni ne s'était pas attendue à apprécier autant la cérémonie de mariage d'Adler et Nick. Après avoir appris tout ce qu'ils avaient traversé ces derniers jours, elle avait été particulièrement émue de les entendre se dire oui, au point qu'elle n'avait pu retenir une larme. Cela lui avait fait prendre conscience que, lorsque son entreprise serait sur de bons rails, elle espérait trouver un homme qui la regarderait comme Nick regardait Adler.

Elle avait été placée au même rang que des amies influenceuses de Marielle, toutes charmantes, mais qui étaient parties prendre des photos dès la fin de la célébration.

Danni commença par les observer, mais son regard fut bientôt attiré par Leo, qui posait avec sa famille pour le photographe. Elle fut frappée de voir tous les Bisset afficher un grand sourire. Si elle n'avait pas su ce qui leur arrivait, elle n'aurait jamais pu le deviner. Si elle-même s'était trouvée dans une situation équivalente avec ses proches, ils se seraient lancé des regards noirs et auraient été incapables de feindre ainsi le bonheur et l'harmonie.

Dès qu'ils eurent terminé, Leo commença à s'éloigner, mais sa mère le rattrapa et l'emmena dans un coin pour avoir une conversation avec lui.

Danni les observa un moment avant de se rendre compte de ce qu'elle était en train de faire. Cela ne la regardait pas ! Et elle avait bien mieux à faire. Il était temps de rejoindre la réception et de bavarder avec les autres invités. Ce serait plus constructif que d'épier Leo.

Il avait un tel pouvoir d'attraction sur elle… Et ce n'était pas seulement physique. Bien sûr, il était extrêmement séduisant, et elle pensait sans cesse à son corps depuis qu'ils avaient fait l'amour. Y compris dans les moments les plus étranges, comme lorsque le célébrant avait dit à Nick d'embrasser la mariée. Danni avait eu la surprise de s'imaginer dans le rôle de la mariée, embrassée par Leo.

Évidemment, ce n'était pas une vision prémonitoire. Ce scénario ne risquait pas de se réaliser. Leo ne comptait pas se marier, surtout après les erreurs monumentales commises par ses parents. Cette histoire aurait fait douter n'importe qui, à commencer par Danni elle-même.

— Danni, qu'est-ce que tu fais toute seule ?

Elle leva les yeux en entendant son prénom et vit Olivia Williams qui se dirigeait vers elle, son bouquet de demoiselle d'honneur à la main.

— J'aurais peut-être dû venir accompagnée, répondit Danni en riant, mais je pensais que je passerais mon week-end à travailler pour développer mon réseau.

— Oui, c'est toujours bizarre de participer à une fête pour le travail. Ça m'arrive tout le temps. Mon père demande généralement à l'un de mes frères de m'accompagner, mais c'est encore plus agaçant, parce qu'ils préfèrent me laisser tomber pour trouver quelqu'un avec qui…

— Avec qui quoi, Liv ? Vas-tu nier que c'est toi qui m'as laissé tomber la dernière fois pour t'éclipser avec Beau Montrose ?

En prononçant ces mots, l'homme qui venait d'arriver passa le bras autour des épaules d'Olivia. Ils se ressemblaient beaucoup tous les deux, mais Danni était incapable de se rappeler le prénom d'un seul des frères Williams – à l'exception de Nick, le marié.

— Et pourquoi aurait-elle dû s'en priver ? plaisanta Danni.

— Danni a raison, Ash, renchérit Olivia. Pour une fois que c'était moi qui le faisais…

— Je voulais juste souligner que je n'étais pas le seul à m'amuser. Bonjour, je m'appelle Asher, dit-il à Danni en lui serrant la main.

— Danni Eldridge.

— Enchanté, Danni. Est-ce que vous cherchez un…

— Arrête tout de suite, interrompit Olivia. Tu n'intéresses pas Danni.

— Ça, Liv, tu n'en sais rien, répliqua Asher.

Danni ne put s'empêcher de rire. De toute évidence, ils étaient très proches. Elle enviait leur complicité, elle qui n'avait pas ce genre de relation avec son frère et sa sœur.

— Olivia est dans le vrai, confirma Danni. Je ne suis pas tout à fait libre.

Cela lui fit une impression étrange de mentionner ce qui se passait entre Leo et elle. Ils n'étaient pas en couple, loin de là. Mais elle ne pouvait pas non plus faire comme s'il n'existait pas.

— Ce n'est pas étonnant, rétorqua Asher. Vous êtes trop jolie pour être célibataire.

— Arrête, tu me fais honte, dit Olivia. Franchement, tu arrives à séduire des filles avec ce genre de phrases ?

— Les femmes apprécient les hommes qui les traitent avec gentillesse, se défendit-il. Et elles n'aiment pas qu'on les appelle des « filles ».

Olivia s'esclaffa.

— Dis donc ! Tu es très au fait des questions féministes.

— Exactement. Venez, mesdames, je vais vous escorter vers la réception.

Il leur offrit un bras à chacune. Olivia prit le gauche, et alors que Danni allait se mettre à sa droite, quelqu'un d'autre lui prit le bras.

— Je vais escorter Danni, lança-t-il.

C'était Leo.

Elle leva les yeux vers lui et remarqua son air sévère.

— Bien sûr, répondit Asher sans insister. J'ai fait cette proposition à Danni parce qu'elle était seule, ce qui n'est jamais agréable lors d'un mariage.

— C'est vrai. Bravo pour ta galanterie.

— Euh, avant que vous commenciez à vous congratuler, déclara Olivia, je tiens à vous faire remarquer que, Danni et moi, nous nous en sortions très bien sans vous avant votre arrivée.

— Mais oui, nous ne prétendons pas le contraire, assura Asher. Allez, viens, Liv. On y va.

Danni les regarda s'éloigner.

— Je ne savais pas si je devais t'attendre, dit-elle à Leo.

— Oui, excuse-moi. Je ne suis pas un très bon cavalier aujourd'hui. Mais quand je t'ai vue avec eux… Danni, j'ai envie de t'avoir auprès de moi. J'ai envie de profiter de la fête et de faire comme s'il ne se passait rien de particulier autour de moi. Juste pendant quelques heures. Qu'est-ce que tu en penses ?

Elle avait envie de dire oui. Mais ne voyait-il pas à quel point il était compliqué ? ! C'était impossible de savoir à quoi s'en tenir avec lui. Elle aurait voulu avoir un moyen de l'apaiser, mais elle savait que c'était impossible.

Pour quelques heures, néanmoins…

— Oui.

La réception se passa au mieux. L'orchestre était excellent. Pour la première danse des mariés, Toby Osborn dédia à Adler une chanson qui émut tout le monde aux larmes. Puis il joua plusieurs de ses morceaux, et la piste se remplit en quelques minutes. En fin de compte, au côté de Danni,

Leo n'eut aucun mal à oublier pour un moment ses idées noires. Ils firent honneur au cocktail du mariage, mûre-whisky-limonade, et ne cessèrent de rire et de danser. Il remarqua son air perplexe une fois ou deux, comme si elle se demandait pourquoi il dansait exclusivement avec elle. Il aurait pu lui dire que c'était parce qu'il n'avait d'yeux que pour elle, mais il savait que c'était l'alcool qui parlait et qu'il valait mieux garder cela pour lui.

Quand Toby et son groupe jouèrent les premiers accords de *Brown Eyed Girl*, « La fille aux yeux marron », Danni se leva d'un bond.

— C'est ma chanson, déclara-t-elle. Il faut que tu viennes danser.

Il vida son verre d'un trait, attrapa la main de Danni et courut avec elle jusqu'à la piste. Comme ils passaient à côté de la table des Williams, Danni cria :

— Olivia ! C'est notre chanson !

— Oui ! répondit Olivia en se levant pour les rejoindre.

Leo se retrouva bientôt mêlé à un groupe de danseurs composé de Danni, Olivia, Asher, Zac et Iris. Ils s'amusaient tant qu'ils restèrent pendant plusieurs morceaux, et lorsque le tempo ralentit et que les musiciens passèrent à *Tenerife Sea* d'Ed Sheeran, Leo attira Danni dans ses bras.

Elle était souple et sensuelle, et quand elle l'enlaça, le contact de son corps chaud le fit frissonner. Elle posa la tête sur son épaule et il sentit sur sa nuque la caresse de ses doigts délicats. Il eut envie que ce moment dure éternellement.

Ils n'étaient pas amoureux, mais il eut l'impression que cela pourrait arriver. Qu'il pourrait être un autre homme. Il tournait avec elle au rythme de la musique et, malgré la foule qui les entourait, il lui sembla soudain qu'ils étaient seuls au monde. Il pouvait devenir celui dont elle avait besoin.

Bon sang, il ne savait même pas si elle voulait avoir un homme dans sa vie !

Mais il était impossible d'ignorer l'évidence : c'était la première fois qu'il ressentait quelque chose d'aussi fort pour une femme.

Sans rien dire, il l'entraîna vers le bord de la piste de danse, puis vers le jardin, où ils se retrouvèrent en tête à tête sous le ciel étoilé. Ils entendaient la musique au loin. Dans la lumière du clair de lune, il la vit lever les yeux vers lui. De grands yeux pleins de bonté et de confiance.

Seigneur, elle ne devait pas le regarder comme cela.

Ce qu'il ressentait était tellement puissant. Peut-être que, demain, il ne verrait à nouveau en elle qu'une distraction, mais ce soir… Ce soir, elle était tout ce dont il avait besoin.

Il voulait penser à Danni et à rien d'autre. Elle était tellement sublime, et encore plus sexy maintenant que sa coiffure s'était un peu défaite. Ses prunelles brillaient de passion et d'intelligence, et ses lèvres lui parurent plus irrésistibles que jamais.

— Pourquoi nous as-tu amenés ici ? demanda-t-elle en souriant.

— J'avais envie de t'embrasser. Et il y a trop de monde à l'intérieur pour le genre de baiser que je veux.

— As-tu encore l'intention de me demander la permission ?

— Non.

Il se pencha et prit possession de sa bouche. Elle avait le goût de la mûre et du whisky, mais surtout une saveur qui n'appartenait qu'à elle et qu'il n'oublierait jamais. Comme elle se hissait sur la pointe des pieds, il la souleva et la serra contre lui pour l'embrasser encore et encore.

Finalement, il la reposa et la regarda au fond des yeux.

— Tu veux qu'on aille chez toi ? demanda-t-il. Je t'inviterais bien chez ma grand-mère mais, avec toute ma famille présente, le réveil pourrait être un peu gênant. Et j'ai suffisamment fait la fête, maintenant je ne veux plus que toi.

Sa voix lui parut rauque et il se demanda si elle sentait l'intensité de son désir pour elle. Il espérait que non. Il ne voulait pas qu'elle sache à quel point il avait besoin d'elle.

— D'accord, répondit-elle simplement. Je dois juste récupérer mon sac à main à l'intérieur avant de partir.

Elle lui prit la main, et alors qu'ils allaient entrer dans la salle, ils croisèrent un autre couple qui marchait main dans la main en direction de la sortie. Leo reconnut ses parents.

— Bonne soirée, Leo, dit August en le voyant. J'espère que tu t'es bien amusé.

— Bonsoir, papa.

Leo allait passer son chemin, mais sa mère tendit les bras vers lui et l'embrassa.

— Je t'aime, mon chéri, murmura-t-elle en le serrant contre elle.

Danni lâcha Leo et lui fit signe qu'elle allait chercher son sac. Il la laissa s'éloigner mais, en se trouvant seul face à ses parents, il se sentit mal à l'aise. Les cocktails, les regrets et la colère formaient en lui un curieux mélange.

— Je suis désolé pour tout ce que je vous ai dit, leur déclara-t-il.

— Autrement tu ne serais pas notre fils, répondit son père.

Et Leo songea qu'il était bel et bien leur fils. Quoi qu'il pense et quoi qu'il ressente, il serait toujours le meilleur et le pire de ses deux parents.

- 11 -

Leo était un peu soûl et c'était amusant de le voir aussi détendu. Il prit la main de Danni, puis ils s'éloignèrent ensemble du Nantucket Hotel où la soirée continuait à battre son plein.

— Tu as vu mes parents ? demanda Leo tandis qu'ils marchaient en direction de la petite maison que Danni avait louée pour la semaine.

— Oui, répondit-elle. Ils avaient l'air d'un couple solide, malgré tous les commérages qui courent sur eux. Et tu avais raison à propos de ton père. Il ne passe pas inaperçu.

— Quand je pense à la façon dont je leur ai parlé… Je m'en veux, et en même temps, je dois dire que c'est difficile de ne plus pouvoir les regarder avec mes yeux d'enfant. J'ai beau savoir que ce sont des adultes, qui ont une vie en dehors de leur rôle de parents…

— Je crois que c'est toujours la difficulté des relations entre parents et enfants. Nous jugeons leurs choix avec le recul, en fonction des conséquences qu'ils ont sur nous. Nous ne tenons pas compte des circonstances du moment et des nombreux paramètres qu'ils ont dû prendre en compte.

Leo l'attira dans ses bras et l'embrassa furtivement.

— Tu es très intelligente.

— Merci, répondit-elle en riant.

Elle était surtout moins ivre que lui.

— Et belle. Et sexy. Pourquoi es-tu célibataire ?

— Parce que je suis une femme moderne qui ne se définit pas par le fait d'être en couple.

Elle avait eu tout le temps de préparer sa réponse, car c'était une question qu'on lui posait souvent. Elle avait des objectifs professionnels et des choses à accomplir en priorité. Oui, à un moment ou un autre, elle espérait trouver un homme avec qui partager sa vie, mais pour l'instant elle n'en était pas là. Elle était concentrée sur le travail… du moins quand Leo Bisset ne venait pas la distraire.

— Je demandais juste, dit-il avec un geste d'excuse. Je suis surpris qu'un homme ne t'ait pas encore capturée.

— Il faut croire que je ne suis pas aussi formidable au quotidien. Et toi, pourquoi es-tu célibataire ?

— C'est ma marque de fabrique, et comme la relation de mes parents a toujours été compliquée et tumultueuse, je veux absolument éviter de suivre leur exemple. Je désire que mon entreprise soit florissante, et je refuse d'être absent comme l'était mon père.

Ses paroles la firent réfléchir. En fin de compte, plus elle avançait en âge, plus Danni se rendait compte que ses propres parents étaient le moteur de tout ce qu'elle entreprenait et qu'elle se sentait comme une rebelle quand elle faisait ce qu'elle avait décidé en dehors d'eux.

— Eh bien, heureusement que nous sommes tous les deux célibataires alors, déclara-t-elle en riant.

— Oui, heureusement. Sinon, nous n'aurions pas pu être ensemble hier et ce soir.

Et ce serait tout, pensa-t-elle avec fermeté. Après ce soir, ce serait terminé. Demain, après le brunch qui clôturerait le week-end de mariage, elle rentrerait chez elle et Leo repartirait à Long Island.

— Où habites-tu ? demanda-t-il. Je ne connais rien de toi.

— À Boston.

— Tu es propriétaire ?

— Il se trouve que oui. Mes parents se sont portés garants pour le prêt parce qu'ils considèrent que, payer un loyer, c'est gaspiller son argent.

— Je suis d'accord, d'autant que l'immobilier est toujours un bon investissement. Moi aussi, je suis propriétaire.

— Je sais. J'ai vu les photos de chez toi sur les réseaux sociaux. Ta maison fait vraiment rêver. Le grand fauteuil près de la cheminée donne envie de s'y blottir.

Son intérieur était le décor de nombre des photos qu'il publiait. On y trouvait les accessoires qu'il vendait, et l'atmosphère était si séduisante que cela suscitait le désir de la reproduire chez soi.

— C'est vrai ? Il faudra que tu viennes un jour, lança-t-il. Tu verras, il est très confortable, et on peut facilement s'y asseoir à deux.

Elle savait qu'elle n'irait pas lui rendre visite. Il était ivre et évoquait des projets qui ne verraient jamais le jour. Une minute plus tôt, il avait dit que cette nuit serait la dernière qu'ils passeraient ensemble. Et voilà qu'il lui proposait autre chose. Que souhaitait-il vraiment ? Et elle ?

Normalement, elle se tenait à l'écart des hommes qui voulaient davantage qu'une liaison passagère. Mais tout était différent avec Leo. D'abord, elle avait vu en lui quelqu'un qui était susceptible de la faire profiter de ses compétences professionnelles pour l'aider à avancer. Mais elle passait plus de temps à marcher main dans la main avec lui en discutant de la vie qu'à lui poser des questions pour développer son entreprise.

Où était passée sa détermination ?

Pourquoi ne pouvait-elle pas simplement le considérer comme un partenaire qui avait ajouté du piment à son séjour à Nantucket ?

La réponse qui pointait au fond d'elle la dérangeait trop pour qu'elle l'accepte. Non, elle n'était pas en train de tomber amoureuse. Leo n'était pas son genre. De surcroît, il était perturbé par ses problèmes familiaux, et c'était pour cela qu'il avait tenu à passer du temps avec elle. En dehors de ce contexte, il n'aurait jamais eu besoin d'elle.

Voilà ce qu'elle devait garder à l'esprit.

Mais quand ils arrivèrent devant chez elle et qu'il l'attira dans ses bras, elle commença à oublier ses bonnes résolutions.

— Cette soirée est la meilleure que j'aie passée depuis très longtemps, dit-il. Merci, Danni.

Puis il la prit par la taille et l'embrassa. Nouant les mains autour de son cou, elle répondit à son baiser et décida de chasser ces réflexions pour ce soir. Ce qui l'intéressait, c'était Leo. Ce Leo, celui qu'il était maintenant, et non celui qu'il serait lundi ou l'année prochaine.

Il était le cavalier parfait pour ce week-end, et elle allait profiter de chaque seconde qu'il lui restait à passer avec lui. De chacun de ses baisers, de chacune de ses caresses. De toute la passion qu'elle allait connaître cette nuit dans ses bras.

Elle en mourait d'envie et comptait s'abandonner sans la moindre hésitation. Elle avait besoin de lui, et apparemment, il avait besoin d'elle. Il avait éveillé en elle quelque chose qu'elle avait trop longtemps ignoré.

Il lui donnait envie d'être plus que la cheffe d'entreprise qu'elle s'acharnait à devenir. Avec lui, elle se sentait comme une femme accomplie. Non pas parce qu'il la complétait, mais parce qu'il lui révélait une partie d'elle-même qu'elle voulait désormais laisser s'exprimer.

Leo appréciait la fraîcheur de l'air du soir et la douceur des lèvres de Danni. Grâce à elle, il ne pensait plus à sa colère d'avoir dû afficher un sourire forcé toute la journée. Il ne songeait qu'au plaisir de l'embrasser, à son élégance dans cette robe en organza que la brise faisait flotter autour d'eux, et à son corps qui lui promettait une nuit de délices.

Une dernière nuit. C'était juste ce dont il avait besoin pour pouvoir se souvenir plus tard du mariage d'Adler comme d'un moment heureux.

— Tu veux entrer ? lui demanda-t-elle. Ou tu préfères passer la nuit à m'embrasser devant la porte ?

Il se redressa et contempla son visage en forme de cœur, sur lequel dansaient quelques boucles brunes échappées de sa coiffure.

— Tu es vraiment magnifique.

Elle haussa les sourcils et ses yeux se mirent à pétiller.

— Merci, répondit-elle. Alors, tu viens ou non ?

— Oh ! oui. Je crois que rien ne pourrait me dissuader d'entrer avec toi dans cette maison.

Sur ces mots, il la souleva et la porta en direction de l'entrée. Elle mit le bras autour de son cou pour se tenir et, une fois devant, il la déposa sur le sol. Elle sortit la clé de son sac à main et déverrouilla la porte.

Quand ils furent à l'intérieur, elle alluma la lumière et se tourna vers Leo. Il ôta sa cravate tout en gardant son regard fixé sur elle, et lorsqu'elle enleva ses escarpins à talons, il en fit autant avec ses chaussures et ses chaussettes. Elle jeta un coup d'œil à ses pieds nus, puis releva les yeux vers son visage.

— Tu es la seule personne au monde qui ait l'air chic sans chaussures, dit-elle.

— Oh ! Je trouve que tu as des arguments pour me faire concurrence.

Elle le regardait avec une intensité qui le troubla encore plus que d'habitude.

Dès leur rencontre, il avait vu qu'elle était différente. Et cette première impression n'avait fait que se renforcer à chaque minute passée avec elle.

Elle lui tendit la main. Il la prit et se laissa entraîner jusqu'à la chambre à coucher. En entrant, il remarqua tout de suite sa valise ouverte, qu'elle avait déjà commencé à remplir. C'était un rappel brutal de la réalité : elle partait demain. Elle allait rentrer à Boston, lui à Long Island, et chacun reprendrait le cours de son existence. Leo se concentrerait de nouveau sur la vente de produits qu'il mettrait en scène en faisant croire à ses clients qu'il menait une vie de rêve. Une vie à laquelle il ne manquait rien.

— Désolée pour le désordre, dit Danni. Je n'avais pas prévu…

— De m'amener ici ce soir ?

— C'est ça.

Elle contourna le lit, ferma la valise et la poussa dans un coin. Puis elle se tourna vers lui et il lui sourit.

— Moi non plus, admit-il, je n'avais pas prévu de venir. Mais je suis très heureux d'être là.

Il avait parfois l'impression de ne pas dire ce qu'il fallait au bon moment, et il ne voulait pas commettre cette erreur avec Danni. Il tenait à lui dire les mots qu'il gardait d'habitude pour lui.

— Moi aussi, je suis heureuse que tu sois là.

Elle restait pourtant immobile, comme si elle ne savait pas ce qu'elle devait faire. C'était sans doute l'ivresse de la fête qui retombait.

— Tu es sûre ? demanda-t-il. Tu as toujours envie que je reste ?

— Tu n'imagines pas à quel point.

— Bon. Alors je crois que nous avons besoin d'une danse ou quelque chose comme ça pour nous remettre dans l'ambiance. Tu as une idée ?

— Tu pourrais me faire un strip-tease, suggéra-t-elle en rougissant légèrement.

— Moi ? Un strip-tease ?

Personne ne lui avait jamais demandé ça. Quelques femmes s'étaient déjà prêtées à ce jeu pour lui, mais pas l'inverse.

— D'accord, approuva-t-il. Mais seulement si tu te mets nue sur le lit pour me regarder.

— Si tu veux.

Elle baissa la fermeture Éclair qui fermait sa robe sur le côté et se déshabilla, finissant en ôtant lentement son soutien-gorge et sa petite culotte en dentelle. Fou d'excitation, Leo la regarda s'installer sur le lit et s'appuyer contre les oreillers.

— Voilà, je suis prête.

— Moi aussi, répondit-il.

Mais il n'était pas sûr d'être prêt pour Danni. Pas pour autre chose qu'une nuit de plaisir en tout cas. Cela tombait bien, puisqu'il ne s'agissait que de cela !

Alors pourquoi sentait-il que, au fond de lui, son cœur réclamait davantage ?

Leo affichait une expression énigmatique, et comme Danni n'était jamais allée dans une boîte de strip-tease, elle ignorait ce qu'elle attendait. Mais il prit son temps, déboutonnant lentement sa chemise pour dévoiler son torse bronzé. Chacun de ses mouvements était empreint de sensualité, et tout en se déshabillant, il garda les yeux plongés dans ceux de Danni, ce qui ne fit qu'accroître son excitation. Après avoir ri et dansé avec lui toute la soirée, elle était déjà envahie par le désir, et ce spectacle la mettait presque au supplice.

Quand elle se trouvait en compagnie de Leo, elle avait l'impression de devenir la femme qu'elle avait envie d'être. Peut-être qu'elle se trompait, mais elle sentait qu'ils étaient plus profondément liés qu'ils ne l'auraient souhaité l'un et l'autre.

Lorsqu'il se débarrassa de sa chemise et la lança vers un fauteuil, elle dut prendre sur elle pour ne pas se jeter sur lui. Puis il se tourna et mit les mains sur ses hanches. Son pantalon ne dissimulait pas son érection, et cette vision était si tentante qu'elle se pencha en avant et lui fit signe de la rejoindre sur le lit.

— Pas encore, ma belle. Je n'ai pas terminé le spectacle que tu as commandé.

— Mais je suis pressée de voir le reste.

Tout en se déhanchant, il déboutonna son pantalon et le fit tomber sur ses chevilles pour l'enlever. En le voyant moulé dans son boxer, elle avança jusqu'au bord du lit et l'attrapa par la taille.

— C'est moi qui vais finir, décréta-t-elle.

Sans attendre qu'il dise oui ou non, elle passa les doigts dans l'élastique de son caleçon et le fit glisser jusqu'à ses cuisses. Là, elle prit son sexe durci dans sa main et le caressa, puis elle se pencha pour prendre la pointe de son pénis entre ses lèvres. Comme il poussait des soupirs rauques, elle continua à lui donner du plaisir en faisant aller et venir sa langue, puis en le prenant entièrement dans sa bouche. Il ne tint que quelques instants avant de se retirer pour allonger Danni sur le lit et s'étendre au-dessus d'elle.

Serrés nus l'un contre l'autre, ils s'embrassèrent fiévreusement, puis elle ouvrit les jambes et saisit ses fesses musclées tandis qu'il la pénétrait. Elle ferma les yeux et se laissa envahir par le plaisir. Il allait et venait en elle tout en l'embrassant, et quand elle fut tout près de l'orgasme, il mit le pouce sur son clitoris et la caressa tout en donnant de la force aux mouvements de son sexe. Elle se cambra et poussa un cri d'extase. Leo continua ses va-et-vient avec une puissance qui la fit jouir une deuxième fois, et lorsqu'elle le sentit atteindre l'orgasme à son tour, le plaisir continua à la faire trembler.

Essoufflés, ils s'effondrèrent sur le matelas, et Leo enfouit sa tête dans le cou de Danni. Quand elle rouvrit les yeux, elle vit qu'il la regardait fixement, sans qu'elle parvienne à définir l'expression de son visage.

Mais elle n'aimait mieux pas y réfléchir. Si elle se posait trop de questions, elle risquait d'imaginer que cette histoire pouvait se prolonger au-delà d'un week-end, ce qui n'arriverait pas de toute façon.

— Sache que si ton entreprise fait faillite, dit-elle, tu pourras toujours te reconvertir dans le strip-tease.

Elle fut contente de l'entendre rire, mais en même temps elle se demanda pourquoi elle avait fait cela. Pourquoi elle avait ressenti le besoin de plaisanter. Était-ce pour chasser l'émotion du moment ? Pour chasser les craintes qui pointaient au fond d'elle ?

Oui, elle avait peur. Car il fallait se rendre à l'évidence : ce qu'ils venaient de partager allait bien au-delà du sexe et du plaisir.

— Vraiment, Danni, tu ne cesses de me surprendre.

En prononçant ces mots, il s'allongea sur le côté et attira Danni contre lui. Elle se blottit entre ses bras et écouta les battements de son cœur tandis que, avec langueur, il caressait son dos du bout des doigts. Elle s'efforçait de ne penser à rien et de savourer seulement ce moment unique. Elle leva les yeux en sentant qu'il jouait avec ses cheveux et vit qu'il avait enroulé une boucle autour de son index. Il fixait cette mèche brune avec un air… perdu.

Elle savait dans quel état de confusion il se trouvait.

Voilà pourquoi cette aventure s'achèverait avec leur départ de Nantucket. Elle aurait aimé l'aider à aller mieux, mais elle n'était pas venue à ce mariage pour cela. Une petite récréation, c'était tout ce qu'elle pouvait s'offrir. Elle n'était pas disponible pour autre chose.

- 12 -

En se réveillant, Danni sentit l'odeur du café et vit Leo au bord du lit, vêtu d'un polo et d'un pantalon en toile. Où avait-il eu ces vêtements de rechange ?

Elle s'assit en enroulant le drap autour d'elle.

— Bonjour, beauté, déclara-t-il en lui tendant une tasse fumante.

Elle la prit et se passa la main dans les cheveux pour les enlever de son visage. Prise de panique, elle se rendit compte qu'ils partaient dans tous les sens et qu'elle devait ressembler à une pieuvre. Elle essaya de les remettre en place d'une seule main, mais Leo lui saisit doucement le poignet.

— N'y touche pas, dit-il. J'adore voir ta chevelure libre et sauvage. Tu as l'air de dépenser beaucoup d'énergie pour la dompter, et je me demande si tu ne te domptes pas toi aussi.

Elle n'était pas sûre que ce dimanche matin était le moment le mieux choisi pour autant de franchise. Elle but une gorgée de café, puis se redressa pour observer Leo.

— Tu es d'humeur philosophe ? demanda-t-elle.

— Oui, un peu. Et puis, je n'ai pas envie de partir en te laissant l'impression d'avoir été une boule de colère.

— Et un stripteaseur très sexy, lança-t-elle en essayant de prendre un ton léger.

Mais elle avait la gorge serrée. Il était en train de lui

faire ses adieux. Il avait raison de le faire maintenant, avant qu'ils se revoient en public. Elle le savait, et pourtant, elle n'était pas prête. Elle venait de se réveiller. Elle n'avait pas encore eu le temps de se coiffer, ni d'étouffer les émotions dont elle ne voulait pas. Cette conversation la prenait au dépourvu.

— Ça aussi, oui, répondit-il avec un sourire. Tu sais que personne ne te croirait si tu le racontais.

— Plus sérieusement, ce n'est pas l'impression que je garderai de toi. Nous avons passé de bons moments. C'est vrai qu'il y a eu quelques complications que je n'avais pas anticipées, mais dans l'ensemble tu étais très au-dessus de l'idée que je m'étais faite de toi.

En vérité, dès leur rencontre sur le parcours de golf, elle avait eu la surprise de découvrir que derrière son image lisse et fabriquée se cachait un être humain, tout simplement. Cela paraissait idiot, mais c'était vraiment ce qu'elle avait ressenti.

— Ça me fait plaisir, répondit-il. Je me demandais un peu ce qui t'avait attirée chez moi. Peut-être le fait que je sois un Bisset…

Sa remarque la déconcerta.

— Je me moque complètement que tu sois un Bisset, rétorqua-t-elle. Je trouve que, dans ta famille, vous faites grand cas de votre nom.

Ses paroles étaient peut-être dures, mais tant pis. Ce qu'il venait de lui dire n'était pas très gentil non plus.

— Tu as raison, répliqua-t-il. Je me suis mal fait comprendre, excuse-moi si j'ai été maladroit. J'essayais juste de décrypter ce qu'il y a entre nous.

— Tu me plais. Apparemment, tu m'as trouvée à ton goût aussi, et nous avons couché ensemble. C'est tout, Leo.

Elle était agacée qu'il ait donné cette direction à leur discussion.

— Si tu le dis, répondit-il en contractant la mâchoire. Tu avais l'air d'être une femme qui avait besoin de plus qu'une attirance physique pour coucher avec un homme.

— Peut-être que j'ai cru que tu étais un homme différent, ou peut-être que tu ne m'avais pas aussi bien cernée que tu le pensais. Mais peu importe, conclut-elle. Merci pour le café.

Elle ne savait pas comment lui demander de partir. Elle se trouvait nue dans le lit où ils avaient partagé de torrides ébats cette nuit, elle s'était résolue à faire de ce week-end un bon souvenir qu'elle garderait longtemps en mémoire, et voilà qu'il venait lui tenir des discours au moment où ils devaient se séparer.

— Je t'en prie, répondit-il. J'ai appelé chez ma grand-mère pour demander à Michael de nous apporter un petit déjeuner et mes vêtements de rechange. Si tu veux, je te laisse boire ton café et je t'attends dans l'autre pièce ? Nous pourrons prendre notre petit déjeuner ensemble.

— D'accord.

— Je crois que je t'ai énervée, dit-il. Je suis désolé. Je n'ai pas les idées très claires à cause de tout ce qui s'est passé ce week-end.

Danni fut tentée de se montrer compréhensive, mais elle s'en empêcha et afficha un sourire forcé. Elle ne pouvait pas se comporter comme si elle était sa petite amie, comme si elle était là pour panser ses plaies et soulager ses états d'âme. Ce lien n'existait pas entre eux.

Ses problèmes de famille l'avaient perturbé et il avait eu besoin de se distraire. C'est pour cette raison qu'ils avaient passé du temps ensemble. Elle n'allait pas attendre de lui ce qu'il ne pouvait pas lui offrir.

— Ne t'inquiète pas, ça va, assura-t-elle. Est-ce que j'ai le temps de prendre une douche rapide ?

— Oui. Michael a apporté les ingrédients et les instructions pour la préparation. Ton frigo était vide.

— Je sais. Donne-moi un quart d'heure et j'arrive.

Il se leva et resta un instant immobile, comme s'il avait quelque chose à ajouter, mais finalement il tourna les talons et sortit de la chambre.

Danni se prépara mentalement et physiquement à affronter le reste de la matinée, et tout ce que Leo avait mis en branle. Il était sur le point de sortir de sa vie, c'était très clair. Alors si elle avait entretenu, sans se l'avouer, le plus petit espoir de poursuivre cette relation avec lui, il était temps de l'étouffer.

Leo avait essayé de se comporter comme quelqu'un de bien, et non comme celui qu'il était d'habitude – ou comme son père. Mais ses bonnes intentions s'étaient retournées contre lui. Il n'était pas doué pour analyser ses propres émotions, et encore moins celles des femmes, mais il pouvait affirmer avec certitude que ses paroles avaient énervé Danni. Ne sachant comment se rattraper, il était à deux doigts d'envoyer un message à Dare pour lui demander conseil. Mais Danni et lui n'étaient pas en couple. Il avait juste cherché les mots justes pour lui dire au revoir avant que le week-end s'achève et qu'ils reprennent le ferry pour retourner sur le continent.

Il pensa à son père, à Nick et Logan, aux bouleversements que sa famille venait de subir, et il prit conscience qu'il ne voulait pas se trouver confronté à une surprise de ce type. Il aurait dû utiliser des préservatifs avec Danni, même si elle prenait la pilule. Mais avec tout ce qui se passait en ce moment, il n'était pas dans son état normal et en avait même perdu sa lucidité.

Danni lui donnait l'impression d'être cette femme sauvage et éthérée, mais il se souvint que, dès leur première rencontre, elle avait été très claire sur ses intentions. Elle ne lui avait pas caché qu'elle avait un objectif en vue, et qu'elle comptait sur lui pour l'aider à avancer dans cette direction. Cependant, au cours de ces deux journées en sa compagnie, bouleversé par la révélation des secrets de ses parents, il avait oublié tout cela et s'était laissé charmer.

L'heure du retour à la réalité avait sonné. Il se trouvait maintenant face à ses responsabilités, et si une conséquence devait résulter de ces deux nuits passées avec Danni, il tenait à l'apprendre au plus vite et pas dans trente ans. C'était important qu'elle le sache.

Il entendit la douche s'arrêter et regarda les instructions que Michael avait notées pour lui. Il n'y avait plus qu'à réchauffer le plat au four pendant un quart d'heure. Michael avait même pris la peine de mettre le couvert pour deux sur la terrasse du jardin, à l'arrière de la maison, en ajoutant sur la table une bouteille de champagne dans un seau à glace et un pichet d'oranges pressées.

Tout était préparé à la perfection, comme à chaque fois que l'on faisait appel au majordome de sa grand-mère. Leo savait que, ce qui n'allait pas ce matin, c'était lui. Il se demandait pourquoi. Pourquoi faisait-il preuve d'autant de maladresse ? Ce n'était pourtant pas la première fois qu'il vivait cela. Il avait l'habitude de passer la nuit avec une femme et de la quitter au petit matin.

Mais tout était différent avec Danni. Elle l'avait vu dans un état de vulnérabilité qu'il ne montrait jamais à personne. Il regrettait maintenant de s'être autant livré à elle. Pourquoi s'était-il à ce point mis à nu lors de leurs conversations ?

Au lieu de se tenir ferme et droit comme il le faisait toujours, au lieu de prendre sur lui et d'enfouir ses émotions tout au fond de lui pour avancer coûte que coûte, il avait chancelé et était tombé dans ses bras de fée.

Alors qu'il se trouvait dans la cuisine en attendant que Danni finisse de se préparer, il promena les yeux autour de lui et vit un papier sur lequel elle avait griffonné quelques notes. Cela concernait les marques avec lesquelles elle ambitionnait de nouer un partenariat et les acheteurs qu'elle souhaitait rencontrer.

Il se rappela qu'elle avait insisté pour entretenir avec lui des rapports professionnels. Elle avait attendu quelque chose de sa part, et Leo était à peu près sûr de ne rien lui avoir apporté, si ce n'était deux nuits de plaisir.

La liste qu'elle avait établie était courte, et de toute évidence, elle allait avoir besoin d'élargir ses objectifs et de voir plus grand. Tant qu'elle ne prendrait que de petits risques, elle n'obtiendrait que de petits résultats.

Il attrapa le papier et nota quelques conseils correspondant à chaque thème, en espérant que ces pistes de travail lui serviraient. Puis, au bas de la feuille, il écrivit :

Tu dois être moins timide et cesser de demander poliment la permission d'obtenir ce que tu veux. Prends, Danni. C'est en te servant que tu verras tout ce que tu as à ta disposition.

Il reposa le stylo en entendant la porte de la chambre s'ouvrir. Danni en sortit, vêtue d'un pantalon blanc et d'un chemisier à fleurs dont le col était noué par un ruban. Elle s'était fait un chignon bas et son maquillage était impeccable. La Danni fraîche et spontanée avec qui il avait passé le week-end avait fait place à Danni Eldridge, la femme d'affaires sérieuse.

Visiblement, elle avait clairement compris le message qu'il avait cherché à faire passer ce matin, et c'était ce qu'elle voulait lui montrer par son allure et son attitude. Alors pourquoi était-il déçu de la voir aussi distante tout à coup ? Avait-il espéré qu'elle le supplierait de rester, de poursuivre leur relation au-delà de ce week-end ?

Mais non, voyons. Il n'avait aucune envie de s'engager dans une relation. Et s'il l'avait voulu, il n'aurait pas choisi une femme qui lui correspondait aussi peu que Danni. Elle était trop entière. Il ne pouvait pas être l'homme dont elle avait besoin. Il ne serait jamais à la hauteur de l'authenticité qui faisait partie d'elle et qu'elle attendait des autres.

— Tu es ravissante, dit-il. Le petit déjeuner sera prêt dans cinq minutes. Le couvert est mis à l'extérieur, j'espère que ça ne t'ennuie pas.

— Au contraire, c'est parfait, déclara Danni. Il fait tellement beau ce matin. Tu as besoin d'aide pour quelque chose ?

— Non, merci. Nous pouvons aller nous installer dehors. Je te sers un mimosa ou un simple jus d'orange ?

— Un mimosa, s'il te plaît, répondit-elle.

Il ne l'avait jamais vue aussi calme et distante. Même lors de leur premier échange, sur le parcours de golf, elle s'était enflammée à propos de ce qu'il s'était permis de dire sur elle dans la presse.

Comme il lui ouvrait la porte vitrée et s'effaçait pour la laisser sortir, elle lui adressa un sourire crispé qui procura à Leo une sensation de déjà-vu. En réalité, c'était un souvenir d'enfance. L'expression de Danni lui rappelait celle de sa mère face à son père.

Cela le blessa au plus profond de lui. Il avait passé toute

sa vie à essayer d'imiter August Bisset et de rivaliser avec lui, à tout donner pour devenir un titan des affaires tel que lui. Il avait désiré cela plus que tout le reste, tout en se convainquant qu'il était meilleur que son père, parce que Leo, lui, traitait les gens, et notamment les femmes, avec respect et gentillesse. Jusqu'à ce matin, il avait peut-être eu des raisons de penser cela.

Mais il s'était mal comporté avec Danni. Il s'était servi d'elle pour se changer les idées, pour oublier ses problèmes personnels, mais ce n'était que maintenant qu'il s'en rendait compte. Il avait causé des dégâts qui paraissaient difficiles à réparer.

De toute façon, il n'aurait pas l'occasion de le faire puisqu'il se séparait d'elle aujourd'hui. Il serait obligé de vivre avec le souvenir d'avoir été la cause de ce sourire crispé ainsi que de ces manières polies et distantes qu'elle lui opposait ce matin.

La conversation du petit déjeuner n'allait sans doute être rien de plus qu'un bavardage insignifiant.

Et il était le seul fautif.

Il n'était pas seulement le fils qui aurait dû hériter de Bisset Industries, il était aussi le séducteur qui ravageait tout sur son passage. Et cela le faisait souffrir à un point qu'il n'avait pas imaginé.

Il prit la bouteille de champagne pour servir Danni, tout en se demandant si elle avait vraiment envie d'être assise à table avec lui. Devait-il partir ? Ou pouvait-il, en quelques mots, rattraper sa maladresse de tout à l'heure ?

Il allait essayer. En tant qu'homme, il n'avait rien de plus à lui offrir, mais en tant que chef d'entreprise accompli, peut-être était-il en mesure de la guider.

Hélas, même si c'était utile à Danni, cela n'effacerait sûrement pas la peine que Leo lui avait faite.

- 13 -

Danni se tint droite en s'efforçant de se montrer digne mais, franchement, elle se demandait ce qu'elle avait fait de son orgueil. Leo avait eu l'audace de lui demander si elle avait couché avec lui parce que c'était un Bisset ! Après tout le temps qu'ils avaient passé ensemble, il n'avait donc aucune idée de qui elle était ?

— Je n'arrête pas de penser à ce que tu m'as dit, lui déclara-t-elle.

— À quel moment ?

Danni respira profondément. Comme elle était loin de ses intentions de départ ! Elle avait voulu profiter de sa rencontre avec Leo pour obtenir des conseils professionnels, et voilà où ils en étaient deux jours plus tard.

— Quand tu as dit que j'avais été attirée par toi parce que tu étais un Bisset.

— Ah oui, ça.

Elle le regarda en haussant les sourcils, pour lui montrer qu'elle attendait des explications.

— Je peux être un vrai salaud, admit-il. Mais tu le savais quand tu m'as rencontré. Tu voulais que je te donne des pistes pour développer ton entreprise. Et je ne vois pas ce que je peux faire de plus.

Il se croyait clairement supérieur à elle. Avait-elle envie de recevoir des conseils d'un homme qui avait cette façon de penser ?

— Écoute, lança-t-elle, je ne peux pas faire ça. Je crois que ce serait mieux que tu partes.

Il la regarda fixement pendant un long moment, puis il hocha la tête et se leva de table.

— J'ai programmé la minuterie du four, dit-il. Tu entendras la sonnerie quand le plat sera prêt. Je suis désolé. J'essayais de faciliter les choses. Si tu as besoin de moi pour quoi que ce soit, n'hésite pas à m'appeler. Ou si tu es enceinte.

Si elle était enceinte ?

— Je ne vais pas tomber enceinte. Je prends la pilule.

— Ce n'est pas sûr à cent pour cent, et je n'ai pas envie de vivre la même chose que mon père, de me rendre à un mariage dans trente ans et d'apprendre que nous avons conçu un enfant ensemble.

— Cela n'arrivera pas. Si jamais il y a un bébé, je te préviendrai.

Elle avait toutes les peines du monde à avoir l'air calme alors que ses émotions la torturaient. D'abord, Leo l'avait soupçonnée d'être avec lui par intérêt, et maintenant ça. Elle avait compris qu'il était assez imprévisible, et une fois de plus, il la surprenait. Mais pas en bien. Toutefois, elle ne pouvait pas lui reprocher d'aborder le sujet d'une grossesse potentielle.

— Merci, répondit-il.

Elle se leva et l'accompagna jusqu'à la porte d'entrée. Il sortit, s'arrêta sur le seuil et se tourna vers elle.

— Sincèrement, Danni, j'ai beaucoup aimé passer ce week-end avec toi. Je suis navré de ne pas avoir su mieux m'y prendre pour te dire au revoir. Je n'ai jamais eu l'intention de te blesser.

L'avait-il blessée ? Bien sûr que oui. Elle savait depuis le début que ce qui se passait entre eux ne durerait pas, mais une part d'elle-même s'était accrochée à un mince espoir. Elle était apparemment pleine de contradictions, comme lorsqu'elle voulait faire de gros profits tout en maintenant son entreprise à une petite taille.

— Je n'en doute pas, répliqua-t-elle. Et tu ne m'as pas blessée. Nous nous étions mis d'accord pour ce week-end. Moi aussi, j'ai passé de bons moments. Prends soin de toi.

Elle le poussa presque dehors en refermant la porte juste à temps pour ne pas craquer devant lui. Elle avait cru garder son expression d'avocate impassible pendant leur échange mais, en s'apercevant dans le miroir du couloir, elle vit combien sa pâleur contredisait les mensonges qu'elle venait de prononcer. Elle n'avait jamais été douée pour masquer ses émotions, et cela lui coûtait de l'admettre, mais c'était encore plus difficile face à Leo.

En entendant la sonnerie de la minuterie, elle alla dans la cuisine éteindre le four et sortir le plat préparé par le majordome de la grand-mère de Leo.

Seigneur.

Si elle avait besoin d'une preuve supplémentaire qu'ils n'étaient pas faits pour être ensemble, celle-ci se trouvait devant ses yeux. La grand-mère de Danni vivait dans une caravane sur un terrain de Floride et prenait sa voiturette de golf pour aller jouer au bingo ou nager avec ses amies. Elle n'avait pas à son service un majordome qui livrait des plats gastronomiques à ses petits-enfants ! Danni faisait partie d'une famille d'avocats. Ses parents gagnaient bien leur vie, mais cela n'avait rien à voir avec la fortune des Bisset. Et ils ne cachaient pas des secrets comme les parents de Leo. Chez les Eldridge, on se disait les choses, même quand elles ne faisaient pas plaisir à entendre. L'existence de Leo et celle de Danni étaient si différentes ! Forcément, il avait imaginé qu'elle était attirée par le prestige de son nom. Ce n'était pas étonnant.

Du reste, il était exact que, pour la partie de golf, elle s'était inscrite avec lui *parce que* c'était Leo Bisset. Alors avait-il vu juste ?

Non, cela concernait seulement leur rencontre. Tout ce qui s'était passé ensuite n'était arrivé que pour une seule raison : il lui avait plu. Et même plus que cela.

Elle aperçut sur le plan de travail la feuille où elle avait noté les questions qu'elle aurait voulu poser à Leo. Elle n'avait pas eu le temps de le faire, mais elle constata qu'il avait spontanément inscrit ses réponses en voyant le papier. Et au bas de la page, il avait ajouté un conseil. Rêver plus grand.

Que cet homme était difficile à cerner !

Hélas, elle n'aurait pas l'occasion d'apprendre à le connaître. Il s'était montré assez clair sur ce point en partant. Elle devrait se contenter de retenir ses conseils pour développer son entreprise. Leo, l'homme avec qui elle avait vécu des moments si intenses et qui avait fait naître tant de choses en elle, était à oublier.

Il l'avait presque convaincue qu'elle était comme une créature venue d'un autre monde, qui pouvait être à l'aise avec sa chevelure sauvage tout en endossant le rôle d'entrepreneuse indépendante et déterminée. Un esprit libre dans un corps libre. Puis il était parti.

Elle n'allait pas changer de vie pour un homme qui lui avait fait ça.

Le changement devait venir d'elle. De quoi avait-elle envie ? Quelle direction voulait-elle prendre ? Elle avait une priorité absolue pour ces prochains mois : faire en sorte que sa société gagne de l'argent.

Elle était invitée aujourd'hui au brunch qui clôturait

les festivités du mariage. C'était sa dernière chance de se rapprocher des gens utiles qu'elle avait négligés la veille parce qu'elle avait préféré rester avec Leo.

Aujourd'hui, elle était une autre femme.

Oui, Leo l'avait changée. Il lui avait montré qu'il ne fallait pas mélanger travail et plaisir, et qu'elle pouvait aisément se laisser distraire par le plaisir.

Elle fit mentalement la liste des gens qu'elle devait voir avant de quitter Nantucket, puis se livra à ce que lui avait appris son père de nombreuses années auparavant : elle imagina les dialogues qu'elle pourrait avoir avec les uns et les autres, les mots avec lesquels elle allait vanter ses produits et souligner l'intérêt que les acheteurs trouveraient à les placer dans leurs points de vente.

Une heure plus tard, quand elle entra dans la salle de réception du Nantucket Hotel, elle était plus décidée que jamais. Et même si elle se sentit faiblir en entendant le rire de Leo, elle réussit à l'ignorer pour aller se présenter aux gens qui pouvaient avoir un réel impact sur sa vie.

Elle n'était plus intéressée par Leo Bisset ni par ce qu'il avait à dire. C'était terminé. Peut-être que, si elle se le répétait suffisamment dans sa tête, ce mensonge se transformerait en vérité et elle n'aurait plus aussi mal à l'idée de ne plus jamais le revoir.

Leo perçut la présence de Danni à la seconde où elle entra dans la salle de réception de l'hôtel. Il avait voulu que leur séparation se passe bien et, vu sa longue expérience avec les femmes, il avait sincèrement cru qu'il serait capable de l'oublier aussitôt après son départ de chez elle.

Son corps en avait décidé autrement. Ses sens continuaient à la réclamer, et plus encore maintenant qu'elle se trouvait à quelques pas de lui. Il ne pouvait s'empêcher de la regarder évoluer parmi les convives. Il la vit entamer une conversation avec Martha Dillion, la cousine de Tad Williams, qui était acheteuse pour une grande chaîne de magasins ; mais tout ce qui l'intéressait, c'était la finesse, la délicatesse de sa nuque sous son épais chignon. Comme il avait aimé soulever ses cheveux et l'embrasser dans le cou, sentir la douceur et le goût sucré de sa peau…

Ce souvenir réveilla son désir et il eut tout à coup le corps en feu, mais par chance Dare s'approcha à ce moment pour lui parler. En général, son frère aîné affichait un air de dignité presque sévère. Il était différent aujourd'hui. Décontracté, presque comme s'il n'avait aucun souci en tête. Que lui était-il donc arrivé ?

— Tu as passé une bonne nuit ? demanda Leo.

— On peut dire ça, répondit Dare en prenant un verre sur le plateau d'un serveur. Et toi ?

— Très bonne nuit, très mauvaise matinée.

Leo fit cette réponse tout en sachant qu'il ne pouvait s'en prendre qu'à lui-même. Au lieu de prononcer ce discours au réveil, il aurait pu ne rien dire et rester auprès de Danni jusqu'à la dernière minute de ce week-end. En cet instant, il se serait tenu à ses côtés tandis qu'elle repérait les gens qui pouvaient lui être utiles et allait de l'un à l'autre. Car visiblement, c'était ce qu'elle faisait, et elle semblait s'y prendre à merveille.

Elle avait sans doute trouvé le mot qu'il avait laissé pour elle. Cette pensée ne soulageait qu'un peu la conscience de Leo. En dépit de ce qu'elle avait dit, il savait qu'il l'avait blessée, alors qu'il avait agi précisément dans le but contraire. Il s'en voulait tellement ! Certes, les événements de ce week-end l'avaient mis dans un état épouvantable, et il avait dû jouer la gaieté pour ne pas gâcher le mariage d'Adler. Sauf avec Danni. Avec Danni, il n'avait pas fait semblant. Elle lui avait apporté le réconfort dont il avait besoin.

Et voilà comment il l'avait remerciée. En lui adressant malgré lui des paroles blessantes. Quel imbécile…

— Pourquoi une très mauvaise matinée ? demanda Dare.

— J'ai dû dire au revoir à Danni. Je ne voulais pas attendre le dernier moment pour le faire. J'ai cru que ce serait plus élégant, plus délicat.

— Ah.

— Ah ?

— Depuis quand tu te préoccupes d'être élégant et délicat ? demanda Dare avec ironie. Tu devais avoir une autre raison de le faire.

— Peu importe, répondit Leo.

Néanmoins, la remarque de Dare le fit réfléchir. Qu'avait-il espéré ? Que Danni lui propose de songer à une solution pour qu'ils continuent à se voir ? Il savait pourtant que ce n'était pas envisageable. Il était trop pris par son travail pour s'investir dans une relation, qui plus est dans une relation à distance.

— Leo, dit Dare, tu es sûr de ne pas avoir agi de manière un peu trop impulsive ? Ce que nous avons appris sur Nick, sur Logan et sur nos parents nous a tous bouleversés. Nous faisons face à des scandales familiaux auxquels nous n'avons jamais été habitués. Jusque-là, nous avions laissé cela aux autres. C'est normal que nous n'ayons plus les idées très claires.

— Ah bon ? répliqua Leo. Pourtant, tu as l'air plus clairvoyant que jamais.

— C'est parce que j'ai passé du temps avec quelqu'un qui m'a suggéré de prendre du recul.

— Une femme ?

— Oui, admit Dare. Et c'était agréable de ne pas devoir surveiller constamment mes arrières, pour une fois. Elle est… Elle n'est pas comme les autres. Elle se moque de nos histoires de famille, de Bisset Industries et de ma façon de voter au sénat.

— Elle a l'air… intéressante.

— Elle l'est. Et je ne lui ai pas fait mes adieux ce matin. La vie ne nous impose pas toujours de prendre des décisions radicales.

— Mon expérience m'a appris le contraire, affirma Leo. Et regarde notre père. Tu ne crois pas qu'il aurait dû prendre des décisions radicales avec les femmes, notamment avec Cora Williams ? Cela lui aurait évité d'entretenir plusieurs relations en même temps et de se trouver aujourd'hui dans cette situation impossible.

— Tu crois que Danni ressemble à Cora ? Ce n'est pas l'impression qu'elle m'a donnée. Mais après tout, je n'ai échangé que quelques mots avec elle.

Non, Danni n'avait rien de comparable avec la mère de Nick. Pour commencer, elle n'aurait jamais eu de liaison avec Leo s'il avait été marié. Il en était certain. Tout comme il était certain que, si jamais elle se retrouvait enceinte, elle lui en parlerait, et attendrait de lui qu'il assume ses responsabilités et joue son rôle de père. Ce qu'il ferait, bien évidemment.

Il la regarda tandis qu'elle abordait le célèbre styliste Peter Drummond. Alors qu'il l'observait, Leo se rendit compte que cela ne l'aurait pas dérangé qu'elle soit enceinte de lui. Au contraire. Cela lui aurait fourni un prétexte pour continuer à la voir.

Parce qu'il avait besoin d'un prétexte ?

Il se sentit lâche de l'avoir pensé. Il s'était toujours enorgueilli de faire face à ses problèmes comme un Bisset.

Comme un homme. Il ne les esquivait pas. S'il voulait revoir Danni, il n'avait qu'à le lui demander.

— Tu te rends compte que tu ne la quittes pas des yeux ? fit Dare.

— Oui, tu as raison.

Avait-il eu tort de lui parler franchement ce matin ? Qu'aurait-il pu lui dire d'autre ? Il n'existait pas de scénario crédible dans lequel Danni et lui pourraient être en couple. Il avait fait le bon choix. Elle avait une entreprise à diriger et une vie qui l'attendait à Boston.

Mais cette réalité ne l'empêchait pas d'avoir envie de la rejoindre, d'être celui qui aurait le droit de mettre la main dans le bas de son dos et de déposer un baiser à la base de son cou, à l'endroit précis qui la faisait frissonner de plaisir. À cet instant, c'était cela, son désir le plus urgent.

C'était sans doute une preuve de plus qu'il avait eu raison de la quitter dès ce matin. Il n'allait pas abandonner sa vie actuelle pour en construire une autre avec elle ; et, après avoir assisté à tout ce qui s'était passé entre ses parents ces derniers jours, il savait qu'il ne pouvait pas non plus demander ce sacrifice à Danni.

Ils s'étaient bien amusés ensemble.

Il allait devoir s'en contenter. Car plus Leo l'observait, plus il lui paraissait clair qu'elle était passée à autre chose et qu'elle voulait qu'il le sache.

Danni rassembla beaucoup de noms et d'informations au cours du brunch. Elle discuta avec les uns et les autres, et s'employa à développer son réseau comme elle aurait dû le faire pendant tout le week-end. Essie allait être ravie des résultats apportés par ce séjour à Nantucket au sein de la jet-set.

Si cette matinée avait été aussi fructueuse, c'était

notamment parce que Danni avait tout fait pour mettre un maximum de gens entre Leo et elle. Néanmoins, elle s'efforçait déjà de faire bon usage de son lien avec lui. C'était une chose que sa sœur lui avait apprise depuis longtemps, mais que Danni avait eu du mal à faire jusqu'à maintenant.

Adler et Nick étaient radieux ce matin. En apercevant sa cliente et amie, Danni la salua de la main, et en retour, Adler lui fit signe de les rejoindre. Quinn Murray, qui produisait l'émission de télévision pour laquelle le mariage avait été filmé, participait maintenant à la fête en tant qu'invitée et amie de la mariée.

— Encore toutes mes félicitations, dit Danni en embrassant chaleureusement Adler et Nick. Votre mariage était fantastique. J'ai hâte que le film soit diffusé à la télévision, je me ferai une joie de le regarder pour revivre ce moment.

— Merci, répondit Nick. Tes bijoux ont apporté la touche qu'il fallait pour que la journée soit vraiment réussie. Ils allaient à ravir aux demoiselles d'honneur.

— C'est très gentil de ta part, répliqua Danni. Je suis touchée, et ravie que mes créations t'aient plu.

Nick allait poursuivre, mais il se retourna quand son frère Asher vint lui taper sur l'épaule pour échanger quelques mots avec lui.

— Nick a raison, déclara Adler. Nous sommes très heureux que tu nous aies fourni ces bijoux, mais aussi que tu aies pu venir. C'était un plaisir de t'avoir avec nous. Encore merci pour tout ce que tu as fait hier matin. Ta contribution a été plus que précieuse.

— C'était un plaisir et je le referais volontiers, assura Danni en toute sincérité.

— Alors tant mieux. J'espère que Leo et toi…

Danni l'interrompit :

— Il n’y a pas de Leo et moi.

— Qu’est-ce qu’il a fait ? demanda Adler.

— Rien. Nous n’avions pas prévu de rester ensemble. C’était juste une aventure, le temps d’un week-end.

Tout en disant ces mots, Danni espéra que c’était la dernière fois qu’elle avait à les prononcer et que plus personne ne lui parlerait de « Leo et elle ».

— Ah, fit Adler. J’ai cru qu’il y avait autre chose. Qu’il s’agissait de plus que ça. En tout cas, j’espère que tu t’es bien amusée malgré la présence de tous ces paparazzis. Et sache que cette journée n’aurait pas été la même sans ta participation.

— Je me suis beaucoup amusée. Encore merci de m’avoir invitée et d’avoir accepté de distribuer mes petits cadeaux supplémentaires à tes proches.

— Ils ont eu un franc succès ! Mon père adore son bracelet et voudrait que tu lui en fabriques d’autres pour sa prochaine tournée. Je lui ai donné tes coordonnées.

Danni retint de justesse un cri de joie. Ce mariage allait avoir encore plus de retombées qu’elle l’avait espéré !

Plus tard dans la journée, quand elle prit sa voiture pour aller embarquer à bord du ferry qui devait la ramener sur le continent, elle s’aperçut qu’elle n’était plus la même que lorsqu’elle était arrivée à Nantucket quelques jours plus tôt. Elle avait beaucoup appris. Non seulement de ses échanges avec Leo, mais aussi parce qu’elle avait observé de quelle façon il communiquait avec les autres. Avec naturel et assurance, et même une certaine autorité. Sans oublier qu’il lui avait montré comment faire de meilleures photos, et qu’il l’avait encouragée à prendre des risques.

Elle n’était pas sûre d’être déjà prête à revoir les croquis qu’elle avait réalisés des moments passés avec lui. D’ici peu, elle aurait sûrement envie de rouvrir son carnet, mais elle préférait pour l'instant rester dans la carapace qui la protégeait depuis quelques heures. Elle attendrait d'être rentrée chez elle pour baisser la garde.

Une fois installée à bord du ferry, elle ne put s'empêcher de repenser à sa dernière sortie en mer. C'était avec Leo, sur ce voilier qui semblait tout droit sorti d'un rêve. C'est là qu'elle avait cessé de le considérer comme un concurrent et commencé à le voir comme un homme.

Un homme pour qui elle avait cru avoir une simple attirance physique, mais pas de sentiments. Elle s'était trompée. Au fil du week-end, elle n'avait fait que s'attacher à lui, jusqu'à imaginer, sans vraiment se l'avouer, qu'ils pourraient poursuivre cette relation.

Essie lui envoya un message pour lui proposer de dîner avec elle à son arrivée à Boston. Danni avait envie de la voir, mais elle savait que ce serait difficile de lui cacher la vérité. Cette dernière devinerait, en écoutant son récit, qu'elle était allée trop loin avec Leo.

De toute façon, Danni mettrait du temps à se remettre de ce qu'elle avait vécu. À quoi bon essayer de mentir à Essie ? Ce soir ou un autre jour, son amie et associée comprendrait ce qui s'était passé. Danni n'arriverait pas à dissimuler la peine profonde qu'elle ressentait.

De surcroît, elle avait beaucoup de choses à annoncer à Essie, et elles devaient tout de suite contacter les gens qui avaient laissé leurs coordonnées à Danni, afin de battre le fer tant qu'il était encore chaud.

Il était temps de viser plus haut, comme Leo le lui avait conseillé, et de donner à son entreprise l'élan nécessaire pour qu'elle génère des profits. Peut-être qu'un jour Danni aurait envie de le remercier pour les leçons qu'il lui avait enseignées.

Mais elle n'en était pas encore là. Elle avait mal, tout

simplement. Son seul réconfort, c'était de penser qu'à l'avenir, si elle réussissait, il entendrait souvent parler d'elle. Cela lui rappellerait ce qu'ils avaient vécu, et surtout, ce qu'ils auraient pu essayer de construire.

Elle n'avait pas eu le courage de le traiter de lâche mais, au fond d'elle, c'était exactement ce qu'elle pensait de lui. Car il était parti sans même imaginer qu'il existait des solutions pour continuer à se voir. Il avait préféré tirer un trait sur eux, sans se donner la peine d'essayer.

Danni soupira avec tristesse, puis une pensée terrible lui vint à l'esprit.

Et s'il n'en avait simplement rien eu à faire ? Oui, s'il lui avait tourné le dos aussi facilement, c'était peut-être parce qu'il n'avait rien ressenti pour elle. Après tout, il lui avait dit franchement qu'il avait besoin de quelqu'un avec qui s'évader le temps d'un week-end pour fuir sa famille, et rien de plus. Il lui avait même confié qu'il ne croyait pas en l'amour et n'était pas fait pour vivre en couple.

Tant pis pour lui. Elle refusait de s'apitoyer sur son propre sort. Leo n'avait pas voulu d'elle ? Cela n'allait pas empêcher Danni d'aller de l'avant. Le temps où elle s'était laissé guider par son cœur était révolu. Elle allait s'endurcir, se faire une place sur le marché et devenir une concurrente sérieuse. Le jour où Leo la reverrait, il se rappellerait la façon dont il l'avait quittée et s'en mordrait les doigts.

- 14 -

Après avoir passé deux mois à se démener avec Essie pour améliorer leur chaîne logistique et choisir minutieusement les artisans qui feraient les meilleurs collaborateurs sur la durée, Danni avait atteint une nouvelle étape importante : le grand styliste Peter Drummond s'intéressait à son travail. Il l'avait contactée pour lui proposer de soumettre des croquis en vue d'une collaboration pour sa prochaine collection estivale.

Danni ne pensait plus du tout à Leo depuis son retour de Nantucket. Plus du tout, hormis lorsqu'elle voyait ses publicités dans les médias, ou quand son nom ou sa photo apparaissaient sur les pages qu'elle suivait sur Internet. Autant dire qu'en réalité elle pensait à lui en permanence. C'était impossible de l'oublier. Leo Bisset n'était pas seulement une personne, c'était une marque. Une marque omniprésente.

Mais elle refusait de se laisser perturber. Surtout en ce moment. Elle avait de nombreux projets enthousiasmants, et elle allait tout faire pour que ce partenariat avec Peter Drummond se concrétise.

Cette collaboration potentielle avait le pouvoir de faire passer son entreprise dans la catégorie supérieure. Elle avait maintenant une équipe d'artisans sur qui compter pour fabriquer des bijoux de grande qualité, et elle se sentait à la hauteur des exigences d'un maître tel que Peter Drummond.

À l'issue d'une conversation avec ses parents, Danni avait décidé de vendre son appartement, qui valait beaucoup d'argent, et de réduire son train de vie afin d'avoir des fonds à investir dans sa société. Cette discussion avait été difficile, mais elle avait réussi à s'affirmer face à ses parents en leur affirmant qu'elle croyait en elle-même et qu'elle était sûre de faire le bon choix pour son avenir.

Visiblement convaincus par sa détermination, ils avaient fini par la soutenir, en lui suggérant de louer son appartement plutôt que de le vendre. Ainsi, elle pourrait le récupérer le jour où ses revenus seraient suffisants. Cette idée lui plaisait, et comme ils étaient maintenant assurés qu'elle menait son projet sérieusement et n'attendait pas qu'ils subviennent à ses besoins, leurs rapports s'étaient apaisés. Danni se rendait compte que, à bientôt trente ans, elle s'était sentie adulte face à ses parents pour la première fois de son existence. Cela lui faisait un bien fou de prendre sa vie en main !

Elle devait toutefois reconnaître qu'une autre personne avait joué un rôle important dans le changement qui s'opérait en elle. Leo. C'était lui qui l'avait incitée à s'affirmer, et qui la motivait encore aujourd'hui. Car si elle avait autant envie de réussir, c'était aussi pour qu'il entende parler d'elle. Elle avait compris qu'elle devait viser plus haut, séduire une clientèle restreinte mais qui était prête à payer le prix pour posséder un objet unique, fait à la main, et qui ne se démoderait pas. Son entreprise était en train de se construire une véritable identité, et une réputation qui s'étendait de jour en jour.

Tout en s'épanouissant dans son rôle de femme d'affaires, Danni ne pouvait nier l'évidence. Leo lui manquait. Elle avait beau se répéter que leur aventure n'avait duré qu'un week-end et qu'il n'avait jamais été question de prolonger leur relation, elle ne pouvait s'empêcher d'avoir des sentiments pour lui. Au début, elle avait fait comme si de rien n'était, mais au bout de deux semaines, elle avait été obligée d'admettre qu'elle avait le cœur brisé. Elle avait passé les quinze jours suivants à épier Leo sur les réseaux sociaux, avant de reprendre le contrôle d'elle-même, et de cesser ce comportement obsessionnel et masochiste.

Il lui avait envoyé plusieurs messages. Bien sûr, elle avait brûlé de les lire et de lui répondre mais, là encore, elle avait su trouver la force de résister. Elle s'était accordé un seul geste de nostalgie, en faisant du coquillage qu'il avait ramassé pour elle sur la plage le pendentif d'un bracelet. Elle avait utilisé un lacet en cuir de la marque de Leo, et l'avait associé à un ruban de sa propre collection.

Elle avait commencé par porter ce bracelet uniquement les jours où elle ne travaillait pas. Si elle l'avait mis au bureau, Essie l'aurait remarqué et lui aurait posé des questions. Or Danni préférait garder ce secret pour elle. C'était un bijou qui lui rappelait un moment merveilleux, mais en fin de compte cette parenthèse enchantée n'avait été qu'un rêve. Ce n'était pas la réalité.

La réalité, songea Danni en montant dans l'avion qui allait la mener à New York, c'était son rendez-vous d'aujourd'hui avec l'équipe de Peter Drummond. Elle avait aussi prévu de profiter du voyage pour voir Adler, pour qui la vie de jeune mariée n'était pas de tout repos.

Nick et Logan étaient de nouveau en guerre, à cause de certaines démarches que Logan avait entreprises avant d'apprendre que Nick était son frère jumeau. Et les Bisset n'en avaient pas fini avec les effets du scandale, car le conseil d'administration de Bisset Industries exigeait que tous les héritiers se soumettent à un test ADN afin de prouver qu'ils étaient bien les enfants d'August. En lisant cette nouvelle dans la presse, Danni avait failli écrire à Leo. Elle connaissait sa fierté d'être un membre de la famille Bisset, et cette remise en question avait dû lui faire mal.

Mais elle avait repensé à ce dimanche matin où il l'avait quittée au réveil et s'était finalement abstenue de lui faire signe. Elle ne lui en voulait pas pour autant. Ils avaient passé de bons moments ensemble, et il avait fait d'elle une femme plus forte. Elle possédait de nouvelles compétences professionnelles qui impressionnaient même ses parents. Elle avait étendu son réseau sans aucun complexe et commençait déjà à récolter les fruits de ses efforts.

Le mieux dans tout cela, c'était qu'elle continuait à mettre du cœur dans son travail. Elle avait renoncé à devenir une dirigeante froide et calculatrice. De toute façon, c'était si loin d'elle qu'elle n'y serait sûrement pas parvenue. Elle avait opté pour la spontanéité, et jusqu'à maintenant, ça s'avérait une stratégie payante.

D'une certaine manière, même la tristesse qui l'envahissait quand elle pensait à Leo la rendait plus forte. Car à chaque fois qu'elle remportait un succès, elle savait que la nouvelle arriverait jusqu'à lui et qu'il serait obligé de penser à elle.

C'était en quelque sorte un aveu de défaite. Car malgré tout le mal qu'elle s'était donné pour y arriver, elle était incapable d'oublier Leo. Elle continuait à se réveiller la nuit en voulant se blottir dans ses bras, mais dans le lit, à côté d'elle, la place était vide et froide. Elle continuait à frissonner en se remémorant ses baisers, tout en sachant qu'elle devrait s'en passer à jamais.

Mais le pire ennemi de l'oubli était sans doute sa chevelure. Elle avait failli la couper à ras pour ne plus se souvenir de la façon dont Leo en avait parlé, pour ne plus le revoir en train d'enrouler une boucle autour de son doigt. À présent, ses cheveux étaient constamment noués en un chignon bas et serré. Quand elle les attachait, elle avait l'impression d'enfermer ses sentiments en même temps, ce qui valait mieux pour elle.

C'est ainsi qu'elle fut convaincue d'avoir fait le nécessaire pour refermer définitivement le chapitre Leo Bisset.

Jusqu'au moment où, en entrant dans le hall de réception de Drummond Designs, elle le vit. À la seconde où elle reconnut Leo, droit et fier dans son costume-cravate, elle comprit qu'aucun chignon ni aucun succès professionnel ne pourraient effacer ce qu'elle ressentait.

Elle tenait toujours à lui. Non. À en croire les battements de son cœur, c'était plus que cela. Elle l'aimait. Et ce malgré le mal qu'il lui avait fait en la quittant.

Les deux derniers mois avaient été aussi mouvementés que décisifs pour Leo et toute sa famille. Comme à son habitude, il s'était réfugié dans le travail. Puis, à force d'observer ses parents qui se débattaient avec les conséquences de leurs erreurs passées, il avait commencé à se remettre en question et à se demander ce qu'il voulait vraiment faire de sa vie.

Quelques jours plus tôt, en dînant avec ses parents, il avait été frappé de voir à quel point ils étaient dévoués l'un à l'autre. Les scandales qu'ils avaient endurés semblaient avoir renforcé leur couple au lieu de le détruire. Et c'était exactement ce à quoi Leo aspirait. Il avait d'abord cru être fait du même bois que son père et s'en était enorgueilli. Puis les révélations de Nantucket lui avaient fait détester toute ressemblance entre August et lui. Et désormais, il prenait conscience que son père avait pris la seule décision qui comptait vraiment le jour où il avait épousé sa mère.

Tout en y réfléchissant, Leo se demandait s'il pensait cela seulement parce que Danni lui manquait. C'était curieux de s'être autant attaché à elle en trois jours à peine, mais le fait est qu'il avait été davantage lui-même avec elle qu'avec quiconque, y compris les membres de sa famille.

Un jour, il lui avait envoyé un message qui était resté sans réponse, ce qu'il avait compris. Bien sûr, cela l'avait vexé, mais elle avait le droit de faire ce qu'elle voulait. C'était lui qui avait décidé de formuler clairement leur séparation, et pourtant il avait eu beaucoup plus de mal que prévu à l'effacer de sa mémoire. Un soir, il était sorti avec ses frères dans un bar, juste avant que Zac parte en Australie pour commencer ses entraînements en vue de la Coupe de l'America. Leo avait beaucoup bu, et n'ayant pas toute sa lucidité, il avait de nouveau écrit à Danni.

Une fois de plus, elle ne lui avait pas répondu, si bien qu'il avait décidé de se ressaisir et de tourner la page. Il savait qu'il l'avait blessée, et manifestement, ce n'était pas à lui qu'elle avait envie de faire appel pour soigner cette blessure. Il ne lui en voulait pas le moins du monde. Enfin, peut-être un petit peu, mais uniquement parce qu'il voulait qu'elle revienne.

Alors quand Peter Drummond avait évoqué une collaboration pour sa collection de l'été prochain, Leo avait fait quelque chose qui ne lui ressemblait pas du tout. Ou plutôt, qui ne ressemblait pas du tout à l'ancien Leo. Il avait suggéré à Peter Drummond de jeter un œil au site Internet de Danni, pour lui proposer éventuellement de soumettre sa candidature. Faisant lui-même déjà partie du groupe de créateurs retenus, il avait espéré que Drummond sélectionnerait aussi Danni et l'inviterait à la réunion d'aujourd'hui.

Drummond avait été impressionné par les créations de Danni. Tellement impressionné qu'il avait dit que, d'ici quelques années, Leo devrait certainement la considérer comme une sérieuse concurrente. C'était idiot, mais Leo ne pouvait s'empêcher d'être fier de tout ce que Danni avait accompli depuis leur week-end à Nantucket. Il ne comptait pas lui rendre les choses faciles pour autant. Il restait un homme d'affaires qui n'aimait que la victoire.

Pour cette raison, quand il arriva en avance au siège de Drummond Designs pour la réunion qui allait rassembler tous les créateurs en compétition, il était prêt à voir Danni et à lui faire forte impression. À associer travail et plaisir. Il avait mis son plus beau costume, était allé chez le coiffeur la veille, et avait fait tout ce qu'il fallait pour être à son avantage. C'était l'occasion ou jamais de faire amende honorable après sa maladresse d'il y a deux mois et de demander à Danni de lui accorder une seconde chance.

Il était déterminé à lui montrer le vrai Leo Bisset. Non pas l'homme arrogant de Nantucket, mais une version plus réaliste de lui-même. Il ne se contentait plus de faire croître chaque jour les bénéfices de son entreprise. À présent, il voulait poursuivre des objectifs qui avaient un sens plus profond que cela.

Il avait cessé de travailler sept jours sur sept et s'apercevait qu'il appréciait les moments de repos qu'il s'octroyait. Bien sûr, ces pauses ne faisaient qu'accentuer la douleur que provoquait l'absence de Danni. Mais elles avaient aussi le mérite de lui laisser du temps pour réfléchir, et il s'était rendu compte que Boston n'était pas si loin que cela des Hampton, en fin de compte.

Ces derniers jours, il avait essayé d'imaginer comment

se passeraient leurs retrouvailles. Il savait du moins comment il voulait qu'elles se passent. Danni le verrait, leurs regards se rencontreraient, elle courrait vers lui et lui sauterait dans les bras en disant qu'elle n'aurait jamais dû le laisser partir.

Évidemment, ce n'était qu'un rêve, et tout en ignorant à quoi s'attendre, il était conscient que ce fantasme n'allait pas se réaliser.

Cela faisait deux mois qu'il pensait à elle. Pourtant, ce ne fut qu'en la voyant entrer dans le hall qu'il prit la mesure de l'intensité de ses sentiments pour elle. Et à cette seconde, il sut qu'il ferait tout, absolument tout pour la reconquérir, car il ne pourrait plus jamais se passer d'elle.

Ses cheveux magnifiques étaient attachés en chignon, comme la dernière fois qu'il l'avait vue. Elle portait une jupe droite qui moulait la courbe de ses hanches, un élégant chemisier et des chaussures à talons qui la grandissaient de plusieurs centimètres. Elle lui adressa un sourire forcé. De toute évidence, elle ne s'était pas attendue à tomber sur lui. Il avait donc l'avantage sur elle.

Il alla à sa rencontre et lui tendit la main avec courtoisie.

— Bonjour, Danni. Ça me fait plaisir de te revoir.

— Leo. Je ne savais pas que tu serais là. Mais M. Drummond m'avait prévenue qu'il y aurait plusieurs créateurs présents.

— Je suis heureux qu'il t'ait choisie pour en faire partie. Tes dernières créations m'ont beaucoup impressionné.

— Merci, répondit-elle sobrement.

— Je t'en prie.

Elle s'adressait à lui sur un ton très professionnel, presque froid. Il avait bien conscience qu'il avait eu tort de lui parler comme il l'avait fait le matin de leur séparation, mais avait-il commis des dégâts irréparables ? Il ne pouvait pas s'appuyer sur un lien de toute une vie, comme ses parents. Risquait-il de ne pas réussir à convaincre Danni de revenir vers lui ?

Oui, cette possibilité existait, mais il refusait de l'envisager. Il avait surmonté beaucoup d'épreuves au cours de sa vie. Reconquérir Danni ne serait pas chose facile, mais c'était un combat qu'il refusait de perdre.

Si elle n'avait pas craint d'être grossière, Danni aurait refusé de serrer la main de Leo. Et c'était sans doute ce qu'elle aurait dû faire car, dès que leurs doigts se touchèrent, elle ne put s'empêcher de frissonner de tout son être.

Elle avait passé trop de temps loin de lui. Désormais, la colère qui lui avait permis de demeurer droite et digne le dimanche du brunch s'était dissipée, et il ne lui restait que de la tristesse. La tristesse de le voir si beau, d'éprouver toujours autant de désir pour lui, tout en sachant qu'il n'avait plus envie d'elle.

À vrai dire, elle n'était pas seulement triste. Elle était aussi excitée de le revoir, et prête à lui montrer qu'elle pouvait rivaliser avec lui, voire le surpasser. Elle voulait également lui parler. Lui raconter tout ce qu'elle avait fait ces deux derniers mois, et lui demander de ses nouvelles.

Elle voulut s'écarter de lui en voyant d'autres personnes entrer dans le hall, mais il continuait à lui tenir la main.

— Je compte sur toi pour prendre un verre avec moi après la réunion, déclara-t-il.

Ce n'était pas vraiment une question mais elle savait que, si elle refusait, il n'insisterait pas.

Une part d'elle-même avait envie de dire oui à une deuxième chance. Elle savait maintenant quelle direction elle voulait donner à sa vie, et elle se demandait si Leo pouvait y avoir une place. Elle n'y avait pas consciemment réfléchi, mais en le revoyant elle se rendait compte qu'elle ne pouvait plus faire comme si elle avait tiré un trait sur lui.

— D'accord, répondit-elle. Mais je ne sais pas à quelle heure nous allons sortir.

— En général, expliqua Leo, Peter est un adepte des présentations tape-à-l'œil. Une fois qu'il a produit son effet, il demande à tout le monde de s'en aller et de revenir plus tard avec des propositions.

— C'est bon à savoir.

— Tu veux t'asseoir à côté de moi ?

Elle se renfrogna. Pensait-il qu'ils allaient reprendre là où ils s'étaient arrêtés avant qu'il lui dise que leur histoire était arrivée à son terme ? Pensait-il qu'elle avait attendu tout ce temps qu'il réapparaisse dans sa vie ? Elle avait besoin de savoir ce qu'il avait en tête. Elle n'avait pas fait ce voyage pour passer toute la réunion à se poser des questions sur Leo Bisset au lieu de se concentrer sur le projet de Peter Drummond.

Sans hésiter une seconde de plus, elle entraîna Leo dans le couloir pour être seule avec lui.

— À quoi tu joues ? demanda-t-elle sans détour. Pourquoi tu te montres aussi affectueux avec moi ?

Il se crispa et répondit :

— J'essayais juste de savoir où nous en étions tous les deux.

— Leo, tu as rompu avec moi en laissant derrière toi des conseils de chef d'entreprise. Où en sommes-nous, à ton avis ?

— Eh bien, je ne sais pas. J'ai eu tort, Danni. J'avais peur de t'entraîner dans le tourbillon familial dont je n'arrivais pas moi-même à me sortir. Je craignais aussi de me servir de toi pour échapper à ce chaos.

Ces mots firent mal à Danni, mais après tout elle avait pensé la même chose.

— Exactement, répondit-elle. C'est pour cela que j'aimerais que tu réalises ce que tu es en train de faire. Je tiens à être concentrée pendant la réunion. Je ne peux pas me permettre de penser à toi, à l'effet que ça me fait de te revoir et à ce que peut signifier pour toi « prendre un verre ». C'est quelque chose de sérieux, ou tu espères juste reprendre un peu de bon temps ? Les montagnes russes, Leo, ce n'est pas pour moi.

Il laissa échapper un juron et se détourna un instant avant de la regarder de nouveau dans les yeux. Ses prunelles brillaient d'un bleu intense au milieu de son visage empreint d'une émotion qui ressemblait fort à de la colère.

— Ce n'est pas non plus ce que je désire pour toi, dit-il. Dès que je t'ai vue tout à l'heure, j'ai compris que, en voulant éviter de reproduire les mêmes erreurs que mon père, j'en avais peut-être commis une encore plus grande. Je n'ai pas envie de te déconcentrer pendant la présentation, alors si tu préfères, nous pouvons annuler ce verre et attendre que Peter ait fait son choix parmi les créateurs pour se parler. Mais sache une chose, Danni. Je regrette ce que j'ai fait à Nantucket. Je suis désolé de t'avoir blessée, et je voudrais avoir une chance de reprendre à zéro.

Reprendre à zéro ?

Danni se demandait encore si elle avait bien entendu les paroles de Leo quand l'assistant de Peter Drummond vint les chercher pour les inviter à le suivre en salle de conférences. Ils se retrouvèrent bientôt assis autour d'une table avec une dizaine d'autres personnes, l'un en face de l'autre.

Malgré les efforts qu'elle faisait pour rester attentive aux propos d'introduction, Danni ne cessait de repenser à son échange avec Leo. Il avait dit qu'il regrettait, mais quoi ? De l'avoir quittée ou d'avoir couché avec elle ?

La lumière baissa et un film démarra. Danni ouvrit son carnet de notes, le feuilleta jusqu'à la première page blanche et se força à ignorer Leo. Ce n'était pas évident. Pourquoi faisait-il cela ? Cherchait-il à jouer avec elle ?

Elle ne le pensait pas mais, la dernière fois qu'elle avait fait confiance à son instinct, elle s'était réveillée face à un Leo tout habillé qui essayait de trouver les mots pour s'échapper tout en lui assurant qu'il se comporterait en homme responsable si elle se retrouvait enceinte. Voilà pourquoi elle ne savait plus à quoi s'en tenir. Elle était perdue. Et en colère. Et elle ne comptait pas prendre tout cela avec calme et recul, comme Leo semblait l'espérer.

À la fin de la vidéo, Peter Drummond s'avança au centre de la pièce. Il était grand et arborait une épaisse crinière de cheveux blancs ainsi qu'une moustache en crocs noire. Il regarda son auditoire en souriant.

— Merci à tous d'être présents, dit-il. Désolé d'avoir été aussi vague dans mon invitation, mais je voulais que vous arriviez sans idées préconçues. Maintenant que vous avez visionné ce film, j'espère que mes attentes sont plus claires pour vous.

Danni jeta un œil à son carnet : elle n'avait rien écrit. La vidéo avait montré des couples courant dans des prairies ou chevauchant le long d'une plage de sable fin. Elle se rappelait aussi l'image d'un homme plongeant dans une piscine infinie qui surplombait la mer Adriatique. Alors, non, les attentes de Peter Drummond n'étaient pas très claires.

Leo fit un signe de tête à Danni et lui montra discrètement sa tablette, sur laquelle il avait tracé un grand point d'interrogation. Elle sourit, soulagée de voir qu'elle n'était pas la seule à être passée à côté du message.

Elle leva la main pour obtenir la permission de parler.

— Vous n'avez pas à lever le doigt ici, madame Eldridge. Nous vous écoutons, dit Peter Drummond.

— Ah, d'accord. Merci. Je ne suis pas sûre d'avoir tout à fait saisi ce que vous recherchiez. J'ai une idée des sentiments que vous souhaitez évoquer, mais rien de plus.

— Oui. C'est précisément cela. Je veux que vous vous inspiriez de cette projection pour faire des trouvailles. J'ai peur de limiter votre imagination si je vous donne trop de détails. Ce projet doit être habité par la fraîcheur et la nouveauté.

— Et pour ce qui est de l'échelle de prix ? demanda Leo. Vous visez le marché du luxe comme vous le faisiez autrefois, ou plutôt les classes moyennes comme lors de votre dernière campagne ?

— Excellente question, répliqua Peter. Ne vous fixez aucune limite. Vos dessins devront simplement représenter ce que vous avez envie de créer.

Là encore, ses instructions n'étaient pas très précises, mais Danni les nota quand même en espérant que celles-ci l'aideraient lorsqu'elle se mettrait au travail. Elle appréciait l'énergie et la joie que dégageait Peter. Apparemment, il avait envie d'être surpris, et elle comptait bien le satisfaire.

— D'autres questions ? lança-t-il.

Elle secoua la tête tandis qu'une idée commençait à germer au fond de son esprit.

— Non, répondit Leo. Merci, Peter, c'était très intéressant. J'ai hâte d'être dans mon atelier pour relever le défi.

Tandis que d'autres créateurs faisaient des commentaires similaires, Danni échangea un sourire avec Leo. Elle se revit alors avec lui sur le voilier, le soir au coucher du soleil, et sut que c'était dans cette image qu'elle allait puiser son inspiration. Elle ignorait toujours si Leo était de retour dans sa vie mais, ce qui était certain, c'était qu'elle avait énormément appris de lui. Il lui avait donné un aperçu d'un monde auquel elle n'avait jamais accédé auparavant.

Quand la réunion prit fin, elle n'avait encore aucune idée bien définie concernant ce qu'elle allait proposer, mais elle était décidée à ce que ses dessins soient remarqués.

Leo fut parmi les derniers à quitter la salle, ce que Danni put constater puisqu'elle l'attendait dans le couloir. Il était temps qu'ils se parlent sérieusement. Sérieusement, et en toute franchise.

- 15 -

Leo n'avait pas eu l'intention de dire toutes ces choses à Danni avant la réunion, et dès qu'il la vit en train de l'attendre dans le couloir, il comprit qu'il avait encore fait n'importe quoi. Pourquoi fallait-il qu'il se trompe toujours avec elle ? C'était la femme à qui il voulait montrer le meilleur de lui-même, et il faisait justement tout le contraire.

Elle ne semblait pas très heureuse de le voir. Avait-il gâché sa dernière chance de la reconquérir ?

— Je suis désolé, dit-il.

— À propos de quoi ?

— Tout. Viens. Allons prendre un café dans le hall, nous pourrons parler. Sinon, j'ai une voiture qui m'attend dehors, si tu préfères que nous discutions en privé.

— Un café dans le hall, ça me va.

Donc elle n'avait pas envie d'être seule avec lui. Et pour cause ! Elle lui avait demandé de la laisser tranquille pour qu'elle puisse se concentrer pendant la réunion, et il en avait été incapable.

Il voulait lui dire qu'il n'y était pour rien. Qu'elle lui faisait perdre ses moyens, que tout devenait confus dès qu'il la voyait et que plus il essayait de bien faire, pire c'était. Existait-il une seule autre personne sur terre qui le mettait dans cet état ?

Il savait bien que la réponse était non.

Pourquoi ? se demanda-t-il tandis qu'ils attendaient l'ascenseur, debout côte à côte.

Quand celui-ci arriva, Danni monta dedans et appuya avec énervement sur le bouton du rez-de-chaussée. Leo sut alors qu'il ne pouvait avoir cette conversation avec elle dans un lieu public. Il voulait jouer cartes sur table, lui avouer ce qu'il ressentait vraiment et écouter attentivement tout ce qu'elle avait à lui dire. Il monta à son tour dans la cabine, attrapa Danni par le bras et ressortit avec elle pour l'entraîner vers la cage d'escalier.

— Leo, mais qu'est-ce que tu fais ?

— Nous ne pouvons pas discuter de ça dans le hall de l'immeuble. Les paparazzis me suivent toujours, et je ne pense pas que tu aies envie de te retrouver en photo sur Internet en pleine explication avec moi.

— D'accord, mais préviens-moi dans ce cas.

— Oui. Pardon.

Il éprouva un soulagement immense en voyant qu'elle ne s'était pas encore sauvée.

— Alors, Leo, qu'est-ce que tu veux ? demanda-t-elle après un silence. Nous n'allons pas rester là à nous regarder.

— Qui sait ? Quand il s'agit de nous, je crois qu'on peut tout imaginer. Je n'aurais pas dû te dire tout ça dès ton arrivée, ajouta-t-il. Je perds pied avec toi, Danni. À chaque fois, j'ai un plan en tête, mais rien ne se déroule comme prévu à partir du moment où je suis assez près de toi pour sentir ton parfum ou pour voir cette petite tache de naissance que tu as juste sous l'oreille. Je deviens incapable de réfléchir. Mon instinct primaire reprend le dessus et il faut que tu sois de nouveau avec moi. Comment ai-je pu m'éloigner de toi ? Bien sûr, c'est complètement irrationnel. Nous n'avons passé qu'un week-end ensemble et j'étais en plein chaos à ce moment-là. Mais j'ai vraiment le sentiment qu'être avec toi était alors la seule chose qui avait du sens. Que c'est toi qui m'as sauvé. Je ne peux pas l'expliquer, mais le fait d'être loin de toi n'a fait qu'accroître mon envie et mon besoin d'être avec toi. C'est la première fois que ça m'arrive. Je crois... Non, je ne crois pas. Je *sais* que je t'aime. J'ignore totalement si nous pouvons faire en sorte d'organiser notre vie ensemble, parce que nous n'avons pas encore essayé, mais en même temps je sais, tout au fond de mon âme, que je ne peux pas vivre sans toi.

Elle resta immobile, les yeux rivés aux siens, l'air sidérée. Puis elle cligna des paupières, comme si elle cherchait à se réveiller.

— Tu m'aimes ? demanda-t-elle.

— Oui. À Nantucket, j'avais peur que mes sentiments pour toi soient juste une réaction au fait que tu étais mon unique rayon de soleil ce week-end-là. Mais cela fait maintenant des semaines que je suis certain de t'aimer, et je vais faire tout mon possible pour te le prouver et te reconquérir.

— Tu m'aimes.

Elle répétait ces mots en le regardant fixement, comme si elle se demandait s'il était en train de jouer ou s'il était sincère.

— Oui, répondit-il.

— Et tu me le dis maintenant, quand j'essaie de t'oublier et de m'émanciper émotionnellement et profession-nellement ? Tu me le dis maintenant, quand j'ai une occasion de conclure un partenariat exceptionnel et de faire enfin décoller mon entreprise ?

— Oui.

— Leo Bisset, tu es nul. Je t'en veux terriblement de me dire que tu m'aimes alors que je suis toujours furieuse contre toi. Je ne suis pas prête à entendre ces mots-là alors que je ne pense qu'à te battre pour signer ce contrat avec Drummond à ta place. Seulement la vérité, c'est que je t'aime aussi. J'aurais voulu te considérer comme un simple amant de passage, mais je n'y arrivais pas et cela me faisait mal. Parce que je pensais que tu ne ressentais rien du tout pour moi.

— C'est tout le contraire, répliqua Leo. Je tiens trop à toi. Je ne voulais pas suivre l'exemple de mon père et t'entraîner dans une existence tumultueuse. Mais ces dernières semaines, j'ai beaucoup réfléchi à ce que je désirais vraiment, et la réponse, c'est toi. Si je dois renoncer à ce partenariat avec Drummond, je le ferai. Si tu exiges que je m'installe à Boston pour que nous essayions de commencer quelque chose ensemble, je le ferai. Si tu dis que tu ne veux plus jamais me voir…

Elle ne bougeait toujours pas. Il voyait passer dans ses yeux des émotions qu'il n'arrivait pas à décrypter. Tout ce qu'il savait, c'était qu'il ne devait pas la retenir si elle avait envie de partir. Cela risquerait de la mettre en colère et d'anéantir tous les espoirs de Leo. Il avait compris que l'aimer signifiait la faire passer en premier, toujours. Ce qui comptait plus que tout pour lui à présent, c'était le bonheur de Danni.

— Tu ne me verras plus ? demanda Danni en complétant la phrase de Leo.

C'était maintenant, songea-t-elle. Le moment où elle allait savoir ce qu'il ressentait réellement pour elle. L'homme qui se tenait face à elle était bien le vrai Leo, celui des vieilles tennis en toile, et non le grand homme d'affaires en représentation.

C'était lui, l'homme dont elle était tombée amoureuse. Celui qui l'avait regardée comme aucun autre et qui avait répondu à ses questions griffonnées sur un bout de papier, sans en faire toute une histoire, seulement pour lui rendre service. Parce que Leo Bisset était quelqu'un de foncièrement bon. Il avait tort de s'inquiéter autant à l'idée de suivre les traces de son père et de tout abîmer sur son passage, car en réalité il ne ferait jamais autant de mal. Il se souciait trop des autres pour cela.

— Ça me tuera, répondit-il, mais si c'est ce que tu veux, j'accepterai. Mais ça ne m'empêchera pas de continuer à t'aimer.

Elle acquiesça d'un signe de tête. Ce mouvement s'adressait plus à elle-même qu'à lui, mais quand il poussa un profond soupir, elle comprit qu'il l'avait interprété comme la confirmation qu'elle ne voulait plus le voir.

Il se tourna et commença à s'en aller, mais elle lui prit la main pour le retenir.

— Merci d'être prêt à m'accorder l'espace dont j'ai besoin, dit-elle, mais ce que je veux, c'est partager ma vie avec toi. Je veux que nous tentions l'aventure ensemble. Moi aussi, je t'aime. Je viens de passer deux mois à tenter de t'oublier et à prendre conscience que je n'y arriverai jamais. Je ne sais pas si nous saurons construire une relation durable, mais je veux vraiment essayer. Cela fait des semaines que je vis avec ton fantôme, et il ne me suffit pas. J'ai lu le mot que tu m'avais laissé et c'est grâce à toi si je me suis autorisée à rêver plus grand. J'ai fait des changements importants dans ma vie, mais la vérité c'est que, si tu n'es pas auprès de moi, mon rêve ne peut pas se réaliser. Et je suis heureuse de m'en rendre compte maintenant, de ne pas être obligée de passer le reste de ma vie à regretter de ne pas avoir donné une chance à l'amour quand il était à portée de main.

Au lieu de lui répondre, Leo la prit dans ses bras et

l'embrassa avec une infinie tendresse. Le goût de ses lèvres était encore plus merveilleux que le souvenir que Danni en avait gardé. Ivre de bonheur, elle l'enlaça et se serra de toutes ses forces contre lui. Ces retrouvailles étaient plus belles que tout ce qu'elle aurait pu imaginer.

Il se redressa et recula d'un pas.

— Il faut que nous sortions d'ici, lança-t-il. J'ai un appartement dans cette ville. Tu veux bien venir chez moi ? Je te ferai l'amour, et ensuite, nous réfléchirons à notre avenir.

— Excellent programme, répondit-elle en mettant sa main dans celle de Leo.

Dans son mouvement, la manche de son chemisier se releva involontairement, et Leo vit le bracelet qu'elle avait fabriqué avec le coquillage, le ruban et le lacet en cuir.

— Je ne savais pas que tu avais fait ça, dit-il en levant son poignet pour observer le bijou. C'est beau. Un mélange de toi et de moi, et le symbole de notre nouveau départ ensemble.

— Oui, même si je n'imaginais pas que ce serait tout cela à la fois. Jusqu'à maintenant, il m'a plutôt servi de porte-bonheur pour signer des contrats.

— C'est vrai ?

— Oui.

Ce n'était pas pour cela qu'elle l'avait conçu, mais avec le recul elle constatait que ce bracelet lui avait apporté de la confiance en elle. Il lui avait donné envie de poursuivre ses rêves. Et il avait représenté son amour pour Leo quand elle avait été séparée de lui.

— J'ai une idée pour le projet de Peter, annonça-t-il. Si nous nous associions au lieu de nous faire concurrence ?

— Ça m'intéresse. Dis-moi ce que tu as en tête.

— Chaque chose en son temps.

Il l'entraîna vers l'ascenseur et ne prononça pas un mot jusqu'à ce qu'ils soient dehors.

Dès qu'ils eurent franchi le seuil de son appartement, il souleva Danni et la porta jusqu'à sa chambre. Ils firent l'amour longtemps, en prenant leur temps et en exprimant leurs sentiments par chacun de leurs gestes, de leurs baisers et de leurs regards.

Finalement, quand leur désir fut assouvi et qu'ils furent allongés dans les bras l'un de l'autre, Leo émit l'idée d'utiliser le bracelet que Danni avait au poignet comme point de départ pour la collection commune qu'ils allaient proposer à Peter Drummond. Ils étaient si enthousiastes et inspirés qu'ils commencèrent déjà à se décrire mutuellement les croquis qu'ils avaient en tête.

Ce projet de travailler ensemble était merveilleux. Mais pas autant que l'amour qu'ils éprouvaient l'un pour l'autre.

Vous avez aimé *Dans le lit du play-boy* ?
Retrouvez sur Harlequin.fr le premier volet
de votre série « Un mariage à Nantucket » :

1. *Troublants baisers*
2. *Dans le lit du play-boy*

Et découvrez la suite et fin de votre série
dès le mois prochain dans votre collection Passions !

BRENDA HARLEN

Sous le charme de Spencer

Traduction française de

HÉLÈNE ARNAUD

PASSIONS

HARLEQUIN

Titre original :
SIX WEEKS TO CATCH A COWBOY

Pour tous ceux qui cherchent l'amour,
que ce soit le premier ou celui de toujours.
Ne perdez jamais espoir dans votre quête
de bonheur.

- 1 -

Spencer Channing avait l'impression d'avoir été piétiné par un taureau. Et, pour un cow-boy qui avait passé dix ans dans le circuit du rodéo professionnel, c'était plus qu'une image… Non qu'il ait jamais été piétiné par une bête, mais il avait déjà été secoué, désarçonné et traîné dans la poussière. Même les plus grands succès laissaient leur marque sur les cavaliers – entorses, foulures, bleus – et, pendant tout ce temps, il avait adoré ça.

Mais cette fois, il sentait son âme trembler sous le choc.

Il s'était toujours vanté de savoir travailler et s'amuser, de toujours faire les bons choix. Hélas, il avait fini par commettre une grave erreur. C'était pour ça qu'il était rentré lécher ses plaies chez lui ; ou plutôt, soigner son épaule démise, car la lécher n'aurait rien changé. Avec un peu de chance, il pourrait se remettre en selle à temps pour la finale du Grand Prix de Rodéo de Vegas.

« Si vous le voulez vraiment », avait dit son médecin.

Six semaines plus tôt, il ne se serait même pas posé la question. Évidemment qu'il voulait reprendre sa place et tenter de décrocher la plus importante récompense de la saison. Être un cow-boy n'était pas qu'un travail. C'était sa vie. S'il n'était plus Spencer Channing, deux fois champion du PBR et du PRCA, il n'était plus rien. Il avait bossé dur pour atteindre les sommets, et plus dur encore pour y rester. Mais 6,2 secondes avaient suffi pour tout changer…

À moins que ce ne fût cette rencontre inattendue, juste avant son entrée dans l'arène, qui soit à blâmer pour sa chute. Une rencontre qu'il avait cru pouvoir chasser de son esprit en un clin d'œil.

Il avait été plutôt bon, d'ailleurs, avant de perdre sa concentration au mauvais moment et de se détourner de la bête d'une demi-tonne qu'il chevauchait. À cause de ça, il avait été éjecté dans les airs et avait atterri lourdement quelques mètres plus loin.

« En voilà un autre qui mord la poussière ! » avait hurlé le commentateur, aux anges.

Décider de rentrer à Haven après ça n'avait pas été facile, mais Spencer n'avait pas eu le choix. Hélas, six semaines après cette journée fatale, il ne savait toujours pas quoi dire à ses parents en passant la porte. Il avait parcouru près de mille trois cents kilomètres pour arriver ici, et ses doutes ne s'étaient pas effacés pendant le voyage.

Il pénétra dans la ville à 21 heures. Main Street était déserte, comme tous les mardis soir, mais quelques voitures étaient garées devant chez Digger. Cédant à son instinct, Spencer se rangea sur une place encore libre. S'arrêter boire un verre ne ferait que repousser l'inévitable… Il coupa néanmoins le moteur et sortit de son véhicule pour passer la porte. Il tourna tout de suite à gauche pour atteindre le bar. Seuls deux ou trois tabourets étaient occupés, devant le comptoir. Il s'assit et étudia la carte.

— Spencer ?

Surpris, il leva la tête et vit une charmante brunette en face de lui. Sans réfléchir, il baissa les yeux sur sa main gauche et avisa un gros diamant ornant son annulaire. Dans le genre panneau d'interdiction, on ne faisait pas mieux.

— Est-ce qu'on se connaît ? demanda-t-il.

C'était plus poli que demander s'il avait couché avec elle.

Au fil des ans, il avait appris que la plupart des femmes n'appréciaient pas de se savoir remplaçables – même si le fait d'oublier facilement ses conquêtes en disait plus long sur lui que sur elles.

Il avait eu beaucoup d'amantes, en parcourant les arènes du pays. Trop. Et toujours des coups d'un soir. Certaines avaient tenu quelques jours, mais il n'avait jamais eu de relation sérieuse. Il était trop dur d'entretenir une histoire quand on passait sa vie sur les routes, allant de ville en ville, de groupies en groupies. Sa plus longue aventure avait été avec Emily, qui avait voyagé quelque temps à ses côtés, et leurs adieux amicaux ne l'avaient certainement pas préparé à la bombe qu'elle allait lâcher sur lui des années plus tard.

La jolie barmaid secoua la tête, le tirant de ses souvenirs.

— Non, dit-elle, mais tu ressembles tellement à Jason que j'ai deviné que tu étais son frère.

— Et tu es… ?

Elle lui tendit la main par-dessus les verres.

— Alyssa Cabrera. Sa fiancée.

Spencer lui serra la main et l'étudia plus en détail, essayant de l'imaginer avec son frère. Jay avait toujours eu un faible pour les dames – un trait de famille – mais il préférait en général les blondes longilignes. Un autre gène qu'ils avaient en commun…

— Je sais, lança Alyssa, comme si elle avait lu dans ses pensées. Je ne suis pas son genre.

— Pas son genre *habituel*, mais il semble avoir placé la barre plus haut, cette fois.

Ce compliment la fit rire.

— Je vois que tu as le même bagout que lui, en plus de ces beaux yeux bleus.

Le « bleu Channing », comme le disait leur mère. Tous

ses enfants avaient en effet hérité du regard azur de son époux.

— Jay m'a indiqué que tu étais enseignante…

— C'est vrai, confirma-t-elle, mais je travaille aussi ici deux soirs par semaine. J'ai pris ce boulot parce que j'avais trop de temps libre ; mais, depuis qu'on prépare le mariage, ce n'est plus le cas. Je reste uniquement le temps que Duke embauche une remplaçante.

Elle sourit de plus belle.

— Ou alors, jusqu'à ce qu'il me vire, puisque je ne suis clairement pas douée pour ce job : je te parle au lieu de te demander ce que tu veux boire…

Il jeta un nouveau coup d'œil à la carte.

— J'aimerais une pinte d'Icky.

Elle attrapa un verre et le plaça sous la tireuse à bière.

— Alors, depuis quand es-tu en ville ?

Spencer regarda sa montre.

— Je dirais dix bonnes minutes.

— Et ce bar est ton premier arrêt ? demanda-t-elle d'un air surpris.

— Puisque tu sors avec mon frère, je suppose que tu connais assez nos parents pour savoir qu'on a toujours besoin d'un remontant avant de les affronter.

Elle lui adressa un regard sévère qui devait sans doute faire de l'effet à ses élèves, mais il devina le fantôme d'un sourire passer sur ses lèvres tandis qu'elle posait le verre devant lui. Spencer était peut-être surpris que Jay ait choisi d'épouser cette femme, voire même de se marier tout court, mais il sentit instinctivement qu'Alyssa serait une bonne chose pour lui. Lui-même n'avait jamais pensé au mariage, aux enfants, ce qui ne l'empêcha pas de songer que son frère avait de la chance.

— Est-ce qu'on sait que tu es là ? demanda-t-elle encore lorsqu'il eut bu une première gorgée avec plaisir.

— Là, sur ce tabouret ?

— À Haven.

— Non. J'ai parlé à maman hier et je lui ai dit que j'étais en route, mais pas que j'arrivais ce soir.

— Tu ne voulais pas qu'elle abatte un veau gras pour célébrer ton retour ? plaisanta Alyssa.

— Tous les veaux de Crooked Creek Ranch ont toujours été maigres, répondit-il, et c'est une bonne chose, car sinon ma mère aurait pu essayer de les cuisiner…

— Elle aurait demandé à Celeste de le faire.

Ainsi, l'éternelle cuisinière du ranch était toujours fidèle au poste… Changeant de sujet, Alyssa devint plus grave.

— Comment va ta blessure ?

— Je me remets.

— Et combien de temps penses-tu rester ?

Il haussa l'épaule qui allait bien.

— Je ne sais pas encore.

C'était vrai. Il n'avait pas réfléchi à ça, prévoyant juste de repartir à temps pour participer à la fin de saison à Vegas. C'était la première fois qu'il remettait les pieds à Haven depuis son entrée à l'université. Il n'était pas encore pressé de reprendre la route. Peut-être même allait-il se laisser tenter par un séjour prolongé…

— Vas-tu t'installer chez tes parents ?

Une nouvelle fois, il fut tiré de ses réflexions.

— Pour l'instant, oui. Mais je ne suis pas sûr de tenir plus d'une semaine à la maison.

— Si jamais tu envisages de passer du temps en ville et si tu veux un espace à toi, tu pourras toujours poser tes valises chez moi, proposa-t-elle.

— Moi, chez la fiancée de mon frère ? Je ne pense pas qu'il apprécierait.

Elle rougit, plus charmante que jamais.

— Pas *avec moi*, reprit-elle. J'ai déjà déménagé le plus gros de mes affaires chez Jason, et il serait facile de te débarrasser du reste.

Présentée comme ça, l'offre était tentante.

— L'appartement est-il meublé ?

— Oui. Rien de luxueux, mais ça devrait te suffire.

— Un lit, une douche et une télé ?

— Il y a même un frigo et un four, tu sais.

Il n'osa pas lui dire qu'il était incapable de cuisiner. Un jour ou l'autre, il allait devoir apprendre à faire autre chose que réchauffer des boîtes de conserve et griller des toasts. Encore un ajustement à prévoir, dans une vie qui ne lui appartiendrait bientôt plus vraiment.

— Pourquoi pas, répondit-il.

— Dans ce cas, préviens-moi quand tu voudras visiter.

Il acheva sa bière et la reposa sur le comptoir.

— On pourrait faire ça tout de suite…

Alyssa éclata de rire.

— Je travaille. Et puis, tu as dit que tu comptais passer quelques jours avec tes parents, avant.

— Uniquement parce que je ne pensais pas avoir de meilleure option.

Elle sourit de nouveau et posa la main sur son bras.

— Je suis contente d'avoir fait ta connaissance, Spencer, et je sais que tout le monde sera enchanté de te revoir.

Était-ce la chaleur de ses doigts ou sa sincérité ? Il sentit soudain le poids qu'il portait depuis son départ s'alléger.

Depuis cinq ans, il vivait en nomade, sans jamais avoir la moindre idée de l'endroit où il allait dormir. Il n'avait pas eu de foyer, juste une suite de chambres d'hôtels qui finissaient par toutes se ressembler.

Mais Alyssa avait raison. Il était de retour chez lui.

Et c'était bon.

Spencer Channing rentrait à Haven. Toute la ville ne parlait plus que de ça depuis le début de la semaine – et on n'était que mercredi ! Kenzie Atkins avait appris la nouvelle lundi, au Daily Grind où elle s'arrêtait toujours pour boire un grand *latte* vanille avant d'aller travailler à Back in the Game, la clinique sportive de Haven.

Certains prétendaient qu'il rentrait pour le mariage de son frère, mais celui-ci n'aurait lieu qu'en décembre – et en Californie. D'autres disaient qu'il avait été suspendu par la fédération de rodéo. Seulement, le Spencer Channing qu'elle connaissait n'aurait jamais rien fait qui mette sa carrière en péril ! Sept ans plus tôt, il avait été prêt à tout pour devenir champion de rodéo. Rien ni personne n'aurait pu le détourner de ce but. Bien sûr, sept ans, c'était long – et les gens changeaient. Que savait-elle encore de lui ? Rien.

Certes, elle avait gardé le contact avec la sœur de Spencer, Brielle, après son départ pour New York. Néanmoins, elle n'était pas désespérée au point de harceler son amie d'enfance pour avoir des nouvelles d'un frère qu'elle-même ne voyait presque plus.

Le mercredi midi, elle retrouva Megan Carmichael, une ancienne camarade de lycée, chez Digger pour le déjeuner et entendit une autre version de l'histoire.

— Connais-tu la nouvelle ? demanda celle-ci dès que leur serveuse habituelle eut pris leur commande.

— Si tu fais allusion à la réapparition de Spencer Channing, oui. Tout le monde en parle.

— Je fais allusion aux *raisons* de son retour.

— On dit qu'il est là pour le mariage de Jason et Alyssa, ou qu'il a été suspendu.

Megan mordilla une frite avec des airs de conspiratrice.

— Pas suspendu… Blessé.

Blessé ? Kenzie porta son thé glacé à ses lèvres d'une main un peu tremblante. Elle savait que la chevauchée de taureaux – la spécialité de Spencer – était un sport exigeant et dangereux, mais elle n'avait jamais envisagé qu'il puisse se faire du mal. Les autres cow-boys se blessaient, certes, mais pas lui. Il était fort, courageux. Bref, il lui avait toujours paru invincible. L'idée qu'il ait pu souffrir d'une mauvaise chute la rendit soudain nerveuse. Non qu'elle s'en préoccupât. Ce n'était pas le cas ! Sauf que Spencer était le frère de sa meilleure amie et que Brielle serait affolée d'apprendre ça. Elle, par contre, n'avait aucune raison valable de s'inquiéter à ce point.

D'un autre côté, Megan se trompait peut-être. Cette rumeur pouvait être aussi fausse que les autres, inventée par quelqu'un qui voulait prouver qu'il savait mieux que tout le monde ce qui était arrivé.

— Où as-tu entendu ça ? demanda-t-elle finalement.

— Becky l'a dit à Suzannah, qui me l'a répété.

Et comme Becky travaillait avec Margaret Channing à Blake Mining, ses renseignements devaient être fiables.

— Que s'est-il passé ?

— Il a été désarçonné par un taureau à Justice Creek.

Kenzie ravala sa salive.

— Est-ce grave ?

— J'imagine, pour qu'il revienne à la maison, répondit Megan en haussant les épaules. À moins qu'il soit là uniquement pour rassurer sa mère.

Elle secoua brusquement la tête et sourit.

— Non. S'il avait été en état, il se serait contenté de reprendre la compétition.

Kenzie n'eut pas le cœur de lui rendre son sourire. Elle prit son wrap poulet barbecue et le grignota du bout des dents. Elle avait été affamée en s'asseyant, mais à présent son appétit s'était envolé. Spencer avait-il réellement été secoué comme un panier à salade par un animal en colère ? Plus elle tentait d'effacer cette image, plus celle-ci devenait nette. En partant, sept ans plus tôt, Spencer avait emporté une partie de son cœur avec lui. Il n'avait pas voulu de son amour, mais elle n'avait pu s'empêcher de le lui offrir, et ce vide ne se comblerait jamais.

— Je suppose que nous allons devoir patienter pour avoir le fin mot de l'histoire, reprit Megan. En attendant, il ne nous reste plus qu'à croiser les doigts pour qu'il ne soit pas complètement hors jeu, en selle ou ailleurs…

Elle lui fit un clin d'œil canaille.

— Je croyais que tu sortais avec Brett Tanner, dit Kenzie.

— Oui, mais tant que nous ne serons pas fiancés, je ne ferme aucune porte… À moins que je sois en train de marcher sur *tes* plates-bandes.

— Quoi ? Non !

— En es-tu sûre ? Je sais que tu avais un gros faible pour lui, au lycée.

Kenzie ne pouvait pas le nier.

— J'ai tourné la page depuis longtemps, répliqua-t-elle simplement.

— Moi aussi, je craquais pour lui, avoua son amie.

Ce n'était pas une surprise. Presque toutes les filles du lycée Westmount s'étaient pâmées au passage de Spencer Channing et de ses jeans si moulants.

— Mais il ne m'a jamais accordé un regard, bien sûr, ajouta Megan.

— Il était déjà en première quand on était en troisième, et on était les copines de sa petite sœur.

— Ce qui nous a condamnées à ne jamais recevoir mieux qu'une affection fraternelle, je sais.

C'était vrai. *Presque* vrai.

Il y avait bien eu un soir, la veille de son départ, où Spencer avait regardé Kenzie comme s'il la voyait réellement. Comme s'il avait envie d'elle.

Leurs vies auraient-elles été différentes s'ils avaient cédé, ce jour-là ? Elle repoussa cette idée. Elle n'aimait pas ressasser le passé. De toute manière, Spencer avait toujours eu de grands rêves, quand ses propres projets étaient restés bien plus modestes. Au final, ils avaient tous les deux obtenu ce qu'ils désiraient. Il était une star du rodéo, et elle, une simple kinésithérapeute. Ils n'avaient plus rien en commun, à part dans ses rêves…

Évidemment, il lui arrivait encore de penser à lui, la nuit, car son subconscient échappait à son contrôle. Son instinct lui murmurait parfois que coucher avec Spencer Channing aurait été très différent de tout ce qu'elle avait connu avec d'autres hommes.

— Je ne suis plus simplement l'amie de sa petite sœur, reprit Megan, emportée par son élan. De plus, il va vouloir un rencard pour l'accompagner au mariage de son frère.

— La cérémonie aura lieu à Irvine, coupa Kenzie.

— Et j'adorerais découvrir la Californie en décembre ! Le faire au bras de Spencer ne serait que la cerise sur le gâteau.

— As-tu envisagé qu'il pourrait ne plus être aussi séduisant qu'avant ?

— Tu n'as pas vu la couverture du *ProRider* de juin ? répliqua Megan.

— Si…

Bien sûr qu'elle l'avait vue. Spencer Channing était la seule célébrité de Haven, Nevada, et tout le monde s'était passé ce magazine en glosant sur le gamin local qui avait su se hisser au sommet de son art. Comme si être capable de tenir huit secondes sur le dos d'un taureau en colère était un exploit… OK, c'était peut-être le cas. Elle avait regardé certaines de ses compétitions à la télé et avait retenu son souffle, les poings serrés, comme si ça avait pu l'aider. Elle avait été excitée, fière, à chaque fois qu'elle avait entendu le gong de la victoire. Néanmoins, rien de tout ça ne changeait le monde. Spencer se contentait de jouer au cow-boy, comme il l'avait toujours voulu, pour ne pas avoir à grandir ou à trouver un vrai travail.

Oui, elle avait vu le magazine. Elle en possédait même un exemplaire, dans la pile de journaux le mentionnant qu'elle gardait au fond d'un tiroir…

— Si tu l'as vue, alors tu sais qu'il est *encore plus beau* qu'au lycée !

— Ces photos sont retouchées, protesta-t-elle.

Son amie repoussa son assiette vide en faisant la moue.

— J'avoue que je suis surprise par ton manque d'intérêt. De toutes les filles de la classe, c'est toi qui l'aimais le plus. Tu n'arrivais même plus à prononcer un mot quand il était près de toi.

— C'était gênant, en effet. Mais c'était aussi il y a bien longtemps.

— Son retour ne te fait vraiment rien ?

La seule chose qui la préoccupait, en réalité, c'était le risque de le croiser et de devoir affronter les souvenirs humiliants de leur dernière conversation. Elle s'était jetée à son cou, l'avait presque supplié de prendre sa virginité. Et, bien sûr, il avait refusé. Lorsqu'il était parti pour la fac, le lendemain, elle avait été à la fois dévastée et soulagée. Elle avait pensé ne plus jamais le revoir.

Au fil des ans, il était revenu chez lui de temps à autre, et elle avait pris soin d'éviter tous les endroits qu'il pourrait fréquenter. Si Megan avait raison et s'il avait vraiment l'intention de rester en ville le temps de soigner ses blessures, elle ne pourrait le fuir éternellement. Tout ce qu'elle avait à faire, c'était cacher l'adolescente pathétique et amoureuse qu'elle avait été sous son habituel masque d'assurance tranquille.

— Ton rendez-vous de 14 heures attend en salle 4, annonça Jillian, la réceptionniste de la clinique, lorsque Kenzie revint de son déjeuner.

Elle jeta un coup d'œil à sa montre.

— Mme Ferris est en avance, aujourd'hui.

— Elle a annulé. Elle ne se sentait pas bien.

La jeune femme soupira.

— Elle se plaint que le traitement ne marche pas, et elle continue à sauter la moitié de ses séances.

— Sans compter qu'elle proteste quand on lui facture les soins annulés à la dernière minute, ajouta Jillian.

— Dans ce cas, qui est venu à sa place ?

— Un nouveau patient, pour une blessure à l'épaule, déclara la réceptionniste, les yeux brillants. Et – oh, mon Dieu ! – ces épaules… Sans compter son sourire, qui ferait fondre n'importe qui !

Kenzie avait l'habitude des commentaires osés de Jillian concernant les beaux patients qui fréquentaient la clinique, mais cette remarque la fit inexplicablement tressaillir. Elle vérifia que la salle d'attente était bien vide et que personne n'avait pu l'entendre.

— Pas *moi*, rétorqua-t-elle avec fermeté.

Un seul homme avait eu le pouvoir de la faire fondre, et c'était de l'histoire ancienne.

— Je te préviens : si tu avais été en retard, je serais allée le masser moi-même. J'étais déjà sur le point de me lever.

— Bref, coupa Kenzie. Est-ce que M. Beau-Sourire a un vrai nom ?

— Bien sûr !

Jillian consulta son ordinateur.

— C'est Spencer Channing.

- 2 -

Impossible.

Spencer ne pouvait pas être *là*. À Haven, oui. Mais pas dans sa salle de soins !

— Pardon, je n'ai pas bien entendu, marmonna-t-elle en tremblant.

Jillian tourna l'écran pour lui montrer le planning.

— Spencer Channing, répéta-t-elle.

Cette fois, il n'y avait aucun doute. Megan avait bien dit qu'il était blessé… Kenzie s'était immédiatement demandé de quel genre de blessure il s'agissait et si c'était grave ; mais elle n'avait pas envisagé qu'il puisse se faire soigner à Back in the Game. Elle se rendit devant la salle 4 et prit un instant pour respirer, calmer les battements de son cœur, avant de pousser la porte. *Assurance tranquille*, se rappela-t-elle.

— C'est donc vrai, lança-t-elle sans préambule.

Spencer se tourna vers elle et parut aussi surpris qu'elle-même lorsqu'elle avait entendu Jillian prononcer son nom. Puis il se fendit de ce fameux sourire si sexy qui avait tant troublé la réceptionniste. C'était un sourire mortel, l'une des armes en sa possession, avec sa beauté, ses muscles saillants, son intelligence et son charme naturel. Oui, Spencer était bien resté le même.

Quoi qu'il en soit, Kenzie était là pour soigner son épaule, pas fantasmer sur lui comme une ado sous hormones.

— Je suis content de te revoir, déclara-t-il.

— Dois-je comprendre que tu ne savais pas qui allait te prendre en charge, quand tu as demandé un rendez-vous ?

— En effet. On m'a dit qu'il y avait un créneau de libre et je l'ai pris sans poser de questions.

Aurait-il agi différemment, s'il avait su ?

— Qu'est-ce qui t'amène ? demanda-t-elle sans oser formuler ses doutes à voix haute.

Il indiqua son épaule droite d'un signe du menton.

— Luxation gléno-humérale.

Elle grimaça, consciente de la douleur qu'il avait dû ressentir, sur le moment. Bien sûr, il ne montrait pas le moindre signe de souffrance, aujourd'hui. Spencer ne laissait jamais qui que ce soit deviner ce qu'il ressentait vraiment. Il se contenta de lui tendre une large enveloppe.

— Voici une copie du rapport médical et des examens.

Elle examina les documents pendant quelques instants.

— As-tu déjà commencé ta rééducation ?

— Le docteur a dit : « pas avant six semaines ».

— Et ça fait combien de temps ?

— Six semaines et trois jours.

— Tu es impatient, remarqua-t-elle sèchement.

Il sourit de nouveau.

— Je ne supporte pas de rester assis sans rien faire.

Refusant de lui laisser voir à quel point son sourire l'excitait, elle décida de se montrer intraitable.

— C'est pourtant ton boulot, non ? Rester assis huit secondes sur un taureau…

Son sourire ne vacilla pas. Au contraire, il parut s'élargir et ses yeux se mirent à pétiller, comme s'il lisait en elle.

— C'est quand même un peu plus compliqué que ça, tu sais, dit-il.

Sans relever, elle se concentra sur les documents et lut rapidement les notes de son médecin.

— Tu as l'air… différente, lança-t-il tandis qu'elle tournait les pages vivement.

— Oui. Je n'ai plus seize ans.

Elle sentit son regard passer sur tout son corps avec une lenteur étudiée.

— Je vois ça.

Il se tut un instant, puis reprit :

— Tu ne portes pas de bague.

— C'est interdit, dans mon travail.

— Posséderais-tu une bague à porter le reste du temps ?

Cette fois, elle ne put s'empêcher de lever les yeux.

— Qu'essaies-tu de savoir, Spencer ?

— Es-tu mariée ? Fiancée ?

Il n'avait aucun droit de lui poser ces questions. Sa vie privée ne le regardait pas. Pourtant, cette curiosité agita quelque chose en elle. Il s'intéressait à elle, et elle en fut secrètement ravie.

Ou alors, il tentait juste d'engager la conversation.

— Je ne le suis plus, répondit-elle au bout d'un moment.

— Plus mariée ? Ou plus fiancée ?

— Je ne me suis jamais mariée, précisa-t-elle, mais j'ai été fiancée. Brièvement.

— Je le connais ?

— C'était Dale Shillington.

En entendant ce nom, Spencer grimaça.

— Combien de temps est-ce que ça a duré ? As-tu dit oui pendant une soirée trop arrosée pour lui jeter sa bague au visage le lendemain ?

— Non, ça a été plus long que ça, admit-elle.

— Tu peux trouver mieux que Shillington.

— Dale a beaucoup de qualités !

Ce n'était pas tant lui qu'elle voulait défendre, mais le fait qu'elle ait envisagé de l'épouser. Certes, avec du recul, elle comprenait que ça avait été une erreur ; mais sur le moment, elle avait pensé que cet homme pouvait lui offrir tout ce qu'elle avait toujours voulu. De l'affection. Une famille. La sensation d'avoir sa place aux côtés de quelqu'un. Hélas, en dépit de ses efforts, elle n'était pas tombée amoureuse de lui – et un mariage sans amour ne durait jamais. Elle ne voulait pas finir comme sa mère, abandonnée par son époux et contrainte d'élever seule son enfant.

— S'il n'y a pas d'autres options à Haven, tu devrais peut-être songer à chercher ailleurs, reprit Spencer.

— Partir n'est pas la réponse à tout, répliqua-t-elle.

— Oui, même pour moi apparemment.

Elle voulut lui demander ce qu'il voulait dire, mais il ne lui en laissa pas le temps.

— Sors-tu avec quelqu'un, en ce moment ?

— Tu es bien curieux pour un type qui réapparaît sans prévenir au bout de sept ans…

— Pas sans prévenir. Et je suis déjà revenu en ville.

Elle le savait, bien sûr. Il rentrait chaque année pour Noël, parfois même pour la fête des Mères ou d'autres occasions importantes.

— Pourquoi es-tu là ? demanda-t-elle.

— Il est évident que je ne vais pas pouvoir reprendre la compétition avant un certain temps, et Haven est l'endroit idéal pour ma convalescence.

C'était une bonne explication, mais Kenzie sentit qu'il cachait quelque chose. Néanmoins, elle ne posa pas de questions. Il n'était pas venu dans son cabinet pour se confesser.

— Tu vas devoir enlever ton T-shirt, dit-elle en attrapant un drap dans l'un des placards.

Lorsqu'elle se retourna, il était déjà torse nu, exposant une immensité de muscles et de peau tannée. Elle passait ses journées à travailler sur des corps dénudés et avait l'habitude de toutes les silhouettes, depuis les sportifs universitaires jusqu'aux champions de plateau-télé. Mais la vue du buste de Spencer provoqua en elle une réaction qu'elle n'avait encore jamais éprouvée. Son cœur se mit à battre plus vite. Sa bouche s'assécha. Ses genoux se dérobèrent sous elle. Parce que ce n'était pas n'importe quel patient, mais *Spencer*.

Son premier amour.

Son premier baiser.

Son premier déchirement.

Quoi qu'il en soit, les années avaient passé et elle n'était plus une gamine sous le charme du frère de sa meilleure amie. Elle avait vingt-trois ans et était une thérapeute respectée. Elle avait eu plusieurs petits copains depuis le départ de Spencer, et même quelques amants. Mais, face à lui, son corps réagissait toujours comme si elle avait seize ans et comme si elle craignait de mourir d'un rejet. Elle chassa ces souvenirs pénibles et se drapa dans son professionnalisme comme dans une cape.

— J'imagine que tu ne veux pas te couvrir, dit-elle d'un ton léger.

— Est-ce nécessaire ?

— Non, répondit-elle en rangeant le drap. Certains patients préfèrent éviter de rester dénudés. La salle leur paraît parfois un peu froide.

— Je trouve qu'il y fait chaud, au contraire.

Oh oui ! Très chaud… Peut-être même trop, à en croire le voile de sueur qui la recouvrait. Elle envisagea un instant d'aller voir si Darren était revenu de sa pause-déjeuner et de demander à son patient s'il serait plus à l'aise avec un autre thérapeute, mais renonça. Ça reviendrait à admettre qu'*elle* était mal à l'aise avec lui. Puisqu'il ne paraissait pas troublé par le souvenir de leur dernière rencontre, elle ne lui ferait pas le plaisir de lui montrer son embarras. De toute manière, au bout de sept ans, il était tout à fait possible qu'il ait tout oublié de cette soirée.

— Veux-tu aussi que j'enlève mon pantalon ?

Oui.

— Non ! répondit-elle vivement.

Un peu trop vite, sans doute. Il haussa un sourcil, l'air étonné, et elle se reprit :

— Concentrons-nous sur ton épaule, aujourd'hui. J'aimerais détendre tes muscles pour voir où tu en es.

— D'accord.

— Allonge-toi sur la table, dit-elle avec autorité, bien décidée à garder le contrôle.

— Sur le ventre ou sur le dos ?

— Sur le ventre.

Elle pouvait le manipuler dans les deux sens, mais ainsi elle n'aurait pas à se soucier de son regard sur elle et de ces yeux bleu profond qui semblaient si facilement déceler ses pensées intimes.

Il s'étendit docilement, les bras le long du corps. Soulagée, Kenzie fit de son mieux pour prétendre qu'il n'était qu'un patient comme un autre, qu'il n'avait rien de spécial. Hélas, le frisson qui la parcourut lorsqu'elle posa les mains sur lui raconta une tout autre histoire…

Tandis que Kenzie palpait en douceur son épaule blessée, Spencer songea qu'il avait peut-être commis une erreur. Il avait été si pressé d'entamer sa rééducation qu'il n'avait pas pris la peine de demander le nom du thérapeute. Ignorant qu'elle travaillait à la clinique, il ne s'était pas inquiété.

En fait, il savait très peu de choses de sa vie, ces sept dernières années. Il n'avait jamais posé de questions, de peur qu'on pense qu'elle avait encore de l'importance pour lui. Lorsqu'il avait quitté Haven, il avait tenu à chasser le souvenir de la meilleure amie de sa sœur pour toujours. Néanmoins, il mentirait s'il affirmait qu'il n'avait jamais pensé à elle. Au contraire, il avait souvent songé à la fille qu'elle avait été – une adolescente amoureuse de lui, qui commençait à peine à prendre des formes de femme. Il n'avait pas du tout été intéressé par elle, au lycée, mais il n'avait pas non plus voulu la blesser. Il avait donc tenté de garder ses distances. Son plan avait marché… jusqu'au soir précédant son départ pour la fac.

Il avait prévu de retrouver sa petite amie au Crooked Creek Ranch. Ça avait été l'idée d'Ashleigh : se dire adieu « en privé ». Il avait su ce que ça signifiait et, quand il avait grimpé l'échelle du grenier à foin, son corps frémissait déjà d'impatience. Mais il avait aussi été un peu inquiet. Ashleigh ne voulait pas qu'il s'en aille. Elle avait été très claire sur ce point et elle aurait été prête à tout pour qu'il reste.

Seulement, Spencer refusait de se laisser distraire de son objectif par qui que ce soit, et encore moins par une fille qu'il ne fréquentait que depuis quelques semaines. Ainsi, bien qu'elle lui ait juré qu'elle prenait la pilule, il avait emporté un préservatif. Il n'allait pas abandonner son destin entre les mains de quelqu'un d'autre. Il était hors de question qu'il finisse comme son ami Mason, dont le mariage était prévu pour la dernière semaine de septembre et dont le bébé était attendu pour le mois d'avril. Si la grossesse de Gina était un accident, Mason et elle s'aimaient – c'était déjà ça.

Mais Spencer n'aimait pas *Ashleigh. Elle était juste jolie, populaire et prête à lui offrir le grand jeu. Il avait d'ailleurs hâte d'enfiler ce fameux préservatif…*

Seulement, lorsqu'il émergea au milieu des bottes de foin, il ne fut pas accueilli par Ashleigh, mais par Kenzie.

— À quoi penses-tu ?

Sa question, prononcée à voix basse, l'obligea à chasser ses souvenirs pour se concentrer sur le présent.

— À rien d'important, répondit-il.

— Tu en es sûr ?

Ses mains, bien plus fortes qu'il l'aurait cru, glissèrent sur son épaule à la recherche de nœuds et de tensions. Elle savait clairement ce qu'elle faisait. Il avait déjà reçu tant de soins de ce genre que ses muscles réagirent immédiatement. Mais son esprit, lui, ne parvenait pas à oublier que ces doigts agiles étaient ceux de *Kenzie*. Il lui rappelait sans cesse la dernière fois où elle l'avait touché – et laissé la toucher.

— Oui, j'en suis sûr.

— Parce que tu es tendu comme un élastique, reprit-elle en pressant sa chair sensible.

Il avait aussi une érection incroyable et fut ravi d'être allongé sur le ventre. Ça cachait au moins son secret.

— Certains patients aiment parler pendant les soins…

— Je n'aime pas bavarder pour ne rien dire.

— Vraiment ? gloussa-t-elle. Quand je pense au moulin à paroles que tu étais, au lycée !

Cette situation devenait de plus en plus gênante, pour eux deux, mais Spencer ne put s'empêcher de sourire.

— Tu n'étais pas aussi moqueuse, dans mon souvenir.

Elle rit de nouveau, doucement.

— Sans doute parce que j'étais incapable de former une phrase cohérente en ta présence, avoua-t-elle.

— Il faut croire que tout le monde change…

C'était le cas de Kenzie. La petite ado maigrichonne d'autrefois était devenue une femme confiante et plutôt belle.

Très belle, en fait.

Elle ne répondit pas à sa remarque et se concentra sur son travail. Plongé dans le silence, Spencer savoura malgré lui le contact de ses mains sur son corps. Bientôt, il se mit à les imaginer se hasardant dans d'autres endroits plus intimes ; et, bien sûr, plus il essayait de ne *pas* penser à ça, plus son sexe devenait dur. Malheureusement, sa vie était déjà bien trop compliquée pour qu'il y ajoute une relation sentimentale.

Cette pensée lui laissa un petit goût amer des plus étranges…

La veille, lorsqu'il avait passé le panneau d'entrée de Haven, sur la route, il avait éprouvé une sensation de familiarité, mais rien d'autre. Il n'avait pas eu l'impression de rentrer *chez lui*. En ce qui le concernait, Haven avait cessé d'être son foyer depuis bien longtemps. Ce n'était que la ville où il avait grandi et où vivait sa famille. Il aimait bien y passer, de temps en temps, mais n'avait pas l'intention de s'enraciner de nouveau dans cette terre dure et poussiéreuse.

Son opinion n'avait pas changé en arrivant chez ses parents, sur Miner's Pass. Cette maison n'avait jamais été la sienne. Il n'avait fait qu'y dormir quelques fois, dans la chambre que sa mère avait remplie de ses anciens trophées, mais ce n'était pas là qu'il était né. À ses yeux, ce manoir de trois étages était ridicule et ostentatoire. Une affirmation absurde de richesse et de statut social. Sans doute était-ce pour ça que Ben et Margaret Channing l'avaient fait construire. Depuis que trois de leurs quatre enfants avaient quitté le nid, ils n'avaient pas besoin de six chambres, sept salles de bains, ou d'un salon à plafond cathédrale garni d'une immense cheminée… D'un autre côté, si ce luxe les rendait heureux, pouvait-il les juger ?

Néanmoins, à présent qu'il roulait en direction de Crooked Creek Ranch, il sentit son cœur se serrer. Il avait eu hâte de fuir Haven, autrefois, mais il gardait des souvenirs émus de cet endroit – et de tout ce qui s'était passé au ranch. Nombre de ces images impliquaient de lourdes corvées. Son grand-père n'approuvait pas l'oisiveté. Spencer n'avait jamais eu peur de travailler dur. Nettoyer l'écurie, panser les chevaux et laver la sellerie avaient été des distractions bienvenues, dans sa vie monotone d'adolescent. D'ailleurs, quand il travaillait bien, grand-père lui permettait toujours de seller un cheval pour l'accompagner voir ses troupeaux. Même après la découverte d'or et d'argent dans les montagnes, qui avait poussé ses parents à se détourner de l'élevage, le vieil homme avait poursuivi son activité. Il gérait un modeste cheptel et était fier de s'adonner à sa routine quotidienne. Il connaissait plus d'années maigres que de faste, mais s'en moquait. De toute manière, puisque les mines avaient enrichi la famille, son intérêt pour le prix du bœuf était devenu purement accessoire.

À chaque fois que Spencer rentrait à Haven, il essayait de lui rendre visite pour se promener à cheval avec lui. Aujourd'hui, par contre, il venait pour une autre raison : jeter un coup d'œil à Copper Penny. Comme sa voiture ne possédait pas d'attelage et n'était pas assez puissante pour tirer une jument de quatre cents kilos sur mille trois cents kilomètres, il avait engagé un service de transport spécialisé. On lui avait confirmé son arrivée, ce matin, et il avait hâte de s'assurer qu'elle avait bien supporté le voyage. Ainsi, dès sa séance de soins terminée, il s'était empressé de rejoindre le ranch.

Il était déjà près de l'écurie quand il vit l'animal dans le corral voisin. Le soleil faisait luire sa robe alezane et sa queue remuait paisiblement. Elle paraissait tout à fait détendue, sans le moindre signe de stress.

— Elle est splendide, lança son grand-père en le rejoignant près de la clôture.

Spencer acquiesça. Cette bête avait su attirer son regard lors d'une course à Cherokee, dans l'Iowa, cinq ans plus tôt. Il l'avait même remarquée avant la jolie fille penchée sur son encolure. Leur tandem, filant sur la piste d'herbe rase, avait été aussi rapide que l'éclair. Bien vite, il avait compris que la fille – Emily – était aussi efficace dans d'autres domaines…

— Où l'as-tu trouvée ?

— À Denver.

— Et pourquoi as-tu décidé d'acheter un cheval ?

— Je ne l'ai pas achetée, répondit-il. On me l'a offerte.

Son grand-père se tourna de nouveau vers Copper Penny.

— Sacré cadeau.

— Oui, et tu ne sais pas encore tout.

Le vieil homme haussa un sourcil, curieux.

— Je me disais bien que tu n'étais pas là juste pour me confier une jument…

— Je dois soigner mon épaule, si je veux participer à la finale nationale de rodéo.

— Je suis content que tu sois doué pour tenir sur un taureau, parce que tu ne gagnerais pas un rond si tu devais devenir joueur pro à Vegas, lâcha son grand-père.

— Qu'est-ce que ça veut dire ?

— Ton bluff ne vaut pas son pesant de bouse, fils !

Spencer sourit malgré lui. Son grand-père avait toujours eu des expressions colorées, pour éviter de jurer en présence de sa femme. Même veuf depuis plus de trois ans, il avait du mal à se défaire des règles strictes de son épouse…

— Nous savons tous les deux que les cliniques de rééducation ne manquent pas, dans ce pays.

— Je voulais peut-être me reposer à la maison, suggéra Spencer.

— Et peut-être que mes vaches vont se laisser pousser des ailes !

Le jeune homme contempla un instant les pâturages constellés de points blancs. Pas d'ailes en vue…

— J'ai décidé de prendre un peu de temps pour faire le point sur ma vie et revoir mes priorités, avoua-t-il.

Son grand-père fit passer son éternel cure-dent d'un côté à l'autre de sa bouche d'un air songeur.

— T'as mis une fille en cloque ?

Bien qu'il soit souvent amusé par le franc-parler du vieil homme, Spencer ne parvint pas à convoquer le moindre sourire. Son épaule lui faisait mal, son esprit était en ébullition, et rien de tout ça n'était particulièrement drôle…

- 3 -

Sept années étaient bien suffisantes pour oublier un stupide flirt de jeunesse et, quand Kenzie avait déjeuné avec Megan, elle avait été certaine d'avoir remisé depuis longtemps ses anciens sentiments pour Spencer Channing. Hélas, c'était avant de le trouver assis dans sa salle de soins…

Bien sûr, ce n'était pas *elle* qu'il avait attendue. Il voulait juste faire traiter son épaule blessée, et elle avait été sa thérapeute assignée. Pendant des années, elle avait étudié l'anatomie, les différents maux qui pouvaient altérer le fonctionnement du corps et les gestes nécessaires pour les soulager. Elle avait soigné des épaules démises plusieurs fois, déjà. Mais quand Spencer avait ôté son T-shirt, toutes ses connaissances s'étaient évaporées. Elle avait été hypnotisée par cette peau tannée, ces muscles solides et saillants. Elle avait voulu presser ses lèvres sur son bras, son torse, ses abdominaux… Pouvait-elle se faire assez confiance pour poursuivre les soins tout en restant professionnelle ? Elle n'en était pas certaine. Mieux vaudrait qu'elle demande à l'un de ses collègues de prendre le relais. Après tout, s'échanger des patients était monnaie courante – pour tout un tas de raisons valables. Elle ne serait pas obligée d'admettre que toucher ce corps exquis qui l'avait fait fantasmer pendant toute son adolescence réveillait des émotions et de douloureux souvenirs enfouis…

Elle avait toujours aimé passer du temps à Crooked Creek Ranch, et ne manquait jamais une occasion d'entrer dans l'écurie pour observer les chevaux. Le grand—père de Brielle lui avait appris à monter, et elle se rappelait encore les battements affolés de son cœur, la première fois qu'elle s'était retrouvée sur le dos de Domino, un hongre noir à taches blanches. Elle avait été à la fois excitée et terrifiée – comme maintenant, en attendant l'arrivée de Spencer.

Il sortait avec Ashleigh depuis quelques semaines, déjà. Bien sûr, il avait eu d'autres copines avant – et il « l'avait fait » avec plusieurs d'entre elles, à en croire les rumeurs. D'après la conversation que Kenzie avait surprise, Ashleigh avait prévu de lui offrir un cadeau d'adieu qui pourrait bien le convaincre de rester en ville, en fin de compte. Elle n'avait pas été certaine de bien comprendre et avait été soulagée que Rebecca demande des détails ; puis écœurée lorsque Ashleigh avait expliqué qu'elle lui avait donné rendez-vous à 21 heures dans la grange pour « s'envoyer en l'air » au milieu des bottes de foin. Kenzie était donc venue en avance et, quand Ashleigh était arrivée, elle avait prétendu que Spencer lui *avait promis de la retrouver ici. Hors d'elle, Ashleigh était partie en ruminant contre ce petit ami qui se permettait de la tromper avec une copine de sa propre sœur.*

Enfin, Spencer apparut, trouvant Kenzie installée dans le grenier.

— Où est Ashleigh ? demanda-t-il sans même prendre la peine de lui dire bonsoir.

Le cœur battant et la gorge sèche, Kenzie se félicita de s'être assise car ses genoux tremblaient trop pour la soutenir.

— Elle… euh… Elle a dû partir.

— Où ?

Elle haussa les épaules. Elle l'ignorait et s'en moquait. Tout ce qui comptait, c'était que Spencer soit là – avec elle.

— Moi, je t'ai attendu, par contre, lança-t-elle.

Il parut soudain soupçonneux et fronça les sourcils.

— Pourquoi ?

— Parce que Brie m'a dit que tu partais demain.

— T'a-t-elle aussi proposé de me retrouver ici ?

Kenzie sentit ses joues s'empourprer.

— Bien sûr que non ! Elle n'en sait rien.

Elle aurait sans doute été horrifiée d'apprendre ce que son amie avait l'intention de faire.

— J'attends toujours que tu m'expliques ce que tu fais ici, reprit Spencer avec impatience.

— Je voulais juste… te dire au revoir.

— Au revoir.

Il se détourna et elle bondit sur ses pieds pour le retenir.

— Attends !

Dans un soupir, Spencer fit volte-face.

— Que veux-tu, Kenzie ?

— Est-ce que… Est-ce que tu comptes revenir ?

— Je vais juste à la fac. Je serai là pour Noël.

Noël était si loin ! Elle ne pourrait jamais attendre aussi longtemps. Et puis, elle était avec lui, ce soir. Elle était prête.

— Tu sais, c'était mon anniversaire, la semaine dernière, commença-t-elle.

— Joyeux anniversaire, lâcha-t-il sans cacher son impatience.

— Ce qui veut dire que j'ai seize ans…

Allait-il comprendre l'importance de cet aveu ?

— D'accord…

— Seize ans, c'est l'âge légal du consentement dans le Nevada, déclara-t-elle très vite.

Spencer fronça un peu plus les sourcils, les lèvres pincées.

— Comment le sais-tu ?

— J'ai fait des recherches, admit-elle, les joues brûlantes.

— Pourquoi ?

— Parce que je suis prête, répondit-elle en redressant le menton avec détermination.

— Prête pour quoi ?

— Pour le faire.

Elle devait être rouge comme une tomate et sentait la sueur mouiller ses aisselles, mais elle ne recula pas.

— Avec toi.

Spencer soupira.

— Kenzie, tu n'es pas prête pour le sexe si tu n'arrives même pas à prononcer ce mot…

— Je le suis ! insista-t-elle, ravalant une pointe de doute. Et je veux que tu sois mon premier.

— Hors de question.

— Pourquoi pas ? Tu allais bien coucher avec Ashleigh, ce soir, non ?

— Je ne veux pas parler d'Ashleigh avec toi.

— Mais elle est partie et, moi, je suis là !

— Tu n'as rien à faire dans cette grange, répliqua-t-il brutalement.

Par le passé, elle avait toujours eu du mal à parler à Spencer, mais cette fois elle refusait de se laisser intimider. Au lieu d'accepter sa défaite, elle fit un pas vers lui, se hissa sur la pointe des pieds et l'embrassa. Il ne réagit pas immédiatement et elle insista. Elle ne songea pas un seul instant que cette soirée pouvait ne pas se terminer comme elle l'avait prévu. Enfin, il marmonna un juron choquant contre sa bouche et s'abandonna. Elle frémit lorsque sa langue se glissa dans sa bouche, mais ne s'écarta pas. Pas même lorsqu'il la poussa sur les meules de foin et plaqua son grand corps contre le sien…

La sonnerie de son portable tira Kenzie de ses pensées. Il s'était passé sept ans, pourtant les images de cette nuit étaient encore assez nettes pour la faire trembler de la tête aux pieds. Se maudissant pour sa faiblesse, elle plaqua ses mains fraîches sur ses joues en feu, prit une profonde inspiration et attrapa son téléphone. Brielle avait lancé un appel vidéo.

— Salut, dit Kenzie lorsque son visage s'afficha sur l'écran. Comment va la Grosse Pomme ?

— Très bien, mais on annonce des perturbations en route pour l'État d'Argent…

Kenzie entendit une pointe d'inquiétude dans la voix de son amie et comprit les raisons de son appel.

— Si tu parles du retour de Spencer à Haven, tu retardes.

— Qui te l'a annoncé ?

— On irait plus vite en listant les personnes qui ne m'en ont *pas* parlé, répondit Kenzie un peu sèchement.

Néanmoins, elle était touchée par l'attention de son amie. Certes, Brie ne savait pas tout ce qui s'était passé – ou ce qui avait *failli* se passer – entre Spencer et elle, mais cette dernière avait bien vu les ravages qu'il avait faits sur son cœur d'adolescente à son départ.

— C'est pour ça que je ne regrette pas de ne plus vivre dans une petite ville, marmonna-t-elle.

— Mais tes amis te manquent quand même, non ?

— Surtout toi, déclara Brie. Tu es la seule copine de lycée avec qui j'ai gardé le contact.

— Tout le monde serait ravi de te revoir, si tu venais passer quelques jours ici, tu sais.

— Je viendrai, promis.

Elle disait toujours ça avec une réelle sincérité, mais n'était revenue qu'une seule fois depuis son entrée à la fac de New York. Pour l'enterrement de sa grand-mère.

— Quoi qu'il en soit, reprit-elle, je voulais te prévenir qu'il est bel et bien en route pour Haven.

— Ton info date un peu.

— Quoi ?

— Il n'est pas en route. Il est *là*. En fait, il est même venu à la clinique, aujourd'hui.

— Et comment va son épaule ? demanda Brielle.

— Tu sais que je ne peux pas te parler de mes patients.

En fait, Kenzie n'aurait même pas dû lui dire qu'elle l'avait reçu, mais toute la ville l'avait certainement vu sur le parking.

— Ce n'est pas un patient, lui rappela son amie. C'est mon frère.

— Il se remet, avoua Kenzie à contrecœur.

Brielle réfléchit quelques instants avant de demander :

— Tu ne penses tout de même pas que ça va mettre un frein à sa carrière, si ?

Kenzie aurait dû se taire, pour respecter son serment, mais son amie paraissait si inquiète qu'elle ne put s'y résoudre.

— D'après les tests et les examens, il a une simple luxation gléno-humérale.

— OK… C'est bon signe. Enfin, j'ignore ce qu'est un gléno-machin, mais tu ne parais pas t'en faire.

Kenzie sourit, un peu mal à l'aise.

— Sais-tu quelque chose que tu ne me dis pas, Brie ?

— Non. Seulement, la dernière fois que je lui ai parlé,

il… avait l'air d'envisager un changement de vie. Et j'ai eu l'impression qu'il ne prenait pas cette décision de gaieté de cœur.

— Le rodéo est une activité usante. Il commence peut-être à sentir son âge le rattraper.

— Il n'a que vingt-cinq ans !

— Et il est passé pro il y a déjà cinq ans, après avoir fait des compétitions à la fac ou en amateur depuis Dieu sait quand…

— Au moins dix ans, admit Brielle.

— Il a peut-être juste besoin de changement.

En songeant qu'il pourrait être revenu pour de bon, une petite pointe d'espoir commença à éclore au fond d'elle. Puis elle se souvint de sa hâte à quitter Haven, de sa détermination à pourchasser gloire et fortune loin de ce « trou paumé ». Tout aussi vite, cette fleur fragile se fana.

— Peut-être, murmura son amie avec perplexité.

Elles discutèrent encore quelques instants, puis Brie s'excusa. Elle devait rejoindre des amis pour manger – ce qui poussa Kenzie à songer à son propre dîner. Elle n'avait pas vraiment faim, mais ça valait mieux que penser à Spencer ou aux sentiments que son retour avait éveillés.

Si Spencer avait pris la peine de poser des questions en ville, il aurait appris que Kenzie louait un appartement au-dessus des avocats établis sur Main Street, pas très loin de la clinique. Mais il préféra dénicher l'information d'une manière plus subtile…

— Salut ! dit-il lorsqu'elle répondit à l'Interphone.

— Spencer ? Qu'est-ce que tu fabriques là ?

Sa voix était à la fois surprise et méfiante. Il n'avait aucun moyen de savoir si elle voulait le voir, mais il comptait sur son ancienne amitié avec Brielle pour se faire ouvrir la porte.

— Est-ce que je peux monter ? demanda-t-il. Ou préfères-tu que nous parlions à travers un micro ?

Elle parut hésiter une seconde, puis il entendit la porte se déverrouiller. Il monta rapidement et elle l'invita à entrer.

— Pourquoi es-tu venu ici ? demanda-t-elle sans préambule.

Il prit un instant pour admirer sa tenue. Elle avait quitté les vêtements noirs qu'elle portait à la clinique pour enfiler un jean slim et une blouse fluide pleine de couleurs. Ses cheveux étaient lâchés, tombant en longues boucles soyeuses autour de son visage. Son permis de conduire la disait sans doute simplement brune, mais il fut intrigué par les nuances d'or et de cuivre qui illuminaient ses mèches.

— Spencer ? insista-t-elle en voyant qu'il ne répondait pas.

Il se rendit compte qu'il la dévisageait bêtement et rit.

— Désolé. J'ai juste… Waouh, Kenzie. Tu es superbe.

— Merci, dit-elle avec prudence.

Il ne pouvait pas lui en vouloir. Elle avait peut-être été très proche de sa sœur, mais jamais de lui. À part *cette* soirée… Mais mieux valait ne pas y penser pour le moment – voire plus jamais. Hélas, depuis leurs retrouvailles, il ne cessait de revivre ces quelques instants dans la grange. Même sept ans plus tard, il ne savait toujours pas s'il aurait été soulagé ou déçu si les choses s'étaient passées différemment.

Repoussant ses souvenirs avec fermeté, il se concentra sur le moment présent. Et sur son estomac qui gargouillait.

— Je me demandais si tu voulais manger un morceau.

— Manger ? répéta-t-elle comme s'il venait de lui proposer un voyage sur la lune.

Bon, son invitation la surprenait et elle était clairement sceptique quant à ses motivations. Mais un ami lui avait un jour dit qu'il pourrait convaincre une nonne de renoncer à ses vœux s'il le voulait. Convaincre Kenzie de partager un repas ne devait pas être aussi difficile…

— Oui, manger, dit-il en souriant. Tu sais, quand on s'assoit à une table, parfois dans un restaurant, pour se nourrir.

— Je connais le concept, merci, répliqua-t-elle sèchement. En fait, je suis même en train de réchauffer de la soupe.

— Ce n'est pas un repas ! Même chez Digger, on classe ça dans les entrées.

— Peu importe. C'est le programme de ce soir.

Sur ce, elle lui tourna le dos, lui offrant une vue spectaculaire sur ses fesses moulées par son jean. Il la suivit des yeux jusqu'au coin cuisine. Sans se soucier de lui, elle entreprit de remuer le contenu de sa casserole.

Il préféra détourner le regard, de peur qu'elle le surprenne, et examina les façades modernes des placards en noyer sombre et acier brossé. Un îlot coiffé de granit séparait la cuisine du salon ouvert, illuminé par trois hautes fenêtres.

— Bel appartement, déclara-t-il.

— Je l'aime beaucoup.

— Depuis quand vis-tu ici ?

— Un peu plus d'un an. Katelyn y habitait et travaillait en bas, mais quand elle s'est mariée avec le nouveau shérif, ils ont acheté une maison sur Sagebush. Je me suis empressée de lui demander si elle acceptait de me louer ce logement.

— Katelyn… Gilmore ?

— C'est Davidson, maintenant.

— Je ne savais pas qu'elle s'était mariée, murmura-t-il,

étonné. Je ne dois pas assez bien écouter ma mère, quand elle me répète les potins de la ville.

Il était aussi possible que Margaret Channing n'ait rien dit du tout, préférant faire comme si toute la famille Gilmore n'existait pas.

— Elle vient aussi d'avoir une adorable petite fille.

Kenzie ne lui avait pas proposé de s'asseoir, mais il se percha néanmoins sur l'un des tabourets hauts, les bras croisés sur la table. Son estomac grondait plus que jamais.

— Tu sais, avec quelques sandwichs en plus, ta soupe pourrait facilement nourrir deux personnes, suggéra-t-il.

— Est-ce une manière de t'incruster pour le dîner ?

— La soupe n'est pas un repas, lui rappela-t-il, mais en ajoutant un petit quelque chose…

Elle secoua la tête, sans pour autant s'empêcher de sourire. Bien. Elle s'ouvrait à lui.

— Des toasts au fromage, ça irait ?

Il lui rendit son sourire.

— Ce serait parfait.

Elle alluma un second feu et posa une poêle dessus avant de sortir du pain d'un placard. Quand elle commença à beurrer quelques tranches, Spencer se leva.

— Est-ce que je peux t'aider ?

— Garde un œil sur la soupe, répondit-elle en lui indiquant la cuillère en bois posée près de la cuisinière.

Lorsqu'il fut équipé, elle se remit au travail tout en parlant.

— Si tu ne t'intéresses pas à la vie de Haven, comment as-tu su où j'habitais ?

— Ta mère me l'a dit, avoua-t-il.

Le couteau qu'elle avait pris pour couper le fromage lui échappa et rebondit sur le plan de travail.

— Quand lui as-tu parlé ?

— Tout à l'heure, en passant sur Whitechurch Road.

— Ça explique les trois messages qu'elle a laissés sur mon portable…

— Trois messages et tu ne l'as pas rappelée ? s'écria Spencer, d'un air faussement choqué.

Elle haussa les épaules avant de récupérer son couteau.

— Si ça avait été important, elle l'aurait dit.

— Aïe ! Quelle cruauté !

Kenzie leva les yeux au ciel.

— J'avoue qu'elle a eu l'air surprise de me voir, déclara-t-il, et assez réticente à l'idée de me donner ton adresse.

Kenzie plaça les toasts dans la poêle et le beurre se mit à chanter joyeusement.

— Elle m'a toujours… protégée.

— Je sais. Je ne pensais pas qu'elle me haïssait tant, c'est tout. Ça m'a étonné, car les femmes me trouvent en général charmant – même les mères.

— Je n'en doute pas.

— Et je n'ai jamais rien fait pour la contrarier.

Comme tous deux savaient que ce n'était pas entièrement vrai, il s'empressa d'ajouter :

— Du moins, rien qu'elle puisse avoir appris.

Il jeta un rapide coup d'œil à Kenzie.

— Est-elle au courant ?

Celle-ci garda les yeux fixés sur la poêle, comme si retourner les toasts était une tâche très complexe.

— Au courant de quoi ? Il n'y a rien à savoir.

Il hocha la tête, rassuré par sa réponse. Il préférait être certain que ce qui s'était passé entre eux n'était pas important pour elle non plus. Néanmoins, une part de lui restait sceptique.

Il préféra ne pas s'attarder sur le sujet. Il n'avait aucune envie d'agiter leurs anciens regrets en ayant une conversation gênante… avec sept ans de retard.

Kenzie attrapa des assiettes au-dessus de l'évier et tira des couverts d'un tiroir. Pendant qu'elle remplissait deux bols, il servit les toasts.

— Je te remercie de m'offrir à dîner.

Elle eut un sourire en coin.

— Comme si tu m'avais laissé le choix !

— On a toujours le choix.

Ils s'assirent côte à côte devant l'îlot.

— Maintenant, dis-moi un peu pourquoi tu es venu chez moi au lieu d'aller manger avec Gage, Brett ou n'importe lequel des types que tu fréquentais au lycée.

— Si tu veux tout savoir, je n'ai pas gardé de contacts avec mes copains d'enfance. Je n'ai plus vraiment d'amis à Haven, avoua-t-il.

Elle goba un morceau de toast avant de remarquer :

— Je n'étais pas ton amie non plus, juste celle de Brie.

— Peut-être bien…

Clairement, une part de lui voulait avoir cette fameuse conversation pénible, car il ne put s'empêcher d'ajouter :

— Mais on a failli devenir amants.

Elle soupira, tout en mâchant.

— Une culbute dans le foin n'aurait pas fait de nous des amants.

Spencer posa doucement la main sur son bras.

— Je me suis mal conduit, ce soir-là, et je voulais m'excuser.

— C'était il y a longtemps. Tout est oublié.

Il ne la crut pas. Lui n'avait pas oublié, en tous les cas.

— Dois-je conclure que tu ne m'en veux plus pour ce qui s'est passé ?

— Il ne s'est *rien* passé, insista-t-elle en massacrant son toast entre ses doigts. Et je ne t'en ai jamais voulu. J'étais en colère contre moi-même. J'avais… honte.

— Honte ? Toi ? De quoi ?

Elle abandonna son pain pour remuer sa soupe.

— Parce que je me suis jetée sur toi.

De toute évidence, ils n'avaient pas gardé les mêmes souvenirs de cette nuit… Certes, elle avait fait le premier pas, mais il avait fait bien pire ensuite.

— Comme tu l'as dit, c'était il y a longtemps et il ne s'est rien passé.

— Rien d'essentiel, en tout cas, précisa-t-elle. Et pourtant, j'ai essayé.

C'était vrai : elle n'avait rien caché de ses intentions. Spencer avait été surpris de se sentir aussi excité par les avances d'une fille qu'il n'avait jusqu'alors considérée que comme la copine de sa petite sœur.

— À l'époque, toi et moi…

Il soupira et secoua la tête.

— Ça aurait été une erreur.

— Je sais.

— Mais maintenant…

Il n'acheva pas sa phrase, haussant les sourcils comme un personnage de dessin animé. Elle sourit. Elle semblait apprécier ses efforts pour alléger l'atmosphère, mais le repoussa fermement.

— Maintenant, ce serait encore pire.

Oui, elle avait sans doute raison – sans savoir à quel point. Spencer fut néanmoins intrigué par sa détermination.

— Pourquoi ? demanda-t-il.

— Parce que, même si nous n'étions pas amis avant, j'ai l'impression que tu es venu ce soir pour te confier à quelqu'un de proche…

— Au moins pour voir un visage familier, admit-il avant d'avaler la fin de son toast et d'entamer sa soupe.

— Que s'est-il passé, chez tes parents, pour que tu ne manges pas avec eux ?

— Celeste participe à une fête, cet après-midi. Enterrement de vie de jeune fille ? Baby shower ? Peu importe. Je lui ai dit que je me débrouillerais et qu'elle n'avait pas besoin de se presser de rentrer.

— Te débrouiller ? C'est-à-dire t'inviter à manger chez moi ? lâcha-t-elle avec froideur.

— J'ai commencé par te proposer de dîner en ville. Tu pourrais être en train de dévorer un bon steak saignant chez Digger, si tu l'avais voulu.

— J'avoue que j'adore leur contre-filet, murmura-t-elle, rêveuse, mais on est mieux ici.

Il acheva sa soupe. Certes, il était repu, mais ça n'avait rien à voir avec une pièce de bœuf grillée…

— Pourquoi ? demanda-t-il, intrigué.

— Parce que, si on s'était montrés ensemble chez Digger, toute la ville serait déjà en train d'en parler.

— Et ça t'aurait dérangée ?

— Je n'aime pas être un sujet de rumeurs.

— N'as-tu pas peur qu'on voie ma voiture garée sous tes fenêtres ?

— Non…

Elle empila leurs assiettes, les sourcils froncés.

— Enfin, pas jusqu'à maintenant.

— Je suis sûr que les gens ont des choses plus intéressantes à raconter, déclara-t-il pour tenter de la rassurer.

— Tu es la seule célébrité qu'on a, à Haven, lui rappela-t-elle tout en remplissant le lave-vaisselle. Tout ce que tu dis ou fais est un scoop pour les gens d'ici.

— Dans ce cas, les commères trouveront beaucoup de choses à raconter quand on découvrira l'existence de Dani.

Elle le dévisagea d'un air surpris.

— Qui est Dani ?

— Ma fille.

- 4 -

Kenzie le dévisagea un instant, sous le choc.

— Sérieusement ? Tu as un enfant ?

Spencer acquiesça.

— Oui, une petite fille.

Tant de pensées tourbillonnaient dans sa tête qu'elle ne savait pas par où commencer. Autant débuter par la question la plus évidente.

— Quel âge a-t-elle ?

— Trois ans. Enfin, presque quatre.

— Es-tu… marié ?

— Non. Jamais. Je veux dire, j'aurais épousé Emily, bien sûr, mais elle ne m'a pas prévenu qu'elle était enceinte. Je n'ai entendu parler de Dani qu'il y a six semaines.

— Je ne… C'est… Waouh.

— Oui, c'est à peu près ce que j'ai dit aussi.

Kenzie prit encore quelques secondes pour digérer cette nouvelle, mais son cerveau refusait de dépasser le fait que l'enfant terrible des Channing était devenu papa. Plus troublant encore, le garçon qui avait hanté tous ses rêves d'adolescente était là, dans sa cuisine, en train d'en parler. Si elle avait passé le repas à faire des efforts surhumains pour ne pas saliver devant lui, cette nouvelle information la mit soudain mal à l'aise. Il était *père*… Son esprit fatigué allait avoir besoin de caféine pour digérer ça ! Elle alla chercher une tasse dans son placard.

— Veux-tu du café ? demanda-t-elle.

— Avec plaisir.

Elle sortit une seconde tasse et glissa une capsule dans la machine.

— Lait ? Sucre ?

— Non merci, je le prends noir.

Elle lui tendit la première tasse, puis remplit l'autre en y ajoutant une tombée de lait.

— Donc, reprit-elle après avoir bu une gorgée. Une petite fille de presque quatre ans…

Il acquiesça.

— Et tu ne l'as appris qu'il y a six semaines ?

Nouveau hochement de tête.

Kenzie se rendit soudain compte que ça coïncidait avec sa blessure. Ce n'était sans doute pas un hasard. Avait-il été distrait par cette nouvelle de taille au moment d'enfourcher le taureau qui l'avait désarçonné ?

— Pourquoi sa mère ne t'en a-t-elle parlé que maintenant ?

— Elle ne l'a pas fait, répondit-il d'un air sombre. Emily est morte dans un accident de moto, il y a trois mois.

— Oh ! Spencer…

Sans réfléchir, elle posa la main sur son bras.

— Je suis vraiment désolée.

— Moi aussi. Surtout pour Dani. Mais j'avoue que je suis aussi un peu frustré. Maintenant, je ne saurai jamais pourquoi elle m'a caché ma fille pendant tout ce temps.

— Comment as-tu appris la vérité ?

— Linda, la mère d'Emily, m'a retrouvé grâce à la PRCA, l'association des cow-boys de rodéo professionnels.

— Et elle est venue te dire que tu as un enfant ?

— Non, qu'Emily m'avait légué sa jument dans son testament, ainsi que la garde de Dani.

— Waouh.

— Tu imagines ? Moi, avec une petite fille ?

Elle but une autre gorgée de café. Elle ne parvenait pas à concilier l'image de l'ado qu'elle avait connu avec celle d'un père responsable. Néanmoins, en voyant l'homme qu'il était devenu, elle dut bien admettre que ses préjugés étaient injustes.

— Tu sais quoi ? Oui, je l'imagine assez facilement en fait, répondit-elle.

— Pas moi. À quoi pensait-elle donc ? On s'est rencontrés pendant un rodéo. Elle savait tout de ma vie !

À l'entendre, on devinait qu'il regrettait ces circonstances, qu'il aurait voulu être un bon père – sans pour autant savoir comment faire.

— Elle pensait sans doute que sa fille devait être élevée par un de ses parents, suggéra-t-elle.

— Sans même me *dire* que j'avais un enfant ?

Sa colère était compréhensible…

— Où est Dani ?

— À Denver, avec sa grand-mère.

Il tira son téléphone et montra l'écran à Kenzie. Elle vit la photo d'une fillette aux yeux bleus, comme son père, avec des cheveux blonds et un petit sourire en coin.

— Oh ! Spencer ! Elle est ravissante !

— N'est-ce pas ? répondit-il avec une fierté teintée d'angoisse.

— Vas-tu respecter la volonté de sa mère ?

Il retourna le téléphone pour regarder le portrait.

— Je vais essayer. Je doute peut-être de la sagesse du choix d'Emily et de mes capacités… Mais Dani est ma fille et je veux devenir un bon père.

Il parvint à sourire, malgré sa crispation.

— De toute manière, personne ne sera plus étonné que je l'ai été d'apprendre cette nouvelle.

De toute évidence, le passé de Kenzie troublait son jugement. Son père avait abandonné sa mère pendant sa grossesse et elle ne l'avait pas connu. Sans doute était-ce pourquoi la détermination de Spencer le rendait soudain si séduisant à ses yeux. Non pas qu'elle ait l'intention de le lui dire ! Certes, il avait un peu flirté avec elle, mais elle refusait de lui ouvrir son cœur de nouveau. L'existence de sa fille ne fit que renforcer sa volonté. Dani devait pleurer sa mère, et sa douleur était tout ce qui importait.

— As-tu un plan ? demanda-t-elle prudemment. Sais-tu ce que tu vas faire ?

— Eh bien, j'espère encore participer à la finale de Vegas.

— Je parlais de Dani, précisa-t-elle.

— L'assistante sociale pense qu'elle est mieux avec Linda, le temps que je trouve une maison convenable.

— L'assistante sociale ?

Spencer lui expliqua que Dani avait été confiée à la garde d'une baby-sitter mineure, le soir de la mort d'Emily. Ne voyant pas revenir cette dernière, la gamine avait essayé de l'appeler, en vain. Elle avait ensuite téléphoné à ses parents, qui avaient prévenu la police. De fil en aiguille, les services sociaux avaient récupéré la petite en attendant de localiser sa famille – sa mère, puisque personne ne savait qui était son père. Il parlait d'une voix posée, mais ses mains se crispaient tant sur sa tasse que ses doigts avaient blanchi. Bien qu'elle n'eût pas envie d'aggraver sa nervosité, Kenzie se sentit obligée de demander :

— Crois-tu que Linda va se battre pour la garde ?

— Non, dit-il fermement. Elle a été très claire : elle a déjà élevé une fille, et Dani est ma responsabilité.

— Charmant…

— Je sais qu'elle l'aime. Elle s'occupe d'elle depuis l'accident et s'est même installée chez Emily pour ne pas bouleverser davantage la petite avec un déménagement.

— Mais c'est temporaire.

Il haussa les épaules.

— Elle fréquente un riche banquier d'affaires qui aime côtoyer la jet-set dans toute l'Europe et elle veut rester libre de voyager avec lui.

Linda aimait peut-être Dani, mais elle semblait plus tenir à son petit ami – ou du moins, à la vie qu'il lui offrait… Sans même avoir rencontré la fillette, Kenzie eut mal pour elle. Elle venait de perdre le seul parent qu'elle connaissait et allait devoir affronter tant de bouleversements encore !

— Comment tes parents ont-ils reçu la nouvelle ?

— C'était un moment gênant, tu peux me croire…

« Tu ne nous as pas dit que tu arrivais ce soir ! avait protesté Margaret avant de se radoucir et d'embrasser son fils.

— Je n'en étais pas certain moi-même, avait répliqué Spencer.

— Comment va ton épaule ? s'était alors enquis son père.

— Un peu mieux. J'espère commencer la rééducation cette semaine.

— Bonne nouvelle !

— Puisque nous en sommes aux nouvelles…

— Oh ! Dis-moi que tu vas abandonner le rodéo pour bosser à Blake Mining », supplia sa mère.

Il avait ignoré sa remarque. Il ne pouvait pas répondre par l'affirmative, ne sachant ni combien de temps il allait rester à Haven, ni même s'il serait capable de rejoindre l'entreprise familiale. Il tira donc de sa poche deux cigares en chocolat enveloppés d'un papier rose brocardé des mots : *C'est une fille !*

« Félicitations, s'exclama-t-il en les tendant à ses parents. Vous avez une petite-fille. »

Son père fronça les sourcils et sa mère ouvrit des yeux larges comme des soucoupes.

« C'est une blague ? demanda Ben, sceptique.

— Non, pas du tout.

— Bon Dieu, Spencer ! Quelle stupide, absurde… »

Margaret posa la main sur le bras de son mari, coupant court à ses cris.

« Est-ce vrai ? As-tu un bébé ?

— En fait, ce n'est plus un bébé, admit Spencer. Dani aura quatre ans dans quelques semaines.

— Et pourquoi ne nous dis-tu ça que maintenant ? gronda son père.

— Parce que je viens tout juste de l'apprendre… »

Il préféra ne pas expliquer tout ça à Kenzie pour le moment, se contentant de résumer la pénible et longue conversation en quelques mots.

— Mon père a hurlé, ma mère a pleuré, et quand ils ont enfin réussi à accepter les faits, ils ont dit qu'ils avaient hâte de rencontrer Dani.

— Je crois que je commence à comprendre pourquoi tu étais si tendu pendant notre séance, tout à l'heure.

— Oui, en partie, répondit-il.

— Bien sûr, il y avait aussi ta blessure.

— C'est ça…

Spencer s'en alla peu de temps après, non sans l'avoir remerciée pour le repas et son écoute. Kenzie n'était pas encore certaine de comprendre pourquoi il était venu. Peut-être avait-il dit la vérité en prétendant qu'il n'avait plus d'amis en ville et qu'il avait juste besoin de parler à quelqu'un. Quoi qu'il en soit, elle était heureuse qu'il ait sonné à sa porte. Elle était aussi un peu déçue d'apprendre qu'il avait l'intention de poursuivre sa carrière. Lorsqu'elle avait entendu parler de sa blessure, elle s'était bien doutée que celle-ci ne le ralentirait pas longtemps. Mais découvrir qu'il avait une fille… N'était-ce pas plus important que ça, à ses yeux ? D'un autre côté, la nouvelle était encore fraîche. Il aurait sans doute besoin de temps pour s'y faire.

« Seulement, la dernière fois que je lui ai parlé, il… avait l'air d'envisager un changement de vie », avait dit Brielle.

Spencer réfléchissait forcément à son avenir – et à celui de sa fille. Finirait-il par décider qu'il valait mieux rester ? Non pas que ça eût de l'importance pour Kenzie ! Bien sûr, elle adorerait rencontrer sa fille, mais il était hors de question qu'elle se lance dans une rêverie sentimentale au sujet de l'homme qui lui avait déjà brisé le cœur. Malgré tout, en l'entendant évoquer Dani, elle avait été impressionnée par son désir de faire le bon choix pour elle. En dépit de la mort atroce de sa mère, la fillette avait de la chance d'avoir un père sur lequel compter.

Pas comme elle-même.

Kenzie chassa son amertume et rangea les tasses dans le lave-vaisselle. Son téléphone sonna tandis qu'elle le programmait. Elle jeta un coup d'œil à l'écran et grimaça.

« Trois messages et tu ne l'as pas rappelée ? »

Elle se prépara à la tornade qui allait éclater et répondit.

— Salut, maman !

— Spencer Channing est de retour en ville.

Visiblement, Cheryl Atkins jugeait que la nouvelle

méritait de prendre le pas sur les réprimandes – ou même un simple « bonsoir ».

— Oui, il paraît, confirma Kenzie.

— Il est venu me demander ton adresse.

— Est-ce pour ça que tu m'as téléphoné, tout à l'heure ? Désolée, je n'avais pas le temps de répondre.

— Et tu n'as pas rappelé, répliqua sa mère.

— Désolée, répéta-t-elle.

— Je sais que tu me trouves trop envahissante, mais je m'inquiète pour toi.

— Merci, maman. Ne t'en fais pas, tout va bien.

— Tout ira bien quand tu m'auras promis de garder tes distances avec lui.

Elle réprima un soupir.

— Spencer n'est pas méchant.

— Il t'a brisé le cœur !

— Oui, quand j'étais une ado trop romantique.

Cherchant désespérément une excuse pour écourter la conversation, elle programma le minuteur du four, vide, sur trente secondes.

— C'était ma faute, pas la sienne. Et ça s'est passé il y a sept ans.

— Peu importe. Un premier amour est dur à oublier.

Pourtant, Kenzie avait tourné la page. N'avait-elle pas eu plusieurs copains ? Hélas, elle n'avait pu s'empêcher de les comparer à Spencer sans jamais les trouver à la hauteur, ce qui suggérait que sa mère avait peut-être en partie raison… Sa première expérience sexuelle avait eu lieu à la fac et elle avait été très nerveuse, hantée par les conseils de Cheryl pour éviter une grossesse accidentelle. Même en utilisant des patchs, elle avait pris soin de toujours avoir un préservatif sur elle car « on n'est jamais trop prudent ».

Elle avait choisi de sauter le pas avec Brandon Ross, un garçon intelligent et gentil. Il était champion d'anatomie en cours, pouvant nommer tous les os du corps, par ordre alphabétique. Hélas, il n'avait pas la moindre idée de l'emplacement des zones érogènes d'une femme… L'expérience n'avait pas été mémorable et n'avait pas excédé trois minutes. Mais il avait été studieux, et Kenzie avait espéré qu'il finirait par apprendre comment fonctionnait son corps, ce qu'elle aimait… Hélas, il n'avait jamais fait le moindre progrès en la matière et elle avait fini par rompre, doutant de connaître un jour l'orgasme. Apparemment, son inconscient pensait que se retrouver nue avec Spencer Channing aurait le pouvoir de combler cette lacune, car elle rêvait toujours de lui, la nuit. D'ailleurs, cette idée n'était peut-être pas absurde, étant donné qu'elle avait ressenti plus d'excitation dans la grange de Crooked Creek Ranch avec lui qu'avec qui que ce soit depuis.

Mais elle ne dit rien de tout ça à sa mère. Elle se contenta de répéter :

— C'était il y a sept ans, et je ne vais pas laisser de mauvais souvenirs de lycée m'empêcher de me faire un ami, maintenant que je suis adulte.

— Tu l'as vu ?

Inutile de nier. Toute la ville savait déjà qu'il fréquentait sa clinique – ou du moins, ça ne tarderait pas – et il valait mieux jouer cartes sur table que devoir s'expliquer plus tard.

— Il est venu commencer sa rééducation, aujourd'hui, expliqua-t-elle, sans préciser qu'il venait de dîner avec elle.

Ça aurait inévitablement conduit à une leçon de morale et elle n'en avait vraiment pas envie.

— Avec toi ?

— Oui, soupira Kenzie.

Heureusement, l'alarme du four sonna au même instant, lui donnant l'excuse qu'elle attendait pour raccrocher.

— Désolée, je dois te laisser. Il faut que je sorte mes muffins du four.

— Tu fais des muffins ?

— Banane-noix, tes préférés. Je t'en déposerai un sachet en partant, demain.

— Merci, c'est très gentil, répondit Cheryl, radoucie.

— Bonne soirée, maman. Je t'aime.

— Moi aussi.

Kenzie coupa son téléphone, et commença à rassembler les ingrédients pour faire des gâteaux.

L'immense demeure de Miner's Pass était plongée dans le noir quand Spencer rentra, excepté une lumière allumée dans la cuisine, lui indiquant que Celeste était de retour. Ben et Margaret, eux, devaient encore travailler, comme d'habitude.

Spencer envisagea un instant de regarder un match sur le grand écran du salon, mais il n'avait pas envie de croiser ses parents à leur retour. Il avait accepté depuis longtemps que ses projets ne seraient jamais assez bien pour eux, qui rêvaient de le voir prendre leur succession à Blake Mining. Hélas pour eux, il n'avait aucune envie de passer ses journées en costume, coincé dans un bureau. Margaret blâmait son père pour l'affection, irrationnelle à ses yeux, que son fils portait à la terre et aux animaux qui vivaient dessus. Jesse Blake avait grandi à Crooked Creek Ranch, avant l'arrivée de l'or et de l'argent. Il n'avait pas oublié les années difficiles, les sécheresses et les inondations ; ni les heures que sa propre mère avait passées à raccommoder des vêtements et à compter les sous à la fin du mois. La découverte des filons avait été un miracle pour toute la famille. À présent, Crooked Creek Ranch n'était plus qu'un élément modeste de leur patrimoine, mais son grand-père restait fier de s'en occuper. Celui-ci avait appris l'équitation à son petit-fils, ainsi que le soin des bêtes. Spencer comprenait, bien entendu, l'importance des mines ; mais il n'avait aucune envie de devenir un rouage de la machine qu'était Blake Mining. Son frère et sa petite sœur avaient fait des choix similaires. Jay était le patron d'Adventure Village, un parc d'attractions en dehors de la ville, et Brielle enseignait en maternelle, à New York. Seule Regan avait décidé de rejoindre la firme, car elle aimait les chiffres au moins autant que sa famille. Si Spencer ne la comprenait pas, il ne la jugeait pas non plus…

Bref, il n'avait pas envie d'entendre une fois de plus ses parents exprimer leur choc et leur déception. Il avait déjà éprouvé tout ça lorsque Linda était venue à Justice Creek lui annoncer qu'il avait une fille. Tout ça, et plus encore.

Pire que cela même : il avait refusé de la croire.

C'était impossible. Ça ne pouvait être vrai. L'enfant d'Emily ne pouvait pas être *le sien*. Bien sûr, les dates correspondaient, et il y avait eu un accident avec un préservatif, un soir. Mais ça restait impensable. Il n'avait pas voulu y croire. Admettre la vérité aurait signifié admettre qu'il avait gâché la vie d'Emily et la sienne. Comme Linda insistait pour qu'il prenne sa fille avec lui, il risquait aussi de gâcher cette troisième existence. Cette crainte l'avait poussé à se confier à Kenzie – pas parce qu'elle était son amie, car elle avait eu raison : ils n'étaient pas proches. Mais parce que leur passé n'allait pas la pousser à le ménager, à taire ses véritables pensées. Elle ne lui devait rien et il avait su qu'elle serait franche avec lui. Seulement, elle l'avait surpris en déclarant qu'il pourrait être un bon père. Sa foi en lui avait réveillé un espoir ténu. Elle avait aussi soulagé une partie de son angoisse. Il doutait encore de pouvoir élever seul une petite fille qu'il ne connaissait pas, mais il savait à présent qu'il ferait son possible pour y parvenir. Après tout, s'il était rentré à Haven, c'était parce qu'il pensait avoir plus de chances d'y arriver entouré par sa famille et ses amis. D'ailleurs, après cette agréable soirée chez Kenzie, il commençait à espérer qu'elle devienne l'un de ses soutiens. Il était même prêt à mettre de côté l'attirance qu'il ressentait encore pour elle, si ça pouvait l'aider.

Du moins, il s'en crut capable jusqu'à ce que le sommeil le saisisse et l'emporte une fois de plus sept ans plus tôt, dans la grange de Crooked Creek Ranch…

— J'ai seize ans, maintenant, dit—elle comme si ce chiffre avait des propriétés magiques qui échappaient totalement à Spencer.

— OK, dit-il prudemment.

— Seize ans, c'est l'âge légal du consentement dans le Nevada.

— Comment le sais-tu ? murmura-t-il, intrigué.

— J'ai fait des recherches, admit-elle en rougissant.

— Pourquoi ?

Hélas, il se doutait déjà que sa réponse n'allait pas lui plaire. Elle redressa le menton, le regard pétillant d'un mélange de doute et de détermination.

— Parce que je suis prête.

— Prête pour quoi ?

— Pour le faire. Avec toi, expliqua-t-elle patiemment.

Bon Dieu !

— Kenzie, tu n'es pas prête pour le sexe si tu n'arrives même pas à prononcer ce mot…

— Je le suis ! Et je veux que tu sois mon premier.

Il secoua fermement la tête.

— Hors de question.

Hélas, Kenzie refusa de céder. Au lieu d'accepter son échec, elle se rapprocha d'un pas, se hissa sur la pointe des pieds et plaqua ses lèvres sur les siennes. Il resta immobile. Ne pas lui rendre son baiser était sans doute le meilleur moyen de lui faire comprendre qu'il n'était pas intéressé. Mais il n'avait pas pensé que sa bouche puisse être si douce, si tentante. Malgré lui, il commença à réagir.

Elle poussa un petit cri étouffé lorsque sa langue franchit ses lèvres. Elle ne recula pas et, quand il la poussa contre les meules de foin pour presser son corps sur le sien, elle ne protesta pas non plus. Même lorsqu'il se frotta à elle pour qu'elle sente son sexe en érection – car il n'était qu'un garçon de dix-huit ans, avec une fille consentante dans les bras, et que ça suffisait à l'exciter – elle ne lui opposa aucune résistance. Bien sûr, il n'avait pas l'intention de se retrouver nu avec la meilleure amie de sa petite sœur. Hors de question. *Elle avait beau penser qu'elle était prête, lui répéter qu'elle voulait qu'il soit son premier, il n'était pas si mauvais…*

Ou alors, juste assez pour lui donner une leçon. Pour lui faire comprendre quels ennuis l'attendaient si elle continuait à s'offrir à des hommes dans des granges obscures. Il retroussa donc sa blouse et glissa les mains dessous. Ses paumes caressèrent rudement sa taille fine, ses côtes, montant plus haut. Il comptait juste la toucher à travers son soutien-gorge. Ça suffirait sans doute à lui prouver que les choses allaient trop vite pour elle. Ensuite, elle le repousserait. Hélas, il se rendit vite compte qu'elle ne portait pas de soutien-gorge. Ses tétons durcirent sous ses mains, preuve de son excitation. L'innocente petite Kenzie Atkins en voulait plus… Il pinça alors ces perles tendues et elle gémit, se cambra sous lui. Ce mouvement instinctif plaqua ses hanches contre celles de Spencer et les petits bruits qu'elle faisait attisèrent encore plus son propre désir.

— Kenzie, dit-il.

— Oui ? répondit-elle dans un souffle.

Il n'avait pas eu l'intention d'aller aussi loin. Il devait arrêter, vite ! Mais son corps et son esprit se menaient une guerre sans merci et il ignorait lequel allait l'emporter.

« Je veux que tu sois mon premier. »

Et pourquoi pas, au final ?

Parce qu'elle a à peine seize ans.

Parce que c'est l'amie de ta sœur.

Parce qu'elle se croit clairement amoureuse de toi et parce que ton départ, demain, va lui briser le cœur.

Il maudissait peut-être cette voix de la raison, mais il sut qu'il devait s'arrêter. Tout de suite. Hélas, elle saisit son sexe à travers son jean. C'était un geste de défi plus qu'une preuve de confiance en elle ; mais le résultat fut le même…

Il se réveilla en sursaut, le souffle court et le corps brûlant de désir. Il avait au moins réussi à reprendre ses esprits à temps – ce qu'il avait été incapable de faire, dans cette grange.

Repoussant les couvertures, il courut sous la douche. Il n'avait pas besoin de réveiller son ancienne attirance pour l'amie de Brielle et devait à tout prix étouffer ses sentiments avant de commettre une erreur. Heureusement pour lui, la saison des restrictions d'eau n'était pas encore venue. Il devinait déjà qu'il aurait besoin de nombreuses douches froides, dans un avenir proche…

- 5 -

Kenzie aurait dû accepter l'invitation de Megan et aller au cinéma avec elle. Au lieu de ça, à 17 heures ce vendredi soir, elle était déjà en pyjama, assise sur son canapé avec sa télécommande à la main, passant d'une émission de décoration à une série B puis à la chaîne des jeux télévisés. Aucun programme ne retenait son attention plus de quelques minutes. Spencer occupait toutes ses pensées – comme chaque jour depuis qu'on avait annoncé son retour. Elle avait eu peur de le revoir, de ne pas avoir dépassé son amour adolescent pour lui, de se rendre ridicule. *Encore.*

Mais elle avait réussi à gérer leurs retrouvailles avec un calme professionnalisme. Du moins, dans les grandes lignes. Si le désir avait palpité quelques instants dans ses veines, ça n'avait rien eu d'anormal. Après tout, il était beau et elle avait le sang chaud à force de rester célibataire. Encore une raison qui aurait dû la pousser à sortir avec Megan, ce soir. Elle devait donner l'illusion qu'elle était prête à rencontrer de nouvelles personnes. Des hommes. Mais à la vérité, depuis la fin de ses fiançailles huit mois plus tôt, elle avait commencé à perdre espoir…

Elle ne regrettait évidemment pas d'avoir quitté Dale. Épouser quelqu'un qu'elle n'aimait pas aurait été une erreur pour eux deux. D'ailleurs, si son ancien fiancé avait prétendu qu'elle lui brisait le cœur en lui rendant la bague, il n'avait attendu que quelques semaines avant de sortir avec une autre femme. Elle était heureuse qu'il ait tourné la page. Si seulement elle avait pu faire de même ! Cinq minutes en compagnie de Spencer Channing avaient suffi pour qu'elle comprenne ce qui l'avait empêchée de tomber amoureuse de Dale, ou d'un autre.

Quoi qu'il en soit, aller au cinéma juste pour le plaisir n'était pas un crime. Hélas, elle savait que Megan aurait fini par lui parler de Spencer et elle n'aurait pas eu le courage d'esquiver ses questions. Toute la ville savait qu'il venait à la clinique pour sa rééducation, désormais, mais on ignorait encore la gravité de sa blessure. On se demandait combien de temps il allait rester à Haven, ou s'il reprendrait un jour la compétition. Kenzie évitait de participer à ces spéculations. Hélas, ça ne l'empêchait pas de s'interroger aussi, surtout depuis ses confidences du premier soir. Elle seule comprenait l'importance des choix qu'il allait faire.

Ce matin, lorsqu'il était revenu pour sa deuxième séance, il n'avait pas parlé de Dani. Elle ne s'y était pas attendue, bien sûr ; mais en massant son épaule, elle s'était demandé quelle part de sa tension provenait de la douleur et à quel point il était nerveux à l'idée de devenir père à plein temps. Apparemment, la grand-mère de la petite comptait l'amener à Haven le week-end suivant. Il n'avait donc pas beaucoup de temps pour se préparer à son arrivée.

À la télé, l'animatrice annonçait les résultats du jeu, quand l'Interphone sonna. Kenzie se leva et alluma le haut-parleur. Sans doute Megan avait-elle changé d'avis et venait-elle passer la soirée ici…

— Oui ?

— Tu peux m'ouvrir ?

Ce n'était pas la voix de son amie.

— Spencer ?

— Ouais…

Elle jeta un coup d'œil à son pantalon de pilou et son T-shirt, qu'elle portait sans soutien-gorge.

— Je… euh… Je ne suis pas habillée pour recevoir.

Spencer hésita un instant avant de demander :

— Tu es toute nue ?

— Bien sûr que je ne suis pas nue ! protesta-t-elle, choquée par sa question.

— Dommage.

Cette réponse la troubla plus encore.

— Écoute, reprit-il, je me moque de ce que tu portes. J'ai besoin de te parler. S'il te plaît, ouvre-moi.

Sa voix paraissait tendue, pressante. Consciente qu'elle faisait sans doute une erreur, Kenzie appuya sur le bouton. Tandis qu'il montait, elle courut enfiler une robe de chambre. Elle n'avait pas encore noué sa ceinture lorsqu'elle entendit frapper. Enfin bien protégée sous son armure de flanelle, elle ouvrit. Il la contempla de bas en haut et secoua la tête.

— Tu n'es même pas nue sous ce peignoir.

— Est-ce que tu as bu ? demanda-t-elle, soupçonneuse.

— Ouais… Mais pas assez, apparemment.

— Entre. Je vais faire du café.

— Je n'en veux pas, répondit-il en saisissant sa ceinture. C'est toi que je veux.

Le cœur de Kenzie s'emballa. Oui, elle n'avait pas oublié son ancien amour pour lui, et ce geste l'excita plus encore qu'elle ne voulut l'admettre. Autrefois, elle aurait tué pour entendre ces mots.

— Tu es *soûl*, dit-elle.

Il ne la quittait pas des yeux. Son regard était étrangement perçant, vu son état.

— Tu me hantes, Kenzie. J'ai trop de problèmes à régler sans devoir en plus me préoccuper de mes sentiments…

Elle se sentit à la fois flattée et profondément insultée.

— Désolée… Mais c'est *toi* qui viens chez moi.

— Tu as raison, dit-il avec un sourire désarmant. Je n'aurais pas dû venir.

— Très bien.

Elle tenta de refermer la porte, mais il cala son pied dans l'ouverture.

— Tu m'as invité à entrer, lui rappela-t-il.

— Pour boire un café, c'est tout.

Néanmoins, elle recula et le laissa passer.

— Je préférerais une bière.

Elle n'osa pas lui demander combien il en avait déjà bu. Il était majeur et ça ne la regardait pas. Elle tenta tout de même de le mettre en garde.

— Tu ne devrais pas boire, avec tes antidouleurs.

— Je ne les prends pas.

Certes, elle n'avait jamais eu d'épaule démise, mais elle savait que la guérison était longue et pénible. Pour supporter la rééducation, la prise de médicaments était nécessaire.

— Pourquoi ? l'interrogea-t-elle.

— Ils m'empêchent de réfléchir.

— Contrairement à l'alcool ?

Il sourit de nouveau.

— Touché.

Elle alla préparer une tasse de café dans la cuisine et l'invita à s'asseoir. Il obéit, ouvrant le sachet de papier posé sur le comptoir.

— Ils sont à quoi, ces muffins ?

Elle lui arracha le paquet.

— Je les ai préparés pour Mme Powell.

Elle avait donné sa première fournée à sa mère la veille, comme promis ; puis en avait refait pour son amie veuve. Ça lui donnait une bonne excuse pour lui rendre visite. Spencer parut si déçu qu'elle tira un muffin du sac et le posa sur une assiette pour lui.

— Tu as dit que tu voulais me parler, lui rappela-t-elle tandis que la cafetière gargouillait.

Il acquiesça, la bouche pleine.

— Oui. On doit discuter de quelque chose.

— Quoi ?

— J'ai demandé à changer de thérapeute, pour mes soins.

— Pardon ? lâcha-t-elle. Pourquoi ?

— Parce que, au lieu de me détendre, je me crispe davantage à chaque fois que tu me touches…

Elle posa avec soin la tasse près de son assiette, résistant tant bien que mal à l'envie de la lui jeter au visage. Comment avait-il pu faire une chose pareille sans la prévenir ? Certes, elle était soulagée de ne plus avoir à résister à la tentation dès qu'il ôtait son T-shirt. Mais elle était aussi furieuse, car elle n'arrivait manifestement pas à lui donner satisfaction. *Médicalement*, bien sûr.

— Eh bien, j'espère que tu as clairement exposé mon incompétence à mon parton, siffla-t-elle. Je suis sûre que ce sera très utile pour ma prochaine évaluation.

Il la regarda d'un air gêné, les mains resserrées autour de sa tasse.

— Je n'ai pas dit que tu étais incompétente. J'ai expliqué que notre passé commun risquait d'altérer le succès du traitement.

— Notre passé commun ? ! J'étais l'amie de ta sœur, rien de plus ! s'exclama-t-elle, blessée.

— Oui, c'est ce que je pensais aussi.

Il but une gorgée, puis secoua la tête.

— Je fais du bon travail, Spencer. Jamais personne ne s'est plaint, depuis mon arrivée à la clinique !

— Je n'en doute pas.

— Maintenant, grâce à toi, je peux dire adieu à mon espoir d'être engagée à plein temps pendant le congé maternité d'Eva, poursuivit-elle, de plus en plus agacée. Tout ça pour quoi ? Parce qu'on s'est embrassés il y a sept ans ?

Il s'écarta vivement de la table.

— Il n'y a pas que ça, Kenzie.

— Alors, quoi ?

— Je veux t'embrasser de nouveau. Tout de suite. Et je n'ai pas envie d'en rester là.

Elle n'eut pas le temps de réfléchir à une réponse. Il bondit sur ses pieds, la prit dans ses bras, et plaqua ses lèvres sur les siennes. Ce fut… *waouh.* Il paraissait affamé, fiévreux et, excitée aussi, elle lui rendit son baiser.

Elle le voulait également.

Ici. Maintenant.

Il prolongea leur étreinte. Elle ouvrit la bouche. La langue de Spencer l'envahit tout entière et elle sentit ses genoux se dérober sous elle. Heureusement, elle put se raccrocher à ses épaules si solides. Trop enivrée, elle ne se rendit compte qu'il dénouait sa ceinture que lorsque sa robe de chambre s'ouvrit, le laissant libre de glisser les mains sous son haut de pyjama. Elle frissonna de désir sous la pression de ses paumes calleuses. Oh ! qu'elle avait envie de lui !

Comme avant… Et tu sais comment ça a fini.

Elle n'aurait pas dû ignorer cette mise en garde, si vraie. Elle avait déjà parcouru cette route, quand Spencer était parti, la laissant recoller son cœur brisé seule. Un cœur qui tambourinait à présent dans sa poitrine… Après tout, ne venait-elle pas de se dire qu'elle aurait dû sortir avec

Megan, juste avant son arrivée ? N'avait-elle pas décidé que son célibat avait assez duré ? Au fond, il était plutôt pratique que Spencer soit venu lui offrir spontanément un moyen de régler ce problème… Et ses mains sur sa poitrine, ses pouces qui jouaient avec ses tétons étaient si excitants !

D'un seul coup, elle ne fut pas certaine de savoir garder ses émotions sous contrôle. Elle ne pouvait pas prendre ce risque. Elle se détourna donc, mettant fin à leur baiser.

— Nous ne pouvons pas continuer, dit-elle, troublée, tandis qu'il embrassait son cou.

— Oh si, tu vas voir…

Il lui mordilla l'oreille, mais elle secoua la tête, bien décidée à lui résister en dépit du désir qui brûlait en elle.

— Laisse-moi te montrer tout ce que nous pouvons faire.

Kenzie le repoussa brusquement et, au cas où son geste ne serait pas assez clair, elle recula de deux pas.

— Désolée de te décevoir, mais je ne suis plus l'ado que tu as connue, il y a sept ans, dit-elle.

Spencer prit quelques instants pour calmer son souffle et étouffer ses hormones en furie. Ce n'était pas facile, devant les lèvres rougies de Kenzie et ses tétons qui pointaient sous son T-shirt. Il s'obligea à la regarder dans les yeux.

— J'avais remarqué, murmura-t-il, et je ne suis pas déçu.

Elle referma sa robe de chambre. Espérait-elle lui faire ainsi oublier le spectacle qu'elle venait de lui offrir ? Sa puberté s'était fait attendre, au lycée, et ça lui avait attiré de nombreuses moqueries. Mais son corps avait changé – pour le mieux…

Ces dernières années, Spencer avait fait son possible pour oublier toute image d'elle. Elle n'était que l'amie de Brielle, après tout, et il n'avait jamais été attiré par elle jusqu'à ce qu'elle l'embrasse dans cette grange. Ce premier baiser maladroit avait eu une telle douceur. Clairement, son enthousiasme avait comblé son manque d'expérience et, quand il avait pris le contrôle, elle avait cédé avec joie.

La femme qui le dévisageait à présent n'avait plus rien de cette jeune fille naïve. Kenzie avait pris confiance en elle. Elle était devenue forte, sexy. Et assez futée pour le rejeter.

— Je croyais qu'on avait dit que ça – toi et moi – serait une très mauvaise idée, l'autre soir, reprit-elle.

— J'ai changé d'avis.

— Je ne suis pas sûre que ce soit ton cerveau qui te guide, en ce moment, lâcha-t-elle d'une voix cassante.

Il préféra ignorer cette insulte pas si subtile et enchaîna :

— Voudrais-tu que je m'excuse de t'avoir embrassée ?

— Non, mais je veux que tu me promettes de ne pas recommencer.

— Vraiment ?

— Oui.

— Je ne pense pas pouvoir tenir cette promesse.

— Pourquoi ? demanda-t-elle, perplexe.

— Parce que, depuis mon retour, je ne pense plus qu'à toi.

— Tu cherches juste une distraction.

— Quoi ?

— Je comprends que ces dernières semaines aient été difficiles pour toi : découvrir l'existence de Dani, soigner ta blessure, rentrer à la maison…

— Ça n'a rien à voir avec nous ! protesta-t-il.

— Pas directement, mais ça a augmenté ton stress et tu veux coucher avec moi pour te soulager, c'est tout.

Devait-il être offensé ou amusé de ses déductions ?

— Tu as vraiment changé, dit-il simplement. La dernière fois que nous nous sommes embrassés, tu n'osais pas prononcer le mot *sexe* sans rougir et bafouiller…

— Je ne suis plus une vierge de seize ans.

— Heureusement !

— Et je ne vais pas te conduire à mon lit juste parce que tu penses le vouloir.

— Je *sais* que je le veux, et je crois que tu le veux aussi…

— Hors de question, répliqua-t-elle fermement.

— Tu ne nies pas avoir envie de moi.

— J'ai envie de beaucoup de choses mauvaises pour moi.

— Oh ! je peux être bon, crois-moi.

Un petit sourire lui échappa, mais elle ne céda pas.

— Bonne nuit, Spencer.

— J'imagine que c'est ta manière de me chasser…

— Bravo. Non seulement il est beau, mais il est aussi futé.

— Beau… Vraiment ?

Elle le poussa dans le couloir sans répondre. Il ne résista pas – il ne voulait pas s'imposer. Mais avant de partir, il ne put s'empêcher de se pencher pour déposer un dernier baiser sur ses lèvres. Par esprit de contradiction. Kenzie claqua la porte dans son dos, non sans avoir léché le coin de sa bouche comme si elle cherchait à savourer l'empreinte laissée par son passage. Il descendit l'escalier en souriant et se rendit à sa voiture. Bécoter une jolie femme n'allait certainement pas régler ses problèmes mais, pour la première fois depuis des semaines, il se sentait bien.

Quand Kenzie était petite, Helen et Harold Powell vivaient dans la maison voisine de la sienne. Les soirs où

Cheryl travaillait tard au motel où elle faisait le ménage, Kenzie se rendait chez eux après l'école. Mme Powell lui offrait un goûter, surveillait ses devoirs et jouait aux cartes avec elle – jusqu'à 4 heures et demie, avant la diffusion de *The Light of Dawn*. Helen était accro à « sa série », et personne n'avait le droit de faire le moindre bruit dans la maison lorsqu'elle la regardait.

Plus tard, à la fac, Kenzie avait regretté de ne plus voir les Powell presque autant qu'elle regrettait l'absence de sa mère. Puis Harold était mort et Helen avait décidé de quitter sa maison, trop pleine de souvenirs, pour s'installer dans un appartement en rez-de-chaussée du triplex acheté par Jason, le frère de Spencer. La jeune femme aimait y passer régulièrement – comme ce samedi. Elle arriva chargée de ses muffins et de deux *latte* vanille du Daily Grind.

— Il paraît que Spencer est de retour, lança Helen en grignotant un gâteau, son café à la main.

— Toujours à l'affût des potins, plaisanta Kenzie.

— Et je n'ai pas les yeux dans ma poche, répondit la vieille dame en souriant. Il me semble d'ailleurs qu'il est encore plus charmant qu'à son départ.

— Ce n'est plus un ado…

— Ainsi, tu l'as vu aussi.

Elle acquiesça en frissonnant. Le souvenir de leur baiser l'avait maintenue éveillée une bonne partie de la nuit.

— Était-ce gênant ? demanda Helen.

— Quoi ?

— De le revoir.

— Euh… Non, pas autant que je le craignais. Mais plus que je l'aurais voulu quand il a commencé à se déshabiller.

Son ancienne voisine se frotta les mains.

— Oh ! c'est encore meilleur que l'épisode d'hier de *The Light of Dawn* !

Kenzie ne put s'empêcher de rire.

— Non, sans doute pas.

— Laisse-moi en juger. Raconte-moi tout, dans le détail !

— C'était un mercredi après-midi, à Haven, commença Kenzie, comme une narratrice de film. Notre héroïne, détendue par un bon déjeuner avec une amie, est arrivée dans son bureau pour y découvrir notre héros. Après sept longues années de séparation, ils ne purent résister à l'amour profond qui les avait réunis et s'enlacèrent avec passion…

Helen soupira, l'air rêveur, puis eut une moue méfiante.

— Est-ce bien vrai, au moins ?

— Ça s'est effectivement passé mercredi, confirma Kenzie. Et, oui, je venais de manger avec Megan.

— Tu as dit qu'il s'est déshabillé… Dans ta salle de soins, n'est-ce pas ?

Elle acquiesça.

— Alors, pas de déclaration d'amour passionnée ?

Bien sûr, Helen connaissait déjà la réponse, mais elle soupira avec tant de déception que Kenzie se sentit coupable de s'être moquée.

— Désolée, nous ne sommes pas dans ta série, déclara-t-elle.

Son amie balaya ses remords d'un geste.

— Crois-moi, tu ne veux pas en faire partie. Les choses ont sérieusement dérapé, cette saison… Bien sûr, ce n'est qu'une histoire, mais la manière dont les personnages se retrouvent toujours à la fin prouve la puissance de l'amour.

Ou le talent des scénaristes, songea Kenzie sans le dire.

— Je peux néanmoins te confier une chose, reprit-elle. Spencer Channing est aussi sexy que ton héros préféré…

Helen retrouva immédiatement le sourire.

— Et tu as le droit de parcourir tout son corps de tes mains.

— C'est uniquement pour le travail.

— Je comprends. Pour le *travail*, répéta son amie avec un clin d'œil. Je suis sûre que ça ne t'a pas plu du tout.

— Peut-être un peu, admit Kenzie.

Évidemment, elle ne pourrait plus profiter de ces quelques instants de plaisir volés, maintenant qu'il avait demandé à changer de thérapeute. C'était peut-être une bonne idée, en fin de compte… Ça leur épargnerait beaucoup de gêne – et de tentation – à l'avenir.

— Tu sais, trop peu de gens comprennent l'importance de l'attirance physique, poursuivit Helen. La compatibilité sexuelle est essentielle, dans un couple.

— Il paraît, oui.

— D'après les rumeurs, je pense que tu as bien fait de quitter Dale. Tu n'aurais jamais dû te fiancer à lui.

— Je croyais que tu l'appréciais.

— Oui, mais j'ai toujours su qu'il n'était pas fait pour toi.

Elle haussa les épaules.

— D'un autre côté, je n'ai jamais pensé qu'une femme a besoin d'un homme pour être heureuse, non plus.

— Buvons à ta sagesse, répondit Kenzie en souriant.

— On a besoin d'eux pour une bonne partie de jambes en l'air quand on n'a pas le moral, expliqua Helen. Mais notre bonheur ne doit pas en dépendre.

Kenzie s'étouffa dans son café en entendant ça et eut besoin de calmer sa toux avant d'éclater de rire.

— Je te promets de m'en souvenir. À présent, je dois vraiment filer faire des courses, si je ne veux pas dîner de muffins…

Helen se leva et la serra dans ses bras.

— Je suis contente que tu sois passée.

— Moi aussi.

Elle n'avait néanmoins pas exagéré en prétendant que son frigo était vide. En fermant la porte, elle faisait déjà sa liste d'épicerie dans sa tête quand elle percuta de plein fouet Spencer… et une fillette en larmes qui ne pouvait être que Dani.

- 6 -

Se retrouver nez à nez avec Kenzie n'était pas la première surprise que Spencer avait eue, ce matin. Et ce n'était pas la plus grande. Au moins était-elle plaisante… Hélas, sa joie fut de courte durée. Dani s'arracha à lui et se jeta dans les jambes de la jeune femme pour les serrer fort en hurlant :

— Je veux rentrer à la maison avec Nana !

Kenzie haussa un sourcil. Spencer haussa les épaules.

— Si seulement l'assistante sociale pouvait nous voir, prononça-t-il dans un soupir.

Kenzie se pencha pour caresser les cheveux blonds de la fillette, cherchant instinctivement à la calmer. Il avait essayé aussi, mais Dani avait refusé de se laisser toucher, comme si elle le tenait responsable de tous les drames de sa courte vie.

— Est-ce que je me suis trompée dans les dates ? Ne devait-elle pas arriver la semaine prochaine ?

— Il y a eu du changement, dit-il.

— Apparemment, oui.

Elle détacha les petits bras de ses mollets et s'accroupit.

— Bonjour, tu dois être Dani.

La fillette renifla et acquiesça.

— Ton papa m'a beaucoup parlé de toi. Je sais qu'il est ravi que tu sois ici avec lui.

Dani jeta un regard méfiant à Spencer, puis se détourna.

— Je veux rentrer à la maison, répéta-t-elle obstinément.

— Le changement est quelque chose qui peut faire peur, répondit Kenzie. Il va te falloir un peu de temps pour te sentir chez toi, ici…

Elle releva la tête et demanda :

— Que fais-tu ici ? Tu rends visite à ton frère ?

Spencer secoua la tête et indiqua la seconde porte du palier d'un geste.

— Je vais sous-louer l'appartement d'Alyssa. Et toi ? Qu'est-ce qui t'amène ?

— Je venais voir Mme Powell.

— Ah oui, les muffins…

— C'est ça, acquiesça-t-elle en souriant.

— Muffins ? balbutia Dani en lui lançant un regard mouillé et suppliant.

— Est-ce que tu as faim ?

La petite tête blonde s'agita avec fureur.

— Elle a déjà petit-déjeuné, s'empressa de préciser Spencer.

Il ne voulait pas qu'on croie qu'il affamait sa fille.

— Ici, avec sa G-R-A-N-D-M-È-R-E, précisa-t-il en épelant le mot de peur de provoquer une nouvelle crise de larmes. Mais elle était si bouleversée par la… situation qu'elle a renversé ses pancakes par terre.

— Quoi de mieux qu'un caprice pour apprendre à être parent, hein ?

— Je ne te le fais pas dire.

Kenzie se tourna de nouveau vers la petite.

— Quels sont tes muffins préférés, Dani ?

— Ceux avec du chocolat !

— Ce sont mes préférés aussi.

Dani accueillit cette confidence avec un sourire timide.

— Et je connais un café pas très loin qui fait des muffins

au chocolat *énormes*, reprit Kenzie. Peut-être que ton papa pourrait t'y emmener.

— Non. Toi et moi.

La jeune femme leva les yeux sur Spencer d'un air navré.

— L'assistante sociale m'a prévenu que Dani n'a pas l'habitude d'être avec des hommes et qu'elle pourrait avoir besoin de temps pour m'accepter…

Il faisait de son mieux pour ne pas le prendre personnellement ; mais voir sa fille chercher du réconfort dans les bras d'une inconnue le blessait profondément. D'un autre côté, il avait aussi cherché à se consoler auprès de Kenzie – même si ça ne s'était pas terminé comme prévu.

— Je comprends, répondit-elle en se redressant.

— Accepterais-tu… de nous accompagner ?

— Au Daily Grind ? Sûrement pas. Je sais que tu es resté absent longtemps, mais tu ne peux pas avoir oublié que tous les ragots naissent là-bas.

Il contempla Dani, qui s'accrochait de nouveau aux jambes de Kenzie.

— S'il te plaît, supplia-t-il.

— J'ai une meilleure idée : Dani et moi pourrions t'attendre ici pendant que tu vas chercher le petit déjeuner.

Il s'agenouilla près de la fillette pour lui demander :

— Est-ce que ça te va, Dani ? Veux-tu rester avec Kenzie, le temps que j'aille t'acheter un muffin ?

Elle opina. Bien sûr. Tout valait mieux que rester avec le grand type effrayant qui se prétendait son père… Ignorant tant bien que mal sa frustration, il déverrouilla la porte de son nouvel appartement.

— Veux-tu quelque chose ? demanda-t-il à Kenzie.

— J'aimerais beaucoup un *latte* vanille.

Si elle parvenait à le réconcilier avec sa fille, il lui

offrirait tous les cafés à la vanille du monde pendant un an ! C'était le moins qu'il pouvait faire.

À son retour, il trouva les deux filles assises sur le canapé, concentrées sur l'écran d'un iPad. Kenzie leva les yeux et sourit en refermant l'étui de protection pour poser l'appareil près d'elle.

— Elle était très fatiguée, chuchota-t-elle.

Il se rendit soudain compte que Dani dormait à poings fermés, serrant son plaid d'une main, le pouce dans la bouche. D'après Linda, elle avait arrêté de sucer son pouce à deux ans, mais Wendy, l'assistante sociale, lui avait expliqué que les enfants pouvaient régresser après un événement traumatisant. Il ne devait pas s'en inquiéter. Kenzie se libéra avec précaution et allongea Dani la tête sur l'accoudoir. Celle-ci ne remua pas.

— Merci, dit-elle en acceptant le gobelet de café qu'il lui tendait, avant de se rasseoir en face de lui. Alors, quand as-tu appris que Dani allait arriver plus tôt que prévu ?

Il jeta un coup d'œil à sa montre avec une grimace.

— Il y a à peu près trois heures.

— Tu plaisantes ?

— Non. J'étais sur le point d'aller acheter de la peinture pour refaire sa chambre quand Linda m'a appelé et m'a annoncé qu'elle ne pourrait pas venir la semaine prochaine comme prévu, énonça-t-il, les yeux plongés dans son propre café. Pour être honnête, ça m'a soulagé.

— Logique : tu n'as pas eu le temps de t'adapter à cette nouvelle réalité, et je comprends que tu aies espéré un répit.

— En effet, avoua-t-il. Bien sûr, une semaine ou deux de plus ne m'auraient pas transformé en super papa, mais je pensais pouvoir mieux me préparer à son arrivée.

Elle sourit.

— Puis j'ai pensé à ce que tu avais dit, et j'ai paniqué en pensant que Linda pourrait vouloir la garde de Dani et m'enlever mon enfant avant que je la connaisse…

— C'est pour ça que tu seras un bon père.

— Pour l'instant, je me contenterais de voir Dani sourire au lieu de pleurer sans cesse. Bref, sans me laisser le temps de lui proposer de venir prendre la petite à Denver, Linda a déclaré qu'elle pourrait l'amener aujourd'hui. En fait, elles étaient *déjà* à Haven.

— Et si tu avais refusé ? Si tu n'avais pas été là ?

— Je pense que Linda n'y a même pas songé. Une demi-heure plus tard, elle me confiait Dani. Ma fille l'a dévisagée en silence jusqu'à ce que celle-ci l'ait embrassée, lui ait lancé : « Sois gentille avec papa », et ait repris sa voiture.

— Mon Dieu…

— Au bout de quelques minutes, elle a compris que sa « Nana » était partie et qu'elle l'avait laissée là. C'est à ce moment que les larmes ont commencé.

Une giclée de café brûlant coula soudain sur ses doigts et il se rendit compte qu'il était en train de broyer son gobelet. Il le posa vivement, puis s'essuya sur son jean.

— J'ai voulu lui montrer sa nouvelle chambre, mais elle s'est agrippée à la porte en criant qu'elle voulait « rentrer à la maison avec Nana ».

— J'espère ne jamais rencontrer cette femme, gronda Kenzie, les yeux brillants de larmes.

Spencer la comprenait. Quand les hurlements de Dani s'étaient calmés, transformés en hoquets déchirants, il avait ramassé les restes des pancakes, prêt à pleurer aussi. Il lui avait ensuite proposé une promenade au parc. Elle n'avait pas semblé enchantée, mais n'avait pas résisté. En ressortant de l'appartement, ils étaient tombés face à Kenzie.

— Est-ce que Linda t'a au moins expliqué pourquoi elle t'abandonnait sa petite-fille plus tôt que prévu ?

— Oh oui, répondit-il amèrement. En fait, son compagnon doit se rendre à Montpellier pour affaires et il lui a proposé de l'accompagner en France.

— Elle n'a pas hésité à briser le cœur de Dani… pour un voyage en Europe ?

— Apparemment.

— Je commence à comprendre pourquoi Emily n'a pas souhaité lui confier la garde de sa fille.

— Il y a pire, reprit Spencer. Pendant que j'attendais les muffins, Wendy a appelé.

— L'assistante sociale ?

— Elle avait rendez-vous avec Dani aujourd'hui, pour la préparer à son déménagement ; et, sans vouloir me faire paniquer, elle tenait à m'annoncer que Linda et la petite ne s'étaient pas montrées.

— Comment a-t-elle réagi en apprenant que Dani était avec toi ?

— Elle a été soulagée de la savoir saine et sauve, s'est inquiétée de sa réaction et a maudit Linda d'avoir changé les plans à la dernière minute.

— En tout cas, ça va t'aider à obtenir la garde légale.

Il se força à sourire.

— Tu es du genre à voir le verre à moitié plein, non ?

— J'essaie. En tout cas, nous avons fait le tour de l'appartement avec Dani, et sa chambre semble bien vide…

— J'ai commandé un lit, une armoire et une table de chevet assortis, mais tout n'arrivera que mercredi. Je pensais que ça me laisserait tout le temps de repeindre la pièce et de préparer son arrivée.

— Alors, quel est le plan B ?

Spencer haussa les épaules, mais sa nonchalance ne collait pas avec le désespoir qui hantait ses yeux. Bien sûr, Kenzie savait que Dani était *sa* fille et que c'était à *lui* de régler le problème, qu'elle aurait dû le laisser faire ; mais elle ne pouvait ignorer sa terreur évidente. Elle se souvenait encore de la ferveur avec laquelle la petite fille s'était accrochée à elle, comme si elle avait été une ancre au milieu d'une mer déchaînée. Non, elle ne pouvait pas s'en aller maintenant.

— J'ai une idée qui peut peut-être lui donner envie de rester ici, commença-t-elle, sans trop savoir pourquoi.

— Je t'écoute.

— Permets-lui de participer, de contribuer à faire de cette chambre *la sienne*.

Spencer n'eut pas l'air de comprendre.

— Emmène-la au magasin de bricolage, laisse-la choisir la couleur qu'elle veut pour les murs. Peut-être même qu'elle pourrait t'aider à peindre.

— Elle n'a même pas quatre ans ! protesta-t-il.

— Je ne te dis pas de lui mettre un rouleau dans les mains et de la percher sur une échelle. Elle serait capable de repeindre l'intérieur du placard au pinceau, par exemple. Ça lui permettrait d'être fière de son travail, ensuite, et de se sentir vraiment chez elle parce qu'elle t'aura aidé.

Il ne paraissait toujours pas convaincu, et elle insista :

— Tu pourrais aussi lui proposer de choisir ses rideaux et son couvre-lit.

— Il y a déjà des rideaux…

— Et je suis sûre que cet imprimé géométrique était parfait pour la chambre d'amis d'Alyssa, mais ce n'est pas vraiment adapté pour une petite fille.

— Je m'en remets à toi sur ce point.

— As-tu vu son ancienne chambre, chez Emily ? À quoi ressemblait-elle ?

Il but une gorgée de café d'un air songeur.

— Je ne… Violette… ? Oui, tout était violet : les murs, les draps, même le tapis. Il y avait aussi des petits chevaux de couleur sur une étagère, sous la fenêtre.

— *Mon Petit Poney*, dit Kenzie.

— Quoi ?

— C'est un dessin animé de mon enfance, expliqua-t-elle en souriant, et une marque de jouets. Je ne savais pas que ça existait encore. Avant que Dani s'endorme, on regardait les produits dérivés sur mon iPad et elle m'a montré un couvre-lit recouvert de « Petits Poneys ». Il lui plaisait beaucoup.

— Violet ?

— Non. Le fond était blanc et quelques poneys avaient des robes ou des crinières mauves. Il existe aussi des rideaux assortis.

— Si c'est ce qu'elle veut, parfait. Je vais te donner mon numéro de carte et…

— Maman ? ! cria soudain Dani.

Kenzie se retourna et vit qu'elle s'était redressée, l'air perdue. Comme personne ne répondait, elle appela encore sa mère. Spencer grimaça, mais dit d'une voix enjouée :

— Je suis là, Dani. Regarde, je t'ai apporté un muffin au chocolat, comme tu voulais.

— Je veux ma maman !

— On est deux, murmura-t-il, assez bas pour que seule Kenzie l'entende.

— Sait-elle ce qui est arrivé à Emily ? chuchota celle-ci, soudain inquiète.

— Oui, mais apparemment les enfants de son âge ont

du mal à comprendre que la mort est définitive. Je pense qu'elle s'attend toujours à la voir passer la porte.

Puis, avec un sourire tendu, il reprit plus haut :

— Tu as bien dormi, Dani ?

La petite ne répondit rien.

— Est-ce que tu as faim ? intervint Kenzie.

Une courte hésitation, puis un timide hochement de tête.

— Papa t'a pris un muffin au chocolat.

Dani tendit la main, et Spencer se leva, mais Kenzie l'arrêta d'un geste.

— Veux-tu vraiment retrouver des miettes et du chocolat écrasé sur ton canapé ?

— Je veux surtout qu'elle cesse de me haïr, dit-il avec une tristesse qui émut la jeune femme.

— Elle ne te hait pas. Elle ne te connaît pas encore, c'est tout. Viens à table, Dani, et tu auras ton gâteau.

La fillette tira le plaid jusqu'à son menton. Spencer interrogea Kenzie du regard.

— Si elle a vraiment faim, elle viendra.

À peine eut-elle prononcé ces mots que Dani se tortilla jusqu'au bord du coussin et posa prudemment un pied par terre. Spencer tira une chaise pour elle, sans un mot. La petite fit quelques pas, puis s'arrêta. Il sortit du sachet le muffin promis, ainsi qu'une briquette de lait dans laquelle il planta une paille. Enfin, l'appétit eut raison de la frayeur de Dani et elle grimpa sur la chaise pour manger goulûment.

— C'est bon ? demanda son père.

Elle acquiesça puis leva les yeux vers cet inconnu, avant de se détourner très vite.

— Merci, fit-elle d'une petite voix.

Ce n'était pas grand-chose, mais Kenzie vit que ce simple mot changea tout pour Spencer. Il s'éclaircit la gorge.

— Qu'est-ce que tu aimes manger, à part les muffins ?

— De la glace…

— Tout le monde aime ça. Mais c'est un dessert, et il faut bien manger d'autres choses avant, non ?

Elle mâchonna son gâteau pensivement.

— Des *pasghetti* ?

— Ah, c'est parfait parce que je sais comment les préparer ! Aimes-tu autre chose ?

Elle passa au lait, les sourcils froncés par la concentration.

— Les nuggets, dit-elle au bout d'un moment.

— Et la pizza ?

Elle répondit par un hochement de tête enthousiaste.

— Super. Je pense qu'on tient une bonne base.

Dani repoussa le reste de son muffin, rassasiée, et Kenzie rassembla les gobelets vides pour les jeter.

— Merci pour le *latte*, Spencer. Je crois que je vais devoir y aller, maintenant…

— Non ! s'écria-t-il. Pas encore. S'il te plaît.

Elle se sentit hésiter. Il était si bon de se savoir désirée ! Hélas, à chaque fois qu'elle avait rêvé d'entendre Spencer prononcer ces mots, ça n'avait pas été pour qu'elle serve de tampon entre sa fille et lui – et il n'attendait rien d'autre d'elle, en ce moment.

— J'ai des courses à faire…

— Moi aussi, dit-il très vite. On pourrait y aller ensemble.

— Tu ne devais pas emmener Dani au magasin de bricolage pour qu'elle choisisse les couleurs de sa chambre ?

— On peut le faire aussi.

Puis, comme s'il se souvenait soudain de son angoisse à l'idée de faire naître des rumeurs à leur sujet, il ajouta :

— Il n'y a qu'à aller jusqu'à Battle Mountain. On trouvera tout ce qu'il nous faut là-bas. Ce n'est pas si loin.

Sans lui laisser le temps de répondre, il se tourna vers sa fille et demanda :

— Qu'en penses-tu, Dani ? Veux-tu que Kenzie nous accompagne au centre commercial de Battle Mountain pour choisir des affaires à mettre dans ta nouvelle chambre ?

Kenzie le fusilla du regard, pas dupe de sa tentative de manipulation, mais quand la petite acquiesça, elle n'eut pas le cœur de refuser. Au fond, elle n'en avait pas vraiment envie…

- 7 -

Quatre heures plus tard, Spencer commençait à croire qu'il allait finalement survivre à cette journée – grâce à Kenzie. Elle semblait avoir un instinct naturel qui lui manquait, anticipant les sautes d'humeur de Dani et lui changeant les idées dès que sa tristesse revenait.

Lorsqu'ils rentrèrent à Haven, la voiture était pleine de pots de peinture, de pinceaux, de draps, de rideaux, d'une foule d'aliments et de deux sacs remplis de ce que Kenzie avait qualifié de « produits essentiels ». Apparemment, la fillette avait besoin d'un shampoing, d'un gel douche et de dentifrice formulés pour les enfants ; et il ne savait pas s'il y en avait dans les cartons que Linda lui avait laissés. Il allait devoir faire plusieurs voyages pour vider son coffre… Dans un premier temps, il se chargea d'autant de cabas que possible tandis que Kenzie prenait la peinture dans une main et serrait le petit poing de Dani de l'autre.

— Nous allons commencer à ranger les courses pendant que tu récupères le reste, suggéra Kenzie en entrant dans l'appartement. D'accord, Dani ?

La fillette acquiesça avec entrain et la suivit dans la cuisine. Elles étaient déjà en train de parler du repas quand Spencer revint avec les derniers sacs. Il entendit Kenzie proposer des spaghettis, mais Dani réclama de la pizza.

— Qu'est-ce que tu préfères ? demanda la jeune femme.

— Je crois que je vais me ranger du côté de ma fille,

dit-il en adressant un clin d'œil à la petite. Je vote pour la pizza.

— Bien, céda Kenzie. Dans ce cas, tu peux peut-être aller en chercher chez Jo.

— Veux-tu manger avec nous ?

— Je dis toujours oui à une pizza ! Et puis, on s'est tellement concentrés sur tes courses que j'ai oublié les miennes…

— Tu as sans doute un rab de soupe à la maison, se moqua-t-il gentiment.

— Sans doute, mais la soupe, ce n'est pas un vrai repas.

— Quelle garniture voudrais-tu ?

— N'importe quoi, sauf des anchois ou de la courgette…

— Pas de problème.

Soulagé qu'elle reste, il se tourna ensuite vers sa fille.

— Et toi, Dani ?

— D'la pizza !

— Oui, d'accord, mais avec quoi dessus ?

— Du fromage ?

— Tu n'as qu'à demander une grande pizza moitié fromage, moitié ce que tu veux, suggéra Kenzie.

Spencer quitta donc de nouveau l'appartement et se rendit chez Jo. Il passa commande, puis remarqua de l'agitation à une table proche de la fenêtre. C'étaient d'anciens amis de lycée qui lui faisaient signe.

— Tu veux un verre ? proposa Brett en levant la cruche de bière qui trônait entre eux.

Puisque sa commande ne serait pas prête avant une petite demi-heure, Spencer se laissa tenter.

— Pourquoi pas.

Gage attrapa une chaise libre à la table voisine et Ellis remplit un nouveau verre. Très vite, Spencer comprit que ses copains d'enfance ne voulaient pas tant parler de leurs vies que l'interroger sur la sienne.

— Ça doit être super de voyager dans tout le pays…

— Oh ! je ne vois pas grand-chose, en dehors des arènes de rodéo, leur expliqua-t-il.

— Et des tribunes remplies de jolies filles ?

— Il y a pas mal de belles femmes, en effet, mais elles viennent souvent avec leurs maris et leurs gosses, répondit Spencer en riant de la mine dépitée d'Ellis.

— En parlant de gosses, reprit Gage, on raconte que tu as une fille, maintenant.

Il ne fut pas surpris d'apprendre que tout le monde avait déjà eu vent de l'existence de Dani. Il n'avait parlé d'elle qu'à sa famille et à Kenzie, mais n'avait pas exigé le secret – en partie parce que sa sœur Regan aurait été incapable de se taire, de toute manière. Et puis, il ne voulait pas que sa fille ait l'impression de lui faire honte. La nouvelle avait dû faire le tour de la ville en quelques heures à peine…

— Oui, confirma-t-il donc.

— Il paraît aussi que sa mère est morte. Désolé, mec.

— Est-ce qu'elle habite avec toi ?

Spencer acquiesça.

— Eh bien, où est-elle ?

— À la maison. Elle attend sa pizza.

Brett fronça les sourcils.

— Tu as laissé ta môme seule chez toi ?

— Elle a presque quatre ans, elle sait qu'il ne faut pas ouvrir la porte aux inconnus ou allumer le four.

Son ami semblait toujours perplexe. À côté de lui, Gage éclata de rire.

— Il te charrie, Brett. Tu plaisantes, n'est-ce pas ?

Spencer but une gorgée de bière et sourit.

— Bien sûr que je plaisante. Kenzie Atkins la surveille.

— Alors, comme ça, tu as repris les choses où elles en étaient, hein ?

— Pardon ?

— Kenzie et toi.

— Il n'y a jamais eu de « Kenzie et moi », répliqua-t-il.

— Tu vois ! s'écria Gage. Je t'avais dit que je ne brisais pas le code des potes !

Ellis haussa les épaules.

— On dirait que je m'étais trompé.

Spencer les dévisagea un instant, puis les pièces du puzzle s'assemblèrent.

— Kenzie et *toi* ? demanda-t-il à Gage, la gorge nouée.

— Non, pas vraiment. On est juste sortis ensemble une ou deux fois, rien d'important…

Spencer sentit son malaise augmenter. Il savait d'expérience que « rien d'important » ne signifiait pas nécessairement « platonique ».

— Je ne vois pas le problème, intervint Brett, puisqu'il n'y a jamais eu de « Kenzie et toi ».

— Il n'y a aucun problème, mentit-il.

— De toute manière, tu n'as pas dû être en manque, ces dernières années !

— Le rodéo n'est pas une orgie, coupa Spencer.

Hélas, ses amis ne parurent pas convaincus.

— Vraiment ? Qui sait combien d'autres petits Channing courent le monde ? gloussa Ellis.

— Aucun !

Il avait toujours pris ses précautions. D'un autre côté, il avait été prudent avec Emily, et Dani était tout de même là… Ellis vida le reste de la cruche dans son verre, puis se leva.

— Je vais refaire le plein, grommela-t-il.

Profitant de son absence, Gage se pencha vers Spencer.

— C'est un sujet sensible pour lui, depuis que Pam a menti en prétendant qu'il était le père de son bébé.

— Pam Morgan ?

— Oui. Quand elle a annoncé sa grossesse, Ellis s'est empressé de l'épouser, mais elle couchait aussi avec Todd Sherwin et, au final, l'enfant était le sien.

— Je suppose que ça n'a pas plu à Ellis.

— Il était vraiment amoureux d'elle, soupira Gage.

— J'admets que je n'étais pas amoureux d'Emily, mais je l'aurais sûrement épousée aussi, si elle l'avait demandé.

— Elle ne voulait pas se marier ?

— Elle ne m'a même pas dit qu'elle était enceinte.

— Quand l'as-tu appris ?

— Il y a sept semaines.

— Tu as fait un test de paternité depuis ?

— Non.

Ses amis échangèrent un regard entendu.

— Pourquoi pas ? demanda encore Gage.

— Je ne l'ai pas jugé nécessaire…

— Vraiment ? Tu rigoles ?

— Emily a fait inscrire mon nom sur l'acte de naissance.

— C'est sûr, ça change tout !

Brett soupira et secoua la tête.

— Tu ne peux pas la croire sur parole, mon vieux.

— Elle n'aurait jamais menti sur ce sujet, protesta Spencer, convaincu.

— On ne dit pas ça. Mais elle aurait pu *supposer* que tu étais le père, sans en être sûre.

— Elle ne couchait pas avec n'importe qui !

Ce soir-là, en le suivant dans sa chambre d'hôtel, elle avait même affirmé qu'elle n'avait pas l'habitude de faire ce genre de chose, et il l'avait crue. Pourquoi aurait-il douté de sa parole ? De toute manière, sur le moment, ça n'avait eu aucune importance. Bien sûr, quand Linda lui avait annoncé qu'Emily lui confiait Dani, il avait hurlé que l'enfant ne *pouvait* pas être le sien. Puis il avait vu sa photo, et ses grands yeux bleus avaient été une révélation.

— Dani est bien ma fille. Je le sais.

— Si c'est le cas, un test ne fera que le confirmer.

Heureusement, Ellis revint enfin et la conversation dévia sur un autre sujet. Quelques minutes plus tard, Spencer reprit le chemin de son appartement, sa pizza dans les bras. En passant la porte, il trouva Kenzie et Dani assises près de la table basse, sur laquelle était étalé un jeu de société.

— Je t'avais bien dit que papa rentrerait avant que tu atteignes les Bois Bonbons ! lança Kenzie tout en jetant un regard accusateur à Spencer. Mais je ne pensais pas que ce serait pendant notre *cinquième* partie…

— Que sont les Bois Bonbons et pourquoi veux-tu y aller ?

— *Passque* c'est le chemin du Château Sucre d'Orge ! claironna sa fille.

Elle n'avait encore jamais prononcé autant de mots d'un coup depuis son arrivée – ou répondu à une de ses questions sans qu'il doive insister.

— On a trouvé des livres et des jeux dans les affaires de Dani, expliqua Kenzie. *Candy Land* a l'air d'être son préféré.

— Eh bien, c'est le moment de manger : la pizza est là !

— Je vais chercher les assiettes.

— Viens, Dani, reprit Spencer avec un sourire.

La petite le regarda un instant. Pour une fillette de son âge, il devait ressembler à un géant effrayant… Il commença à lui tendre la main, puis renonça de peur d'être rejeté. Encore. Dani se leva et s'approcha timidement. Quand elle glissa son petit poing dans le sien, le cœur de Spencer se serra d'émotion. Elle se laissa conduire jusqu'à la table et s'installa sur son rehausseur. Certes, ce n'était pas grand-chose, mais c'était un tel progrès ! Kenzie parut le remarquer aussi car, lorsqu'il croisa son regard, ses yeux étaient humides. Dani, elle, était obnubilée par la boîte posée au milieu de la table. Spencer souleva le couvercle et son sourire enjoué l'émut davantage encore.

— J'ai demandé une moitié fromage et une moitié pepperoni. Est-ce que tu aimes le pepperoni ?

La fillette parut hésiter. Assise près d'elle, Kenzie se servit une part et récupéra une tranche pour lui faire goûter. Elle la mordilla d'un air soupçonneux.

— Ça te plaît ?

Dani fit la moue et secoua la tête.

— D'accord. Tout fromage, alors, dit Spencer.

Cette réponse lui valut un nouveau sourire furtif. Il allait peut-être enfin commencer à combler le fossé entre eux…

Lorsque les restes furent mis au frigo, Kenzie tenta une nouvelle fois de s'éclipser pour laisser Spencer coucher Dani en paix ; mais le père et la fille protestèrent tant qu'elle accepta de rester encore un peu. Elle aida Spencer à gérer le bain, qui déplut à sa fille car il n'y avait pas de mousse.

— Papa te prendra du bain moussant, demain, dit-elle d'un ton conciliant, et des jouets… Mais tu dois quand même te laver, ce soir.

Hélas, c'était peine perdue.

— Pas de bain ! glapit Dani.

— Le shampoing va faire des bulles dans tes cheveux, tu sais, tenta-t-elle alors.

— Plein d'bulles ?

— Oui, plein de bulles.

La fillette accepta ce compromis et laissa même son père l'aider à grimper dans la baignoire. Bien sûr, une fois dans l'eau, ce fut un combat pour l'en tirer. Quand elle fut finalement propre et sèche, vêtue d'un pyjama trop petit pioché dans sa valise – « Mon préféré ! » assura-t-elle –, Spencer lui fit choisir une brosse à dents dans le pack qu'il avait acheté. Armée de sa brosse rose à papillons, elle fit de consciencieux allers-retours dans sa bouche avant de se rincer.

— Maintenant, au lit ! annonça son père.

Il s'était résigné à lui laisser sa chambre et à investir le canapé en attendant les meubles. Kenzie remarqua qu'il avait étalé le nouveau couvre-lit au milieu de son grand matelas et la fillette se glissa dessous avec joie. Hélas, ses yeux restèrent grands ouverts. Comme Spencer ne semblait pas savoir quoi faire ensuite, Kenzie montra l'exemple. Elle souhaita une bonne nuit à Dani et l'embrassa sur le front.

— Non, pas dodo ! Il faut une *stoire* !

— Une histoire ? balbutia Spencer.

— Il y avait des livres dans le carton. Je vais les chercher.

Elle revint vite avec une pile d'albums illustrés et Dani trouva rapidement son favori – *Le Pays des beaux rêves*. La fillette le tendit à Kenzie, puis tapota le matelas, près d'elle. Comme celle-ci hésitait, Spencer murmura avec un clin d'œil :

— Ne t'inquiète pas, personne ne saura que tu as fini dans mon lit…

Kenzie leva les yeux au ciel et se cala contre le mur pour lire. Dani ne regarda même pas les images. Elle ne quittait pas Spencer des yeux et, d'un petit geste, elle l'invita à s'asseoir de l'autre côté – ce qu'il s'empressa de faire. Enfin, la lecture put commencer. À la fin de l'histoire, Dani accepta enfin de dormir, et Kenzie l'embrassa de nouveau, savourant le parfum sucré de son shampoing. Spencer lissa sa couverture, hésita un instant, puis se pencha pour poser à son tour un baiser sur son front.

— Bonne nuit…

Son geste ne paraissait pas naturel, mais il semblait bien décidé à être le papa dont sa fille avait besoin.

Une fois la porte de la chambre refermée, Kenzie soupira.

— Est-ce que je peux rentrer chez moi, maintenant ? demanda-t-elle en ne plaisantant qu'à moitié.

— Je préférerais que tu restes…

— Pendant combien de temps ?

Voulait-il s'assurer que Dani n'allait pas se réveiller et pleurer de nouveau ?

— Jusqu'à ce qu'elle entre à l'école ?

Kenzie ne put s'empêcher de rire.

— Bien essayé.

— D'accord. Juste pour cette nuit, alors.

— Tu es sérieux ?

— Je sais que je n'ai pas le droit de te demander quoi que ce soit… Tu en as déjà tellement fait. Mais je crains de l'effrayer si elle se réveille et se retrouve seule avec moi.

— C'est possible, admit Kenzie avant de sourire. Ou alors, *tu* auras peur. Tu sais, je pense qu'elle a juste besoin d'apprendre à te connaître pour te faire confiance.

— Il y a une brosse à dents en plus, dans la salle de bains, dit-il. D'accord, elle est jaune avec un motif d'arc-en-ciel, mais je veux bien te la donner quand même…

Kenzie résista à cette offre et secoua la tête.

— Tout va bien se passer, Spencer.

— Tu crois ?

Il s'écarta de la porte de la chambre avant de reprendre :

— Il est évident que je ne sais pas comment être un papa. Je peux donner un toit à ma fille, la nourrir et l'habiller ; mais mes compétences se limitent à ça. Je ne voudrais pas que mes erreurs fassent souffrir Dani. Elle est déjà bien assez traumatisée par la mort de sa mère.

— Tu n'es pas aussi incompétent que tu veux le croire. Il vous faut du temps pour trouver un nouvel équilibre ensemble, c'est tout. Bien sûr, il y aura des hauts et des bas, mais vous y parviendrez.

— Je ne sais pas…

Il se laissa tomber sur le canapé. Sa fatigue et son angoisse semblaient prendre le dessus.

— Ce n'était peut-être pas une si bonne idée que ça, après tout, soupira-t-il.

La chaleur qui avait empli le cœur de Kenzie en le voyant prendre soin de Dani s'évanouit immédiatement.

— Tu ne penses pas devoir assumer tes responsabilités de père ? demanda-t-elle.

— Non, ce n'est pas ça.

— Alors, quoi ? insista-t-elle, les bras croisés.

— Je parlais de cet appartement. Je ne peux pas faire tout ça seul…

— Oh.

Elle ne s'était pas attendue à cette réponse.

— J'aurais été prêt à faire ma part dès le premier jour, si Emily m'avait dit qu'elle était enceinte.

— Je suis désolée, murmura Kenzie. C'est un sujet sensible pour moi, qui ai dû grandir sans père… Alors, pourquoi as-tu voulu t'installer ici, avec elle ?

— Je m'imaginais que l'assistante sociale serait plus facilement convaincue de mes capacités si je ne vivais pas avec mes parents. Et puis, je ne *voulais* pas habiter avec eux.

— Tu sacrifies beaucoup de choses pour ta fille et, quand elle sera plus grande, elle t'en remerciera.

— Peut-être. En attendant, ça ne l'impressionne pas.

— Tu as fait beaucoup de progrès, déjà.

— Grâce à toi.

— C'était un plaisir, dit-elle en l'embrassant sur le front comme elle l'avait fait avec Dani. Bonne nuit, Spencer.

Sur ce, elle s'en alla et rentra chez elle, là où elle ne serait pas tentée de vouloir aider Spencer et sa fille à devenir une vraie famille. Ou de vouloir faire partie de cette famille – ce qui était une pensée encore plus dangereuse…

- 8 -

Après leur baiser du vendredi, Kenzie avait tout fait pour garder ses distances vis-à-vis de Spencer. Bien sûr, elle compatissait, mais Dani était *son* problème et ça ne la concernait pas. Hélas, sa détermination avait fondu en moins de douze heures quand elle les avait vus ensemble et avait compris à quel point il avait du mal à se lier à la fillette.

À présent, si peu de temps après, elle se retrouvait de nouveau devant chez lui, vêtue d'un legging et d'un T-shirt déjà taché, les cheveux attachés, pour l'aider à repeindre la chambre d'enfant.

— Je suis ravi de te voir, et Dani le sera encore plus, dit-il en lui ouvrant la porte. Elle te réclame depuis son réveil.

— Vraiment ?

Cette révélation fut une agréable surprise.

— Oui. Apparemment, elle est prête à rester avec n'importe qui, sauf moi, murmura-t-il d'un ton amer.

— Je suis sûre que c'est faux.

Elle pénétra dans l'appartement. Spencer la suivit de près.

— Elle s'est encore réveillée en appelant sa mère…

Kenzie eut un sourire triste.

— Ensuite, quand je lui ai rappelé que sa maman était partie, elle a voulu voir Nana. J'ai dû doucher ses espoirs une fois de plus, et elle a réclamé « Ke'zie ». J'ai bien essayé de lui expliquer que tu ne vis pas ici, mais elle a refusé de m'entendre.

— Je n'aurais pas dû rester avec vous, hier soir.

— Tu plaisantes ? Je n'aurais jamais survécu sans toi !

— Tu sais que tu seras seul, demain, n'est-ce pas ? J'ai un travail, je te rappelle…

— Je sais, soupira-t-il, et je suis sûr qu'on s'en sortira jusqu'à ce que tu quittes la clinique.

— Spencer, je ne vais pas passer vous voir en rentrant du boulot, dit-elle avec fermeté.

— On verra ça plus tard.

— Non. C'est hors de question. Dani et toi devez…

— Ke'zie !

Le cri de joie de la fillette interrompit ses protestations. Qui pourrait rester de marbre face au câlin d'une gosse de quatre ans ? Kenzie l'enlaça et caressa ses tresses en imaginant les grandes mains de Spencer batailler pour y passer de petits élastiques de couleur. Le résultat était le témoin de ses efforts : complètement de travers…

— Tu as l'air prête pour le chantier, déclara-t-elle en remarquant l'immense T-shirt noué dans le dos (sans doute l'un de ceux de son père) qui la couvrait de la tête aux pieds.

— J'aime peindre ! couina Dani.

— Dans ce cas, allons-y.

Spencer avait déjà protégé le sol de la chambre avec une bâche. Équipée d'un pinceau et d'un pot de peinture en plastique, Dani fut lâchée dans le placard. Spencer et Kenzie travaillèrent un bon moment en tandem. Ils venaient d'entamer la dernière cloison quand un téléphone sonna dans le salon. Spencer reconnut le numéro de son agent, qu'il ne parvenait pas à joindre depuis une bonne semaine. S'excusant auprès des filles, il répondit immédiatement.

Pendant ce temps, un accident eut lieu dans la chambre. Dani trébucha sur le seuil du placard, et sa main atterrit dans un pot de peinture. Voulant se relever, elle s'appuya sur la porte, laissant une belle empreinte de main sur le bois – et ça donna une idée à Kenzie.

Lorsqu'il eut raccroché, Spencer les trouva en train de se laver dans la salle de bains.

— Vous avez déjà fini ? demanda-t-il, étonné.

— Tu es resté au téléphone un bon moment.

— Bla-bla-bla ! gloussa Dani.

Spencer haussa un sourcil et Kenzie rougit.

— Est-ce que vous êtes tombées en panne de peinture ? Vous vous êtes badigeonnées de la tête aux pieds !

— C'est un travail salissant, répliqua simplement Kenzie en entamant sa propre toilette. Dani, pourquoi ne vas-tu pas montrer à papa ce que nous avons fait ?

Spencer ne s'attendait pas à ce qu'elle obéisse. Certes, elle avait moins peur de lui, mais elle ne semblait pas encore à l'aise et n'avait pas quitté Kenzie depuis son arrivée. Celle-ci lui prit néanmoins la main pour le conduire dans sa chambre.

— Waouh ! fit-il en passant la porte. C'est superbe !

Il avait été un peu inquiet de voir Dani choisir du violet, mais Kenzie l'avait alors prévenue que la couleur serait sans doute plus claire sur les murs, tout en faisant un petit signe au vendeur pour qu'il leur donne une nuance plus discrète. Dani le guida jusqu'au placard et il vit de petites empreintes de main nettement alignées sur la moitié basse de la porte.

— C'est toi qui as fait ça ?

Sa fille acquiesça. Kenzie les rejoignit, presque propre.

— Qu'en penses-tu ?

— C'est parfait, dit-il avec sincérité.

— La première trace était un accident, avoua-t-elle. Je voulais l'effacer, puis j'ai pensé à en rajouter, au contraire.

— Est-ce que tu t'es bien amusée ? demanda-t-il à Dani.

Cette dernière hocha une fois de plus la tête.

— Puisque nous avons travaillé toute la matinée, je pense que nous méritons bien une gourmandise. Qui veut de la glace ?

— Miam ! cria Dani avant de filer vers la cuisine.

— Ça ressemble à une tentative de corruption, murmura Kenzie dans son dos.

Il lui sourit, fier de lui.

— Tu en veux ou pas ?

— Bien sûr que j'en veux. Pendant que tu fais le service, accepterais-tu que je range les affaires de Dani au bas de ton armoire, pour qu'elle ne vive pas dans sa valise jusqu'à mercredi ?

Il se retourna, surpris.

— Comment sais-tu que je ne l'utilise pas ?

— J'ai vérifié, avoua-t-elle, et j'ai vu que tu ne te servais que des étagères du haut.

— Tu as mis ton nez dans mes vêtements ?

— Juste pour voir si tu avais rempli toute l'armoire !

— Vraiment ? Tu ne cherchais pas à savoir si je porte des slips ou des boxers ?

— Tes sous-vêtements ne m'intéressent pas ! protesta-t-elle – mais sa rougeur la trahit.

— Je te montrerai les miens quand tu me montreras les tiens, dit-il en lui donnant un petit coup de coude complice.

— Certainement pas !

Il fut tenté de lui rappeler qu'elle ne l'aurait pas embrassé si elle n'avait pas été intéressée par cette idée, mais renonça. Il ne voulait pas la contrarier après tout ce qu'elle avait fait.

— D'accord, répondit-il donc. Va défaire sa valise si tu veux. Je t'appellerai pour la glace.

Kenzie passa le reste de l'après-midi en leur compagnie, puis alla rejoindre sa mère. Elles avaient pris l'habitude de dîner ensemble tous les dimanches, depuis que Kenzie avait son propre appartement. Au départ, la jeune femme avait hésité. Elle voulait son indépendance. Mais Cheryl avait tant fait pour elle qu'elle pouvait bien passer une soirée par semaine avec elle. En général, ces repas étaient agréables. Hélas, de temps à autre, Cheryl semblait oublier que sa fille était une adulte capable de prendre ses propres décisions – surtout quand il s'agissait d'hommes. Bien sûr, elle essayait juste de l'empêcher de commettre les mêmes erreurs qu'elle ; mais ses déceptions semblaient l'avoir rendue trop amère… En grandissant, Kenzie avait entendu tant de fois le récit du départ de son père qu'elle avait eu du mal à envisager les relations autrement. Elle se demandait même parfois si elle n'était pas tombée amoureuse de Spencer au lycée *justement* parce qu'il répétait sans cesse qu'il allait quitter Haven. Peu importait que leur histoire n'ait été qu'un fantasme : elle l'avait aimé et il était parti, comme elle s'y attendait. Il était donc logique que sa mère soit inquiète de le voir revenir et, ce soir, Kenzie s'était préparée à passer un moment pénible.

En effet, ses craintes se révélèrent justifiées. Tandis qu'elle noyait sa purée de pommes de terre dans la sauce, Cheryl la regarda depuis l'autre bout de la table et demanda gravement :

— Alors, que se passe-t-il entre Spencer Channing et toi, cette fois ?

Oui, elle s'était attendue à cette question, mais elle avait espéré pouvoir manger un peu avant de devoir y répondre…

— Rien du tout, dit-elle.

À l'exception de leur baiser imprudent, le premier week-end, c'était vrai.

— Vous passez beaucoup de temps ensemble, reprit sa mère en coupant sa viande, et j'ai peur que tu te laisses embarquer dans sa… situation gênante.

— Quelle situation ?

— Cet homme a un enfant illégitime.

— Oui, une petite fille dont la vie vient d'être chamboulée par la mort violente de sa mère, répliqua froidement Kenzie.

Sa mère parut surprise.

— Je ne savais pas que sa mère était morte, admit-elle. Pauvre petite…

Radoucie par l'empathie de Cheryl, Kenzie hocha la tête. Sa mère avait toujours été trop protectrice, autoritaire et stricte à ses yeux – ce qui l'avait inévitablement poussée à résister et avait rendu leur relation parfois chaotique. Néanmoins, elle n'avait jamais douté de son amour et elle ne pouvait imaginer ce qu'elle aurait fait, ce qu'elle aurait ressenti, si elle l'avait perdue aussi brutalement…

— Quoi qu'il en soit, poursuivit Cheryl, je devine que tu as passé plus de temps avec Spencer que ce que tu as bien voulu me dire.

— Il vit dans l'un des appartements que son frère possède, en face de chez Mme Powell. Je l'ai croisé, avec sa fille, en lui rendant visite la semaine dernière.

— Tu as toujours eu un faible pour lui.

— Oui, quand j'étais *ado*, précisa Kenzie.

— Je sais. Je suis juste… inquiète. Je ne voudrais pas qu'il exploite tes sentiments pour des raisons égoïstes.

— Euh… Je vais avoir besoin d'une traduction.

Ça ne ressemblait pas à sa mère de s'exprimer par énigmes ainsi. Cheryl repoussa son assiette et la dévisagea.

— Il n'est jamais facile d'élever un enfant seul. De nombreuses femmes le font, mais un père célibataire est plus rare. Je pense qu'il cherchera bientôt une nouvelle mère pour sa petite fille.

— Il n'a pas encore la garde légale…

— D'accord, je vais peut-être un peu vite. Je tiens juste à te prévenir : il pourrait te fréquenter par intérêt.

— Même s'il cherchait une belle-mère pour Dani, pourquoi me choisir, moi ?

Dès qu'elle eut parlé, Kenzie regretta son impulsivité. Si elle cherchait quelqu'un pour lui assurer qu'elle était intelligente, belle et que n'importe quel homme aurait envie de construire une vie avec elle, ce n'était pas à Cheryl qu'il fallait s'adresser. Sa mère n'avait jamais été douée pour ménager ses sentiments, considérant qu'il valait mieux souffrir un peu maintenant pour s'éviter le pire ensuite.

— Parce que ton passé te rend plus manipulable, asséna-t-elle, fidèle à sa philosophie.

Que répondre à ça ? Clairement, Cheryl n'attendait pas de réaction immédiate. Elle n'avait pas encore terminé…

— Tu peux être certaine que, lorsqu'il t'aura attirée dans ses filets pour se décharger de ses responsabilités sur toi, il s'empressera de fuir comme il l'a fait il y a sept ans.

Cette même pensée avait traversé Kenzie quand Spencer était revenu à Haven. Elle avait cru qu'il resterait en ville le temps de se soigner, puis reprendrait la route. Mais il lui avait parlé de Dani et elle avait été témoin de ses efforts pour devenir un bon père. Depuis, ses certitudes vacillaient.

— Il ne ferait pas ça, dit-elle. Il ne laisserait pas sa fille.

— En es-tu sûre ?

Elle aurait voulu répondre que oui, mais à la vérité, elle

n'était sûre de rien. Qu'avait-il prévu ? Cheryl avait-elle raison ?

L'assistante sociale de Dani avait passé beaucoup de temps avec Spencer lors de leur première rencontre à Denver. Elle avait répondu patiemment à ses questions et lui avait donné des conseils pour aider sa fille à surmonter son drame – en particulier, prendre le temps de la connaître avant de la présenter à trop de monde. Il avait donc espéré s'appuyer sur cela pour refuser l'invitation à manger de sa mère, ce dimanche soir. Mais Kenzie lui avait fait comprendre que Margaret et Ben n'étaient pas « trop de monde ». Ils étaient les grands-parents de Dani, et elle était leur première petite-fille. Il décida donc d'y aller.

— Dani, dit-il en passant la porte de la maison, voici ta grand-mère et ton grand-père. Papa, maman, voici Dani.

— Bonjour, Danielle, répondit formellement Margaret.

— Non, coupa Spencer. Elle s'appelle *Dani*.

— N'est-ce pas un diminutif ?

Son père fronça les sourcils.

— Ça ressemble à un prénom de g… Hem, c'est très joli !

— Oui, *très* joli, renchérit sa femme avec un sourire crispé. Mais assez… original.

— *Dixit* la femme qui a appelé ses filles Regan et Brielle, répliqua Spencer.

Margaret l'ignora, restant tournée vers la fillette.

— As-tu faim, Dani ?

Celle-ci hocha la tête, timidement. Si elle commençait à se sentir à l'aise avec son père et s'était très vite liée à Kenzie, elle paraissait intimidée de se trouver dans cette grande maison remplie de bibelots fragiles.

— Qu'est-ce que tu aimes manger ?

— D'la glace ? suggéra-t-elle, pleine d'espoir.

Spencer ne put réprimer un petit éclat de rire.

— Bien essayé, ma chérie, mais ça ne prend pas !

— Nous allons voir si Celeste en a pour le dessert, promit sa mère. En attendant, nous avons prévu de la caille farcie aux champignons avec une sauce au vin de truffes et des légumes de saison.

Dani jeta un regard inquiet à son père, sans comprendre.

— Ça signifie que tu auras sans doute encore très faim à l'heure des glaces, dit-il avant de se tourner vers sa mère. Tu n'aurais pas pu prévoir quelque chose de plus simple ? Des burgers ou des pâtes, par exemple.

— Je voulais quelque chose de spécial pour accueillir ta fille ! Mais je plaisantais. J'imagine que Danielle… *Dani* n'a pas envie de caille.

— Donc, on va manger autre chose ?

— Nous, non, mais Celeste a fait des nuggets de poulet et des pâtes au gruyère pour la petite.

— Qui êtes-vous et qu'avez-vous fait de ma mère ? !

Margaret fit la moue, clairement insultée.

— Penses-tu vraiment que je suis aussi démodée ?

— Tiens-tu à ce que je réponde ?

— Bon, d'accord. C'est Celeste qui a pensé aux nuggets, admit-elle.

— Moi, je voulais du steak. Pour tout le monde, remarqua Ben en adressant un clin d'œil à sa petite-fille.

— Le steak n'a rien de festif, surtout dans le Nevada !

— Au moins, ça tient au corps.

— Les cailles seront très bien, intervint Spencer.

Cette dispute, si familière pour lui, rendait clairement Dani mal à l'aise…

— Je me souviens que c'était ton plat préféré, déclara

Margaret avec un sourire.

Il se demanda un instant d'où elle tirait cette certitude, mais ne dit rien.

— Alors, répondit-il avec entrain, quand est-ce qu'on mange ?

- 9 -

Ils s'installèrent dans la salle à manger, bien sûr. La longue table était dressée, offrant un étalage de serviettes en tissu, de cristal scintillant, de faïence ourlée d'or et de couverts briqués. Il y avait aussi une assiette et un gobelet en plastique, qui réveillèrent les plus vieux souvenirs de Spencer. Autrefois, l'assiette avait été ornée d'une vache bondissant par-dessus la lune, et le verre, d'un chat violoniste. Les lavages répétés avaient eu raison des dessins et cette vaisselle avait de toute manière été bannie de la table d'honneur. Sa mère y veillait. De toute évidence, les années l'avaient adoucie – à moins qu'elle n'ait pas noté la différence concernant la place réservée à Dani et que ce fût Celeste qui ait eu cette attention pour la fillette…

On ne passa pas à table avant l'arrivée de Regan. Même le dimanche, la sœur de Spencer passait sa vie au bureau et, comme souvent, elle avait perdu la notion du temps. Sa mère avait bien grommelé que les cailles seraient trop cuites, mais elle n'avait pas paru contrariée. De tous ses enfants, sa fille aînée était celle qui lui ressemblait le plus et elle restait sa préférée.

Pendant le repas, Spencer remarqua que Dani semblait intriguée par les petits oiseaux que mangeaient les adultes et il coupa un morceau de blanc pour lui faire goûter.

— Ça ressemble un peu à du poulet, dit-il.

Elle parut dubitative, mais mordilla quand même la

viande avec prudence. Sa grand-mère sourit, clairement ravie de la voir si curieuse ; mais sa bonne humeur s'évanouit quand Dani recracha sa bouchée au bord de son assiette.

Regan se pencha vers elle et murmura :

— Crois-moi, j'aurais aussi préféré les nuggets, si on m'avait laissé le choix…

Un sourire timide lui répondit.

— On prévoira peut-être ça la prochaine fois, répliqua sèchement Margaret. Ou bien, on ira faire un repas gastronomique au MacDo du coin !

— La caille était très bonne, maman, la rassura Spencer.

— Je suis contente qu'un de vous apprécie…

— Oui, car je suis le plus important, hein ? gloussa-t-il.

— Le fils prodigue, lâcha Regan dans un souffle.

Puis, comme elle était douée pour apaiser tous les conflits, elle reprit plus fort :

— Papa semble aimer son repas aussi. Il a presque léché son assiette.

— Parce que ton père tient de l'homme des cavernes, répondit Margaret en adressant un regard attendri à son mari.

— Voyons, Maggie… Les enfants n'ont pas besoin de connaître les détails de notre intimité…

— Pas besoin, et pas *envie*, confirma Regan.

Sentant que la tension allait vite grimper autour de la table, Spencer s'interposa :

— Ouh là ! Il est déjà tard. Dani et moi devrions rentrer…

— Mais elle n'a pas eu sa glace ! protesta Margaret.

— On pourra s'arrêter en prendre une sur le chemin.

— Non. Vous allez manger votre dessert ici. Comme une famille unie et sereine, quoi qu'en pense ma fille.

— Quelqu'un a parlé de glace ? lança Regan, désespérée.

Au même instant, Celeste vint débarrasser la table et

annonça qu'elle avait préparé une mousse de chocolat blanc aux cerises. Elle confirma aussi qu'il y avait des crèmes glacées au congélateur, pour ceux qui en voulaient.

— Quel est ton parfum préféré ? demanda-t-elle à Dani.

— Vanille…

— Nature ou avec du chocolat et des petits bonbons ?

Le regard de la fillette s'illumina.

— Chocolat et bonbons !

— Veux-tu m'aider à la servir ?

Dani se tourna vers son père, qui lui fit signe qu'elle pouvait y aller. Elle suivit donc joyeusement Celeste.

— Elle ne parle pas beaucoup, remarqua Ben.

— Son assistante sociale dit qu'elle se débrouille très bien pour son âge, mais elle est très timide.

— Elle a besoin d'une mère, déclara soudain Margaret.

— Elle vient de la perdre, lui rappela sèchement Spencer.

— Et tu dois trouver quelqu'un pour la remplacer.

— J'avoue que j'ai fureté dans tous les coins de rue en venant, mais je n'ai pas trouvé de candidate…

En face de lui, Regan camoufla son sourire dans son verre.

— Dois-tu toujours te montrer si sarcastique ?

— Navré de rire de cette remarque ridicule, maman.

— Maggie est simplement inquiète pour Dani, intervint Ben avec diplomatie.

— Oui, mais « mère » ne correspond pas à un cursus universitaire. Ce n'est pas un boulot.

— Une petite fille *doit* avoir une mère, insista Margaret.

— Heureusement pour elle, elle a déjà une grand-mère attentionnée et aimante.

— Tu devrais penser à Kenzie.

Oh oui, il avait pensé à Kenzie – plus qu'il ne voulait l'admettre devant sa famille.

— Quoi ? demanda-t-il innocemment.

— Je sais que vous avez passé du temps ensemble.

Bien sûr. Rien ne restait secret, à Haven.

— Où veux-tu en venir, maman ?

— Tout le monde se souvient qu'elle était amoureuse de toi, autrefois.

Clairement, elle avait remarqué plus de choses concernant la vie de ses enfants que Spencer ne le croyait.

— Dois-je te rappeler qu'elle avait seize ans ?

— Les vieux sentiments peuvent parfois trouver un second souffle…

— Pour l'instant, je préfère me concentrer sur ma fille.

— Tu devrais aussi songer à ton avenir, suggéra Ben.

— Je le fais, mais je n'ai pas encore toutes les réponses.

— Tu ne peux pas reprendre le rodéo.

Il en était aussi venu à la même conclusion, mais la fermeté de sa mère l'irrita.

— Pourquoi pas ?

— Parce que c'est dangereux !

— Traverser la rue est dangereux.

— Tu ne t'es pas démis l'épaule en traversant la rue. Tu ne t'es pas cassé trois côtes le printemps dernier en traversant la rue. Tu n'as pas eu deux commotions en traversant la rue.

— C'est bon, j'ai compris, coupa-t-il, soulagé qu'elle n'ait pas entendu parler des autres blessures qu'il avait subies.

— Sans compter que vivre sur les routes et dormir dans des motels peut convenir à un célibataire, mais pas à une enfant de l'âge de Dani.

Elle avait aussi raison sur ce point. Cependant, Spencer n'était pas du genre à céder facilement, surtout quand il s'agissait de faire une croix sur toute sa vie.

— Je pourrais acheter une caravane, lança-t-il sans réfléchir. Dani trouverait sans doute ça amusant.

— Tout comme elle aimerait manger de la glace pour le petit déjeuner. Ça ne veut pas dire que c'est bon pour elle.

— En parlant de glace, je ferais mieux d'aller voir ce qui leur prend aussi longtemps, en cuisine.

Sur ce, il s'échappa sans demander son reste.

— Ça ne s'est pas mal passé, non ? demanda-t-il en détachant la ceinture de Dani, lorsqu'ils furent enfin rentrés.

— Mal, répéta-t-elle en secouant un doigt sentencieux.

— Non, gloussa-t-il. J'ai dit « pas mal ». *Bien*, si tu préfères…

— OK.

— Mais bon, le plus important, c'est qu'on soit enfin à la maison. C'est l'heure du bain et du dodo !

— Un bain avec des bulles ?

— Autant que tu voudras.

Cette promesse lui valut un petit sourire. Il la prit dans ses bras et elle laissa tomber sa tête sur son épaule. Sans doute était-ce une preuve de sa fatigue et rien de plus, mais Spencer y vit un petit signe de confiance. Bien sûr, elle commençait à se sentir plus à l'aise en sa compagnie, puisqu'elle passait toutes ses journées avec lui. À l'exception de ses rendez-vous à la clinique, pendant lesquels Mme Powell la gardait, il n'avait rien d'autre à faire. Il avait de plus en plus de mal à croire qu'il avait ignoré son existence pendant si longtemps. Déjà, il n'imaginait plus sa vie sans elle…

Il remerciait intérieurement Emily d'avoir fait inscrire son nom sur l'acte de naissance, mais il lui en voulait aussi. Elle n'avait pas pris la peine de lui dire qu'elle portait son bébé, ne lui avait pas laissé une chance d'être là pour l'enfant. Avait-elle pensé qu'il ne s'intéresserait pas à Dani ? Croyait-elle qu'il l'aurait laissée élever la petite seule ? Et, si elle avait eu une si piètre opinion de lui, pourquoi lui confier Dani dans son testament ? La réponse la plus évidente était qu'elle ne l'avait pas cru assez responsable pour assumer son rôle de père. Elle n'aurait pas pu deviner qu'un accident allait la tuer et que sa fille se retrouverait seule, aux soins de Spencer.

Ce drame l'attristait, surtout pour Dani, mais il regrettait aussi de ne pas avoir assisté aux premières années de sa vie. Il n'avait peut-être pas été prêt, quatre ans plus tôt – il n'était même pas certain de l'être aujourd'hui – mais il n'avait plus le choix. Dani avait besoin de son seul parent encore en vie et il ne la laisserait pas tomber.

— C'est l'heure de l'histoire ? demanda-t-elle après son bain.

Elle tenait à peine éveillée, mais Spencer savait déjà qu'elle refuserait de dormir sans sa routine du soir. Il avait lu quelque part que c'était important, pour les jeunes enfants. Ainsi, malgré l'heure tardive, il l'invita à choisir un livre. Elle attrapa son préféré sur l'étagère et se glissa sous les couvertures, qu'il borda avant de s'asseoir au bord du matelas. Comme il s'en était douté, elle dormait déjà avant que les personnages du *Pays des beaux rêves* aient fini de se « brosser, brosser les dents ». Il termina quand même l'histoire, embrassa sa fille sur la joue et éteignit la lumière.

Hantée par la mise en garde de sa mère, Kenzie s'occupa toute la semaine pour ne pas avoir à passer chez Spencer. Hélas, ses efforts furent vains. Chaque jour, il l'appelait ou lui envoyait un texto pour lui poser des questions, lui demander des faveurs. Elle avait conscience qu'il se servait d'elle comme d'un bouclier et, pire encore, elle le laissait faire avec joie. Elle était même ravie de trouver des excuses pour se rendre à l'appartement. Ce fut ainsi qu'elle se laissa convaincre de rejoindre le père et la fille au centre commercial, le jeudi après-midi.

Spencer savait qu'elle ne travaillait pas à la clinique les mardis et jeudis. Ce qu'il ignorait, par contre, c'était qu'elle faisait quelques heures dans un autre établissement à Battle Mountain, ces jours-là. Mais elle finissait à 13 heures le jeudi… Ils se retrouvèrent donc un peu plus tard devant Baby Cakes, une boutique de vêtements pour enfants. Ils passèrent la porte en tenant chacun une main de Dani – comme une vraie famille.

— Je te remercie, dit Spencer. Je ne sais pas ce que j'aurais fait, si j'avais dû venir seul.

— Je suis sûre que tu te serais débrouillé, ou que tu aurais convaincu quelqu'un d'autre de t'aider…

Il assit sa fille sur le siège du caddie, en souriant.

— Tu te sens piégée ?

— Pas piégée, mais clairement manipulée.

— Comment ça ? demanda-t-il.

— Tu m'as invitée devant Dani.

— Parce que c'est pour elle. Ne m'as-tu pas fait remarquer que la plupart de ses vêtements sont trop petits ?

— Uniquement parce que tu ne semblais pas choqué que ses leggings et T-shirts ressemblent à des corsaires et à des crop-tops sur elle.

— N'est-ce pas ce que les filles portent, de nos jours ?

— Pas en automne, dans le nord du Nevada !

— Et c'est pourquoi j'ai besoin de ton aide, Kenzie.

— Je suis là, non ?

Elle se détourna du rayon bébé et s'engagea dans une allée surmontée d'un panneau « 3-5 ans ».

— J'imagine qu'elle aura bientôt l'âge d'entrer à l'école, remarqua Spencer.

— Oui, dans moins d'un an.

— Si tôt ?

— Certains parents les inscrivent en maternelle plus tôt que ça, l'informa-t-elle.

— Impossible ! J'ai l'impression d'être devenu père il y a à peine deux mois… Oh ! Attends, c'est *effectivement* le cas.

— Je comprends ta frustration. Tu as raté tant de moments importants de sa vie…

— Je suis frustré, oui. Et plus encore.

Il jeta un coup d'œil à sa fille qui, sans rien dire, ne manquait pas une miette de leur conversation et fit de son mieux pour prendre un air détendu.

— Mais maintenant, nous sommes heureux. Parce qu'on fait du shopping, poursuivit-il avec légèreté.

Kenzie ne put s'empêcher de sourire.

— Si seulement tes anciens copains du lycée te voyaient.

— Penses-tu à un copain en particulier ?

— Pardon ?

Kenzie parut surprise un instant, puis soupçonneuse.

— Quelqu'un t'a parlé de Gage et moi, c'est ça ?

— Qu'y a-t-il à dire ?

— Rien, affirma-t-elle.

Spencer se sentit étrangement soulagé par ça.

— Bon, reprit-il en se tournant vers Dani. De quoi as-tu envie ?

— De glace ?

— Occupons-nous de tes vêtements d'abord…

Kenzie tira un T-shirt à manches longues du rayonnage.

Il était rose pâle, avec un dessin de ballerine et un volant à la taille.

— C'est mignon, fit-il. Est-ce que tu aimes ça, Dani ?

Elle acquiesça, mais Kenzie le remit en place.

— Elle le portera une fois, puis décidera que le tulle la gratte, expliqua-t-elle.

Il récupéra le T-shirt, pour toucher le volant.

— Joli ! gazouilla Dani.

C'est ainsi que le cintre se retrouva dans le caddie…

— Je croyais que tu avais besoin de mon aide.

— Tu m'aides, assura-t-il devant la moue de Kenzie.

Elle le laissa donc prendre les devants. Il sélectionna ensuite un pull en polaire bleu électrique avec des motifs de flocons de neige puis, guidé par Dani, ajouta au caddie un T-shirt violet orné d'une licorne, un autre orange avec des fleurs roses, et un dernier couleur framboise plastronné d'un arc-en-ciel pailleté.

Kenzie n'intervint pas. Il prenait un vêtement, guettait l'approbation de sa fille, puis le laissait tomber avec les autres. Dani semblait adorer ce jeu. Ils passèrent ensuite aux pantalons. Au bout d'un moment, Kenzie posa la main sur son bras.

— On arrête.

— Quoi ?

— De combien de hauts crois-tu qu'elle ait besoin ?

— Je ne sais pas, avoua-t-il.

— Pas *seize*, crois-moi.

— Je n'en ai pas pris seize !

— Est-ce que tu veux qu'on les compte ?

Il jeta un coup d'œil à la pile entassée dans le caddie. Kenzie avait peut-être vu juste…

— Elle n'a pas non plus besoin de leggings de toutes les couleurs, ajouta-t-elle.

— Pourquoi pas ?

— Parce qu'elle n'aura pas le temps de tous les porter avant qu'ils ne lui aillent plus !

— Dans ce cas, j'en rachèterai.

— Je n'en doute pas, mais je crois que tu devrais prendre un moment pour réfléchir à ce que tu fais, ici.

— J'achète des vêtements pour ma fille.

— Ou alors, tu essaies de rattraper les quatre années que tu n'as pas vécues avec elle, suggéra Kenzie avec douceur.

— Je n'ai pas voulu que ça se passe comme ça…

— Je sais. Mais tu te sens coupable, n'est-ce pas ?

Il rajusta le ruban qui attachait une des couettes de Dani.

— Tu ne ressentirais pas la même chose, à ma place ?

— Sans doute, répondit Kenzie. Seulement, acheter tout le magasin n'y changera rien.

Elle prit les hauts et les étala côte à côte pour que Dani puisse les voir. Elle avait raison, il y en avait bien seize. Sans le regarder, elle dit à la fillette :

— Maintenant, choisis les cinq que tu préfères.

Et elle compta sur ses doigts. Dani sélectionna le haut à la licorne, celui à l'arc-en-ciel, et trois autres T-shirts. On passa aux sweat-shirts (elle pouvait en garder deux), puis elle dut choisir trois leggings et deux pantalons. Kenzie ajouta quelques paires de chaussettes et des culottes avant de les guider vers le rayon des chaussures, où Dani s'empara de baskets qu'elle testa consciencieusement le long de l'allée. Soudain, elle s'arrêta devant une paire de bottes de cow-boy roses.

— Regarde ! Comme papa !

Spencer fut si choqué de l'entendre enfin l'appeler « papa » qu'il eut besoin d'un instant pour comprendre de quoi elle parlait. Il baissa les yeux sur ses propres bottes usées, puis contempla les roses qu'elle montrait du doigt.

Elles ne se ressemblaient pas vraiment, mais Dani semblait si excitée qu'il céda avec joie.

Enfin, puisque sa fille n'avait évidemment pas oublié sa promesse, ils allèrent manger une glace dans leurs bottes « assorties ».

Spencer n'avait jamais prévu d'avoir des enfants.

Ce n'était pas une décision consciente, mais il n'avait simplement pas réfléchi à cette possibilité. En fait, il n'avait pas pensé un instant à fonder une famille car il s'amusait trop, au jour le jour. À vingt-cinq ans, il était encore un grand gamin et, si quelqu'un lui avait posé la question, il aurait répondu qu'il n'était pas prêt à assumer la responsabilité d'un bébé. Heureusement, personne n'avait demandé.

Au lieu de ça, la vie lui avait fait don de cette ravissante petite fille. Il avait d'abord paniqué. Ses parents n'avaient pas vraiment été des exemples… Ils s'étaient assurés que leurs enfants ne manquent de rien, mais n'avaient jamais été très affectueux, ou impliqués dans leur existence. C'était Celeste qui leur avait préparé des chocolats chauds après l'école ou avait appliqué des linges frais sur leurs fronts quand ils avaient de la fièvre. C'était elle qui avait soigné leurs bobos, surveillé leurs devoirs, mis en garde Spencer face aux dangers de l'alcool – et l'avait récupéré quand il n'avait pas suivi son conseil, pour l'empêcher de conduire ivre. Celeste avait été présente à sa remise de diplôme parce que ses parents s'étaient trouvés en Europe à ce moment-là pour fêter leurs vingt-cinq ans de mariage. Il ne s'en était pas plaint : ils lui avaient offert une voiture neuve pour le féliciter, avant leur départ. Leur absence ne l'avait pas vraiment dérangé – même s'il ne l'admettait pas en public. Mais à présent qu'il avait Dani, il ne pouvait pas s'empêcher de se demander s'ils regrettaient d'avoir manqué tant de moments importants de sa vie. Chaque jour qui passait lui rappelait tout ce qu'il ne connaîtrait jamais : son premier sourire, ses premiers pas, son premier anniversaire…

Il était en colère contre Emily, et se sentait également coupable car elle aussi allait rater des événements majeurs. Sa mort le rendait surtout triste pour Dani, qui allait grandir sans sa mère. Heureusement pour elle, la petite ne manquerait jamais d'exemples féminins, à commencer par Kenzie, qui semblait si importante pour elle… et pour lui.

Certes, Spencer en voulait à Linda d'avoir abandonné sa petite-fille si facilement, mais il était soulagé qu'elle ait respecté la volonté d'Emily. Si Linda avait voulu se battre pour la garde de Dani, il ne s'y serait pas opposé sur le moment. Il avait plus craint d'être père que de chevaucher le pire taureau du circuit. Il aurait même été reconnaissant. À présent, après trois semaines à peine, il comprenait au contraire que sa fille était à sa place ici, avec son papa.

Hélas, la graine pernicieuse que ses anciens amis avaient plantée chez Jo le tiraillait, comme une mauvaise herbe.

Et s'il n'était pas son père ? Et si le test ADN revenait négatif ?

Il avait beau tenter d'ignorer ces questions, il regrettait déjà d'avoir cédé et demandé un test. Brett l'avait poussé à agir sans réfléchir. Pourtant, il ne doutait pas de la parole d'Emily. Mais comment avait-elle pu savoir, sans le moindre doute, que Dani était sa fille ? Et s'il n'était pas son père, cela voulait dire qu'un autre homme ignorait encore qu'il avait un enfant…

Hélas, que faire, dans ce cas ? Tout ce qu'il savait, c'était qu'il n'abandonnerait jamais Dani, quoi qu'il arrive.

- 10 -

— Un déménagement est toujours stressant, mais je pense que vous avez eu raison de faire venir Dani à Haven, déclara Wendy en prenant des notes sur sa tablette. Tout jeune parent a besoin de soutien familial et, même si Dani n'est plus un bébé, votre relation est encore nouvelle pour vous deux.

— Je pense que nous avons fait beaucoup de progrès, répondit Spencer, de crainte qu'elle croie le contraire.

— Je le vois. Votre fille semble très à l'aise avec vous et heureuse dans sa nouvelle maison. D'ailleurs, j'adore votre idée de décorer la porte du placard avec ses empreintes !

— Ça lui faisait tellement plaisir. En toute sincérité, je veux ce qu'il y a de mieux pour ma fille…

— Nous le voulons tous. Comment va votre épaule ?

— Bien, dit-il en faisant jouer son articulation.

— Avez-vous pensé à l'avenir de votre carrière ?

— Oui, beaucoup. Mais je n'ai pas pris de décision.

Il espérait encore secrètement pouvoir se rendre à Vegas en décembre, préférant quitter le circuit sur un coup d'éclat…

— Très bien, répliqua Wendy en éteignant sa tablette. Je pense que nous avons fait le tour pour aujourd'hui. Je tiens aussi à vous prévenir que je ne reviendrai pas vous voir ici.

— Je vous demande pardon ?

— Envoyer une assistante sociale en visite à mille trois cents kilomètres de chez elle est un gâchis de ressources. Une de mes amies travaille à nos bureaux d'Elko, et je lui enverrai mon rapport préliminaire. C'est elle qui se chargera de votre dossier à présent. Quoi qu'il en soit, sachez que je suis très confiante : je ne vois rien qui vous empêcherait d'obtenir officiellement la garde de Dani. Bonne chance, monsieur Channing.

Elle lui serra la main puis s'en alla. Spencer bondit sur son téléphone dès qu'il fut seul et appela Kenzie. Elle n'était certes pas un membre de la famille, mais Wendy avait insisté pour qu'il reçoive le soutien de ses proches… S'ils n'avaient pas été amis autrefois, les choses avaient changé ; et, à moins qu'il se soit trompé sur leur relation, ils pourraient même peut-être devenir bien plus que ça. Néanmoins, il préférait garder ses sentiments pour lui. Dani aimait beaucoup Kenzie, et il ne voulait pas risquer une dispute entre eux. Le simple son de sa voix le fit sourire. Il lui résuma son entretien avec Wendy, puis passa à la vraie raison de son appel.

— J'ai besoin d'une faveur. Jay, Carter et Kevin veulent que je les accompagne à Battle Mountain demain, pour que nous puissions essayer nos smokings avant le mariage.

— Et tu ne souhaites pas traîner Dani là-bas à nouveau ?

— Ça ne me dérangerait pas, mais je pense qu'elle s'ennuierait, répondit-il.

— À quelle heure as-tu prévu de partir ?

— 14 heures.

— D'accord, je veux bien venir garder Dani, mais je dois être de retour chez moi avant 18 heures.

— Couvre-feu parental ? plaisanta-t-il.

— Non… J'ai un rendez-vous.

— Un rendez-vous, répéta-t-il, troublé. Tu es sérieuse ?

— Est-ce si difficile à croire ?

Bien sûr que non. Il n'avait pas envie de l'imaginer avec un autre homme – et, tant qu'il ne pourrait lui avouer ses sentiments, il aurait préféré qu'elle reste célibataire…

— Avec qui ? demanda-t-il, nerveux.

— Crois-tu vraiment que ça te regarde ?

— Sans doute pas, mais…

— *Sans doute* pas ?

— D'accord, concéda-t-il. Pas du tout. C'est juste que, après notre baiser de l'autre jour, je ne pensais pas que tu voyais quelqu'un d'autre.

— Ce n'était qu'un baiser…

— Deux, en fait.

— Et je ne peux pas voir *quelqu'un d'autre*, étant donné que nous ne sommes pas ensemble.

— Alors, avec qui sors-tu ?

— Ne commence pas à agir comme un grand frère ! répliqua-t-elle. Je te rejoins demain à 14 heures.

Sur ce, elle raccrocha, et Spencer contempla son portable un long moment, l'estomac noué.

Kenzie n'avait pas envisagé de refuser cette faveur à Spencer, d'autant plus qu'elle concernait Dani. Elle adorait cette petite et aurait tout fait pour passer du temps avec elle. Plus Dani émergeait de son cocon, plus elle se montrait courageuse et pétillante. Kenzie était aussi ravie de voir ses liens avec son père se renforcer – voire même un peu jalouse.

Beaucoup d'enfants, dont elle, grandissaient avec un seul parent, et elle était reconnaissante à sa mère pour tout ce qu'elle avait fait. Cheryl avait toujours travaillé au Dusty Boots Motel, sans jamais compter ses heures. « Il faut bien manger et payer les factures », disait-elle. Elle appelait ça un travail dur mais honnête, et était fière de son labeur. Son sérieux lui avait permis de négocier ses horaires avec son patron pour pouvoir assister aux réunions scolaires, participer aux événements importants – bref, être à la fois une mère *et* un père. Oui, elle était très reconnaissante de tous ces sacrifices, mais elle avait toujours regretté de ne pas connaître son père. Était-ce parce que Cheryl refusait obstinément de parler de lui ? On aurait presque pu croire que cet homme n'avait jamais existé…

Dani avait au moins la chance d'avoir un papa pressé de combler le vide laissé par la mort de sa maman, et qui semblait prêt à lui parler d'elle. Il avait bien avoué à Kenzie qu'il n'avait pas fréquenté Emily très longtemps ; mais il répétait à sa fille tout ce qu'il savait d'elle lorsque la petite l'interrogeait.

Le samedi après-midi, quand Kenzie arriva à l'appartement, la fillette faisait déjà la sieste. Son père alla néanmoins l'embrasser avant de partir. Son affection, si naturelle et sincère, l'émut.

— Veux-tu aussi un bisou avant que j'y aille ? plaisanta-t-il, sur le pas de la porte.

Oh oui ! Plus que tout ! Hélas, elle savait que Spencer ne pouvait lui apporter que de la souffrance, et se tut.

— Non, vas-y. Et n'oublie pas de rentrer à l'heure : j'aurai besoin de temps pour me faire belle avant mon rendez-vous.

L'air soudain grave, il caressa sa joue du dos de la main.

— Tu es déjà irrésistible, Kenzie Atkins. Si un homme ne le voit pas, c'est qu'il ne te mérite pas…

Il la quitta, la laissant seule et frustrée. Comment pouvait-il si facilement lui donner envie d'une chose qu'elle ne pouvait pas avoir ?

Comme il avait encore un peu de temps devant lui et ne se souvenait plus de ce qui restait dans son frigo, Spencer s'arrêta au supermarché sur le chemin du retour.

— Désolé pour le retard, dit-il en posant ses sacs dans la cuisine. Alors, comment s'est passé l'après-midi ?

— Très bien. On est allées au parc pour que Dani puisse jouer sur les balançoires avec des enfants de son âge, ceux qui seront à l'école avec elle… si tu restes assez longtemps à Haven pour ça.

Il lui sourit, finit de ranger ses courses et remplit une grande casserole d'eau qu'il posa ensuite sur le feu.

— Si tu veux partir à la pêche aux infos, il va falloir faire mieux que ça.

— Non ! protesta-t-elle, un peu trop faiblement pour être crédible. Bref, savais-tu qu'Ashleigh a aussi une fille, à peine plus âgée que Dani ?

— Qui ? demanda-t-il innocemment en se lavant les mains avant d'ouvrir un paquet de bœuf haché.

Kenzie leva les yeux au ciel.

— Tu plaisantes, j'espère ! Ashleigh Singer, l'une de tes nombreuses conquêtes du lycée. Grande, blonde…

La fille qu'il avait prévu de retrouver dans le grenier la veille de son départ, avant que Kenzie ne prenne sa place. Elle ne le précisa pas, mais ses joues rouges la trahirent.

— Oh ! tu veux dire Ashleigh l'Empressée.

— Pressée, pressée ! claironna Dani près d'eux.

— Bien sûr, c'est Hutchinson maintenant, précisa Kenzie.

Il ajouta un peu de sel, de poivre, d'oignon séché et d'épices dans le bol où il malaxait déjà la viande.

— Elle n'a quand même pas épousé Matt Hutchinson ?

Celui-ci était l'ami et associé de Jason.

— Non, son frère Chance. Le pompier.

Dani s'approcha de lui avec curiosité.

— Tu fais quoi ?

— Des boulettes, répondit-il.

— Avec des *pasghetti* ? demanda-t-elle, l'œil brillant.

Il acquiesça.

— Ouais ! Des *pasghetti* aux boulettes !

— Bref, j'ai donné à Ashleigh ton numéro pour qu'elle te contacte…

Il jeta à Kenzie un coup d'œil surpris.

— Pour permettre à Dani et Paris de jouer ensemble, précisa-t-elle. Et, avant de te faire des idées, n'oublie pas que ton ex est mariée à un homme qui sait manier la hache.

— Je ne me fais pas d'idées. En tout cas, pas au sujet d'Ashleigh, répliqua-t-il avec un clin d'œil.

— Sur ce, reprit-elle en attrapant son sac.

— Attends… Tu ne restes pas manger avec nous ?

— Tu sais bien que non.

— Oh ! c'est vrai. Tu as rendez-vous avec… ?

— Pas tes oignons.

— C'est ça. M. *Pâté-Oignons*, bien sûr.

— Bonne nuit, Spencer.

Elle se pencha pour embrasser la petite sur le front.

— Bonne nuit, Dani.

Celle-ci lui adressa un regard suppliant.

— Ke'zie, reste pour les *pasghetti* !

La jeune femme secoua la tête, ayant tout de même l'air plus tentée par l'offre de Dani que par celle de son père.

— Pas ce soir, mais je te promets de revenir bientôt.

La fillette se mit à bouder, clairement déçue. Spencer la comprenait…

Kenzie avait rendez-vous avec Jack Caldwell, un pédiatre qui vivait à Battle Mountain – et le cousin de Jillian, la réceptionniste de Back in the Game. C'était elle qui avait organisé leur rencontre. Comme il avait fait de la route, ils avaient prévu de manger à Haven même. Donc, chez Digger, le restaurant le plus populaire de la ville. En dépit du décor simple, les habitants de Haven avaient l'habitude de bien s'habiller quand ils y passaient la soirée. Bien sûr, le service était basique et la carte des vins très limitée, mais Kenzie savait au moins que les plats étaient toujours bons.

Elle sentit que la soirée commençait bien lorsque Jack tira sa chaise pour elle. Il était beau, semblait bien élevé et était non seulement médecin, mais spécialisé dans les soins infantiles. Comment pouvait-il être encore célibataire ? Elle n'eut pas le temps de poser la question avant de sentir une vibration dans son sac à main, accroché au dossier de la chaise. Elle profita de devoir déplier sa serviette pour récupérer son portable et y jeter un coup d'œil. C'était un texto de Spencer…

Il reste des pâtes, si ton rencard foire.

Elle cacha son téléphone sous sa serviette.

— Désirez-vous un apéritif ? demanda Deanna.

— Je veux bien un verre de merlot, répondit Kenzie.

— Pareil, renchérit Jack.

La serveuse acquiesça et s'éloigna.

— Alors, Kenzie… Est-ce que tu viens souvent ici ?

— Au moins une fois par semaine.

— Mince. J'aurais dû t'emmener ailleurs.

Son téléphone vibra de nouveau sur sa cuisse.

— Non, dit-elle très vite. Ça me va bien.

— Je n'étais pas sûr d'avoir assez d'énergie pour passer te prendre, t'emmener quelque part, puis te redéposer avant de rentrer, avoua-t-il. J'ai eu une dure journée : il y a un virus qui fait le tour de toutes les écoles du coin…

— Ne t'en fais pas, répondit-elle avant de consulter son portable aussi discrètement que possible.

Par contre, on n'a plus de glace. Dani a TOUT mangé !

Elle ne put s'empêcher de sourire. Cette gosse pourrait vivre de glace ! Néanmoins, elle n'allait pas se laisser distraire. Spencer savait qu'elle avait un rendez-vous et il essayait de saboter sa soirée. Hélas, ses doigts glissèrent d'eux-mêmes sur l'écran pour répondre :

Avec des bonbons ?

— J'avoue que c'est mon premier rendez-vous arrangé, confia-t-elle en attendant son vin – et la réaction de Spencer.

— Moi aussi.

— Si j'ai accepté, c'est parce que Jillian ne tarit pas d'éloges sur son cousin si beau et célibataire…

Le portable vibra de nouveau.

Plein de bonbons.

— En fait, je ne suis pas célibataire… mais divorcé.

Elle poussa un soupir de soulagement.

— Tu me rassures ! Pendant un instant, je t'ai cru marié.

— Non, confirma-t-il. Mon second divorce a été prononcé il y a un an.

— *Second* divorce ?

Un autre message arriva.

Dani veut que Ke'zie lui donne son bain.

— Oui… Ça te pose un problème ?

— Pas vraiment.

Sans doute était-ce ce qu'il espérait entendre, mais elle ne se sentit pas très convaincante. Une autre pensée la traversa.

— Tu as des enfants ?

— Un garçon de huit ans avec ma première femme, et une fille de quatre ans avec la seconde.

Bien sûr, ces derniers mots réveillèrent l'image de Dani. Refusait-elle vraiment de prendre son bain ? Spencer savait pourtant l'amadouer en lui promettant des bulles.

— Est-ce que tu les vois souvent ?

— Aussi souvent que je le peux.

Une réponse aussi noble que vague…

— Où sont-ils, ce soir ?

Le bain est pris, mais elle refuse de dormir si Ke'zie ne lui lit pas une histoire.

— Jack Junior a un rassemblement jeunesse dans son église, ce week-end. Sa mère a… « trouvé la religion » après notre divorce et a épousé le pasteur six mois plus tard.

— Et ta fille ? demanda prudemment Kenzie.

— Lexi a des cours de natation tous les samedis soir car sa mère, qui a négocié une pension alimentaire royale pour pouvoir l'élever à plein temps, passe sa vie à lui prévoir des activités les jours où je dois la prendre avec moi.

— Ça doit être dur.

Elle a choisi *Le Pays des beaux rêves*. Encore.

— Oui, admit Jack. On pourrait croire que mes ex comprennent que des urgences médicales puissent surgir au dernier moment, mais non. Elles me punissent pour avoir parfois dû décevoir les attentes de mes enfants…

Kenzie fut soulagée de voir Deanna revenir avec leurs boissons et leur demander s'ils avaient choisi leurs plats.

— Je n'ai pas encore regardé la carte, répondit Jack. Je pensais manger un steak, mais je crains qu'un endroit pareil n'offre pas des viandes de qualité…

Le sourire de la serveuse ne vacilla même pas, et Kenzie eut un peu de compassion pour elle.

— Notre plat du jour est un pain de viande de bison

très apprécié, annonça Deanna poliment. Il s'accompagne de purée à l'ail et d'asperges grillées.

— Du pain de viande ?

— Il est très bon, lui assura Kenzie.

— Très bien. Je vais tenter ça…

— Pour moi, reprit-elle, ce sera un contre-filet saignant avec des pommes de terre rôties et une salade.

La serveuse acquiesça, puis s'éloigna de nouveau.

Elle serre le livre contre elle. Elle t'attend.

L'image de Dani, nichée sous ses couvertures, éveilla en elle un regret poignant. Elle aurait tant voulu être là-bas, plutôt que devoir parler à cet homme qui – clairement – ne l'intéressait pas. Hélas, Dani n'était pas sa fille, et elle ne pouvait pas se laisser manipuler ainsi.

Je suis occupée, Spencer.

— Alors… Et toi ? demanda Jack. Déjà mariée ?

— Non.

— Des enfants ?

— Non plus.

— Alors, qui t'envoie une flopée de textos, depuis tout à l'heure ? insista-t-il.

— Un ami, avoua-t-elle, les joues en feu. Navrée…

— Tu devrais peut-être lui dire que tu es avec quelqu'un.

— Oui. Je l'ai fait. Il avait juste une question à me poser.

— Juste *une* ?

— C'était la dernière, promis.

Tout en parlant, elle tapa un nouveau message :

Sauf en cas de vie ou de mort, je ne veux plus entendre parler de toi jusqu'à demain.

Puis elle posa le téléphone sur la table pour que Jack puisse voir qu'il était éteint. De toute manière, aucun désastre n'allait frapper ce soir, et Spencer était tout à fait capable de s'occuper de Dani. Hélas, elle ne put s'empêcher de penser à lui pendant le reste du repas.

Sa détermination à devenir un bon père la surprenait – et l'attendrissait. Elle aussi voulait fonder sa propre famille, un jour ; sans doute parce qu'elle n'en avait pas vraiment eu en grandissant. Cheryl avait été merveilleuse, mais l'absence de son père avait laissé un tel vide en elle… Depuis qu'elle fréquentait Spencer et Dani, elle admirait son dévouement. C'était ce qu'elle voulait. D'accord, pas *Spencer* lui-même : elle n'était pas assez folle pour faire la même erreur qu'autrefois. Juste un homme comme lui, qui ferait passer sa famille avant tout. Et Jack ne semblait pas à la hauteur. C'était peut-être injuste de sa part, mais elle ne voulait pas épouser quelqu'un qui avait déjà divorcé deux fois. De plus, en dépit de son célibat prolongé, elle ne ressentait rien pour lui. Pas de désir ou de frissons. Quoi qu'il en soit, elle fit de son mieux pour rester attentive à leur conversation.

— Veux-tu un dessert ? demanda Jack, une fois leurs assiettes desservies.

— Non, merci.

— Un café ? Un thé ? suggéra Deanna.

De nouveau, Kenzie secoua la tête.

— Dans ce cas, j'aimerais l'addition, dit Jack avant de se retourner vers la jeune femme. On pourrait peut-être finir la soirée chez moi. J'ai des rendez-vous très tôt, demain, et je préférerais passer la nuit près de l'hôpital.

Il fallut quelques instants à Kenzie, encore hantée par l'image de Dani, pour comprendre ce qu'il entendait par là. Son audace la choqua.

— Écoute, Jack, je ne sais pas ce que Jillian t'a raconté, mais je ne suis pas du genre à coucher le premier soir…

— Elle n'a jamais prétendu ça, répondit-il avec un sourire qui avait dû séduire bien des femmes. Mais je suis optimiste.

— J'ai passé une bonne soirée, dit-elle pour couper court.

Après tout, il était le cousin de Jillian et elle ne voulait pas causer de drame entre elles.

— Dans ce cas, on pourrait se revoir un de ces quatre, proposa Jack en signant le reçu.

— Peut-être…

Il l'aida à enfiler son manteau, et elle le remercia. Hélas, ce geste n'effaçait pas son mépris face à Deanna, au début du repas. Kenzie aurait pourtant *voulu* être attirée par lui. Il était beau, intelligent, compétent – et Cheryl avait été ravie d'apprendre que sa fille avait rendez-vous avec un médecin, une information qu'elle lui avait confiée pour l'empêcher de se plaindre du temps qu'elle passait avec Spencer. Mais elle ne ressentait absolument rien pour cet homme.

— Merci pour le repas, déclara-t-elle lorsqu'il l'eut raccompagnée chez elle. Et toutes mes excuses pour les interruptions…

— Ton téléphone est-il encore éteint ?

Elle acquiesça.

— Tant mieux, reprit-il avant de se pencher pour l'embrasser.

Elle tenta une fois de plus de laisser le désir l'envahir, les yeux clos, mais même les mains de Jack descendant jusqu'à ses fesses ne lui firent rien. Elle s'écarta donc de lui.

— Bonne nuit, dit-elle fermement.

— Ne vas-tu pas m'inviter à entrer ?

Il paraissait sincèrement surpris.

— Je croyais avoir été claire au restaurant, lui rappela-t-elle. Bonne nuit, Jack.

Elle ouvrit la porte du hall et attendit à l'intérieur de le voir remonter dans sa voiture. Après avoir passé trois heures dans une robe moulante et des talons hauts, elle n'était enfin plus qu'à une volée de marches de son pyjama… Seulement, au lieu de monter chez elle, elle ressortit dès que Jack eut disparu au coin de la rue, monta dans sa propre voiture et démarra. Sans doute faisait-elle une grave erreur – encore…

- 11 -

Spencer regardait la télé quand son portable sonna, annonçant enfin un message de Kenzie.

Dani est toujours debout ?

Il répondit immédiatement.

Non. Elle a réussi à s'endormir il y a une demi-heure. Déjà rentrée chez toi ?

Non.

Alors, pourquoi m'écris-tu ?

Parce que je suis devant ta porte.

Il bondit de son canapé et alla lui ouvrir. Elle entra, déboutonnant son manteau, et le jeta dans un fauteuil. Spencer crut que sa mâchoire allait se détacher quand il vit sa robe aubergine à manches longues et jupe très courte. L'étoffe embrassait son corps comme les bras d'un amant, et en dessous… *Waouh*. Comment n'avait-il jamais remarqué ses jambes ? Sans doute parce qu'il l'avait toujours vue en pantalon. Hélas, cette robe n'était pas pour lui : elle l'avait enfilée pour un autre homme.

La seule chose qui apaisa sa jalousie fut qu'elle n'était pas avec ce type, maintenant, mais ici. Avec lui.

— Es-tu venue me gronder ? demanda-t-il, inquiet.

Elle secoua la tête, faisant danser ses épaisses boucles.

Ses yeux gris pâle étaient rehaussés de fard sombre et de mascara. Elle avait laissé ses lèvres roses au naturel. Spencer grimaça. Une belle robe, du maquillage, des talons vertigineux. Tout ça pour un homme dont elle avait refusé de lui parler – clairement quelqu'un à qui elle tenait beaucoup.

Avait-il gâché sa soirée en lui envoyant tous ces petits textos joueurs ? Sans doute pas : si elle n'avait pas voulu être dérangée, elle aurait simplement éteint son portable. De toute manière, il ne regrettait pas ce qu'il avait fait. Au fond, il ne voulait pas la savoir avec un autre homme que lui.

— Écoute, dit-il néanmoins, je comprends que tu sois contrariée, mais…

— Tais-toi un instant.

Elle ne semblait pas seulement en colère, mais aussi frustrée et… autre chose. Un sentiment qu'il ne put définir.

— J'essaie de t'expl…

Elle ne le laissa pas finir et plaqua sa bouche contre la sienne. Spencer avait passé sa vie à perfectionner sa technique de drague. Il aimait avoir le contrôle et était en général refroidi par les femmes trop entreprenantes. Jusqu'à ce soir. Jusqu'à ce que Kenzie prenne les devants et l'embrasse avec tant de fièvre. Elle passa les mains dans son cou, glissant ses ongles sur son crâne. Sa langue effleura ses lèvres, comme une supplique. Il obtempéra et la serra plus encore contre lui pour lui rendre son baiser. Ses seins se pressèrent sur son torse, ses cuisses sur les siennes. Lorsqu'elle s'écarta enfin, ils étaient tous les deux à bout de souffle.

— C'était… hem…

Elle le regarda, les yeux pétillants de désir, les lèvres humides, et il fut incapable de penser. La seule réponse qui lui parut appropriée fut de l'embrasser de nouveau. Depuis des semaines, tant de choses le contraignaient à brimer son propre désir pour elle. Dani, pour commencer. Sa présence l'obligeait à prendre ses nouvelles responsabilités au sérieux – et ça ne le dérangeait pas. Il devait devenir un exemple pour elle. Il avait d'ailleurs l'impression de s'en sortir plutôt bien. Certes, ils avaient eu quelques difficultés, au début, mais la situation s'améliorait de jour en jour. Suivre le rythme de sa fille l'occupait toute la journée, le laissant cependant bien seul et perdu une fois qu'elle dormait. Il cherchait sans cesse des moyens de meubler ses longues soirées – et il ne connaissait rien de mieux pour ça que le sexe. Ça lui manquait. Pas juste l'acte physique, mais tout ce qui allait avec : l'attraction, le jeu de la séduction, puis le corps d'une femme dans ses bras…

Oui, le sexe lui manquait. Hélas pour lui, dès qu'il y songeait, c'était Kenzie qui apparaissait dans ses fantasmes. Elle était la seule qu'il désirait depuis son retour à Haven. D'ailleurs, à en croire ses baisers, ce désir était partagé.

Alors qu'il venait enfin de trouver la fermeture Éclair de sa robe, elle s'écarta brusquement de lui et le repoussa.

— Tu es infernal, Spencer Channing.

Il lui fallut quelques instants pour reprendre son souffle et chercher à comprendre ce qui lui valait cette froideur soudaine. Si un homme avait pu un jour percer les secrets de la psyché féminine, ce n'était clairement pas lui !

— Pourquoi te mets-tu en colère ?

— Parce que je ne voulais pas ressentir quoi que ce soit en t'embrassant.

Cette réponse le laissa plus perplexe encore. Kenzie soupira d'un air frustré.

— J'espérais que ça vienne de moi, expliqua-t-elle

d'une manière tout aussi embrouillée. Je pensais que j'étais juste fatiguée, énervée…

— Énervée, oui. Je vois ça, dit-il, espérant la faire sourire.

Et ça marcha. Presque. Ses lèvres s'incurvèrent un instant.

— C'était sans doute une erreur. Je n'aurais pas dû accepter de sortir avec lui.

— Ah, comprit-il tout à coup. C'est M. Pâté-Oignons.

— En fait, c'était *Dr* Pâté-Oignons.

— C'est pour ça que tu as accepté de le rencontrer, alors.

— Non !

Il haussa un sourcil, sceptique.

— J'ai dîné avec lui parce que… Peu importe. Je n'ai fait que suivre le mouvement, et quand Jack m'a embrassée…

— Stop ! coupa-t-il. Je ne veux pas entendre les détails.

— C'était… sympa, dit-elle néanmoins.

— Sympa ?

— Pas désagréable, mais pas formidable non plus.

— Bonne nouvelle, grommela-t-il, un peu soulagé de savoir qu'elle l'avait préféré à cet homme.

— Non, au contraire. Je voulais de la passion. Je voulais le désirer, en perdre la tête. Bien sûr, ajouta-t-elle, j'aimerais sortir avec un homme intéressant. Mais je veux aussi que ses baisers me fassent frissonner tout entière.

Tout entière ? Il ne commenta pas cette allusion timide, trop heureux de l'entendre se plaindre de son rencard.

— Est-ce trop demander, à ton avis ?

— Évidemment que non, répondit-il, conscient que ce qui se passait entre eux était bien plus brûlant que ça.

Elle soupira, d'un air à la fois triste et frustré.

— Je désire juste trouver un homme qui me fasse ressentir les mêmes choses que toi…

— Euh… Je suis là, non ?

— Non. Impossible. Ce serait une mauvaise idée.

— Pourquoi ? De toute évidence, on fonctionne plutôt bien ensemble, niveau frissons.

— Oui, mais j'ai envie de plus que ça, dit-elle.

Hélas, ils savaient tous les deux qu'il ne pouvait lui offrir autre chose – pas pour l'instant, en tout cas. L'aurait-il seulement voulu ? Kenzie s'en alla sans un mot de plus, et il contempla un long moment la porte, regrettant pour la première fois de n'être pas l'homme qu'elle attendait.

Le samedi suivant, après une nouvelle visite chez Mme Powell, Kenzie reçut un texto de Spencer. Au lieu d'y répondre, elle frappa directement chez lui. Elle n'était plus revenue depuis qu'ils s'étaient embrassés – et ce souvenir la faisait encore trembler de désir. Certes, elle l'avait croisé avec Dani en ville, mais avait évité de revenir sur les « lieux du crime ». À présent, près d'une semaine plus tard, elle se sentait enfin assez confiante pour résister à la tentation. De plus, elle pouvait toujours compter sur la présence de la fillette pour l'empêcher de perdre le contrôle.

— Tu étais chez Mme Powell, devina-t-il en ouvrant.

— Oui.

— Comment va-t-elle ? Elle garde Dani quand je vais à la clinique, mais je ne l'ai pas vue, ces derniers jours.

— Bien. Et toi, ton épaule ?

— Elle est moins raide qu'avant. Je ne peux pas en dire autant d'une autre partie de mon corps, par contre…

Elle leva les yeux au ciel.

— Pourquoi m'as-tu écrit, Spencer ?

— Je pensais te proposer une virée à Crooked Creek Ranch…

Elle fut surprise – et un peu déçue – qu'il abandonne

si vite. Bien sûr, c'était elle qui avait posé des limites et elle était contente qu'il les respecte. Mais elle aurait aimé le voir un peu plus triste…

— Est-ce une idée de Dani ?

Le grand-père de Spencer lui apprenait à monter et, depuis, la petite voulait passer sa vie au ranch.

— En fait, elle n'est pas là. Elle est avec Linda.

— La mamie jet-set est de retour ?

Il gloussa.

— Oui. Son nouvel époux et elle sont rentrés d'Europe il y a quelques jours, et elle voulait passer du temps avec Dani.

Sans s'arrêter sur cette révélation – un *époux* ? – Kenzie s'inquiéta immédiatement de la fillette.

— Ils l'ont prise pour le week-end ?

— Ils l'ont récupérée ce matin et me la ramèneront demain après-midi.

— Et te voilà avec du temps libre à occuper, comprit-elle.

— J'ai envie d'aller faire un peu de cheval au ranch.

— Bonne idée.

— Et j'aimerais que tu m'accompagnes…

— Je n'y suis pas retournée depuis au moins cinq ans.

— Depuis le départ de Brie ?

Elle acquiesça.

— Alors, qu'en dis-tu ? On pourrait faire une longue balade et emporter un pique-nique, insista-t-il.

— Je viens de te dire que je n'avais pas monté depuis cinq ans. Je ne suis pas certaine qu'une *longue* balade soit une bonne idée.

— Une petite, alors ?

Bien sûr, c'était tentant, mais…

— La météo n'a-t-elle pas prévu des orages ?

Pour toute réponse, il se tourna vers la fenêtre, d'où on

pouvait voir un grand ciel bleu. Oui, ça ne ressemblait pas à un temps orageux. Au contraire, c'était une journée parfaite pour prendre l'air.

— Domino aurait bien besoin de se défouler, reprit Spencer, jouant son va-tout.

Kenzie sentit sa détermination faiblir.

— Est-ce qu'on t'a déjà dit que tu n'es pas fair-play ?

— J'aime gagner, répondit-il en haussant les épaules.

— Et c'est pourquoi je ne jouerai jamais avec toi.

De toute manière, Spencer était hors de sa portée. Ce n'était peut-être plus aussi évident qu'autrefois, mais ça n'avait pas changé.

— Oublie tout ça et viens juste te promener avec moi…

Oh ! elle aurait tant voulu accepter ! Elle aurait aimé passer le reste de la journée avec lui, au ranch. Mais rester trop longtemps en sa compagnie ne faisait pas que réveiller ses anciens sentiments, ça en créait de nouveaux – bien plus dangereux. À seize ans, elle s'était crue amoureuse sans le connaître. Si elle l'avait fréquenté, elle aurait compris qu'il était gâté, égoïste, et ne l'aurait pas même *apprécié*. Néanmoins, il avait beaucoup changé depuis qu'il était devenu père. Seul son charme dévastateur demeurait le même.

Voir cet homme si sexy s'occuper avec patience et douceur de sa fille le rendait encore plus attirant. Et plus Kenzie les observait ensemble, plus elle avait envie de faire partie de leur nouvelle famille. C'était un désir risqué. Elle savait mieux que personne à quel point l'amour était une chose fragile, et à quel point il pouvait faire souffrir. Elle avait retenu cette leçon après le départ de Spencer, sept ans plus tôt, puis à la fin de sa romance avec Brandon, et de ses fiançailles avec Dale. Sans compter le fait que son propre père l'avait abandonnée avant sa naissance !

D'un autre côté, Spencer lui proposait une balade, pas une liaison. Elle chassa donc ses inquiétudes et céda.

— D'accord, mais si je reviens avec des courbatures aux fesses…

— Je les embrasserai pour les soigner, promit-il.

— Me proposes-tu vraiment d'embrasser mes fesses ?

— Et tout le reste de ton corps, si tu veux.

— Justement, je ne veux *pas*.

Il se contenta de sourire, sans rien ajouter, et elle préféra changer de sujet.

— Laisse-moi une demi-heure pour aller me changer, dit-elle. Je te retrouverai là-bas à midi.

Spencer appela son grand-père à l'avance pour lui demander de seller Domino et la jument d'Emily.

— Quelle est cette jolie demoiselle ? demanda Kenzie en descendant de voiture tandis que les chevaux s'approchaient.

— Copper Penny, répondit-il. Elle appartenait à la mère de Dani.

— Et maintenant, à ta fille ?

— En principe, oui, mais elle est trop grande pour elle. Grand-père a emprunté un poney nommé Daisy à un ami pour lui apprendre à monter. Apparemment, elle a un don…

— Pas étonnant : sa mère était une championne de course et son père est un cow-boy pro. Elle a ça dans le sang.

— Peut-être bien.

Il fit de son mieux pour sourire, mais cette remarque le mit mal à l'aise. Quelques jours après avoir croisé ses anciens amis chez Jo, il avait dû conduire Dani chez le médecin pour une douleur à l'oreille. Sans réfléchir, il en avait profité pour demander un test de paternité. La procédure avait été rapide, mais l'attente des résultats le rongeait. Le médecin l'avait prévenu que le courrier du laboratoire n'arriverait pas avant des semaines, et il avait chassé cette angoisse de son esprit. Ou presque…

Plus il passait du temps avec Dani, plus il était certain qu'elle était bien sa fille et il avait à présent honte d'avoir laissé les soupçons de ses amis l'atteindre.

Kenzie se tourna vers le hongre de Brielle et lui caressa l'encolure en souriant.

— Bonjour, Domino. Tu te souviens de moi ?

L'animal se frotta contre sa joue et elle rit.

— Ça fait longtemps, hein ?

— Trop longtemps, lança une voix bourrue, près d'eux. Je croyais que tu avais oublié le chemin du ranch !

— Je suis contente de vous voir, monsieur Blake, dit-elle en se tournant vers le grand-père de Spencer.

Il hocha la tête, puis s'adressa à son petit-fils :

— L'orage approche, tu sais.

— Mais le ciel est bleu !

Ce n'était pas tout à fait vrai. Quelques nuages commençaient à se former. Blancs, légers… Si innocents.

— Oublie le ciel. Je le sens dans mes os.

— On sera prudents, je te le promets.

— Vous avez intérêt.

Puis, en levant la main à son chapeau, il retourna dans la grange sans un mot de plus.

— Alors ? demanda Spencer. Tu es prête ?

— Oui.

Il l'aida à se mettre en selle, puis elle fit un tour de manège au pas pour reprendre ses marques. Spencer la surveilla d'un œil tout en serrant les sangles de Copper Penny, ravi de voir que Domino lui obéissait au moindre mouvement. Enfin, il grimpa sur sa propre monture et précéda Kenzie sur le chemin qui s'éloignait en direction des montagnes, longeant un petit ruisseau. Les jours de pluie, il s'écoulait bruyamment ; mais la région souffrait de sécheresse depuis des semaines, et seul un mince filet d'eau se voyait encore dans le lit de pierres. Une brise fraîche annonçait l'approche de l'hiver. Néanmoins, il faisait encore beau et Spencer descendit dans la vallée voisine – parfaite pour un pique-nique. Lorsqu'ils s'arrêtèrent, Kenzie l'aida à étendre une nappe dans l'herbe.

— Qu'y a-t-il au menu ? demanda-t-elle.

— Sandwichs jambon-fromage, pommes et cookies aux pépites de chocolat, dit-il en déballant le repas.

— Miam !

— Et du vin, ajouta-t-il avant de sortir une bouteille de merlot de son sac.

— Bon choix.

— J'avoue que j'ai demandé à Alyssa ce que tu préférais boire, au bar…

— À t'entendre, je passerais ma vie « au bar ».

— C'est bien le seul endroit où on peut sortir, à Haven, non ? dit-il en riant.

Il disposa les provisions sur la nappe, puis s'y allongea, les mains croisées dans la nuque pour regarder les nuages passer.

— Cette balade était une bonne idée, admit Kenzie.

— Il m'arrive d'en avoir.

— Et une meilleure idée aurait été d'apporter un tire-bouchon, reprit-elle sur un ton moqueur.

Il se redressa, prit la bouteille et jura.

— Tu n'as pas l'habitude de boire du vin, n'est-ce pas ?

— Non, avoua-t-il.

Mais il n'était pas du genre à admettre sa défaite. Il fouilla son sac et dénicha son fidèle couteau suisse. Ce dernier était petit, sans accessoires inutiles, mais possédait une bonne lame. Il la planta dans le bouchon, tourna, tira. Lorsqu'il l'eut dégagé à moitié, le liège cassa.

— Ne t'en fais pas, dit Kenzie. Je n'ai pas très soif.

— Je vais y arriver, insista-t-il, bien décidé à en venir à bout.

Cette fois, sa lame transperça ce qui restait du bouchon. Kenzie le regarda lutter en grignotant une tranche de pomme. Ce fut un travail long et pénible, mais il réussit enfin.

— Ta-dam ! s'exclama-t-il, soulagé.

Elle sourit, puis réduisit son succès à néant en demandant :

— As-tu des verres ?

- 12 -

— Les femmes ne sont-elles donc jamais satisfaites ? soupira Spencer.

Kenzie ouvrit grand les yeux d'un air innocent.

— As-tu souvent du mal à satisfaire une femme ?

Il la dévisagea avec tant de fièvre qu'elle tressaillit.

— Pas au lit, en tout cas. Ou ailleurs… En fait, je crois que je n'ai jamais reçu de plaintes vis-à-vis de mes performances intimes.

Bien sûr, son esprit se mit immédiatement à imaginer toutes sortes de scénarios et un flot de sang lui monta aux joues. Elle avait eu tort de plaisanter. Elle s'était laissé prendre à son propre piège…

— D'ailleurs, tu n'as râlé qu'à cause des verres, reprit-il.

— Et du tire-bouchon.

— J'ai réussi à ouvrir la bouteille, non ? dit-il en lui lançant un sandwich.

Elle jeta un coup d'œil au vin, dans lequel flottaient encore des morceaux de liège.

— Oui, à peu près, répliqua-t-elle avant de boire une gorgée.

Spencer, qui avait déjà dévoré la moitié de son sandwich, attrapa la bouteille, mais ne but pas, affichant un air pensif.

— Tu sais, tu as le droit de dire que tu t'inquiètes… Au sujet de Dani, compléta-t-elle en attaquant son repas à son tour.

— Pourquoi m'inquiéterais-je ?

— Allons ! Tu as bien dû avoir peur que Linda veuille finalement obtenir la garde, quand elle est rentrée pour passer le week-end avec sa petite-fille.

— Peut-être, admit-il. Mais Emily a fait son choix, et je pense qu'il sera respecté, par Linda ou le juge.

— Vraiment ? Tu n'es pas soucieux ?

— J'ai plutôt peur qu'Emily se soit trompée, que Dani soit mieux avec sa grand-mère.

— La femme qui l'a abandonnée à son deuil pour suivre son petit ami en Europe ? lâcha amèrement Kenzie.

— Dit comme ça, bien sûr…

Elle le regarda avec attention, pressée de le rassurer.

— Emily a pris la bonne décision. Dani doit rester avec toi.

— Mais si… ?

— Si, quoi ?

— Si elle… Si *je* n'y arrivais pas, seul ?

— Rien ne t'oblige à rester seul. Tes amis et ta famille sont là pour t'aider.

— Et si je décidais de poursuivre ma carrière ? lança-t-il soudain, comme si l'idée venait de l'effleurer.

— Est-ce le cas ? demanda Kenzie entre deux bouchées.

— J'ai toujours imaginé continuer jusqu'à mes trente ans, au moins. Je pensais que ça me laisserait le temps d'envisager de rencontrer quelqu'un et de fonder une famille.

— La vie ne se déroule pas toujours selon nos plans. Tu devrais songer à changer de cap.

— Ne l'ai-je pas déjà fait ?

— Je ne sais pas. Peut-être espères-tu encore pouvoir revenir en arrière.

— Comment vont tes fesses ? demanda-t-il alors, dans une tentative grossière pour changer de sujet.

Elle se massa, comme pour vérifier l'absence de bleus.

— Elles sont un peu engourdies, mais ça va.

— Monter, c'est comme le vélo : ça ne s'oublie pas.

— J'imagine que je maîtrise encore les bases, mais j'ai surtout été surprise que Domino se souvienne de moi.

— Bien sûr ! Tu n'es pas le genre de femme qu'on oublie.

Elle gloussa, tout en achevant son sandwich.

— Crois-tu que je n'aie pas pensé à toi, ces dernières années ? reprit Spencer.

— Je l'espérais. Du moins, j'aurais aimé que tu oublies cette soirée, dans la grange…

— Quand tu m'as offert ta virginité en cadeau d'adieu ?

Sept ans étaient passés, et ce souvenir la rendait encore honteuse. Elle baissa les yeux, de peur de se trahir. Spencer se pencha vers elle et lui donna un petit coup d'épaule.

— Désolé. C'était méchant.

— Mais vrai, hélas. Je t'aurais donné tout ce que tu voulais, ce jour-là.

— Dans ce cas, je suis heureux de ne pas l'avoir su.

— Oh ! tu savais, répliqua-t-elle. *Tout le monde* savait à quel point je t'aimais !

Il ne nia pas.

— Et, pour ton bien, je suis ravi de ne pas avoir accepté.

— Moi, je te remercie de m'avoir repoussée en douceur.

— Je ne me souviens pas d'avoir été doux, murmura-t-il. Au contraire, j'ai l'impression d'avoir été assez cruel.

— Pas du tout ! Tu as toléré mes baisers de débutante, mes caresses, alors que tu ne voulais pas de moi.

Cette remarque parut le surprendre.

— Tu penses que je ne voulais pas de toi ?

— Je le *sais*.

— Et comment peux-tu en être sûre ?

— J'imagine que je l'ai compris quand tu m'as rejetée, dit-elle avec une pointe de cynisme.

— Tu étais vraiment si naïve ? Quand je t'ai embrassée, quand j'ai passé les mains sous ton T-shirt et quand je me suis frotté à toi, tu as cru me forcer la main ?

— Euh… On ferait peut-être mieux de ne plus en parler, coupa-t-elle.

Ses souvenirs de cette soirée étaient-ils donc déformés ?

— Ou alors, je pourrais te rafraîchir la mémoire…

— Revenons au sujet de départ : que vas-tu faire avec Dani ? demanda-t-elle, de plus en plus gênée.

Il garda le silence un moment, puis soupira.

— À la base, je pensais arrêter le rodéo à trente ans, ou après mon dixième titre de champion national.

— Il te faudrait en décrocher encore huit en cinq ans, pour ça, remarqua-t-elle.

— On dirait que tu as suivi ma carrière de près !

— Sans le vouloir. Tu sais comment est cette ville : tout le monde ne parle que de tes succès.

Il sourit, puis retrouva son sérieux.

— J'ai encore une chance d'obtenir un troisième trophée.

— Je sais.

— Ça pourrait être ma dernière opportunité. Mais tu penses que je ne devrais pas aller à Vegas, n'est-ce pas ?

— Ce que *je* pense ne compte pas.

— À mes yeux, si, dit-il d'un air sincère.

— C'est ton choix, Spencer, protesta-t-elle.

— Mais ça n'empêchera pas les autres de me donner leur opinion… Ma mère, par exemple, pense que le rodéo est une activité dangereuse et stupide.

— Dangereuse, oui. Sur ce point, je suis d'accord.

— Et mon père me pousse à mûrir, pour ma fille.

— Alors… Quand pars-tu ?

— Crois-tu que je tienne à ce point à les contrarier ?

— Je pense juste que nous résistons tous à la pression que nos parents peuvent nous mettre.

— Toi aussi ?

— C'est différent. J'ai grandi seule avec ma mère. Il m'est arrivé de m'opposer à ses règles, mais avec plus de finesse.

— Donne-moi un exemple.

— J'ai fumé une cigarette, une fois…

Il poussa un petit cri faussement horrifié.

— Une cigarette *entière* ?

— Non, dit-elle avec un sourire. C'était trop mauvais.

— Je suis choqué, Kenzie !

— J'ai aussi fini mon bal de promo complètement ivre et j'ai dit à maman que quelqu'un avait versé de l'alcool dans le punch en cachette.

— Ça arrive tous les ans, répliqua-t-il.

— Seulement, cette année-là, c'était moi.

— Sans blague ? *Tu* as trafiqué le punch ?

Elle hocha la tête.

— Et y a-t-il autre chose ?

— Non, le reste du temps, je flirtais avec les limites. Ma mère s'inquiétait surtout au sujet des garçons. Un jour, Eric Vacca m'a appelée pour me poser une question au sujet du cours d'anglais, et elle m'a fait la leçon pendant une demi-heure sur la débauche et les désirs obscènes de toute la gent masculine…

Spencer éclata de rire.

— Oh oui, moque-toi ! Le lendemain, en classe, j'ai demandé à Eric de ne plus *jamais* téléphoner à la maison.

— Il t'a obéi ?

— Jusqu'à ce que j'aie un portable, oui. Ensuite, ma mère n'a plus été en mesure de surveiller mes appels.

— Que dirait-elle si elle nous savait ici ensemble ?

— Probablement rien, parce qu'elle m'a déjà donné son avis des dizaines de fois et elle sait que je ne l'écoute pas. Mais je vois déjà sa moue et son regard inquiet…

— Dans ce cas, tu devrais écouter ses mises en garde, suggéra-t-il en se rapprochant sur la couverture pour déposer un baiser sur sa joue.

Ce contact si doux la fit frémir.

— A-t-elle raison en disant que tu ne penses qu'à ça ?

— Pas qu'à ça, mais *ça* fait partie de mon top dix, répondit-il en poursuivant ses baisers. Mon top trois, même.

— Si tu m'as invitée pour me séduire, tu vas être déçu…

— On pourrait se contenter de se bécoter comme des ados, si tu préfères.

Comment parvenait-il à lui donner envie de rire et à l'exciter en même temps ? Elle tenta de le repousser – mollement – mais il lui mordilla la lèvre inférieure sans se laisser intimider.

— J'aime vraiment la saveur de ta bouche, tu sais…

Oh ! c'était une très mauvaise idée ! Hélas, elle fut incapable de résister à ses baisers. Après tout, pourquoi se priver d'un tel plaisir ? Elle finit par acquiescer, lui donnant implicitement son accord, et il plaqua ses lèvres contre les siennes.

Ce fut plus qu'un baiser. Ce fut un assaut qui la saisit et la fit gémir malgré elle. Il était si doué ! Sa langue effleura sa bouche, et Kenzie s'y abandonna, suivant son rythme lent et régulier comme une danse sensuelle. Puis, sans comprendre ce qui se passait, elle se retrouva allongée sous lui sur la couverture. Son corps musclé pesait sur ses membres. Il l'embrassait toujours, de plus en plus fiévreux – presque désespéré. Tout comme elle…

Elle ne protesta pas en sentant sa main glisser sur sa

hanche et sous son chemisier. Sa paume rude éveillait des frissons délicieux partout où elle passait. Lorsque son pouce atteignit la pointe tendue de son téton à travers son soutien-gorge de dentelle, Kenzie sentit son sang se muer en un torrent de lave et soupira de plaisir. Il rit contre ses lèvres.

Oh oui ! Encore !

Sans réfléchir, elle se cambra. Sa barbe naissante griffait son cou, sa gorge. Spencer retroussa ses vêtements pour trouver l'attache de son soutien-gorge, qui se fermait sur le devant, et la fit sauter, dévoilant sa poitrine nue. Ses mains, sa bouche brûlante l'explorèrent avec soin. Elle n'avait pourtant pas des seins impressionnants, et ses anciens amants ne s'y étaient pas vraiment intéressés – mais Spencer combla ce manque. Il passait de l'un à l'autre, léchant, mordillant, jusqu'à ce qu'elle en perde la tête. Elle serra ses hanches entre ses cuisses pour mieux se plaquer à lui, enivrée ; mais il se figea soudain et redressa la tête.

— Était-ce… ?

— Quoi ?

La réponse atterrit sous la forme d'une grosse goutte froide sur son front, qui coula le long de sa tempe.

— … de la pluie ? acheva Spencer.

Dans un juron, il roula sur le côté et rassembla à la hâte les restes de leur pique-nique pendant qu'elle se rhabillait. Très vite, une averse violente commença à tomber.

Une averse *glaciale*.

Apparemment, Mère Nature pensait qu'ils avaient besoin d'une douche froide, et Kenzie frissonna quand l'eau pénétra sous le col de sa veste. Une fois en selle, elle s'apprêta à reprendre le chemin du ranch, mais Spencer l'arrêta, indiquant les collines dans la direction opposée.

— Notre cabane de chasse est juste derrière la crête.

Elle acquiesça, soulagée de ne pas avoir à chevaucher une demi-heure sous ce déluge. En effet, la cabane apparut moins de cinq minutes plus tard. Kenzie était déjà trempée jusqu'aux os… Spencer lui dit où trouver la clé cachée, puis attendit qu'elle se soit ruée à l'abri avant de conduire les bêtes dans leur petite écurie de fortune.

On n'était qu'en milieu d'après-midi, mais le ciel était noir, et elle chercha en vain un interrupteur. Cette cabane était vraiment primitive. Elle ne trouva qu'une lampe à pétrole près de l'évier – y avait-il de l'eau courante ? – et une boîte d'allumettes. Elle voulut allumer, mais renonça, de peur de mettre le feu à la cahute, et attendit Spencer. Peu à peu, ses yeux s'habituèrent à l'obscurité. Elle chercha de quoi se sécher mais ne trouva que deux serviettes usées dans la minuscule salle de bains, une couverture pliée au pied du lit étroit et une autre posée sur le dossier d'un vieux canapé.

Kenzie se débarrassa de sa sacoche, puis de sa veste qu'elle posa sur une des chaises dépareillées placées autour de la table. Son chemisier était mouillé aussi et elle réfléchissait à un moyen de se sécher sans se déshabiller quand Spencer entra. Son chapeau, qu'il accrocha à une patère, dégoulinait. Il lâcha ses sacs sur la table et ôta son manteau. Puis, il s'approcha de la cheminée, tira d'un coffre des bûches, des brindilles et du journal pour allumer un feu. Ses gestes étaient sûrs. Il avait déjà fait ça. En quelques instants, une belle flambée se mit à crépiter.

— La cabane devrait se réchauffer très vite, dit-il.

— J'esp-p-père…

— Tu devrais enlever ces vêtements mouillés.

Pour donner l'exemple, il retira ses bottes, son T-shirt et son jean. Il aurait dû paraître ridicule dans son boxer et ses chaussettes, mais la jeune femme fut hypnotisée par ses cuisses musclées, ses abdominaux si fermes et ses larges épaules. Rassemblant ses vêtements, il les étala sur une des chaises qu'il approcha du feu. Elle baissa vivement les yeux quand il se retourna, une couverture à la main, pour l'en envelopper.

— Déshabille-toi, ordonna-t-il.

Kenzie aurait pu plaisanter en disant qu'aucun homme ne la voyait nue sans lui offrir au moins un dîner d'abord, mais ses dents claquaient tant qu'elle ne put qu'acquiescer.

Il s'écarta, sans doute pour lui laisser un peu d'intimité. Elle entreprit de déboutonner son chemisier. Hélas, ses doigts étaient trop engourdis. Quand Spencer se retourna, elle n'avait ouvert que deux boutons. Comprenant sans doute sa difficulté, il vint l'aider sans un mot. Il tira une seconde chaise près du feu et y étala le vêtement, tandis qu'elle dissimulait son soutien-gorge de dentelle rose sous la couverture.

— Ton jean aussi, dit-il.

Elle l'ouvrit facilement, mais eut du mal à décoller le tissu mouillé de ses cuisses d'une main, tout en se couvrant de l'autre. Une fois de plus, Spencer eut pitié d'elle et la fit asseoir sur le canapé, agenouillé devant elle pour la déchausser et finir de la déshabiller. Il ne pensait qu'à la réchauffer, mais elle fut troublée par l'intimité de cette position. Le désir s'alluma au creux de son ventre, plus brûlant que la flambée dans la cheminée.

Spencer leva les yeux. Son visage restait dans l'ombre, mais leurs regards se croisèrent longuement. Puis il se leva, se retourna et disposa son jean sur la chaise avec soin. La couverture qu'elle avait serrée autour d'elle était rude, irritant sa peau et ses tétons tendus par le froid. Il revint l'aider à se lever pour l'approcher du feu et elle soupira, savourant cette chaleur douce. Il lui frotta les bras.

— Ça va mieux ? demanda-t-il.

— Oui, merci…

— Plus jamais je n'ignorerai les intuitions de grand-père concernant la météo, soupira-t-il avec un sourire. J'ai été absent si longtemps que j'avais presque oublié l'existence de cette cabane. On a de la chance qu'elle soit toujours prête à servir pour les urgences : il y a assez de bois pour plusieurs jours, des conserves et deux barils d'eau.

— Personnellement, j'échangerais la nourriture contre un bon sèche-cheveux…

— Inutile. Il n'y a pas le courant, lui rappela-t-il.

Elle hocha la tête et tenta d'essorer sa tresse avec l'une des serviettes.

— Viens.

Elle s'approcha de lui et il ôta l'élastique de ses cheveux pour les étaler sur ses épaules. Ses gestes étaient doux, tendres. Il démêla les mèches mouillées avec les doigts, puis frotta la serviette sur son crâne. Ensuite, enveloppés chacun dans une couverture, ils s'installèrent devant le feu, les yeux plongés dans les flammes.

— Tu te réchauffes ? demanda-t-il au bout d'un moment.

— Je commence.

Elle se sentait même très ragaillardie – et étonnamment audacieuse. Depuis des semaines, leur attirance grandissait discrètement tandis qu'ils s'occupaient de Dani et du reste. Mais à présent, ils étaient seuls, sans distractions, isolés presque nus dans cette cabane… Kenzie aurait pu trouver mille raisons de s'agripper à sa couverture en attendant la fin de l'orage ; mais une chose la poussait à les ignorer. Elle avait envie de lui. Si jamais elle laissait filer cette chance, elle risquait de passer les sept prochaines années à le regretter.

— Il doit y avoir du whisky dans le placard, si tu as besoin de plus de chaleur.

— Essayons plutôt ça, répondit-elle avant de l'embrasser.

Comme ce soir-là, dans la grange, elle fit le premier pas. Mais, cette fois, elle savait exactement ce qu'elle voulait et elle n'avait pas peur de le montrer. Elle laissa la couverture s'ouvrir pour mieux se presser contre lui. Elle n'était pas nue, mais les quelques bouts de dentelle qui la couvraient étaient si sensuels que Spencer ne put s'empêcher de réagir – et son boxer ne cacha rien de son désir. Elle se frotta à lui, joueuse. Clairement, son excitation si palpable la ravissait.

Il sentit sa langue se glisser dans sa bouche, tentatrice. À seize ans, elle avait été timide. Plus maintenant. Elle était passionnée, directe, et il aimait ça. Elle continua à l'embrasser tout en glissant une main entre eux pour effleurer son sexe à travers son boxer. Elle allait le rendre fou !

— Que fais-tu, Kenzie ? murmura-t-il.

— Tu es futé, je suis sûre que tu vas comprendre.

— J'essaie surtout de comprendre ce qui te prend.

— Avec un peu de chance… toi, lança-t-elle en mordillant sa lèvre avec sensualité.

Il lui attrapa la main et l'écarta vivement. Il ne pouvait pas rester concentré quand elle le touchait comme ça.

— Es-tu soûle ? Le vin te monte à la tête ?

Son rire de gorge l'excita plus encore.

— Non, Spencer, je ne suis pas soûle. Puisque nous sommes presque nus, j'ai juste envie d'en profiter…

— Tu disais que tu ne voulais pas de ça entre nous.

C'était un rappel nécessaire, autant pour lui que pour elle. Elle avait déjà refusé ses avances, et il respectait son choix. Bien sûr, ses baisers racontaient une autre histoire.

— J'ai menti, déclara-t-elle sans honte.

— Pourquoi ?

Immédiatement, il se maudit. Quelle importance ? Elle avait envie de lui, autant qu'il avait envie d'elle.

— Parce que je ne voulais pas te désirer, avoua-t-elle. J'aurais dû tourner la page depuis longtemps, mais je n'y arrive pas. J'ai rêvé de ce moment depuis que tu t'es allongé sur ma table de massage.

Lui aussi avait lutté, en vain. Néanmoins, il fit une dernière tentative :

— Tu as aussi dit que tu voulais plus que du sexe.

— Pour l'instant, le sexe me suffira.

Pendant longtemps, il avait pensé la même chose. Mais jamais il ne s'était autant attaché à une femme avant de retrouver Kenzie. Le genre de flirts sans lendemain auxquels il était habitué ne serait jamais assez pour eux.

— Alors, insista-t-elle, aimerais-tu qu'on s'amuse un peu ensemble en attendant que le soleil perce et que nous puissions rentrer au sec ?

Puis, comme si cette invitation n'était pas assez claire, elle laissa complètement tomber sa couverture.

- 13 -

— Tu n'as plus froid ? demanda-t-il bêtement.

— Oh ! si. Je suis gelée, murmura-t-elle en se plaquant davantage à lui, mais je pense que tu sauras me réchauffer.

— Je vais faire de mon mieux.

Il étala la couverture par terre, sans la quitter des yeux, assez près du feu pour profiter des flammes sans craindre les étincelles, puis l'allongea dessus en douceur. Il avait tellement envie d'elle. C'était comme une faim insatiable qui le saisissait – et qui l'aurait inquiété, s'il avait pris le temps d'y réfléchir. Ce qu'il ne fit pas.

Il la débarrassa de ses sous-vêtements si sexy en prenant tout son temps, explorant son corps avec ses mains, sa bouche, savourant la fermeté de sa peau. Elle avait de petits seins très hauts, aux tétons roses tendus. Irrésistibles. Il en pinça un entre ses lèvres, le lécha. Elle soupira et gémit. Oui, elle aimait ça… Sans un mot, elle lui prit la main et la guida entre ses cuisses. Elle paraissait si pressée ! Cette impatience l'excita plus que le reste. Il glissa un doigt dans sa toison soyeuse, entre les plis de chair humides. Elle était prête. Il poursuivit donc ses caresses, se concentrant sur son autre téton, puis la pénétra d'un doigt. S'il avait voulu profiter de l'instant, c'était raté : son petit cri brisa les dernières digues et il céda à son désir. Il descendit le long de son corps en l'embrassant, avant de se nicher entre ses cuisses pour humer son nectar enivrant.

— Spencer… Je t'en supplie…

Il aima la voir jouir sans retenue. Il commença à se débarrasser de son boxer, emporté par sa fièvre, puis se figea et lâcha un juron. Un regard confus se posa sur lui.

— Que… Qu'est-ce que tu fais ? Tu ne veux pas… ?

— Si, plus que tu ne l'imagines, répondit-il, mais je n'ai pas… Je ne pensais pas que ça arriverait et…

— Oh.

Elle soupira, soulagée.

— Si ce n'est que ça. Regarde dans la poche de mon sac.

Il y trouva un préservatif, en effet. Plusieurs, même. Si la pluie durait trop longtemps, ils auraient de quoi s'occuper ! Quand il revint près d'elle, elle s'agenouilla pour enfiler le caoutchouc sur son sexe palpitant. Comme la première fois qu'elle l'avait touché, dans la grange, ce contact faillit lui faire perdre le contrôle. Heureusement, il était plus expérimenté, et serra les dents pour tenir bon. Elle se rallongea, l'entraînant avec lui. Ses cuisses emprisonnèrent sa taille et sa bouche insatiable chercha la sienne.

— Maintenant, chuchota-t-elle contre ses lèvres.

Il ne se fit pas prier. D'un mouvement souple, il entra en elle. Il l'embrassa de nouveau, cueillant le gémissement sur sa bouche, et commença à bouger. Elle le pressa fort contre elle tandis que leurs corps se mêlaient, trouvant leur rythme. Il serra les poings pour retenir le plaisir qui montait déjà ; mais elle se mit à crier, cédant avant lui, et il se laissa aller.

Quand il retrouva une respiration normale, il l'enlaça et roula avec elle sur la couverture jusqu'à ce qu'elle soit sur lui. Elle nicha son visage dans le creux de son épaule et soupira.

— C'est ce que j'appelle une tempête, dit-elle quand son cœur eut cessé de battre la chamade.

Spencer rit et déposa sur ses lèvres un baiser d'une tendresse inattendue.

— Tout va bien ?

— Mmm, murmura-t-elle, incapable de parler davantage.

— Le sol est dur et je n'ai pas été très attentionné…

— Ça va, affirma-t-elle.

En fait, elle se sentait mieux que jamais, mais il n'avait pas besoin d'être flatté en apprenant qu'il venait de bouleverser toute son existence.

— Veux-tu recommencer ?

Sa voix pleine d'espoir la fit sourire. *Oui ! Encore et encore !* Elle se rappela néanmoins que ce n'était qu'une parenthèse et qu'il était hors de question d'envisager une vraie relation avec lui.

— La pluie a l'air d'avoir cessé, dit-elle donc. On devrait peut-être rentrer.

Sans se lever, il tendit une main pour tâter leurs vêtements, encore mouillés ; puis lui adressa ce sourire mutin qui la faisait fondre. Au final, pourquoi se presser ?

Kenzie se réveilla très tôt, dans les bras de Spencer et au milieu de son lit. Jamais elle n'aurait deviné qu'il était du genre à faire des câlins. Bien sûr, la plupart des hommes enlaçaient les femmes pendant quelques minutes après avoir fait l'amour, mais ça s'arrêtait là. Jusqu'à présent, ça ne l'avait jamais vraiment dérangée… Et pourtant, elle venait de passer la nuit contre lui.

Ce n'est qu'un flirt, se répéta-t-elle une nouvelle fois. Dans trois semaines, il repartirait, et tout s'arrêterait. Consciente de ça, elle se libéra prudemment et se rendit dans la salle de bains sur la pointe des pieds. Elle avait des courbatures dans des endroits dont elle n'avait même pas soupçonné l'existence. Une partie de sa fatigue s'expliquait par leur balade à cheval, mais le reste provenait d'un tout autre sport. Bien sûr, elle ne regrettait pas ce qu'ils avaient fait. Seulement, le moment était venu de rentrer chez elle, de retrouver la vraie vie.

Une fois habillée et prête à partir, elle se souvint que Spencer l'avait emmenée en voiture jusqu'à Crooked Creek, la veille. Elle n'avait donc que deux choix : marcher sur près de cinq kilomètres ou le réveiller pour lui demander de la déposer. Elle opta pour la seconde idée. Si elle s'enfuyait, il penserait qu'elle n'avait pas osé l'affronter ; mais si elle l'accueillait avec un grand sourire, il allait croire que tout allait bien. Qu'ils n'avaient fait que s'amuser un peu, comme prévu, et que cette nuit ne signifiait rien pour elle.

Bien sûr, il ne se montra pas pressé de la raccompagner. Il insista pour préparer le petit déjeuner et, tandis qu'ils partageaient du café et des toasts, Kenzie fut surprise de voir avec quelle facilité il abordait ce lendemain délicat. Sans doute avait-il de l'expérience dans ce domaine. Quoi qu'il en soit, elle était contente de ne pas être partie comme une voleuse.

Enfin, alors qu'ils rangeaient la cuisine, il proposa un nouveau round, arguant que le matin était un meilleur moment pour faire l'amour. Elle ne cacha pas son scepticisme. La ficelle était trop grosse.

Mais il l'embrassa et elle se rendit compte que son corps réagissait de lui-même. Dix minutes plus tard, elle était de nouveau nue dans ses bras. Il lui proposa ensuite de lui démontrer les bienfaits du sexe sous la douche…

Enfin, bien plus tard, ils prirent le chemin de sa maison.

— Parle-moi de tes fiançailles, lança Spencer, au volant.

— Vraiment ? Tu veux que je te raconte mon histoire avec Dale ? demanda-t-elle, surprise et perplexe.

— Je me demande juste pourquoi tu as accepté de l'épouser, et ce qui t'a fait changer d'avis.

— Comment sais-tu qu'*il* ne m'a pas quittée ?

Il haussa un sourcil, comme pour souligner l'absurdité de cette idée. Elle soupira.

— Ma mère et moi sommes allées regarder des robes de mariée, et j'ai compris que j'étais plus excitée à l'idée de préparer la fête qu'à l'idée de ce qui allait suivre.

— Tu ne veux pas te marier ?

— Si, admit-elle, mais pour les bonnes raisons. Accepter uniquement pour ne pas blesser l'homme qui me demandait ma main n'était pas une bonne raison.

— Tu n'aimais pas Dale, finit-il par comprendre.

— Je le voulais, mais… Non. Je n'étais pas amoureuse.

— Donc, tu n'as pas eu le cœur brisé.

— Pas du tout, répondit-elle. Et toi ?

— Je peux t'assurer que Dale ne m'a pas brisé le cœur non plus.

Elle sourit, mais refusait de le laisser éluder la question.

— Es-tu déjà tombé amoureux ?

— Je ne suis jamais resté assez longtemps au même endroit pour ça…

— L'amour arrive pourtant vite, avec la bonne personne, dit-elle tandis qu'il se garait devant son immeuble.

— Comment le saurais-tu ?

— Tu marques un point.

Bien sûr, il insista pour la reconduire à son appartement. Puis pour l'embrasser. Elle venait tout juste de fermer la porte quand son téléphone sonna. Le visage de Brielle apparut en vidéo sur son écran.

— Où étais-tu, hier ? demanda-t-elle.

— Spencer m'a proposé une balade à cheval…

Son amie poussa un soupir un peu triste.

— C'est ce qui me manque le plus, à New York.

— Je crois que tu manques aussi à Domino.

— Je suis contente qu'il ait pu se dégourdir les pattes avec toi, au moins.

— Il a aussi de nouveaux amis. Copper Penny, une ancienne jument de course, et Daisy, un poney que ton grand-père a emprunté pour donner des cours à Dani.

— Alors, comment était-ce ?

— Super, répondit Kenzie. Jusqu'à ce qu'on soit surpris par un orage. On a dû se réfugier dans la cabane de chasse.

— Dani a dû avoir très peur…

— Oh. En fait, elle n'était pas avec nous.

Son amie garda le silence un instant.

— Tu étais seule avec Spencer ?

— Oui, fit-elle d'un air qu'elle espéra détaché.

Circulez, il n'y a rien à voir. Hélas, Brielle la connaissait trop bien…

— Qu'est-ce que tu me caches ?

Répugnant à lui cacher quoi que ce soit, Kenzie admit :

— Je n'ai pas répondu à ton appel d'hier parce que j'étais presque nue.

— *Presque nue ?* Dans la cabane ? Avec mon frère ?

— Il pleuvait tellement qu'on était trempés jusqu'aux os ! On a dû faire sécher nos vêtements devant le feu.

— Promets-moi au moins qu'il ne s'est rien passé de plus.

— Euh… Je ne peux pas te dire ça, Brie.

— Tu as couché avec mon frère ? !

Kenzie acquiesça, un peu gênée.

— C'était la plus incroyab…

— Stop ! Je n'ai pas besoin de connaître les détails !

— Désolée. Je crois que j'ai juste besoin de conseils.

— Si tu m'en avais parlé hier, je t'aurais conseillé de *ne pas* coucher avec Spencer, répondit Brielle.

— Et maintenant ?

— Maintenant, soupira-t-elle, tout ce que je peux te dire, c'est de ne pas lui offrir ton cœur. À moins que ce soit trop tard pour ça aussi.

— Non, assura Kenzie.

Heureusement, Brielle parut la croire et changea de sujet. Mais, après avoir raccroché, Kenzie se demanda si elle avait été vraiment honnête. Au retour de Spencer, elle avait été certaine de ne plus rien ressentir pour lui. Ensuite, elle s'était convaincue que ses frissons n'étaient que du désir. Comment aurait-elle pu aimer un homme dont elle ne savait plus rien ? Hélas, le temps passé avec lui et Dani lui avait permis de le redécouvrir et de voir qu'il n'était plus l'ado fanfaron d'autrefois. À présent, ce qu'elle éprouvait pour lui était si profond, si intense... Elle comprit soudain que son cœur était *déjà* en danger. Elle aimait la fillette et n'allait pas tarder à se laisser irrémédiablement séduire par son père.

Brielle ne fut pas la seule à s'inquiéter en apprenant son escapade avec Spencer...

— Je t'avais dit de garder tes distances, marmonna sa mère en préparant la salade, plus tard dans la journée.

— Tu m'as mise en garde contre tous les garçons que j'ai pu fréquenter, lui rappela Kenzie.

— Et à raison ! Spencer a déjà un enfant illégitime !

Elle se retint de répliquer. Prendre sa défense ne ferait que convaincre sa mère qu'elle était déjà amoureuse de lui. Peut-être était-ce vrai. Peut-être commettait-elle une erreur. Mais elle n'avait pas besoin de leçon, pour l'instant.

— Il n'a sans doute même pas réfléchi aux conséquences et est parti avant de découvrir la vérité, poursuivit Cheryl.

— Tu ne sais rien de sa relation avec la mère de Dani !

— Oh ! c'est une histoire vieille comme le monde. Un beau mec baratine une fille seule, la couche dans son lit, puis disparaît pour ne pas avoir à assumer ses actes.

Son amertume était évidente, et n'avait sans doute rien à voir avec Spencer – ou elle. En grandissant sans père, elle avait souvent interrogé sa mère à son sujet, sans obtenir de réponses. Mais elle avait vingt-trois ans, maintenant. Il était temps qu'elle sache.

— C'est ce qui t'est arrivé ? Papa était-il un cow-boy aussi ? demanda-t-elle.

Sa mère parut surprise par son audace.

— Alors ? insista Kenzie.

— Tu n'as jamais eu de père, répondit froidement Cheryl.

Oui, c'était vrai. Mais elle avait *besoin* de savoir pourquoi son père était parti avant même sa naissance. Pourquoi il n'avait pas voulu d'elle.

— Je ne peux pas parler de ça, reprit sa mère. C'est trop douloureux.

Sa voix tremblait. De colère ? De tristesse ? Comment savoir, puisqu'elle n'exprimait jamais ses émotions ?

— Et moi ? s'écria-t-elle, fatiguée de tous ces secrets. Ne vois-tu pas que je souffre de tout ignorer de lui ?

Cheryl redressa le menton avec fermeté.

— Tu sais tout ce qu'il y a à savoir.

Non, loin de là. Hélas, cette bataille semblait vaine…

— Tu vois, ce qui me fait le plus mal, c'est penser à

toutes ces fois où tu m'as juré que je pouvais te parler de tout ; parce que, dès que j'essaie de parler de *lui*, tu me repousses.

Sur ce, sans insister davantage, elle quitta la maison.

— Ke'zie ! Ke'zie !

Dès que Spencer ouvrit la porte, Dani abandonna ses jouets et courut pour aller serrer les jambes de Kenzie avec bonheur. Il aurait pu être jaloux, si la fillette n'avait pas été aussi excitée de le voir, *lui*, quand Linda l'avait déposée, quelques heures plus tôt.

— On va manger de la glace ! Tu en veux ?

— Avec plaisir, répondit Kenzie.

— Avec du chocolat et des bonbons ?

— Bien sûr.

— Je ne pensais pas te revoir aujourd'hui, remarqua Spencer, encore hanté par les souvenirs de leur nuit ensemble.

— Moi non plus, mais je me suis disputée avec Cheryl et… je me suis retrouvée devant ta porte.

Il apprécia le fait qu'elle ait évité de prononcer le mot « mère » en présence de Dani, pour ne pas provoquer une inévitable crise de larmes.

Devant son air interrogateur, Kenzie soupira.

— C'est une longue histoire…

— On dirait que tu as plus besoin de vin que de glace.

— Puis-je avoir les deux ?

Il passa un bras autour de ses épaules.

— Tu peux avoir tout ce que tu veux, lui assura-t-il pour la réconforter.

Elle but donc un verre avec sa glace, et parut enfin retrouver sa bonne humeur. Lorsqu'il alla baigner sa fille, elle lui proposa de défaire les cartons que Linda avait déposés quand elle l'avait ramenée.

— Des choses intéressantes ? demanda-t-il en la rejoignant dans la chambre pour coucher Dani.

— Oui. Il y a plein de vêtements déjà trop petits pour elle, et une boîte de souvenirs : son bracelet de maternité, une copie de son acte de naissance, une boucle de ses cheveux de bébé et… ça.

Elle lui tendit un paquet d'enveloppes maintenues ensemble par un gros élastique. L'écriture féminine les avait adressées à :

Spencer Channing

c/o Crooked Creek Ranch

Haven, Nevada

— L'un d'entre nous va peut-être obtenir des réponses, aujourd'hui, dit-elle.

Était-ce donc pour ça qu'elle s'était disputée avec sa mère ? Allait-elle lui en parler ?… Trop intrigué par les lettres, il se mit à les examiner. Il y en avait dix-huit, portant la même adresse mais jamais postées. Pas même timbrées. Kenzie avait raison : les réponses qu'il avait tant cherchées s'y trouvaient sans doute et, même s'il ne les aimait pas, il *saurait* enfin…

— Histoire, papa ! lança Dani avec impatience.

Depuis quelque temps, elle l'appelait « papa » de plus en plus souvent, et il ne s'en lassait pas. Kenzie, le voyant hésiter, vola à son secours et attrapa le livre favori de sa fille sur l'étagère.

— Veux-tu que je te lise ton histoire, ce soir ?

— Kenzie lit ! gazouilla Dani.

— Merci, dit-il en embrassant discrètement Kenzie.

Puis, après avoir déposé un baiser sur le front de sa fille, il emporta les lettres dans le salon. Il commença par la première, datée de la naissance de sa fille.

Cher Spencer,

Tu te demandes sans doute pourquoi je t'écris, alors que nous sommes séparés depuis huit mois. Beaucoup de choses ont changé dans ma vie et je dois t'en parler, même si je ne suis pas sûre d'avoir le courage de poster cette lettre. Je l'espère. J'espère avoir la force de te parler de notre adorable fille, qui vient de naître.

Je l'ai appelée Dani, en hommage à mon père, Daniel…

Il pouvait presque entendre la voix d'Emily en lisant ses mots. Elle lui racontait en détail la naissance de sa fille. La seconde lettre datait du mois suivant, puis la troisième, la quatrième… Elle lui avait écrit tous les mois pendant la première année. Elle lui parlait des progrès de Dani. Son amour était présent à chaque ligne. Néanmoins, il ne comprenait toujours pas pourquoi elle avait gardé le secret. Lorsqu'il ouvrit la dernière enveloppe, il était déchiré entre la gratitude et la frustration. Il avait encore tant de questions ! Surpris, il vit que cette ultime lettre avait été écrite quelques jours à peine avant la mort d'Emily.

Cher Spencer,

J'ai inscrit Dani en maternelle, aujourd'hui. J'ai été choquée de me rendre compte que mon bébé n'est plus un bébé et, en remplissant les papiers, j'ai compris que j'avais peut-être commis une erreur atroce en te cachant son existence, en la privant de son père. J'espère qu'il n'est pas trop tard pour me racheter.

Lundi, je vais donc rassembler toutes ces lettres et les poster, en croisant les doigts pour que le ranch appartienne toujours à ta famille. Si tu veux rencontrer Dani après ça – et j'espère que oui – je sais qu'elle sera ravie.

Je pense que tu auras beaucoup de questions et je crains que tu sois furieux, alors laisse-moi te donner une première réponse.

Je ne sais pas si tu seras soulagé ou contrarié que je t'aie épargné tes devoirs de père. Quand j'ai su que j'étais enceinte, j'ai été tentée de t'appeler. Je ne voulais pas prendre de décision seule concernant notre bébé. Je te connais assez bien pour savoir que tu m'aurais soutenue, quoi que je fasse. Mais je voulais aussi garder cet enfant sans que tu te sentes piégé par mes choix... Alors, je n'ai rien dit. Depuis, je me suis posé la question chaque jour : avais-je eu raison ?

Dani a changé ma vie et je me demande si la connaître aurait aussi changé la tienne. Nous le saurons bientôt. J'espère que tu me pardonneras et, plus important, que tu seras le père que notre fille mérite.

Emily

Hélas, elle n'avait jamais posté ces lettres. Elle avait été tuée avant. Spencer replia les feuillets et les glissa dans la dernière enveloppe en promettant silencieusement à Emily qu'il ferait tout son possible pour respecter sa volonté.

- 14 -

Pendant que Spencer prenait connaissance des lettres d'Emily, Kenzie s'était allongée près de Dani pour lui lire son livre préféré. En général, quand elle arrivait à la partie où les personnages « dormaient, dormaient ensemble », la fillette avait déjà fermé les yeux. Mais pas ce soir.

— Tu as trop mangé, dit-elle. Ça te tient éveillée…

— Tu peux lire encore ?

— J'ai déjà raconté l'histoire deux fois.

— Encore une !

— D'accord, soupira-t-elle, mais uniquement si tu me promets de fermer les yeux quand les personnages éteignent la lumière.

La fillette tapota l'oreiller, à côté d'elle.

— On fait un câlin ?

Kenzie posa la tête sur le coussin et rouvrit le livre. Lorsqu'elle arriva au passage qu'elle avait mentionné, Dani ferma immédiatement les paupières avec conviction. La jeune femme sourit, acheva l'histoire, puis posa l'album sur la table de chevet avant d'éteindre la petite lampe.

— Je t'aime, Ke'zie, murmura Dani dans la pénombre.

La gorge nouée par une bouffée d'émotion soudaine, Kenzie parvint à peine à répondre :

— Je t'aime aussi.

Elle avait beau s'armer pour s'empêcher de céder au charme de Spencer, elle était démunie devant celui de

Dani… Dans le filet de lumière qui passait par la porte entrouverte, elle vit la fillette sourire. Très vite, sa respiration ralentit. Elle dormait. Kenzie resta tout de même contre la petite un peu plus longtemps, juste pour s'en assurer.

Spencer se tenait dans l'encadrement de la porte, envahi par une joie douce qui lui réchauffait le cœur. Dani était enfouie sous ses couvertures et Kenzie était allongée près d'elle, un bras passé autour de son petit corps. Les deux personnes qui avaient réussi à transformer toute son existence en quelques semaines à peine… Il ne savait pas quand c'était arrivé, ni comment, mais il n'imaginait déjà plus sa vie sans elles. Pourraient-ils devenir une famille, Kenzie, Dani et lui ? Sa petite fille pourrait-elle connaître tout le bonheur que lui souhaitait sa mère ? Et lui-même, pourrait-il obtenir tout ce qu'il avait désiré sans même le soupçonner ?

Il embrassa le front de Dani, contourna le lit et souleva avec soin Kenzie pour la conduire dans *sa* chambre – à sa place. Elle devait ne dormir que d'un œil, car elle redressa immédiatement la tête.

— Que… Oh. Spencer.

— T'attendais-tu à quelqu'un d'autre ?

— Pose-moi tout de suite, répondit-elle dans un chuchotement pour ne pas réveiller la petite.

— Je ne vais pas te faire tomber, si c'est ce que tu crains.

— Je m'inquiète plus pour ton épaule.

— Elle va bien, promit-il.

Kenzie parut le croire et se détendit.

— As-tu obtenu tes réponses ?

— Oui.

— Tant mieux.

Il ouvrit d'un pied la porte de sa chambre et la referma

sur eux avant de se laisser couler sur le lit avec elle. Dans le silence de la nuit, leurs bouches se retrouvèrent, leurs vêtements furent éparpillés par terre et, enfin, leurs corps s'unirent de nouveau. Il s'abandonna ensuite au sommeil, serrant Kenzie dans ses bras. Les choses se passaient exactement comme elles le devaient…

Kenzie *devait* partir.

Plus elle restait ici, plus son cœur s'ouvrait à Spencer, et elle ne pouvait pas prendre le risque de tomber amoureuse de lui de nouveau. Elle se glissa lentement hors des couvertures, puis s'assit au bord du matelas pour rassembler ses vêtements.

— Reste, dit-il dans son dos. S'il te plaît.

— Ce n'est pas une bonne idée.

— Pourquoi ?

— Si jamais Dani se réveillait et me trouvait dans ton lit, ça pourrait la perturber, répondit-elle en enfilant sa culotte.

— Elle adorerait te savoir ici tous les jours, au contraire. Et puis, elle n'a même pas quatre ans. Je ne pense pas qu'elle réfléchisse autant à ces choses que nous.

— Mme Powell saura que ma voiture est restée garée toute la nuit devant l'immeuble.

— Elle ne manquera pas de te demander tous les détails les plus croustillants, demain…

Oh oui, songea Kenzie en se tortillant pour mettre son jean.

— N'importe qui pourrait reconnaître ma voiture, d'ailleurs, et ma mère finirait par l'apprendre, reprit-elle.

— Tu n'auras qu'à lui dire que sa désapprobation m'a rendu plus attirant à tes yeux, plaisanta-t-il.

— Peut-être a-t-elle joué un rôle dans tout ça, admit-elle, cherchant son soutien-gorge des yeux.

— C'est-à-dire ?

— Elle m'a fait comprendre que j'ai besoin d'espace.

Cette fois, Spencer parut inquiet.

— De quoi parles-tu ?

Elle abandonna tout espoir de trouver son soutien-gorge et se contenta de passer son T-shirt.

— Je me suis trop laissé entraîner dans ta vie.

— C'est absurde !

— J'étais contrariée de m'être disputée avec elle, et qu'est-ce que j'ai fait ? Je suis venue ici. Tu as deviné que ça n'allait pas. Tu m'as même offert du vin et proposé de m'écouter.

— Je ne vois pas le problème…

— Ça n'est pas *nous* !

— Je commence à croire qu'on ne parle plus la même langue, Kenzie. Je suis perdu.

— Nous étions censés nous amuser un peu avant que tu partes dans le soleil couchant, cow-boy, lui rappela-t-elle.

Elle avait compté les jours entre son retour à Haven et la compétition à laquelle il espérait participer. Cette limite de six semaines l'avait rassurée : elle avait été certaine de pouvoir maintenir assez de distance avec lui, pour si peu de temps.

— Est-ce le problème ? demanda-t-il. As-tu peur que je m'en aille de nouveau ?

Oui !

— Non, dit-elle en secouant la tête.

Elle avait *besoin* qu'il parte avant de lui briser le cœur.

— C'est vrai, je veux prendre part à la finale, à Vegas, admit-il. Mais ce sera mon dernier concours.

— Je ne parle pas de Vegas. Nos rêves ne sont pas compatibles, et tu le sais.

— Tu te trompes, Kenzie.

— Je suis une fille de la campagne. J'ai des envies très traditionnelles et des projets simples.

Elle vit enfin son soutien-gorge, sous le lit, et le fourra dans sa poche.

— Tu veux te marier, avoir une famille.

— Oui, c'est ça, admit-elle sans hésiter. Pas forcément tout de suite, mais dans un avenir proche.

— Alors, faisons-le.

Stupéfaite, elle le dévisagea un instant.

— Quoi ?

— Marions-nous.

Oh ! si seulement il lui proposait ça pour les bonnes raisons ! Hélas, même s'il lui avait fait une déclaration d'amour enflammée, elle aurait eu du mal à le croire... Il *fallait* qu'elle s'éloigne de lui. Il *fallait* qu'elle protège son cœur.

— As-tu perdu la tête ? demanda-t-elle. Quand une femme dit qu'elle a besoin de plus d'espace, on ne répond pas en la demandant en mariage !

— Pourquoi pas ?

— Parce que échanger des alliances n'est pas vraiment un bon moyen de prendre du recul.

— Sauf que je ne crois pas que tu veuilles réellement ça, dit-il. Je pense que tu fuis car tu as peur ; que ce soudain désir de solitude est un moyen pour toi de te réfugier derrière ton armure. Parce que tu m'as déjà offert ton amour un jour, et j'ai été assez stupide pour ne pas le voir...

Était-il conscient à ce point de ses sentiments pour lui, ou bien lançait-il une bouteille à la mer ? Quoi qu'il en soit, il avait raison – et ça prouvait qu'elle devait s'éloigner de lui !

— Je tiens à toi, Spencer, mais je ne veux pas tomber amoureuse une seconde fois.

Il secoua la tête, l'air à la fois amusé et déterminé.

— Chérie, tu peux prendre tout l'espace que tu veux, mais sache que je considère ça comme un défi.

Et il ne reculait pas devant les défis. Il l'avait déjà dit.

— Ce n'en est pas un.

— Trop tard, répliqua-t-il en souriant.

— Alors, quoi ? Tu vas tout faire pour que je te cède, rien que pour ajouter une médaille de plus à ton palmarès ?

— Imagines-tu vraiment que je pourrais jouer avec tes sentiments, pour « gagner » ?

Non, en effet. Dans ce cas…

— Que veux-tu vraiment, Spencer ?

— Si je veux tant me faire aimer de toi, c'est uniquement pour pouvoir envisager un avenir ensemble.

Quoi ? Essayait-il de dire… ?

Non. Mieux valait ne pas se hasarder sur ce terrain et espérer. Il ne pouvait pas vouloir lui avouer que…

— Je t'aime, Kenzie. Et j'espère sincèrement que tu accepteras de m'épouser, la prochaine fois que je te poserai la question.

Spencer était convaincu que Kenzie finirait par changer d'avis. Elle avait besoin de temps pour réfléchir à sa proposition et comprendre qu'elle l'aimait déjà…

Hélas, deux jours passèrent sans nouvelles, et il décida qu'il ne pouvait plus attendre. Connaissant son emploi du temps, il alla la rejoindre à la clinique mais, quand il arriva, Jillian lui annonça qu'une de ses séances avait été annulée et qu'elle était partie manger plus tôt. Devinant qu'elle était chez Digger, il y alla sans perdre un instant. Elle était bien là, seule dans une alcôve, mais les deux menus sur la table laissaient supposer qu'elle attendait quelqu'un. Il se glissa sur la banquette, en face d'elle.

— Ce siège est pris.

— Je le laisserai à Megan dès qu'elle arrivera, promit-il.

— Comment sais-tu que je mange avec elle ?

— Jillian, avoua-t-il.

— Tu n'avais pas de soins programmés aujourd'hui.

— Non. J'avais besoin de ton aide pour quelque chose...

— Quoi ? demanda-t-elle, clairement méfiante.

— J'aimerais organiser une fête d'anniversaire pour Dani.

— Tu sais que je ferais tout pour elle, admit-elle.

Il avait bien compté là-dessus...

— Mais je ne sais pas comment préparer une fête pour une petite fille, Spencer. Tu maîtrises mieux le sujet que moi, c'est certain. Pourquoi ne pas demander à ta mère ? Ou ta sœur ? Ou Celeste ?

— C'est *ton* avis que je veux, Kenzie.

— Pourquoi ?

— Parce que ton histoire de « prendre du recul » ne me va pas du tout.

Kenzie devait bien admettre que ça ne fonctionnait pas pour elle non plus. En tout cas, ça ne lui avait pas permis d'étouffer ses sentiments comme elle l'aurait voulu. Au contraire, Dani et Spencer lui manquaient plus que jamais.

D'un autre côté, ça ne faisait que quelques jours et elle n'était pas encore prête à renoncer. Tentée, oui, mais pas décidée. D'ailleurs, elle était aussi tentée de se jeter dans ses bras immédiatement pour le dévorer comme une friandise – mais elle avait plus de contrôle et de fierté que ça. N'est-ce pas ?

— Si j'accepte, pour Dani, ce sera sous conditions.

— Tout ce que tu veux.

— Bien. Donne-moi une liste d'invités, ton budget, et je me charge du reste.

— D'accord, répondit-il. Tu n'as qu'à venir à la maison ce soir, après le travail, et…

— Tu pourras tout m'envoyer par e-mail.

— Euh… Oui. Je pourrais… Mais Dani aimerait beaucoup te voir, tu sais.

Comme elle avait aussi très envie de voir la fillette, elle passa donc chez lui, ce soir-là. Elle finit par accepter de rester dîner car, au moment où elle essaya de partir, Spencer sortit un poulet rôti du four – et il y en avait bien assez pour trois. De là, il fut bien trop facile pour elle de retrouver ses vieilles habitudes jusqu'au coucher de Dani…

Quand la petite fut enfin endormie, Kenzie récupéra son sac et sa veste. Dans sa hâte, elle fit tomber une pile de lettres du guéridon et, se maudissant, elle les rassembla rapidement. Son cœur s'arrêta quand elle vit le logo d'un laboratoire d'analyses génétiques sur l'une des enveloppes. Elle recevait sans cesse des offres pour des produits et des services. Sans doute était-ce une de ces pubs, échouée dans la boîte aux lettres de Spencer… Mais non. L'adresse spécifiait bien que le courrier lui était destiné, sous un tampon marqué « Confidentiel ».

— Dani veut un verre d'eau, annonça-t-il en passant dans la cuisine. C'est sa nouvelle routine : me faire faire des tas de pirouettes avant d'accepter de dormir…

Kenzie sc leva en silence, choquée par sa découverte.

— Quelque chose ne va pas ? demanda-t-il par-dessus son épaule.

Elle retourna l'enveloppe pour lui montrer le logo.

— As-tu demandé un test de paternité ?

Il garda le silence un long moment. Allait-il nier ? Le croirait-elle s'il le faisait ? Enfin, il acquiesça.

— Oui.

Bien sûr, ça ne la regardait pas, mais elle ne put s'empêcher de sentir sa gorge se nouer.

— Tu désapprouves, reprit-il.

— Je ne… Pourquoi as-tu fait ça ?

— Pour les raisons habituelles, dit-il, méfiant.

Elle secoua la tête, dévastée par cet aveu.

— Ces dernières semaines… Tout ce temps que j'ai passé avec Dani et toi… Je pensais que tu t'étais enfin décidé à être le père dont elle a besoin !

— Oui. Je le *suis*.

— En attendant que le résultat du test te libère ?

— Tu es injuste, Kenzie !

— Comment as-tu pu être aussi gentil avec elle, la pousser à t'aimer, si tu… ?

— Je l'aime aussi, coupa-t-il vivement.

— Alors, pourquoi avoir fait ce test ?

— Je voulais avoir la certitude d'*être* son père.

— Et si cette lettre affirme le contraire ?

Il s'était posé cette question depuis le premier jour. Il s'était convaincu qu'il cherchait juste une confirmation, pour que personne ne puisse lui disputer ses droits ; mais une part de lui avait conservé des doutes… Il ne voulait plus retrouver sa vie d'avant. Il ne voulait plus vivre dans sa valise, de concours en concours. Certes, il ne regrettait pas ces cinq dernières années. Il était heureux d'avoir vécu cette expérience. Il avait aimé l'excitation, la gloire, l'adulation. Mais même au sommet de son art, il avait senti qu'il ne pourrait continuer ainsi pour toujours.

Néanmoins, il n'avait jamais envisagé de rentrer à Haven. Il avait été si content de quitter cette ville ; mais après sa blessure, il avait été attiré par l'appel de son foyer. À moins que ça n'ait pas été la ville mais... Kenzie. Depuis toujours. De toutes les femmes qu'il avait fréquentées, elle était la seule à n'avoir jamais quitté ses pensées – et pourtant, ils n'étaient jamais sortis ensemble, au lycée. Leur soirée imprévue dans la grange ne s'était pas terminée comme ils l'auraient voulu, ce qui n'était pas un mal. Comment aurait-il pu supporter de faire une telle chose à la meilleure amie de sa petite sœur ? Elle n'était pas sortie indemne de ce bâtiment mais, au moins, elle avait encore été vierge.

Aujourd'hui, bien sûr, c'était différent. Il l'aimait. Il avait envie de passer sa vie avec elle, de former une vraie famille.

— Je me moque des résultats du test, déclara-t-il soudain en prenant l'enveloppe et en la déchirant devant elle.

Kenzie le regarda faire, sans prononcer un mot. Il jeta les morceaux dans la poubelle de la cuisine.

— Quand j'ai fait ce test, j'avais des doutes, avoua-t-il.

— Et maintenant ?

— Maintenant, le résultat m'importe peu.

Elle ne parut pas convaincue, et son scepticisme le frustra. N'avait-il pas prouvé qu'il avait changé ? Combien de temps allait-elle lui reprocher ses erreurs passées ?

— Dani *est* ma fille, énonça-t-il fermement.

— Le crois-tu, ou bien dis-tu ça pour me faire plaisir ?

— Je le sais, au fond de moi. Certes, quand Brett a suggéré que je fasse ce test, j'avais encore du mal à admettre que j'étais un père. Peut-être même que j'espérais inconsciemment que ce soit faux, car j'avais peur... Mais

Emily m'a nommé tuteur de Dani et, quoi qu'en dise ce papier, j'ai fini par saisir que les liens du sang ne font pas tout. Linda ne l'a-t-elle pas prouvé en quittant la petite ? C'est l'amour qui soude une famille, et j'aime ma fille. Je suis prêt à me battre pour la garder – et *te* garder.

Sur ce, il prit le verre d'eau et l'apporta à Dani.

Kenzie avait-elle mal réagi ? Le lendemain, après s'être remise de son choc et de cette sensation de trahison, elle comprit enfin les motivations de Spencer. Hélas, ça ne changeait rien au fait qu'il lui avait menti, et elle en avait assez des secrets qui gangrenaient sa vie. Néanmoins, elle refusait de laisser sa colère prendre le pas sur l'anniversaire de Dani et elle cherchait déjà sur Internet des idées d'animations, quand sa mère sonna à sa porte.

— Maman ? Que fais-tu là ?

— Je t'ai apporté un *latte* vanille, annonça Cheryl en lui montrant deux gobelets du Daily Grind.

Kenzie ne lui pardonnait pas encore son silence obstiné concernant son père, mais elle la laissa tout de même entrer.

— Je croyais que tu travaillais, ce soir…

— Jacqui a accepté de me remplacer.

— Pourquoi ? demanda-t-elle malgré elle.

— Parce que nous devons discuter. En fait, c'est Spencer qui m'a appelée pour me le suggérer.

— Je préférerais ne pas parler de lui, répondit Kenzie en la rejoignant sur le canapé.

— D'accord. Dans ce cas, parlons de ton père…

- 15 -

— Il n'était pas cow-boy, mais rancher, commença Cheryl. Son père possédait un domaine dans le Wyoming et mon papa était son contremaître.

Kenzie se rendit soudain compte que sa mère ne lui avait jamais vraiment parlé de sa famille non plus et attendit.

— Nous aurions pu être amis en grandissant, mais nos parents désapprouvaient le temps que nous passions ensemble. Bien sûr, au fil des ans, Cody se rebella.

— Cody… Est-ce son nom ?

Les yeux de sa mère s'emplirent de larmes et de regrets.

— Je ne te l'avais même pas dit, n'est-ce pas ?

— Tu n'as *jamais* parlé de lui, soupira Kenzie. Je sais juste qu'il t'a brisé le cœur en divorçant alors que tu étais enceinte de moi.

— Il s'appelait Cody Dunham et, oui, il m'a brisé le cœur. Mais pour tout te dire, nous n'avons jamais été… mariés.

Elle but une gorgée, laissant sa fille digérer cet aveu.

— Ça peut paraître stupide maintenant, mais avoir un enfant illégitime était très grave, à l'époque. Une mère célibataire était un sujet de dédain ; tandis qu'une femme abandonnée par son époux, même avec des enfants, était mieux vue. On avait de la pitié pour elle.

— Tu as donc menti en prétendant que tu avais été mariée… Même à moi ?

— Je ne voulais pas… Non. Je refuse de me chercher des excuses plus longtemps. J'ai menti – à tout le monde. Quand j'ai annoncé à Cody que j'attendais un bébé, il m'a immédiatement proposé le mariage et j'ai répondu oui, parce que je l'aimais. Mais quand nous l'avons dit à ses parents, j'ai découvert qu'il était déjà fiancé.

— Oh ! Maman…

— J'étais si naïve ! soupira Cheryl. Je pensais qu'il tenait à garder le secret à propos de notre histoire à cause des préjugés de sa famille. Je n'imaginais pas qu'il prévoyait d'épouser quelqu'un d'autre. Quand il a expliqué à ses parents qu'il avait changé d'avis, ils m'ont accusée d'être tombée enceinte exprès pour le piéger et ont affirmé qu'ils n'autoriseraient jamais ça. Cody a essayé de me défendre, de leur rappeler que nous étions majeurs, que nous n'avions pas besoin de leur autorisation. Ils ont fini par céder et par promettre de garder le secret en attendant de trouver un moyen de rompre ses fiançailles.

— Mais j'imagine qu'ils n'ont pas été aussi enthousiastes que ça, au final.

Sa mère eut un sourire triste.

— Et ça prouve que tu es plus futée que moi à l'époque.

— Que s'est-il passé ensuite ?

— Mme Dunham est venue me parler en privé. Elle m'a dit que, si je persévérais à vouloir gâcher la vie de son fils, elle licencierait mon père et nous chasserait de sa propriété.

— C'est odieux ! Tu étais si jeune…

— Elle pensait clairement que beaucoup de choses étaient en jeu. Elle m'a proposé un marché.

Kenzie attendit, la gorge nouée.

— Son époux et elle me trouveraient une maison si

j'acceptais de quitter le Wyoming avant que la nouvelle se répande, sans même dire quoi que ce soit à mes parents.

— Est-ce comme ça que tu as atterri dans le Nevada ?

— Je n'ai pas accepté tout de suite. Je ne voulais pas quitter ma famille, et j'ai promis de ne jamais révéler le nom du père si on me laissait rester. Mais elle a refusé. Elle devait craindre que mon enfant ressemble à Cody.

— Est-ce que… Est-ce que je lui ressemble, alors ?

— Tu es le portrait craché de ma mère, répondit Cheryl.

Sa grand-mère, qu'elle n'avait jamais connue parce que la famille de Cody l'en avait empêchée.

— Je suis tellement désolée, maman, dit-elle, émue.

— Ne t'excuse pas. Tu n'as rien fait de mal, ma chérie.

— Mais tu as abandonné ta famille à cause de moi !

Sa mère lui prit le bras avec douceur.

— Ma famille, c'est toi.

Kenzie posa son café pour la serrer dans ses bras.

— Je t'aime, maman. Je t'aimerai toujours.

— Moi aussi. Tu es la meilleure chose qui me soit arrivée.

Spencer avait demandé l'aide de Kenzie pour préparer l'anniversaire de sa fille, convaincu que ça lui permettrait de passer du temps avec elle. Hélas, son plan avait été gâché par la détermination de cette dernière à tout prendre en main seule – et par ses propres mensonges. Il lui laissa donc l'espace qu'elle voulait dans l'espoir de lui manquer… et d'être un jour pardonné.

Il fut donc surpris par son appel, le matin de la fête, quand elle lui demanda de passer à Crooked Creek, où aurait lieu le goûter. Lorsqu'il la trouva, elle était en train de gonfler des ballons roses avec une bonbonne d'hélium.

— Je ne sais pas si je dois te chasser de ma vie ou te remercier, lança-t-elle à brûle-pourpoint.

— Que dois-je répondre à ça ? demanda-t-il, surpris.

Elle pinça l'ouverture du ballon et le lui tendit pour qu'il le noue.

— Ma mère m'a enfin parlé de mon père.

— Ah.

Il attacha un ruban au ballon et le fixa à un poids. Elle continua son travail tout en lui répétant les aveux de sa mère, comme si elle avait besoin de s'occuper en parlant.

— Elle a coupé les ponts avec sa famille parce qu'elle pensait que c'était le seul moyen de m'offrir une belle vie…

— Et ton père ? Ne s'est-il pas demandé pourquoi elle était partie du jour au lendemain ?

— Il a mis un an à la retrouver et était déjà marié. Sa femme attendait un enfant, et ça a dû le pousser à s'inquiéter pour Cheryl. Il voulait lui présenter ses condoléances pour sa fausse couche…

— Quoi ?

— Oui. Il a été choqué de découvrir un bébé de six mois dans le salon et de comprendre que ses parents lui avaient menti à mon sujet.

— On se croirait dans la série préférée de Mme Powell…

Elle sourit péniblement.

— C'est ce que j'ai pensé aussi quand maman me l'a dit.

— Et qu'a-t-il fait en apprenant la vérité ?

— Il a pleuré, s'est excusé, a supplié ma mère de lui pardonner. Mais il n'allait bien sûr pas quitter sa femme enceinte pour l'épouser, et elle lui a demandé de partir. Tout simplement. Il est revenu pour mon anniversaire. Sa femme avait perdu l'enfant, et ma mère l'a laissé me prendre dans ses bras, déclara-t-elle en tirant une photo de son sac.

Spencer y vit une petite fille assise sur les genoux d'un homme. Elle ne lui ressemblait pas, c'était évident…

— Comment te sens-tu, maintenant que tu sais tout ça ?

— Honnêtement, je l'ignore, soupira-t-elle. Je suis contente d'avoir eu le fin mot de l'histoire, mais c'est si compliqué…

— Rassure-toi : ton histoire commence à peine. Et j'ai de bonnes idées pour le chapitre suivant, dit-il.

— Vraiment ?

Elle se mit à rassembler tous les ballons pour former des bouquets flottants.

— Je pensais y insérer une romance passionnée entre l'héroïne et un cow-boy sexy.

— Ce serait bien, mais j'ai peur que l'héroïne ait déjà saboté ses chances, prononça-t-elle, les yeux gorgés d'émotion.

— Tu n'as rien saboté, Kenzie. Tu étais déçue, sans doute parce que tu t'es impliquée dès le départ dans ma relation avec Dani. Tu avais foi en moi, quand j'avais encore peur de gâcher la vie de ma fille, et j'aurais dû te parler à cœur ouvert.

— J'ai eu foi en toi parce que j'ai vu que tu l'aimais, dit-elle. Tu n'as pas hésité à devenir le père dont elle a besoin.

— Oui, je l'aime. Tu le crois, n'est-ce pas ?

— Bien sûr ! C'est évident quand on vous regarde.

— Dans ce cas, si tu le crois, peux-tu aussi croire que je t'aime ?

Quelques heures plus tard, Spencer était convaincu que Kenzie aurait fait une bonne « party planner ». Dani fut ravie de sa fête, qui incluait balades en poney et jeux pour tout le monde. Il avait craint que son grand-père refuse d'accueillir tant d'enfants chez lui, mais le vieil homme l'avait surpris en affirmant que la maison était silencieuse depuis trop longtemps – depuis la mort de sa femme – et que le moment était venu de lui donner une seconde vie.

Le salon était envahi de ballons, de bannières, de chapeaux en papier et de cornes bruyantes. Il y avait des bonbons, des boissons et un énorme gâteau vanille-chocolat orné de perles en sucre multicolores. Kenzie avait rallongé la liste d'invités, y incluant de nombreux enfants de l'âge de Dani, dont sa nouvelle meilleure amie, Paris. Il y eut aussi des hôtes inattendus…

— Tu sembles surpris de nous voir, dit Margaret en l'entraînant dans la cuisine pour lui parler en privé.

— C'est vrai, admit-il.

— Parce que ton père et moi n'avons jamais assisté à tes fêtes d'anniversaire ?

Oui, et c'était même pour ça qu'il n'avait pas ajouté leurs noms à la liste. Mais Kenzie les avait quand même conviés.

— Je suis content de vous voir, reprit-il avec sincérité. Mais… un poney en cadeau ? N'est-ce pas un peu trop ?

Il avait tout ignoré de ce geste extravagant jusqu'à ce que son grand-père sorte Daisy de l'écurie pour la promenade, non sans l'avoir habillée de rubans roses et d'un panneau indiquant : « Pour Dani, de la part de Papi et Mamie ». Il avait fallu expliquer à la fillette que Daisy était désormais à elle, qu'elle ne quitterait jamais Crooked Creek Ranch.

— Ce n'est pas énorme, étant donné toutes les fêtes que nous avons manquées avant de la connaître…

D'un seul coup, il comprit et murmura :

— Seize T-shirts.

— Quoi ? demanda sa mère, clairement perplexe.

— Je pensais juste à une chose que Kenzie m'a dite.

— Alors… Êtes-vous ensemble ?

— J'y travaille.

— Je sais qu'il est un peu tard pour les conseils maternels, mais fonce. Quoi qu'il en coûte. Et rappelle-toi : les choses vraiment importantes ne sont jamais faciles à accomplir.

— Ces dernières semaines avec Dani me l'ont prouvé…

Sa mère sourit un peu tristement.

— Tu es déjà un meilleur parent que je l'ai jamais été. Je pensais que l'instinct maternel prendrait le dessus, mais il ne s'est jamais manifesté chez moi. Tu as dû croire que je préférais mon travail à mes enfants. C'est juste parce que j'avais le contrôle, au bureau ; tandis qu'à la maison…

Pourquoi donc lui confiait-elle tout ça, maintenant ?

— Honnêtement, sans Celeste, je ne m'en serais pas sortie. Elle savait s'occuper de vous, et pas moi. Bref, ce que j'essaie de te faire comprendre, c'est que tu devrais voir le rodéo comme *ton* bureau, l'endroit où tu te sens compétent.

— Ah, fit-il, comprenant enfin. Tu veux que je renonce à reprendre la route…

Même s'il envisageait de mettre fin à sa carrière après Vegas, il n'en avait encore rien dit à ses parents.

— Bien sûr. Pour nous *et* pour Dani. Elle ne peut pas mener une vie nomade. Bientôt, elle entrera à l'école et elle ne supportera pas de te voir partir en nous la confiant, la moitié de l'année.

Elle avait raison. Les concours l'auraient contraint à passer des mois entiers loin de chez lui – et de sa fille. Mais s'il n'était plus un cow-boy, alors *qui* était-il ?

— Papa ?

Soudain, il sut, en entendant la voix douce de sa fille,

que les choses étaient simples. Il était son père. C'était ce qui comptait le plus.

— Qu'y a-t-il, ma chérie ? lui demanda-t-il en la soulevant de terre.

— Je veux une autre part de gâteau.

— Humm… Et qu'en dit Kenzie ?

— « Demande à papa. »

— D'accord. Laisse-moi finir de parler à mamie d'abord.

Poussant un cri de joie, la fillette partit en courant.

— Tu sais, à force de te voir avec Dani, je commence à comprendre tout ce que j'ai manqué pendant ton enfance, lui avoua Margaret. Dès que je l'ai rencontrée, j'ai su que je devais trouver un moyen de rattraper ce temps perdu…

Tout en parlant, elle ouvrit un tiroir et en sortit une enveloppe qu'elle avait dû cacher là plus tôt.

— C'est un cadeau pour toi, en l'honneur de l'anniversaire de ta fille, expliqua-t-elle.

Spencer prit l'enveloppe, intrigué. À l'intérieur se trouvait une feuille de papier, et l'en-tête le surprit plus encore : « Cession de propriété, Nevada ».

— Tu dis toujours que le rodéo est ta seule compétence, mais ton grand-père n'est pas de cet avis. Ceci est l'acte de propriété du ranch, ainsi que des terres qui l'entourent. C'est ta chance de construire une belle vie avec Dani. Es-tu prêt ?

Pendant que Spencer discutait avec sa mère, Kenzie s'activait en cuisine. Des pas dans son dos attirèrent soudain son attention.

— Je pensais bien te trouver là, lança Helen Powell.

Celle-ci avait été touchée d'être invitée à la fête, après avoir si souvent gardé Dani depuis le retour de Spencer.

— Je range un peu, c'est tout…

— Dis-moi, pourquoi te caches-tu de Spencer ?

— Je ne me cache pas !

— Je te connais depuis longtemps, Kenzie Atkins, alors ne t'avise pas de me mentir.

La jeune femme soupira.

— C'est juste que… Voir Spencer avec Dani me fait mal.

— Tu n'aimes pas être avec eux ? demanda son amie d'un air surpris.

— Au contraire. J'aimerais tant faire partie de leur famille ! C'est ça qui me rend triste…

— Spencer ne veut pas de toi ?

— Si, mais j'ai peur, avoua-t-elle, les larmes aux yeux.

— C'est normal, murmura Helen en l'enlaçant, mais tu ne dois pas laisser cette peur te retenir.

Kenzie songeait encore à ces mots si sages quand Spencer la rejoignit, un peu plus tard.

— Tout le monde est parti et Dani somnole sur le canapé, annonça-t-il. Je crois qu'elle a trop mangé.

— C'est toi qui as accepté qu'elle reprenne du gâteau.

— Oui. C'est son anniversaire, après tout. Et, grâce à toi, elle ne l'oubliera jamais… Tu as tellement travaillé pour organiser cette fête. Je n'ai même pas pu échanger deux mots avec toi, depuis ce matin.

— Nous sommes seuls, maintenant, remarqua-t-elle.

— Et je veux en profiter pour te remercier…

Il prit son visage entre ses mains et l'embrassa.

— Je t'aime, Kenzie.

Elle ferma les yeux pour qu'il ne voie pas ses larmes. Elle ne pouvait pas se permettre de lui ouvrir son cœur.

— Est-ce que mes sentiments te gênent ?

— Non, je… Ce n'est pas le moment, c'est tout.

— Pour te dire que je t'aime ou pour admettre enfin que tu m'aimes aussi ?

— Nous sommes censés prendre du recul, tu sais.

— *Tu* as prétendu ça. Pas moi. J'ai besoin de toi…

Son cœur se mit à battre plus fort.

— C'est faux, Spencer. Et, si tu prends le temps d'y penser, tu te rendras compte que tu n'es pas amoureux non plus.

— Kenzie, dit-il sur le ton patient qu'il employait pour faire entendre raison à sa fille, je ne suis pas du genre à prononcer ces mots à la légère. Je n'ai même encore jamais dit ça à qui que ce soit, avant toi.

— Et je n'ai jamais ressenti autant de choses pour un autre homme, avoua-t-elle.

— Dans ce cas, accepte de m'épouser. Donne-nous une autre raison de faire la fête, aujourd'hui.

— J'en ai envie, c'est vrai. Plus que tout. Mais, si je dis oui, que se passera-t-il ?

— Au-delà de la cérémonie, je ne sais pas. Je n'ai pas prévu de planning pour les prochaines années, répliqua-t-il, sans comprendre les raisons de son hésitation.

— Vas-tu reprendre la compétition, par exemple ?

— Non, répondit-il sans hésiter. Après Vegas, je prends ma retraite. Kenzie, si je t'ai demandée en mariage, c'est pour être avec toi et Dani, pas voyager dans tout le pays. Mes rêves ne sont plus les mêmes : je veux un foyer, une famille.

— Toute cette excitation ne va pas te manquer ?

— Oh ! je suis sûr qu'à vous deux vous saurez m'apporter toute l'adrénaline dont j'ai besoin.

À l'idée de devenir sa femme et la belle-mère de Dani, Kenzie se mit à sangloter.

— Je ne te promets pas ça, mais je peux t'assurer que nous t'aimerons, déclara-t-elle entre deux hoquets.

— C'est tout ce qui compte, dit-il en l'embrassant de nouveau. Mais j'attends toujours ta réponse…

Elle passa les bras autour de son cou, ivre de joie.

— Oui, murmura-t-elle enfin, avant de lui rendre son baiser. Cent fois oui !

Épilogue

Quelques mois plus tard

La grange rénovée, arborant l'enseigne de l'école de dressage de Spencer, n'était que l'un des changements apportés au vieux ranch depuis qu'il avait ouvert sa nouvelle entreprise. Il avait profité sans honte de sa célébrité pour attirer ses premiers clients, et les résultats ne s'étaient pas fait attendre. La ferme bâtie par ses arrière-grands-parents reprenait vie aussi. Des rideaux flottaient dans la brise, par les fenêtres ouvertes. Des fleurs ornaient le porche, et un vélo d'enfant rose avait été abandonné près des marches. Quelques jouets étaient éparpillés sur la petite terrasse, preuve que Dani continuait à refuser de ranger ses affaires… Kenzie prétendait que c'était une phase, une preuve qu'elle prenait ses marques dans leur nouvelle maison. Peut-être était-ce vrai. Sa fille semblait en tout cas s'épanouir au ranch. Plus le temps passait, plus elle devenait belle, assurée – la favorite de toute la famille, y compris Cheryl.

Sous l'influence de Spencer, Kenzie avait enfin fini par contacter son père et, en dépit d'une méfiance compréhensible, commençait à réparer leurs liens brisés. Bref, Spencer était convaincu que rentrer à Haven était la meilleure décision qu'il ait prise. Il était entouré par tous ceux qu'il aimait, travaillait dur pour faire marcher son affaire et souriait à chaque fois que son regard tombait sur son alliance toute neuve…

Au mariage, Jay, son témoin, avait félicité Kenzie d'avoir su le retenir en six petites semaines ; et Brielle, la demoiselle d'honneur, avait rectifié : « Sept ans *et* six semaines. » Oui, Kenzie était peut-être tombée amoureuse la première, mais elle ne pouvait pas l'aimer plus que lui !

Abandonnant à son grand-père l'une des juments prête à mettre bas, il rejoignit sa femme et sa fille dans la cuisine, où il les trouva occupées à malaxer de la pâte à muffins.

— Comment va Duchesse ? demanda Kenzie.

— Le travail a commencé et grand-père la surveille.

Celui-ci vivait encore dans la maison d'amis pour aider Spencer et s'occuper de son propre petit troupeau.

— J'espère que tu ne fuiras pas tes responsabilités comme ça quand *je* serai sur le point d'accoucher.

— Oh ! je te le promets !

Une étincelle s'alluma dans les yeux de Kenzie, et un espoir fou l'envahit soudain – mais il préféra demander, de peur de se tromper :

— Est-ce une remarque hypothétique ?

Elle sourit avec malice.

— Tu le sauras dans sept mois et demi…

La joie qui emplit son cœur à ces mots manqua de le faire défaillir. Il ne put s'empêcher d'enlacer sa femme, en dépit de la cuillère pleine de pâte qu'elle tenait encore à la main.

— Tu en es sûre ?

— J'ai fait un test ce matin.

— Et tu te sens bien ? Tu devrais t'asseoir, non ?

— Ce serait plutôt à toi de prendre une chaise, dit-elle en riant. Tu as l'air bouleversé.

— Je le suis. Je n'ai jamais été aussi heureux !

— Même en décrochant ton premier titre de champion ? demanda-t-elle, comme si elle craignait encore qu'il regrette son ancienne carrière.

— Oh oui, assura-t-il. Mon vrai bonheur, c'est toi…

Retrouvez prochainement,
dans votre collection

PASSIONS

Irrépressible désir, de Joss Wood - N°1049

Éprise de liberté, Jamie sait exactement ce qu'elle veut, à commencer par une liaison avec l'irrésistible Rowan Cowper... Mais son monde vacille quand elle se découvre enceinte ! Si le play-boy qui partage ses nuits souhaite à présent une relation sérieuse, Jamie est rétive à tout engagement. Saura-t-elle résister à Rowan, dont la détermination n'a d'égale que la séduction ?

L'élue de son cœur, de Stella Bagwell

Lydia est troublée de voir Zack Dalton débarquer au journal où elle travaille. L'ombrageux rancher, à la recherche de son âme sœur, veut publier une petite annonce ! Si Lydia ne correspond en rien aux critères de Zack, elle ressent pour lui une attraction si forte qu'elle se prend soudain à rêver d'une idylle avec lui...

Seconde chance pour Felicity, de Janice Maynard - N°1050

Felicity n'en revient pas : Wynn, son amant d'autrefois, lui demande de s'installer chez lui pour s'occuper du bébé dont il est subitement devenu le tuteur ! Émue par le désarroi de Wynn comme par le sort de l'enfant, elle accepte de rendre ce service, tout en redoutant de cohabiter avec l'homme qu'elle n'a jamais su oublier...

Le retour de Jude, de Nancy Robards Thompson

Le cœur de Juliette manque un battement quand elle se retrouve face à Jude, son premier amour. Après dix ans d'absence, le voilà de retour à Celebration ! Le temps a passé et pourtant, la passion ressurgit entre eux, exquise comme le baiser qui les transporte bientôt au paradis. Bouleversée par les émotions qui l'assaillent, Juliette tente pourtant de garder son sang-froid, car elle ignore encore si Jude restera cette fois...

Une bouleversante idylle, de Katherine Garbera - N°1051

SÉRIE : UN MARIAGE À NANTUCKET 3/3

Le sénateur Dare Bisset détient ce que la lobbyiste Melody Corner recherche : des renseignements. Elle s'infiltre donc au mariage d'un membre de sa famille à Nantucket pour l'interroger. Hélas, la situation lui échappe vite. Très attirée par Dare, Melody s'abandonne entre ses bras à une nuit délicieuse mais interdite. Si leur liaison venait à s'ébruiter, en effet, leurs carrières respectives seraient en danger…

Danse avec une inconnue, de LaQuette

Parée de ses plus beaux atours, Zanai se rend au bal masqué où se presse tout Royal. Ainsi transformée, plus libre que jamais, elle ose embrasser Jayden, le célibataire le plus convoité de la ville… avant de fuir la fête. Dès le lendemain, le play-boy cherche à retrouver l'inconnue avec laquelle il a dansé. Or Zanai hésite à se dévoiler. Jayden, qui attire toutes les femmes, ne risque-t-il pas d'être déçu quand il découvrira l'identité de sa conquête d'un soir ?

Un cavalier presque parfait, de Karen Booth - N°1052

SÉRIE : SCANDALEUSES RÉVÉLATIONS 3/3

Parce qu'elle a besoin d'un cavalier pour se rendre au mariage d'une amie, Alexandra se résout à demander à Ryder Carson de tenir ce rôle. Après tout, il serait le candidat idéal s'il n'était pas le meilleur ami de son frère… et si tous deux n'avaient pas eu une torride aventure cinq mois plus tôt ! Alors que pendant la réception, Alexandra se rapproche dangereusement de Ryder, le malveillant compte « Petit Carnet Noir » s'en prend à eux, compromettant aussitôt leur fragile idylle…

Une famille pour Ivy, de Zuri Day

Embauchée comme nourrice par Desmond Eddington, un riche célibataire, Ivy reste sur ses gardes. Si elle tombe immédiatement sous le charme de la petite fille dont elle a la charge, elle se méfie de son père, trop orgueilleux et séduisant à son goût. Alors qu'elle voudrait tenir Desmond à distance, Ivy est incapable de contrôler son désir pour lui. Et bientôt, elle remet en cause tous ses principes, en s'abandonnant à la passion entre les bras de son patron…

L'enfant de Donovan Murphy, d'Yvonne Lindsay

N°1053

Kayla se tient face à lui, plus belle que jamais, et Van sent une rage gronder en lui. Comment Kayla ose-t-elle venir le trouver aujourd'hui pour lui réclamer de l'argent, après lui avoir brisé le cœur cinq ans plus tôt ? Croit-elle parvenir à l'émouvoir en prétendant que la petite Sienna est sa fille ? Plus jamais il ne se laissera manipuler par cette intrigante, Van s'en est fait la promesse. Même si Kayla éveille toujours en lui un désir puissant...

Le passé entre nous, d'Andrea Laurence

En voyant Deacon entrer dans la salle de réunion, Cecelia manque défaillir. Deacon, son amour de jeunesse, n'est autre que le propriétaire du nouveau complexe de luxe dont elle doit assurer la décoration. Il rallume aussitôt en elle un feu qu'elle pensait éteint à jamais. Pourtant, Cecelia le sait, elle doit faire taire ces sentiments : elle n'a pas le droit d'abandonner la vie parfaite qu'elle s'est construite auprès de son mari...

Une surprise irrésistible, de Lauren Canan - N°1054

Sophie ne se fait pas d'illusion sur sa relation avec Clay Everett, son séduisant patron au ranch de Royal. Pour lui, elle n'est qu'une aventure, comme il se plaît à le lui rappeler. Et même si elle sent, quant à elle, son amour pour Clay grandir de jour en jour, elle sait qu'elle ne doit rien espérer. Mais, quand Sophie découvre qu'elle est enceinte, elle comprend que tout va changer... pour le meilleur, ou pour le pire.

Le goût de la vengeance, de Joanne Rock

Ian McNeill s'est inscrit sur le site de rencontres qu'elle a créé ! Lydia sent une colère irrépressible la gagner le jour où elle tombe sur le profil de l'homme qui l'a lâchement abandonnée un an plus tôt, alors qu'elle portait son enfant. Un enfant qu'elle a perdu et qu'elle pleure aujourd'hui encore. Aussitôt, une idée folle germe dans son esprit : ne tient-elle pas là l'occasion idéale de se venger de Ian et de lui briser le cœur à son tour ?